KB265489

영미시 즐기기

영미시 즐기기

Enjoying British and American Poetry

최영승 지음

도서출판 동인

차례

제1장 생활 속의 시

19세기 중엽부터 시작된 영어영문학 태동과 학문적 교육은 내외적으로 영국이라는 거대한 제국이 나아가야 할 방향설정과 밀접한 관계가 있었다. 18세기에도 영문학이 교과과목으로 교수된 일이 전혀 없었던 것은 아니지만, 단지 비국교도 학교나 스코틀랜드(Scotland)의 몇몇 대학에서 잉글랜드(England)와 스코틀랜드의 문화적 통합에 기여할 수 있도록 하기 위해 영문학 과목이 개설되었을 뿐이다. 영국으로서는 제국주의적 정책을 원활하게 시행하기 위해서 식민지 통치에 영문학교육을 접목시킴으로써 문화적인 지배력을 통해서 국력을 신장시키는 일이 필요했던 것이다. 여기에 가장 합당한 장르가 영문학 중심에 있는 영시였던 것이다. 영시는 역사적으로 가장 영국인들이 사랑했던 문학이다.

엘리자벳(Elizabeth) 시대의 영국 평민들은 음악을 무척 사랑했었다고 한다. 궁중에서도 음악회가 정례행사처럼 이루어졌으며, 일반인들은 저녁식사 후에도 모여 앉아서 파트별로 합창을 나누어 부를 정도였다고 한다. 심지어 그 당시의 이발관에서는 손님들이 머리 깎을 차례를 기다릴 때에도 지루하지 않게 음악을 즐길 수 있도록 여러 가지 연주용 악기가 준비되어 있을 정도였다고 한다(Lewis 66). 교육받은 사람이라면 누구나 악보를 볼 줄 알았으며, 곡에다 노랫말을 부치고 시에다 곡을 부치는 일들이 유행했던 시기라고 말할 수 있을 정도로, 이 엘리자벳 시대야말로 최초의 영국 서정시의 번성기라고 할 수 있겠다. 이후에 서정시는 음악의 제약성으로부터 벗어나면서 자유롭고 폭 넓은 의미를 표현할 수 있게 되어 음악에서 떨어져 나오게 되었는데, 문학사에서 일어났던 여러 가지 시적인 혁명 가운데서도 가장 큰 것이 아마 음악으로부터 이 서정시가 분리되어 나온 일이라고 하겠다(69).

이와 같이 생긴 시와 노래의 구분이 오늘날까지 지속되고 있지만, 사실 시와 노래는 그렇게 떨어져 있는 별개의 것이 아니다. 만일 우리가 노래를 즐긴다면 시에 대한 안목이 있다고 말해도 좋을 것이다. 다음의 아일랜드(Ireland) 민요는 멜로디가 있으니 노래이지만, 그 이전에 리듬에 맞춘 노랫말이 있다. 노랫말이 주는 의미가 곡조와 어울리니 그 아름다움과 슬픔이 그대로 가슴에 와 닿는 듯하다.

> In Dublin's fair *city*, where the girls are so *pretty*,
> I first set *my* eyes on sweet Molly Malone,
> As she wheeled her wheel*barrow*,
> Through streets, broad and *narrow*,
> Crying "*cockles* and *mussels*, a-live, a-live oh!"
>
> A-live, a-live oh! A-live, a-live oh!   (refrain)
> Crying "*cockles* and *mussels*, a-live, a-live oh!"
>
> She was a fish*monger*, but sure 'twas no *wonder*,

For so were her *father* and *mother* before,
And they each wheeled their b*arrow*,
Through streets, broad and n*arrow*,
Crying "*cockles* and *mussels*, a-live, a-live oh!"

(refrain)

She died of a *fever* and no one could **save her**,
And that was the end of sweet Molly Malone.
Her ghost wheels her b*arrow*,
Through streets, broad and n*arrow*,
Crying "*cockles* and *mussels*, a-live, a-live oh!"

(refrain)

더블린이라는 아름다운 도시에는, 아가씨들도 아주 예쁘네,
난 사랑스런 말리멜런에게 첫눈에 반해버렸네,
그녀가 수레를 끌고 다니면,
온 거리로, 넓은 길과 좁은 길 할 것 없이,
"조개 사세요, 살아있는 조개요!"라고 외치면서.

살아있어요, 야 살아있네요! 살아있어요, 야 살아있네요!   (후렴)
"조개 사세요, 야 살아있네요!"라고 외치면서.

그녀는 생선 장수였으나, 이상할 것은 없지요,
이전에 그녀의 아빠와 엄마도 그랬으니까요,
그리고 그분들도 수레를 끌고 다녔으니까요,
온 거리로, 넓은 길과 좁은 길 할 것 없이,
"조개 사세요, 살아있는 조개요!"라고 외치면서.

(후렴)

그녀는 열병으로 그만 죽었고 아무도 그녀를 살리지 못했어요,

그것이 아름다운 말리멜런의 마지막이었답니다.
그녀의 영혼이 그녀가 끌던 수레를 끌고 있네요,
온 거리로, 넓은 길과 좁은 길 할 것 없이,
"조개 사세요, 살아있는 조개요!"라고 외치면서.

(후렴)

　　여기서 우리는 애조 띤 곡도 아름답지만, 반복과 변화의 묘를 살린 훌륭한 시 한 편을 대하고 있다는 느낌을 갖게 된다. 슬픔과 안타까움이 짙게 배어 있는 이 노래는 영시만이 갖고 있는 음가와 멜로디를 완벽하게 갖추고 있다. 첫눈에 반해버린 한 소녀에 대한 화자의 그리움과 그녀의 삶이 주는 소박함, 그리고 그녀를 잃은 슬픔이 좁은 더블린 거리의 풍경과 어우러져서 강한 페이소스(pathos)를 자아내고 있는데, 운율과 반복적 패턴이 가세하고 있으며, 가락 또한 반복해서 흐르고 있다. 이 노래는 영시에서 가장 많이 쓰이는 두 주제인 사랑과 죽음(Lewis 71)[1]을 아주 단순하게 표현한 것이다.

　　시와 노래가 얼마나 가까운 지를 알아보려면 우리가 흔히 부르는 대중가요에서 찾아보면 된다. 대부분의 대중가요의 주제는 사랑이며, 대개는 사랑하는 마음과 사랑의 고백, 그리고 사랑하는 이와의 이별의 안타까움 등을 노래하고 있다. 흥행에 성공한 일본 영화가 헐리웃 영화로 바뀌어서 제작된 『샬 위 댄스』(*Shall We Dance*)에 삽입되었던 푸시캣 돌즈(Pussycat Dolls)의 「스웨이」('Sway')라는 곡을 한번 들어보자.

When marimba rhythms start to play
Dance with *me, make me sway*.
Like a lazy ocean hugs the shore
Hold me close, sway me *more*.

Like a flower bending in the *breeze*

---

[1] 영국시인이자 비평가인 루이스(Cecil-Day Lewis)는 영시에서 가장 빈번히 사용된 두 주제가 사랑과 죽음이라고 주장했다.

Bend with me, sway with *ease*.
When we dance you have a *way with me*
Stay with me, *sway with me.*

Other dancers may be on the floor.   (refrain 1)
Dear, but my eyes will see only you.
Only you have the magic technique
When we sway I go weak.

I can hear the sounds of violins   (refrain 2)
Long before it begins.
Make me thrill as only you know how.   (refrain 3)
Sway me smooth, sway me now.
You Know I, sway me, lay me, you me, hold me, bend me, ease me,
You have a way with me.

(refrain 1)
I go weak.

(refrain 2)
(refrain 3)
(refrain 3)

Sway me, sway me, sway me now.

마림바 리듬이 연주되면
나와 함께 춤을 춰요, 날 돌려줘요.
완만한 바다가 해안을 포옹하듯
날 꼭 안아줘요, 더 빨리 돌려줘요.

미풍에 흔들리는 꽃처럼
나와 같이 몸을 누이고, 편하게 돌아요.
춤출 때면 나와 함께 하며

그대로, 같이 돌아요.

다른 댄서들도 무대 위에 있겠지요.   (후렴 1)
이봐요, 하지만 내 눈은 오직 당신뿐이라오.
그대만이 마법 같은 기술을 갖고 있으니까요
돌면서 난 몽롱해지네요.

바이올린 소리가 들려요   (후렴 2)
시작되기 오랜 전부터
잘 알고 있는 당신이 날 즐겁게 해줘요.   (후렴 3)
부드럽게 돌리세요, 당장 돌려줘요.
알지요, 돌려줘요, 누이고, 그대 나를, 안아줘요, 숙이고, 편하게 해줘요,
그대 나와 함께 해요.

(후렴 1)
난 몽롱해지네요.

(후렴 2)
(후렴 3)
(후렴 3)

날 돌려줘요, 돌려줘요, 지금 돌려줘요.

노래의 시작부분("When marimba rhythms")부터 강음과 약음이 교차 반복되면서 경쾌한 춤의 리듬을 같이 타고 있다. 실제 음절은 5음절이나 "리듬"(rhythm)을 2음절로 불러 6음절 약강리듬을 유지하고 있다. 각 연의 2행씩 행말에 가서 같은 음을 반복시키고 있으며, 시행 중간에도 같은 음으로 시작되는 단어를 3개씩이나 배열하는 치밀함("Dance with *me, make me* sway")을 보이고 있다. 그리고 앞의 아일랜드 민요와 다르게 세 가지의 후렴을 사용하고 있다. 자세히 보면 이 노래는 어휘의 음가를 위해서 동일음의 반복과 동일 시구의 반복으로 이루어져 있음을 알 수가 있다. 이처럼 노래는 우리의

귀가 자신도 모르게 노래의 행말에 가면 앞에서 들었던 음과 동일한 음이 반복되기를 기다리게 된다는 습관을 이용하고 있는 것이다. 대부분의 대중가요는 동일음의 반복과 강약 음절의 조화로운 배열로 조합되어 있다.

　이와 같은 장치는 아주 복잡하게 보일지 모르지만, 그렇게 복잡한 것은 아니다. 복잡하면 노래가 될 수 없기 때문이다. 아주 오래 전에 인류가 문자라는 기록과 보존의 수단을 창조하지 못했던 시절에 우리 조상들은 모든 이야기를 오직 기억력에만 의존하여 입을 통해서 소리로 전달해왔다는 사실을 알면 왜 노래가 복잡해서는 안 되는 지를 이해할 수 있을 것이다. 우리의 기억에 오랫동안 남아있으려면 같은 음의 반복과 강약으로 구분되는 명확한 리듬이 있어야 했던 것이다. 가사가 긴 랩(rap)이나 팝송을 멜로디 없이 외우는 것보다는 멜로디를 넣어서 노래로 부르는 것이 훨씬 더 암기하기가 쉽다. 이러한 기막힌 원리를 우리의 조상들은 이미 알고 있었던 것이다. 그래서 중요한 내용은 모두 노래로 불러서 여러 사람의 기억 속에 저장해 두었던 것이다. 이 덕분에 많은 구전설화나 전설 및 전래민담 등이 노래의 형식을 갖춘 채 문자에 의해 기록보존 될 수가 있었던 것이다.

　우리는 노래나 시를 대할 때면 자연히 같은 소리의 반복을 기대하게 된다. 아주 오랫동안 장구한 세월에 걸쳐서 인류에게 축적되어 왔던 이러한 습관은 무서운 것이다. 무의식중에 우리의 귀는 항상 동일음의 반복을 찾는다. 그러다가 반복된 소리나 구절이 나오면 거기서 발견의 즐거움을 얻게 된다. 이는 수많은 인파로 북적거리는 시내에서 친근감 있는 낯익은 얼굴을 만날 때 느끼는 기쁨과 꼭 마찬가지일 것이다. 이처럼 음이나 시행 및 노래구절의 반복은 모두 일정한 박자로 이루어지면서 시나 노래의 음악적 패턴을 형성하게 된다. 이러한 패턴은 원시인들의 종교적 의식이나 춤에 수반되었던 그 박자와도 연관이 있는 것이다. 그리고 이 운율적 반복은 시의 리듬과도 밀접한 관계가 있다고 하겠다.

　그러나 가수나 시인은 지루할 정도로 같은 음이나 시행의 반복을 계속하지는 않으며, 적절한 변화를 주어서 듣는 이의 귀를 재미있게 자극한다. 이는 마치 모래알 같이 많은 사람 속에서 우연히 만난 낯익은 얼굴도 너무 빈번히 마주치게 되면 처음에 가졌던 기쁨이나 감흥이 점점 소멸되고 말 것이라는 진리를 가수나 시인은 잘 알고 있기 때문이다. 처음 만나 한시라도 안 보면 견디지 못할 정도로 사랑하는 연인 사이라도 늘 같이 있으면 그리운 감정이나 애틋한 마음이 예전 같지 않게 될 것이고 얼마 안 있어서 식상하게 될 것은 자명한 이치이다. 빈번한 만남은 상대방에 대한 신비로움을 벗겨버린다. 이와 같은 탈신비화의 과정을 밟지 않으려면 부단히 노력하면서 변화를 꾀해야 한다. 우리는 그 신비로움 때문에 사랑에 빠지는 것이다. 항상 자주 보는 사람이라도 그의 용모와 의상이 변화를 가질 때 우리는 신선함을 느낄 수 있으며, 일상적인 권태에서 벗어날 수 있는 것처럼, 가수나 시인은 동일한 패턴의 반복에 변화를 줌으로써 노래와 시에 다양성을 부여하려고 애쓰는 것이다. 당장 아무 대중가요나 하나를 예로 들어서 들어보라. 그리고 후렴부분의 멜로디나 가사를 어떻게 처리하는 지를 유심히 살펴보면 감지할 수가 있을 것이다. 노래나 시가 만들어진 원리가 바로 이런 것이다.

시는 분명히 음악과 관련이 있다. 시인은 시의 의미는 물론이고 소리를 표현하기 위해서 최적의 시어를 선별하는데, 이때 의미를 강화시키는 수단으로 소리를 사용하게 된다. 이것이 다른 장르와 시를 구분 지울 수 있는 시의 음악적 특질인 것이다. 미국의 에드가 앨런 포우(Edgar Allan Poe)가 시를 "기분 좋은 생각과 어우러진 . . . 음악"(music . . . combined with a pleasurable idea)이라고 정의한 말이나, 미학가인 월터 페이터(Walter Pater)가 "모든 예술은 끊임없이 음악의 상태를 갈망하고 있다"(All art constantly aspires towards the condition of music)(Oxford 369)고 한 말도 시와 음악성과의 관계를 인정하고 있는 말이다. 이는 분명히 시의 소리를 염두에 둔 시의 음향적 효과를 지적한 말이다. 시인이 시의 음악성을 성취할 수 있는 두 가지 방법은 시어의 음의 배열과 선택에 의해서 하는 방법과 시어의 강세의 배열에 의해서 하는 방법이 있겠다. 시인은 시에 일정한 음가의 반복과 변화를 줌으로써, 시의 음악성을 추구하는 것이다.

모든 음악의 본질적 요소는 반복이며, 모든 예술은 반복과 변화의 두 가지 요소에 구조를 부여하도록 구성되었다고 보는 견해(Perrine 165-66)가 일반적인데, 시인도 역시 어떤 어휘의 조합이나 배열을 통해서 특정한 음을 반복시켜 자신의 시에다 조직과 구조를 부여하게 되는 것이다.

　국내의 한 글로벌 대기업에서는 직원들에게 해외수주를 하려면 무조건 영시를 10편 이상씩 암기하라고 했다는 이색기사를 오래 전 한 일간신문을 통해서 읽은 적이 있다. 경영책임자의 해외수주 체험을 통해서 성공한 요인을 점검해 보았을 때, 실제로 프로젝트의 내용만이 아니라 그 프로젝트를 성사시킬 수 있는 다른 변수들, 즉 상대국가의 문화에 대한 지식이나 친밀함의 정도가 중요한 요인으로 작용한다는 사실을 그 최고경영자는 확신했기 때문일 것이다. 영시라는 장르는 경영이나 자본, 기술에 비하여 날로 그 중요성이 간과되는 분야로, 점점 변모해가는 우리사회의 실용적 가치관에는 아무런 효용적 가치를 제공해주지 못하고 있다. 이런 상황에서 문학텍스트가 그런 방식을 통해서라도 인정을 받고 강조된다는 점에는 분명히 기뻐해야 할 일이다. 그렇게 해서라도 사람들이 제대로 된 인문학적 성찰을 갖게 된다면 나쁠 것이 없을 것이다. 대학에서 영어영문학을 전공하겠다고 지원하는 학생들과의 면접은 바로 실용성의 추구만을 지향점으로 삼는 사회를 반영해주는 거울일 것이다. 학생들은 대개 영미문화를 제대로 알기 위해, 혹은 영미문화의 정수를 알기 위해 영문학과를 지원한다거나 영문학의 풍요로움을 향유하기 위해서, 또는 영어의 언어학적 면모를 학문적으로 접해보기 위해서라는 대답은 극히 드물다. 대다수가 영어를 잘 구사하여 통역가나 번역가가 되겠다고 한다. 또한 외교관이나 국제 통상 전문가가 되겠다고 한다. 혹은 세계적인 언론가나 방송인이 되고 싶다고 한다. 더욱이 그들은 자신들의 성품이나 자질 및 잠재력과는 상관없이 영어영문학부라는 조직 속에 일단 들어가면 자신들이 동경하는 미래가 저절로 열린다고 굳게 믿고 있다. 이제 우리 사회도 고도의 실용적인 가치창출을 위해서 인문학을 사용해야 한다는 인식을 적극적으로 전환시켜야하는 단계에 접어들었다.

　1990년도에 당시의 문교부에서 대학교 간부학생들을 동남아시아와 서남아시아에 10여 일간씩 연수를 보내는 프로그램이 있었는데, 나는 그들의 인솔교수가 되어서 인도와 태국, 말레이시아(Malaysia)와 싱가포르(Singapore)에 다녀온 적이 있다. 내가 인도 델리(Delhi)의 어느 호텔에 투숙해서 첫날 밤 그들이 마련한 환영회에 참가하여 다른 주최

측 인사들과 이야기를 나누는데, 놀랍게도 그 자리에서 호텔 매니저가 엘리엇(T.S. Eliot)의 시와 셰익스피어(William Shakespeare)의 시를 암송하였다. 나는 그를 그렇게 문학적 인간으로 보지 않았다. 그래서 마케팅 측면에서 보면 자기 호텔에 투숙하게 된 한국의 대학생들과 그 인솔교수는 그에게는 최대의 고객이므로, 고객의 환심을 사는 일이야 말로 한국의 대학생 연수단을 지속적으로 자기 호텔에 유치하는 최선의 방도라는 사실을 그는 호텔 매니저로서 잘 알고 있었을 것이다. 따라서 오래 전부터 한국에 있는 여러 접촉경로를 통해서 인솔교수에 대한 정보를 입수했을 것이라고 나는 추측했던 것이다. 그러나 나는 잠시 뒤 나의 추측이 잘못되었다는 사실을 알게 되었다. 그는 나의 전공인 엘리엇의 시뿐만 아니라 주옥같은 다른 시인들의 시까지도 대부분 외우고 있었던 것이다. 그래서 나는 그가 가난을 극복하기 위해 시류에 편승하여 적당히 공부하고 적당히 인간관계를 유지해서 큰 호텔의 매니저로 일하게 되었으며, 항상 수익창출에 최우선 목표를 설정한 뒤 끊임없이 마케팅을 통해서 투숙률과 연회실 이용률을 높이려고 안간힘을 쓰는 경제적 인간 그 자체로 보았던 여태까지의 나의 생각이 보기 좋게 빗나갔던 것이다. 더욱이 전공자인 나보다도 훨씬 더 많은 시를 암기하고 있던 그와 비교해보니 나 자신이 초라해 보이고 부끄럽기까지 했다. 비로소 나는 이 일을 계기로 영어권 국가나 과거 영국의 식민지였던 영연방국가(British Commonwealth of Nations)의 교육받은 지식인들이 우리가 생각했던 그 이상으로 영문학교육을 잘 받았다는 사실을 알게 되었다.

　　문학, 특히 시는 우리에게 더할 나위 없이 소중한 삶의 가치를 일깨워준다. 인간 감정과 사유의 다양한 깊이와 폭을 표현할 수 있는 감정의 스펙트럼을 읽고 함께 생각하면서 독자들은 인간 세상에 보편적으로 존재하는 경험을 알게 됨과 동시에 그 경험을 구체적인 시의 언어인 상징이나 비유 및 이미지로 표현하는 방식을 접하게 된다. 문학적 표현들은 정제된 언어의 미적, 심리적 효과를 유발시키고, 특히 모국어가 영어가 아닌 독자들에게 그런 텍스트의 표현들은 훌륭한 글의 예를 제공하는데, 정제된 언어는 인간 정신의 창조성을 드러내 보여주는 매우 훌륭한 텍스트라고 볼 수 있겠다. 실질적이고 실용적인 영어표현이 일상의 사소한 경험과 직결되어 쉽게 활용될 수 있는 표현을 학습하면,

문학텍스트의 사용을 통해서 현실 속에서 일어날 수 있는 정서적 반응을 이끌어 낼 수 있을 것이다. 언어를 경제적으로 절제하면서 사건과 상황, 감정을 표현하는 문학텍스트는 정서의 함양에도 도움이 된다.

이런 점들을 감안할 때, 길이가 비교적 짧고 언어사용이 절제와 균형을 이루는 시는 교육적으로도 매우 유용한 장르일 수 있다. 흔히 사람들이 갖게 되는 시는 어렵고 재미없다든지, 시는 몇몇 애호가들만 좋아하는 것이라든지, 혹은 시인들만이 시를 이해한다는 등의 편견 때문에 시를 가르치는 것이 여간 곤혹스러운 일이 아닐지도 모른다. 영시를 읽는데 필요한 여러 가지 전문적 지식과 리듬에 대한 이해가 없다는 생각, 우리말로 된 시도 어려워서 안 읽는데 하물며 영시는 더 어려워서 독자들이 기피할 것이라는 선입견, 이런 것들이 시를 멀리하게 하는 심리적 장애요인이다. 일반 독자들 입장에서 보면, 도치가 거의 없는 일상적인 문장들을 이해하는데도 사전을 찾아가며 문법적 지식을 동원해서 해석하기 힘든데, 어순도 바뀌고 산문에 비해 상징이나 이미지도 많이 사용하고 있는 시를 해석한다는 일이 아주 부담스런 작업일 수 있다. 그러나 바로 그런 이유 때문에 습득한 후에 더 성취감이 클지도 모른다.

한 편의 영화를 볼 때에도 작품 속에 영시가 사용되었다면 시를 알고 영화를 보는 경우와 모르고 보는 경우와는 감상에 큰 차이가 있을 것이다. 우리가 보았던 영화중에서 『메디슨 카운티의 다리』(*The Bridges of Madison County*)나 『지옥의 묵시록』(*Apocalypse Now*), 『텔레폰』(*Telefone*), 『죽은 시인의 사회』(*Dead Poet's Society*), 『실비아』(*Sylvia*), 『초원의 빛』(*The Splendour of the Grass*), 『위험한 아이들』(*The Dangerous Mind*) 등 이루 헤아릴 수 없을 정도로 실로 많은 영화에서 작게는 몇 행에서부터 몇 연에 이르기까지 주옥같은 명시가 사용되고 있다. 이 가운데서도 유독 『죽은 시인의 사회』[2]에는 여러 편의

---

2) 필자는 이 제목의 우리말 번역이 잘못되었다고 생각하지만, 사회통념상 모든 이들이 쓰는 표현을 따르기로 한다. 이 영화의 제목은 사실 시인이나 예술가처럼 상상력과 창의력을 바탕으로 장차 성장할 수 있는 인재들을 의사나 법률가가 되기 위한 예비학교에서 입시에 시달리게 해서 이미 미래의 창의적인 시인으로서는 죽어버린 젊은이들의 사교모임(서클이나 클럽)을 뜻하므로 "죽어버린 시인들의 모임" 정도가 무난할 것이다.

영시가 나온다.3)

　　1989년 상영된 이 영화에서 로빈 윌리엄스(Robin Williams)는 억압적인 분위기의 한 명문 사립 고등학교의 "영웅적"인 영어교사 역할을 맡는다. 그가 보수적이고 출세지향적인 목표를 학생들에게 요구하는 학교와 부모들의 기대에 분연히 맞서, 학생들이 자신들의 자유를 되찾고 꿈을 추구할 수 있도록 신선한 자극을 준다는 내용이 이 영화의 줄거리이다. 권위적이고 전통을 존중하는 학교의 대부분의 교사들과 달리 존 키팅(John Keating) 선생은 학생들의 개인적 자유를 높이 사고 그들이 부모나 사회의 요구를 과감히 벗어나 스스로의 모습을 찾을 수 있도록 도와주는데, 그러기 위해 그가 제일 먼저 강조한 것은 시간의 유한성과 그 유한한 시간을 마음껏 자유롭게 향유하라는 뜻의 카르페 디엠(Carpe Diem)4)이란 라틴어 명제였다. 영어로는 "현재의 시간을 가져라"(seize the day)5) 또는 "현실을 즐겨라"(enjoy the present)는 의미로 해석되고 있는 이 말은 미래의 우환을 전혀 생각하지 말고 현재의 쾌락만을 향유하라는 뜻이다.

　　특히 영화의 시간적 배경이 되고 있는 1950년대가 미국 내에 매카시즘(McCarthyism)으로 인한 정치적인 경직과 보수적인 도덕률을 따르는 일상의 삶이 거의 모든 지식인들에게 갑갑하게 느껴지던 시대임을 감안할 때, 키팅의 자유분방한 교육방식은 매우 신선하다. 학생들에게 과감하게 교과서의 시 해설 부분을 찢어버리라든지, 획일적으로 걷기 운동을 시킨다든지, 책상 위에 올라가서 자신의 발 아래를 내려 보게 한다든지, 개별적으로 작시한 것을 낭독하게 하는 등의 생소한 가르침과 스타일에 학생들

---

3) 참고로 이 영화에서 나오는 영시는 대략 다음과 같다.

　　O Captain! My Captain!(Walt Whitman)/ To The Virgins, Make Much of Time(Robert Herrick)/ O Me! O Life!(Walt Whitman)/ Excerpt from *Walden* (Henry David Thoreau)/ The Ballad of William Bloat(Raymond Calvert)/ The Prophet(Abraham Cowley)/ Ulysses(Alfred Lord Tennyson)/ The Congo (Vachel Lindsay)/ Song of Myself (Section 52)(Walt Whitman)/ The Road Not Taken(Robert Frost)/ Sonnet XVIII(William Shakespeare)/ She Walks In Beauty(Lord Byron)

4) 시인 로벗 헤릭(Robert Herrick)은 자기의 시 「아가씨들에게」("To the Virgins, to Make Much of Time")에서 혼인을 앞두고 있는 처녀들에게 쉽게 변하는 장미의 속성을 비유하면서 젊었을 때 인생을 즐기라는 충고를 하고 있다.

5) 이와 같은 현실주의사상은 오늘날에도 중요시되고 있는데, 참고로 미국 소설가인 쏠 벨로우(Saul Bellow)의 작품 중에는 『오늘을 포착하라』(*Seize the Day*)라는 같은 제목을 지닌 소설도 있다.

이 조금씩 적응하면서 점점 자신들만의 꿈을 찾아 나선다. 급기야 이야기는 연극출연문제에 대해서 아버지와 갈등하는 닐(Neal)의 자살로 이어지면서, 결말로 치닫는다. 그간의 학교 내의 전통적인 학습 분위기가 키팅 때문에 흐려지고 있다고 판단한 학교당국은 학생의 자살사건에 대한 속죄양이 필요했는데, 그 자살의 책임이 키팅에게 있다는 판정을 정당화시키기 위해서 학부모들을 동원한 채 강요자술서를 학생들에게 쓰게 하여 키팅을 학교에서 떠나게 한다. 키팅과 함께 사춘기시절의 순수한 자유를 추구하던 학생들은 마치 선장을 잃고 표류하는 배의 선원들처럼 당혹해하지만 순응할 수밖에 없는 마지막 장면에서 키팅이 수업시간에 가르쳐 주었던 월트 휫먼(Walt Whitman)의 「오 선장님! 우리 선장님!」('O Captain! My Captain!')을 낭송한다. 교장이 대신하는 영어수업 중에 남겨둔 개인 물건을 챙겨서 떠나려는 키팅이 교실에 들어와서 교장의 허락을 받고 물건을 갖고 떠나려 하자 토드(Todd)는 키팅을 향해 학교의 강요에 못 이겨 거짓 자술서를 썼음을 말하고 책상 위에 올라가서 휫먼의 시 첫 행을 외치자, 다른 학생들도 하나씩 둘씩 책상 위에 올라가서 같이 "오 선장님! 우리 선장님!"이라고 외친다.

　미국인으로서 자신의 한없는 자유, 내재적 자유, 본연의 자유를 추구한 것으로 잘 알려진 휫먼의 이 시는 「앞뜰에 라일락이 마지막 피었을 때」('When Lilacs Last in the Dooryard Bloom'd')와 함께 암살 당한 에이브럼 링컨(Abraham Lincoln)대통령을 애도하는 시이다.

　오늘날까지 미국인들에게는 링컨대통령이 가장 인기 있는 대통령으로 선정될 정도로 미국 민주주의의 정신을 실현 가능케 한 역사적 영웅으로 추앙 받는 것이 사실이다. 이 시는 암살 당한 링컨대통령을 좌초의 위기를 이겨내고 마침내 항구에 돌아왔지만, 결국은 싸늘한 시신이 되어 배의 갑판 위에 쓰러져 누워 있는 선장으로 그리고 있다.

O Captain ! My Captain !

Walt Whitman(1819-1892)

O Captain ! my Captain ! our fearful trip is done,

The Ship has weather'd every rack, the prize we sought is won,
The port is near, the bells I hear, the people all exulting,
While follow eyes the steady keel, the vessel grim and daring;
    But O heart ! heart ! heart !
      O the bleeding drops of red,
        Where on the deck my Captain lies,
          Fallen cold and dead.

O Captain ! my Captain ! rise up and hear the bells;
Rise up—for you the flag is flung—for you the bugle trills,
For you bouquets and ribbon'd wreaths—for you the shores a-crowding,
For you they call, the swaying mass, their eager faces turning;
    Here Captain! dear father!
      The arm beneath your head!
        It is some dream that on the deck,
          You've fallen cold and dead.

My Captain does not answer, his lips are pale and still,
My father does not feel my arm, he has no pulse nor will,
The ship is anchor'd safe and sound, its voyage closed and done,
From fearful trip the victor ship comes in with object won;
    Exult O shores, and ring O bells!
      But I with mournful tread,
        Walk the deck my Captain lies,
          Fallen cold and dead.

아 선장님! 우리 선장님!

월트 휫먼

아 선장님! 우리 선장님! 끔직 했던 우리의 항해도 끝났습니다,
배도 모든 파선의 위기를 견뎌왔으며, 우리가 추구했던 전리품도 노획했습니다,
항구가 가까워졌으며, 종소리가 들리고, 사람들은 모두 환호합니다,
시선들은 견고한 용골을 응시하는 가운데서도, 배는 강건하고 힘찹니다;

그러나 아 용사여! 용사여! 용사여!
　아 흐르는 붉은 핏방울,
　　갑판 위에는 우리 선장님이 누워 계십니다,
　　차갑게 쓰러져 죽은 채로.

아 선장님! 우리 선장님! 일어나서 저 종소리를 들어보세요;
일어나세요—선장님을 위해서 깃발도 펄럭이고—선장님을 위해서 나팔도 붑니다,
당신을 위해서 꽃다발과 리본장식의 화환도—당신을 맞으려 해안가에는 군중이 운집하고,
당신을 위해 군중들은 환호하고, 술렁이며, 진지한 얼굴들이 돌아봅니다;
　여기에 계신 선장님! 친애하는 아버지여!
　내 팔이 당신의 머리를 받치고 있는데!
　　어쩌면 꿈이겠지요 갑판 위에서,
　　당신은 차갑게 쓰러져 죽었다는 사실이.

우리 선장님께서는 대답이 없다, 그 분의 입술은 창백한 채 움직이지 않고 있다,
우리 아버지는 내 팔을 못 느끼며, 맥박이나 의지도 없다,
배는 안전하고 원만하게 정박했으며, 그 항해는 마무리되어 끝났다,
끔찍한 여행으로 부터 승리자는 목적을 이루고 돌아왔다;
　환호하라 오 해안들이여, 그리고 울려라 오 종들아!
　그러나 나는 슬픈 걸음으로,
　　우리 선장님이 누워 계신 갑판을 걷는다,
　　차갑게 쓰러져 죽어있는 갑판을.

　이 시를 표면적인 이해의 차원에서만 보면, 신원을 모르는 선원인 화자는 쓰러진 자신의 선장에 대한 탄식과 애도를 나타내고 있다는 사실을 분명히 알 수 있다. 그러나 이렇게 시를 해석해 버리면, 이 시에서 얻을 수 있는 의미는 극히 적을 것이다. 이미지나 비유적 표현에 주의를 기울여 보면, 첫 연에서 언급하고 있는 "끔직한 항해"(fearful trip)가 끝났다는 말은 이 시의 제작연도와 맞물려 있는 미국 남북전쟁(Civil War)의 종전을 의미하고 있음을 알 수 있게 된다. 물론 "선장"(Captain)은 1865년에 살해된 링컨 대통령을 상징하고 있는 말이다. 역사적인 사실들이 시의 인유에 대한 이해를 돕는 경우가

가끔 있는데, 이 시에서도 "배"(The Ship)는 미국이라는 국가에 해당되는 것이며, 2행의 노획한 "전리품"(the prize)은 평화와 국가적 통합을 상징하고 있는 것이다. 전쟁의 승리로 "국민들은 환호하고"(the people all exulting) 있으나, 선장은 "쓰러져 차갑게 죽어 있는"(fallen cold and dead) 것이다. 선장을 잃고 상심해 하는 선원인 이 시의 화자는 어쩌면 존경했던 지도자를 잃어버린 미국인으로서의 휫먼 자신과 동일시될 수도 있을 것이다.

따라서 이 시의 주된 비유법은 은유(metaphor)로서 남북전쟁을 치른 미국을 험한 항해를 마친 배에 비유한다. 물론, 그 항해를 지휘한 선장은 링컨이다. 시를 관통하고 있는 항해와 배의 은유는 두 번째 연에 이르면, 또 다른 은유로 연결된다. 선장은 이기고 고향에 돌아온 "용사"(Heart)이자 승리의 영웅이다. 그를 위하여 화환과 연주가 준비되어 있고, 사람들은 환호하며 그를 맞으러 항구에 나와 있다. 세 번째 연에서 선장은 화자의 아버지, 나아가서는 그를 맞이하러 항구에 몰려든 모든 이들의 아버지이다. 아버지의 머리를 받치고 있는 시인화자의 팔에는 싸늘하게 식은 그의 머리만이 느껴질 뿐이다. 주위의 모든 것은 기쁨에 환호하는데 선장만이 말없이 갑판이 누워있다. 휫먼의 시와 『죽은 시인의 사회』라는 두 개의 텍스트를 연결해서 읽으면 몇 가지 문학적 모티프(motif)와 역사적 사실에 대한 인식이 가능해진다.

첫 번째 모티프는 미국의 역사일 것이다. 이 가슴 뭉클한 은유는 미국 역사의 험난한 상처, 그 상처를 안고서 마침내 안정을 이뤄낸 정치적, 정신적 지도자를 표현하기 위해 시인이 선택한 비유이다. 형식을 추구하지 않고 비교적 자유롭게 시를 썼던 휫먼 답지 않게 정형성을 한껏 살린 시로서 실제로 낭송할 때 시의 리듬이 살아나면서 각 연마다 각운을 이루는 행이 만들어내는 운율체계(aabbcded)의 울림은 시가 전하고 있는 엄숙한 슬픔을 한층 배가시킨다. 크게 어려움 없이 해석할 수 있는 비교적 평이한 시이지만, 그 한 편에는 미국역사 속의 음영과 상처, 그 상처를 바라보는 시인의 슬픔이 들어있다.

두 번째의 모티프는 아버지와 아들의 모티프이다. 영화에서는 키팅 선생이 학생들과 하나가 되어 자유로운 삶과 꿈에 대한 그들의 이상을 키우도록 하는 과정이 묘사되어 있

다. 전통만을 고수하는 억압적이고 권위적인 다른 교사들과 세속적 성공만을 가치의 척
도로 삼고 있는 학부모들의 물질주의적 욕심에 맞서서 인간 정신의 창조적 능력과 자유
를 역설하는 키팅은 학생들에게는 한 척의 배를 험난한 뱃길을 무릅쓰고 끌고 온 선장이
다. 횟먼의 시에서 화자와 죽은 선장의 관계가 아버지/선장/정치지도자(대통령)의 죽음을
애도하는 아들/선원/국민과의 관계로 설정되듯이, 이 영화에서 학생들은 키팅의 아들들
이다. 많은 영화에서 좋은 아버지상과 나쁜 아버지상이 존재하듯이, 여기서도 키팅은 학
생들을 진정으로 이해하는 좋은 아버지이다. 일방적으로 자신의 가치만을 자식들에게
강요하는 실제 아버지들은 사실 영화에서는 학생들을 이해하고 그들의 친구가 되려는
키팅과는 거리가 먼 안티테제(antithese)의 대상들이다. 선장의 죽음/키팅의 면직은 선원/
학생들을 잠시 방황하게 하겠지만, 시간이 지나고 성장하면 아버지/스승의 가르침을 가
슴에 새기고 살아갈 것이다. 키팅과 학생들과의 만남은 비록 짧긴 했지만, 학생들로 하
여금 자신들의 현재의 삶과 미래를 다시 성찰해볼 수 있는 기회를 주었다. 뿐만 아니라
그들은 사춘기 소년 특유의 호기심과 객기를 확인하면서 젊음을 향유할 수 있는 시간을
가졌다. 마치 미국의 역사에서 링컨이 일궈놓은 것이 민주주의 국가로서의 미국의 정체
성을 구성하는 것과 마찬가지이다. 영화는 자유로운 영혼을 가진 한 교사를 이렇게 영웅
으로 부각시키면서 아버지의 죽음이후에도 아들들의 자유에 대한 추구는 꺾이지 않을
것임을 이와 같은 함축적 유사성(analogy)을 통해 시사하고 있다. 물론 닐이라는 학생의
죽음을 전제로 한 멜로드라마(melodrama)적 처리가 눈에 거슬리긴 하지만, 그 사건 역시
부자관계를 성찰하게 해주는 계기를 제공하는데 기여하고 있음은 틀림없는 사실이라 하
겠다.

월트 횟먼의 시를 선택한 이유는 시의 주제가 명확하며, 미국의 역사에 있어서 매우
중요한 지점과 관련되어 있기 때문이다. 그리고 사춘기 소년소녀들의 감수성에 호소할
수 있는 영화에서 주된 비유적 등가물로 사용되고 있다는 것도 이 시의 장점중 하나이
다. 이 시를 다루면서 함께 생각해 볼 수 있는 것은 우선 미국의 역사, 특히 남북전쟁을
전후한 시기, 그리고 링컨이라는 인물에 대한 역사적 지식과 그것을 바라보는 다양한 관

점을 공유하는 일일 것이다. 학습자들은 인터넷이나 백과사전, 역사책 등을 조사하면서 이 시기에 관한 자신들의 생각을 정리할 수 있으며, 연구조사와 보고서 작성 중 한 가지를 짧게나마 영어로 실행할 수 있는 기회를 가져 볼 수 있다. 두 번째로 학습자들과 이 작품으로서의 시를 토론할 수 있다. 그리고 이렇게 꼼꼼히 해석한 작업을 토대로 아름다운 번역을 할 수 있도록 조별로 공동 작업을 할 수 있고, 시에서 사용되는 주된 비유법이 과연 효과적인지 아닌지, 효과적이라면 어떤 점에서 그러한지를 토론을 통하여 함께 나눌 수 있다. 작품에 대한 분석이 이런 식으로 진행된다면 실제 작품을 놓고 하나 하나의 어휘를 학습할 수 있을 뿐만 아니라 학습자들로 하여금 적절하게 시어를 배치하는 연습(예를 들면, 1연의 "weather," "rack," "prize," 2연의 "swaying mass," "eager face," 3연의 "voyage," "ship," "object," "mournful tread" 등)을 시도할 수 있다. 만일 영화와 곁들여 이야기가 된다면 영화 속에서 인용되는 내용과 시의 내용이 어떤 연관성을 갖고 있는지, 영화에서 이 시를 사용함으로써 키팅과 링컨 사이에 설정되는 비유적 유사성이 타당한지 아닌지를 토론하는 것도 재미있는 일일 것이다.

이 영화에서 쉽게 접할 수 있는 시간의 소중함을 일깨워주는 카르페 디엠의 주제를 다루는 또 한편의 시를 살펴 볼 필요가 있다.

To the Virgins, to Make Much of Time

Robert Herrick(1591-1674)

Gather ye rosebuds while ye may,
  Old time is still a-flying;
And this same flower that smiles today
  Tomorrow will be dying.

The glorious lamp of heaven, the sun,
  The higher he's a-getting,
The sooner will his race be run,
  And nearer he's to setting.

That age is best which is the first,
　　When youth and blood are warmer;
But being spent, the worse, and worst
　　Times still succeed the former.

Then be not coy, but use your time;
　　And while ye may, go merry;
For having lost but once your prime,
　　You may forever tarry.

아가씨들에게, 많은 시간을 가지세요

그대들 가능한 한 장미꽃봉오리들을 모으세요,
　　시간은 여전히 흘러갑니다;
그리고 오늘 미소짓는 이 꽃도
　　내일이면 죽게 되지요.

창공의 찬란한 등불인, 태양도,
　　높이 솟아오를수록,
곧 해가 가게 되는 경로는 소진되지,
　　그래서 얼마 안 가서 지게될 거야.

처음이라는 나이가 가장 좋은 때지,
　　젊음과 혈기가 뜨거워졌을 때;
그러나 써버리고 말면, 좋지 못한 시간과, 나중에는 최악의 시간들이
　　계속 이어지게 되는 거야.

그러니 부끄러워하지 말고, 그대들의 시간을 활용하세요;
　　그리고 할 수 있으면, 가서 결혼하세요;
그대의 귀중한 시기를 잃고 나면,
　　영원히 늦어질거요.

장미와 같은 단명의 화초는 신선하고 사랑스럽지만, 일시적이고 찰나적인 속성을 지닌 대상이다. 장미는 활짝 핀 그 시각에는 아름다우나, 그 시각이 지나면 시들어 변해 버리고 만다. 로벗 헤릭(Robert Herrick)은 혼인을 앞두고 있는 처녀들에게 장미의 이러한 속성을 비유하면서 젊었을 때 인생을 즐기라는 충고를 하고 있다.

장미에 대한 상징은 시대를 거치면서 수 없이 그 의미상의 변화를 겪어 왔던 것이다. 고대 그리스, 로마 시대에는 장미가 육체적인 사랑을 상징했으나, 중세에 와서는 정신적인 사랑의 상징이 되었다. 르네상스(Renaissance) 시대에는 또 다시 변해서 젊음과 육체의 아름다움을 상징했으나, 동시에 그 꽃의 속성을 감안하여 시간이 지나면 시들고 쇠퇴하는 대상을 의미하게도 된 것이다.

아무튼 키팅이 강조하고 있는 시간의 변화에 대한 깨우침은 학생들이 세속적 입신출세와 같은 지극히 속물적 현실주의만을 보게 하는 제도적 입시교육이라는 체제에 대한 항거이자, 학생들이 지나치고 있는 과정에 대한 성찰과 연관되어 있다. 인생은 연령별로 거치는 그 시기마다 거기서 얻을 수 있는 즐거움이 있으며, 그 즐거움은 절대적인 것이 아니라 상대적인 것이다. 그 즐거움은 자신의 남은 미래와도 직결되며, 지나가 버리면 되찾을 수 없는 것이다. 그러므로 여러 방면의 재능을 발휘하여 다양한 참다운 인간이 될 수 있는 천재들을 입시의 틀 속에 가두어 버리는 그 세계가 흘러가는 시간과 견주어 보면 답답할 수가 있는 것이다. 키팅의 눈에는 연극을 꿈꾸다 부모와의 대립각을 누그러뜨리지 못한 닐과 같은 학생은 시인임에 틀림이 없으며, 낙스(Knox)와 스티븐(Steven) 및 제라드(Gerard)처럼 냉철한 이성과 이지적인 학습에 병행해서 라디오 수리뿐만 아니라 동굴탐사 및 시낭송을 통해서 발견하는 낭만성을 발휘하는 학생들 모두가 저마다 다른 분야의 시인들일 수가 있는 것이다. 그래서 이 영화의 제목은 자연스러운 교육을 통해서 충분히 상상력을 계발해서 창의적인 활동을 할 수 있는 장차 시인들(낭만적 지성인)의 집단인 이 사립학교를 하나의 사교모임(Society)으로 나타내고 있다. 졸업까지 입시만을 생각하게 하는 이 학교는 죽은 시인(상상력과 감성을 잃은 예비 전문지식인)의 단체(사회)인 셈이다.

또 다음으로 살펴볼 시는 셰익스피어(William Shakespeare)의 소넷(sonnet) 18번이
다.

Shall I Compare Thee to a Summer's Day?

William Shakespeare(1564-1616)

Shall I compare thee to a summer's day?
Thou art more lovely and more temperate.
Rough winds do shake the darling buds of May,
And summer's lease hath all too short a date.
Sometime too hot the eye of heaven shines,
And often is his gold complexion dimmed;
And every fair from fair sometime declines,
By chance, or nature's changing course, untrimmed:
But thy eternal summer shall not fade
Nor lose possession of that fair thou ow'st,
Nor shall Death brag thou wand'rest in his shade
When in eternal lines to time thou grow'st.
　So long as men can breathe or eyes can see,
　So long lives this, and this gives life to thee.

나 그대를 여름날에 비할까?

윌리엄 셰익스피어

나 그대를 여름날에 비할까?
그대는 훨씬 더 사랑스럽고 온후하다.
거친 바람이 오월의 탐스러운 꽃봉오리들을 흔들어 댄다,
그런데 여름의 기간은 너무 짧은 시간이다.
때때로 태양은 너무 뜨겁게 비추고,
가끔 그의 황금빛 얼굴이 흐려질 때도 있다;
모든 미인들의 아름다움은 언젠가는 쇠퇴하여,
우연히, 혹은 자연의 변화로 말미암아, 그 치장이 벗겨지네:

그러나 그대의 영원한 여름은 시들지 않을 것이며
그대의 아름다움은 잃지 않을 것이다,
죽음도 그대가 자기의 그늘에서 헤맨다고 뽐내지 못하리라
영원한 시구 속에서 그대가 시간에 동화된다면.
　사람들이 숨을 쉬거나 눈으로 볼 수 있는 한,
　이 시가 오랫동안 살아 있는 한 이 시는 그대에게 생명을 주게 되리라.

셰익스피어는 연인을 여름날에 비유하고 있는데, 여름날의 화사함과 아름다움은 짧지만, 불멸의 삶으로 이끌어 줄 자신의 시속에서는 그 연인이 무궁한 젊음을 향유할 것이라고 노래하고 있다. 셰익스피어 소넷인 이 시는 세 개의 4행연구(quatrain)와 사상의 종결이 이루어지고 있는 하나의 2행연구(couplet)로 구성되어 있으며, "abab-cdcd-efef-gg"의 운율 구조(rhyme scheme)를 지니고 있다. 셰익스피어 소넷에서 사상의 변화(volta)는 마지막 4행연구와 2행연구 사이에 온다.

이시는 영화에서는 "죽은 시인들의 사교모임"이라는 활동을 학교 뒤의 산에 있는 동굴에서 가질 때 누완다(Nuwanda)라는 별명을 가진 찰리(Charlie)의 입을 통해서 발표된다. 인근의 소녀들을 그 모임에 참여시켜 놓고 한 소녀에게 찰리가 이 시를 읊자, 그 소녀는 아주 아름다운 시인데 누가 지었느냐고 묻자 찰리는 그 소녀를 위해서 자기가 지었다고 거짓말을 한다. 물론 또 다른 소녀에게는 바이런(Lord Gordon Byron)의 「그녀는 아름답게 걷네」('She Walks in Beauty')를 읊어주며, 자기가 지었다고 둘러댄다.

이 시는 또한 직접적인 표현대상을 다른 사물과 빗대어서 나타내는 시적인 특성을 첫 행부터 드러내고 있다. 시는 비유적 표현이기 때문이다. 시인은 상대방 여인을 여름이라는 계절에 비유하고 있다. 계절은 주기적으로 반복되지만, 한 주기 동안에는 생성과 상승 및 하강과 소멸이라는 과정을 거치게 된다. 시인은 사람도 그 과정을 거치므로 아무리 아름다운 여성이라도 이러한 주기를 따라 여름이라는 절정의 미가 지나면, 필히 쇠퇴해 버리고 말 것임을 일깨워준다. 자연의 주기는 반복되나 사람의 아름다움은 반복되지 않는다. 그러나 시인은 자기의 시세계는 이런 자연적 변화에도 영향을 받지 않으므

로, 독자들에게 자기의 시세계를 접하면 이런 세속적인 아름다움의 시비를 초월할 수 있

으리라고 충고한다.

제 2 장 시의 실체와 기원

오늘 날 시는 다른 문학 장르에 비해 일반 독자들의 시선을 끌지 못하고 있을 정도로 양적으로는 큰 비중을 차지하지 못하고 있다. 이러한 현상은 시라는 장르가 지닌 나름대로의 특성 때문이라고 할 수도 있겠으나, 사실은 대다수의 일반 독자들이 후기 산업사회의 문화실조현상에 편승함으로써, 세밀한 지적훈련이나 섬세한 정서적 수양에 염증을 느끼고 있기 때문이라 할 수 있겠다. 문화사를 포괄적으로 이해하고 있는 사람이라면 누구나 시라는 장르가 인류문화 활동의 중심적 위치를 항상 점해왔다는 결론을 어렵지 않게 내릴 수가 있을 것이다. 과거의 역사를 되 돌이켜 보면, 아무리 원시적인 종족이라고 하더라도 당연히 나름대로의 시적인 표현유형을 지녀왔다는 사실을 알 수 있을 것이다. 심지어 문명이 뒤떨어진 미개의 상태에서 생활한 미국 인디언(Native Americans)들이나 세계 다른 오지의 원주민들, 또는 외딴 낙도의 도서주민들이라고 하더라도, 분명히 시적인 특성을 지닌 자기들 나름대로의 민요나 영창(chants)을 지니고 있었다고 하겠다.

시는 아주 오래된 고대 문명을 번창시켜온 원동력이 되었을 뿐만 아니라, 오늘날에 이르는 모든 문화의 중요한 요소가 되어 왔던 것이다. 시는 어떤 형태로 나타나든지 간에 오락의 수단은 물론이고, 종교적 신앙심이나 도덕적 원리와 같은 사상이나 활기찬 감정을 표현해 내는 매체로 사용되어져 왔던 것이다. 모든 종교의 경전을 살펴봐도 알 수 있듯이, 힌두교(Hinduism)의 『바가바드 기타』(*Baghabad Gita*)나 구약성서의 『예언서』(*the Prophets*)나, 『시편』(*the Book of Psalms*), 『욥기』(*the Book of Job*) 등은 모두 시로 씌어져 있다. 그리고 그리스인(Greek)이나 로마인(Roman)들은 모두 하나같이 서사시나 서정시, 또는 극시와 같은 장르를 빌어서 자신들의 문명에 크게 기여했던 것이다. 가까운 중국이나 일본만 하더라도 시는 일찍이 전통적으로 교육과 윤리지도 및 통치에까지 중요한 역할을 해왔으며, 우리도 선비들은 물론이고 서민들까지 시가나 향가, 가사, 시조, 창극 등을 통해서 자신들의 정서를 교환해 왔던 것이다.

오늘날 시에 대한 관심이 널리 확산되지 못하고 있다고 하여 시라는 예술이 죽은 장르라는 말은 아닐 것이다. 대중전달이라는 관점에서 본다면, 현대화된 대중매체들을 즐기는 사람들보다 시를 향유하는 애호가들은 확실히 수적으로 열세에 있는 것만은 사실이다. 그러나 많은 수의 시 창작집이나 간행물들의 출간을 지탱해줄 정도의 시에 대한 반응은 항상 유지되고 있으며, 아직 소수에 한정되어 있긴 하나, 적극적인 학술활동이나 비평 활동을 자극할 정도의 시에 대한 관심 역시 줄어들지 않고 있다고 하겠다.

영어권 문학의 중심을 이루는 영미시인들 만 보더라도, 여타 국가들에서의 시작(詩作) 활동을 선도해 나갈 정도로 왕성한 활동을 보이면서 인류정서의 교감이라는 근원적 노력을 경주하고 있는 것이다. 의심할 나위 없이 훌륭하고 위대한 우리 시대의 많은 시인들이 창작에 전념하고 있다는 사실을 우리는 잘 모르고 있겠지만, 그들은 이 순간에도 시 창작에 최선을 다하면서 자신들의 영향력을 주변세계로 점점 넓혀 나가고 있을 것이다.

따라서 이처럼 역량 있는 시인들을 중심으로 그들의 흥미로운 작품을 연구해 본다는 일이야말로 가장 값지고 가치 있는 행위라고 볼 수 있겠다.

그런데 일반적으로 사람들이 궁금하게 여기는 의문점 가운데에는, 어째서 시가 산문보다도 쓰기가 어렵고 읽기도 까다로운데, 항상 세계 문화권에서 산문보다도 훨씬 더 중요한 위치를 점하고 있는가하는 문제가 포함되어 있을 것이다. 미국의 현대 소설가인 윌리엄 포크너(William Faulkner)는 모든 소설가들이 처음에는 시를 쓸 생각을 하다가, 그것이 용이하지 않게 되면 단편소설에 매달리게 되고, 그것도 여의치 않게 되면 마지막으로 장편에 몰두한다고 했다(Korg, Stanton & Tennyson 163). 이는 조금 과장된 표현이긴 하나, 사실에 가까운 말로서 다른 장르에 비해서 시 창작이 그 만큼 힘이 든다는 뜻일 것이다. 이 문제에 대한 올바른 답은 시가 지니는 몇 가지 독특한 기능과 특성을 살펴보면, 쉽게 발견할 수 있으리라고 생각한다.

시란 옛부터 보편적 공통언어로 통용되어 왔다고 볼 수 있다. 그러니까 가장 원시적인 옛날 사람들이 시를 사용해왔으며, 문명화되면서 사람들이 그것을 다듬어 발전시켜 왔다고 볼 수 있는 것이다. 시의 발생기원에 대한 관심을 갖고 시가 어떻게 시작되었을까를 궁금히 여긴 세실데이 루이스(Cecil-Day Lewis)는 자신의 상상력을 동원하여 다음과 같이 추정하고 있다. 수천 년 전인 선사시대로 거슬러 올라가보면, 울창한 숲 속의 공터에서 우리의 조상인 유원인들이 불을 피워놓고 주위를 돌면서, 이상한 괴성과 리듬에 맞춰 춤을 추는 제의적인 행동을 쉽게 발견할 수가 있을 것이다. 이들은 아직 말을 모르고 있었지만, 자신들 나름대로의 감정표현은 여러 가지 음성의 변화로 가능했을 것이며, 이 때 박자에 맞추어 고함이나 외침으로 자신들의 의사나 감정을 전달했을 것이다. 그들은 자신들의 행위가 무엇인지를 자기들도 정확히 모르고 있었지만, 무언가 주술적인 효과를 얻기 위해서 어떤 의식을 행하는 것이 좋을 것이라고 생각했기에 그와 같은 의식을 가졌을 것이다. 이렇게 해서 이들의 음성표현이 오늘날 우리가 시라고 부르는 장르의 효시로 자리 잡았을 것이라는 추측은 타당성이 있다고 본다(15).

그래서 시는 모든 시대에 걸쳐 씌어지고, 읽혀졌으며, 또한 시인의 시 낭송에 왕이나 군인, 정치가, 농부, 성직자, 철학자 등 여러 계층의 많은 사람들이 귀를 기울였던 것이다. 그리고 시는 곧 교육을 받고 감수성이 뛰어난 지식인들로부터 큰 관심을 받게 되었으며, 더 나아가서는 일반인들에게는 물론이고, 좀더 단순한 형태로, 교육을 옳게 받지 못한 사람들이나 어린이들에게까지도 큰 호소력을 발휘하게 되었던 것이다. 이렇게 된 이유는, 우선 시가 즐거움을 제공해주고 있으며, 흥미를 유발시켜 주었기 때문이기도 하겠지만, 그보다는 사람들의 생활에 독특한 가치를 부여함으로써, 정신적인 생활을 훨씬 더 풍요롭고 아름답게 가꾸어줄 수 있는 중요한 기능을 발휘했기 때문일 것이다. 그러니까 시는 그것이 없으면 정서적 생활이 빈곤해질 수밖에 없는 생존상의 중심을 이루는 문화적 문제로 부각된 것이다.

그러나 정서적 생활에 필수적인 시는 언어로 표현되어 있으며, 다른 장르의 문학에 비해 몇 가지 독특한 기술을 요하고 있다. 다시 말하면 일반적인 언어에 비해서 축약적인 기능을 갖고 있다는 뜻이다. 좁은 공간에 많은 양의 정보를 농축시켜서 집어넣는 데에는 산문과는 달리, 줄여서 암시적으로 표현해내는 방법과 같은 특이한 기술이 필요할 것이다. 또한 어떤 개념을 다른 사람들이 아는 간단한 표현이나 자신만의 암호 같은 것으로 표현해야만 하는 것이다. 따라서 시인은 언어를 다루는 전문가라고 볼 수 있겠다. 우리가 부르는 시적인 기술이라고 함은 우리가 늘 대수롭지 않게 사용하는 언어의 모든 표현능력들을 가려내는 기능을 뜻하는 것이다. 여기서 시인이 사용하는 비결은 어떤 목적을 위해서 시의 여러 언어적 요소들을 조합하는 기술이다. 시인은 가급적 함축적인 암시적인 짧은 표현으로 많은 의미를 정확하고도 효과 있게 전달할 수 있도록, 다양한 언어적 패턴과 기교를 비롯한 주제, 상황, 리듬이나 소리의 패턴 등을 활용해 나가게 된다. 그러므로 시의 생명력은 여기서 비롯된다고 할 수 있겠다.

시가 살아남아 오고 있는 가장 큰 원인은 시가 변화하는 환경에 순응하는 놀라운 힘을 가지고 있기 때문일 것이다. 시는 변하지 않는 인간 경험의 절대적인 본질에 대한 표현이므로, 어떠한 생활양식에도 적응해 나갈 수가 있는 것이다. 이렇게 시는 끊임없이 변화를 거듭하면서도 새로운 형식으로 창조될 수가 있는 것이다.

시는 르네상스 시기와 20세기라는 비평의 전환기에 인간의 심오한 관심사와 밀접히 연관되어 있었으므로, 오랫동안 시 전통이 놀라울 정도로 지속되어 왔다고 볼 수 있는데, 시란 일어난 사건에 대한 기록이나 언급일 뿐만 아니라, 그런 사건에 대해 독자들이 확실히 반응할 수 있도록 도와주는 정서적 매체라고 볼 수 있겠다. 감정의 반응형성에 도움을 주기 때문에 시의 독특한 영역이 정서라고 할 수도 있겠지만, 시는 또한 이야기나 사상을 다루는 데에도 아주 적절하게 사용될 수 있다. 그러기에 설화체시나 종교, 철학, 정치 등의 목적을 다루고 있는 시도 존재하게 된 것이다.

그러면 시가 어떻게 생기게 되었으며, 시인의 존재이유가 어떻게 변화되어 왔고, 시가 실생활에 과연 어떠한 도움을 줄까? 그리고 한 편의 시가 어떤 과정을 통해서 시인의 머리에서 창작되어 나오게 되는 것일까? 이 모든 문제를 알아보면, 우리가 지녔던 시에 대한 그릇된 생각이나 편견은 사라지게 될 것이다.

1. 시의 정의

음악가에 따라 음악의 정의가 수 없이 생기듯이, 시인에 따라 시를 구성하고 있는 본질적인 요소가 무엇인가에 대한 정의는 달라질 수 있는 것이다. 따라서 시라는 개념은 시인에 따라 약간씩 달라질 수 있는 개인적인 속성을 지니므로, 이에 대한 논의는 적어도 무엇이 시가 될 수 없느냐라는 문제에서 시작해 보는 것이 더 바람직할 수도 있겠다.

미리 말해두지만, 시는 반드시 운문(verse)일 필요가 없으며, 운(rhyme)을 밟지 않아도 되고, 더 나아가서는 음보(foot)를 지니지 않아도 된다. 그리고 시적인 주제를 다루지 않아도 되며, 옥스퍼드(Oxford)나 케임브리지(Cambridge)판 문학사전에서 시인으로 구분하고 있는 사람들이 썼던 말들을 사용하고 있지 않아도 된다. 그러니까 형식적인 면뿐만 아니라 내용적인 면에서도 뚜렷한 기준이 없다는 말이 된다. 이렇게 얘기하면 시에 대한 막연한 개념이나마 어렴풋이 지니고 있던 사람들은 더 어리둥절해 질지도 모른다.

일반적으로 문학 장르에서 시란 과연 무엇이고 산문이란 무엇이냐는 문제에서 그 근본적인 차이점을 지적함으로써, 명확히 시에 대한 정의를 구분하는 일이 그렇게 용이하지는 않을 것이다. 우선 형식에서 차이점이 있다는 식으로 막연하게 단정할 수는 없다고 본다. 흔히들 시는 운문으로 약간 난해하게 씌어졌으며, 산문은 쉽고 평범한 어휘로 씌어졌다고 말들은 하지만, 그 차이점이 시와 산문의 본질적인 차이점은 아니라는 것이다. 『흠정역성서』(*King James Version, the Authorized Version*)가 단순히 산문으로 씌어졌다고 해서 이를 시의 영역에서 배제할 수 없는 이유도 바로 여기에 있다고 하겠다. 아일랜드(Ireland)의 시인인 예이츠(William Butler Yeats)는 자신이 편집한 『옥스퍼드 현대시 선집』(*The Oxford Book of Modern Verse*)을 월터 페이터(Walter Pater)의 산문으로 시작하고 있다. 예이츠의 편집의도에는 비록 산문시가 한 때에는 유행이 되지 못한 장르이기는 하나, 이 또한 시라는 범주 속에 당연히 포함시켜야 한다는 그의 의미심장한 뜻이 개재해있음을 알 수가 있겠다. 반면에 아무리 운을 밟고 리듬을 지니고 있더라도, 텔레비전이나 라디오에서 흘러나오는 여러 가지 상업성 광고문구들을 운문이라는 이유에서 시라는 개념의 범주에 포함시킬 수는 없을 것이다. 물론 시의 특성을 이용한 표현으로는 간주할 수 있으므로 시와 어느 정도 관계가 있다고 말할 수 있으나, 명확한 의미에서 시라고 보기는 어렵다. 물론 리듬의 문제가 종종 시와 산문의 차이를 결정짓는 주요한 요소가 될 수도 있겠지만, 필연적이고도 절대적인 요소가 될 수는 없다. 리듬이라는 기준 만으로 본다면, 시에서는 리듬이 아주 규칙적이고 주기적인 반면에, 산문에서는 리듬이 훨씬 더 복잡하고 다양하게 나타나는 경우가 보통이다. 그러나 이러한 요인들이 이 같은 사실의 확증이 될 수는 없는 것이다. 예를 들어서 미국독립기념일에 행하는 웅변조의 수사적 선언문은 약강 5보격(iambic pentameter)의 상당히 인상적인 효과를 주는 규칙적인 리듬을 지니고 있지만, 그것은 어디까지나 산문이지 전혀 시라고 생각할 수는 없다.

그렇지만 노련한 시인들은 정해진 소절에서도 음절의 강세에 다양한 변화를 주어 독특한 리듬을 지니게 했던 것이다. 실제로 많은 현대 시인들은 자유시에다 자유로운 운율을 채택하기도 했다. 우리가 알고 있는 휫먼이나 엘리엇과 같은 시인들은 마치 산문처럼 시를 통해서 다양하고도 불규칙적인 리듬의 변화를 마음껏 훌륭하게 구사했던 것이다.

　운문이 가끔은 산문적일 수가 있으며, 경우에 따라 좋지 못한 산문도 대개 시적인 특성을 지닐 수 있다고 말하게 되면, 우리는 상당히 혼동에 빠지기가 쉽다. 이런 점에서 우리는 운문이라는 말을 좀 더 명확히 정의해 둘 필요가 있다. 엘리엇은 나쁜 시를 운문이라고 봐도 좋으나, 좋은 산문과 나쁜 산문을 구분할 수 있는 명확한 기준은 없다고 했다. 시가 관례적으로 취하는 형식을 운문이라고 봐도 좋으나, 존 휠럭(John Hall Wheelock)의 말대로 운문이란 시적인 정신(spirit)이 결여된 단순한 형식을 의미한다고 봐도 무방할 것이다(18). 그렇다면 시와 산문의 차이를 이와 같은 정신의 차이로 봐도 좋을까라는 문제가 대두된다. 우리가 시와 산문 모두에서 다양하고 광범위한 감정과 정서의 폭이 존재하고 있다는 사실을 생각해보면, 이 또한 추정적인 기준의 하나가 될 수는 있겠지만, 단정적인 기준이 될 수는 없을 것이다.

　수많은 시인들이나 문인들이 내린 시에 관한 정의 가운데서도 아마 가장 뛰어나고 간략한 정의는 로벗 프로스트(Robert Frost)의 정의일 것이다. 그는 "시란 번역하면 잃어버리게 되는 것"(Poetry is what gets lost in translation)이라는 재미있는 말을 했다(Wheelock 19). 프로스트의 의도는 시를 번역하게 되면, 그 속의 의미나 감정의 전달이 원활하지 못하다는 생각을 표현하고 싶었던 것 같다. 그렇지만 말라르메(Stephan Mallarmé)의 생각처럼 시란 단어로 이루어진 것이지, 사상이나 감정으로 이뤄진 것은 아닐 것이다. 실제로 우리는 표면적 의미전달을 목적으로 시의 번역을 통해서 어휘를 치환시킴으로써 그 내용을 재구성할 수는 있을지 모르나, 시의 요체라고 할 수 있는 고유의 리듬이나 색조를 유지하면서 상징이나 음가의 미묘한 의미와 연상적이고도 청각적인 제반 가치를 재창출해 낼 수는 없는 것이다. 더욱이 어휘들을 배열하는데 있어서 그 통사구조는 언어마다 다양할 뿐만 아니라, 실제로 번역을 통해서 어휘치환과 배열이 이루어지게 되면, 원래의 시어가 지니고 있었던 전반적인 언어효과는 그대로 보존될 수가 없는 것이다. 또한 문제가 되는 것은 모든 언어들이 해당 어휘에 대한 나름대로의 등가적 가치를 지니는 어휘를 모두 갖고 있다고 말할 수는 없다는 사실이다. 예를 들어서 우리 말의 "개운하다" 라든지 "담백하다"라는 말과 꼭 같은 의미의 말이 영어에는 없으며, 일 반적으로 영어의 "가정"(home)이란 말에 대한 정확한 개념의 등가적 가치를 지니는 어 휘가 프랑스어에는 없다고 한다.

이상에서와 같이 우리가 일단 산문에서의 어휘역할과 비교해서 시에서의 어휘역할 에 대한 개념파악이 이루어졌다면, 이 두 범주 사이의 차이점을 정의하는 데 어느 정도 도움이 될 수 있을 것이다. 언어가 지니는 속성, 즉 어휘와 그 음가, 그리고 그 의미와 시 인이 기적과도 같은 시작행위를 수행할 만한 기회를 포착하는 시인의 자질이 부합될 때, 비로소 시가 태어나게 되는 것이다. 이 기적과도 같이 우연히 탄생한 걸작인 시는, 독특 한 철자패턴과 특유한 자음과 모음의 조화에서 비롯되는 음악성, 그리고 외관상 필연적 으로 보이지만 어느 정도 시인의 기술과 요행이 어우러져 이루어진 운율 등을 갖추고 있 기에, 완벽하게 번역될 수는 없는 것이다. 언어마다의 다른 속성 때문에 이러한 일은 거 의 불가능한 것이다. 아무도 하이네(Heinrich Heine)의 유명한 시구인 "그대는 꽃과 같 다"(Du bist wie eine Blume)는 표현을 바르게 영어로 번역한 사람이 없었다는 사실은 시의 번역이 얼마나 어려운 것인가를 단적으로 나타내어 주는 실례가 된다고 본다.

그러나 이와 같이 시와 산문의 본질적인 차이점을 부각시켜서, 시에 대한 정의를 조 금 느슨하게라도 내릴 수 있다는 사실에 만족할 수밖에 없을 것이다. 왜냐하면 자연적인 대상에 대해서 뿐만 아니라 인위적인 대상에 대해서도, 절대적인 정확성을 유지하면서 정의의 범위를 극히 제한해두는 것처럼 부자연한 것은 없을 것이기 때문이다. 다만 비교 적으로 시에서는 산문에서의 경우와는 달리, 말들을 수단으로 쓰기보다는 목적으로 쓰 는 경향이 뚜렷하다고는 분명하게 말할 수 있을 것이다.

2. 시의 효용적 가치

일반적으로 시인이라면 의례 몸이 연약하고 여자 같은 사람 내지는 이상한 정신 상태나 감정의 소지자쯤으로 오인하는 경우가 많다. 또한 시를 좋아하는 사람들 역시 시인을 여자들이나 좋아하는 사람, 또는 여자처럼 신체적으로 유약한 사람들 정도로 생각하고 있다. 실제로 대학을 졸업하고 연구과정에 있는 사람들까지도 시어로 된 글을 간지러워서 못 읽겠다고 푸념하는 경우를 흔히 접할 수가 있다. 그리고 경제적인 여유가 있는 할 일 없는 사람들이나 선호하는 것이라고 대개 치부해 버리고 만다. 더 나아가서는 오락이나 취미거리가 없던 옛날이나 시가 필요했지, 오늘날처럼 즐길 수 있는 대상이 무한정 발달해있는 세상에서는 시가 여가선용의 수단이나 오락물로서의 하등의 가치가 없다고 주장하는 사람들도 있다. 시를 읽을 시간이 있으면 오히려 입신출세나 축재에 도움이 될 수 있는 일에 전념하는 일이 훨씬 더 실용적이라고 공언하는 사람들도 많이 있다. 틀린 말이라고 하기에는 우리가 살고 있는 이 시대가 지나칠 정도로 세속적이긴 하지만, 과연 그럴까?

이와 같이 주장하는 사람들은 삶의 단면만을 보고 생활해 나가는 사람들일 것이다. 음악이나 미술을 비롯한 그 밖의 다른 예술에 관해서 조예가 없는 사람들이 주로 이와 같은 태도를 취하게 된다. 따라서 그들의 이해력 결여는 이와 같은 대상을 접할 수 있는 기회가 부족했거나, 접하는 요령을 모르고 있는데서 비롯된다고 볼 수 있겠다. 무엇이든지 모르게 되면 이해할 수 없으며, 접하기 싫어지다가 급기야는 무서워지기까지 하게 된다.

시를 싫어하거나 기피하는 사람들 역시 일반적으로 보면, 세상의 신비스러움이나 자신의 정서를 두려워하는 사람들이다. 시란 독자에게 각별한 효과를 주어서 세상을 밝혀줄 수 있도록 독특하게 어휘를 사용한 문학의 형식이다. 시의 표현 속에서 나타나는 감정들이나 목전에 일어나는 일들을 두려워해서 시를 회피한다면, 이는 광인이나 비정상적인 것을 피하는 행위와 마찬가지일 것이다. 물론 광인이나 비정상적인 대상을 무조건 가까이하라는 말은 아니다. 중요한 것은 선입견에 사로잡혀 이해의 노력을 포기하는 일은 없어야 한다는 것이다.

고대 그리스시대 때의 초기의 시인들은 모두 미쳐서 신들린 사람들이라는 평가도 받았다. 그래서 그들이 처음에는 냉대도 받았으나, 사람들은 결국에는 이들이야말로 인생과 자연을 깨달은 선지자며 예언자들이라는 사실을 깨닫고는, 자신들이 잘못 생각했다고 여기게 되었던 것이다. 오늘날 우리가 쓰고 있는 "열정"(enthusiasm)이라는 의미를 가진 영어단어는 그리스어로 "내부에 신(神)을 지니고 있는 상태"(possessed by God)를 뜻한다는 말에서 나온 것이다. 아마도 이 상태가 시적 영감이 깃든 상태이었기 때문일 것이다. 시인에게 영감이 떠오른 상태는 어쩌면 비정상적인 미친 상태일지도 모른다. 물론 훌륭한 시인 중에는 너무도 예민한 정서로 말미암아 정신이상의 상태에 있었던 사람들도 있었다. 우리가 잘 알고 있는 윌리엄 블레이크(William Blake)나 윌리엄 코우퍼(William Cowper), 크리스토퍼 스맛(Christopher Smart), 실비아 플라스(Sylvia Plath), 버지니아 울프(Virginia Woolf), 앤 섹스턴(Anne Sexton)과 같은 시인들이 그랬지만, 그들의 시만큼은 아주 아름다웠으며 훌륭했다. 정말 시인들은 자신의 내부에 자칫 손상을 받기 쉬운 극히 섬세하고 민감한 장치를 지니고 있는 것이다. 이 장치를 이용하여 그들은 생명이 다하는 마지막 순간에도, 존 키츠(John Keats)의 표현처럼, 과즙을 짜내듯이 최선을 다해서 시를 써내고 있는 것이다.

시에 대한 또 하나의 그릇된 통념은, 시가 돈을 벌거나 출세를 위한 인간의 경제 지향적이고 정치지향적인 노력에는 하등의 도움을 주지 못한다는 생각이다. 대개 이러한 생각을 하는 사람들은 사회적인 지위와 대단한 재력이 있는 영향력 있는 인물들이나 아주 세속적인 사고를 가진 명사들이 그 주류를 이루고 있는데, 그들 대부분은 시가 평범한 사람들과는 거리가 먼 비실용적인 것이라고 시를 평가 절하해 버리고 마는 경향이 있다.

그러나 고대 그리스시대 평민들은 소포클레스(Sophocles)나 유리피데스(Euripides)의 시극을 보기 위해서 극장에 운집했으며, 로마인들은 오비드(Publius Ovidius Nasō)의 『변신』(*Metamorphosis*)을 읽었고, 엘리자벳 시대의 영국 국민들은 변함 없이 윌리엄 셰익스피어(William Shakespeare)의 소넷(sonnet)이나 다른 극작가들의 시극을 사랑했던 것이다. 그리고 수많은 민요가수들이나 중세의 음유시인들 모두 대중의 애환에 참여했으며, 농부나 어부들 역시 일하면서도 항상 시와 노래를 가까이 했던 것이다. 우리도 대중매체를 통해서 흘러나오는 광고문구나 입시 때의 격문, 시위대의 전유물이 되어버린 엘리엇의 시 『황무지』(*The Waste Land*)의 첫 장인 「사자의 매장」('The Burial of the Dead') 첫 행인 "4월은 가장 잔인한 달"(April is the cruelest month)은 말할 것도 없고, 어린이날만 되면 등장하는 윌리엄 워즈워스(William Wordsworth)의 "어린이는 어른의 아버지"(The Child is father of the Man)라는 시구나 셸리(P.B. Shelley)의 「서풍에 부치는 오드」('Ode to the West Wind')에서 표현된 "겨울이 오면, 봄이 그렇게 멀 수 있겠느냐?"(If Winter comes, can Spring be far behind?)는 시구 등, 수많은 시가 알게 모르게 우리 생활에 연루되어 있는 것이다.

심지어 "한국이 승리하는 바람에 미국이 안도의 한숨을 쉬었다"(USA breathes a sigh of re-Lee-f as Korea wins)[6]나, "유엔 아래서 뭉치다"(United Under UN)[7], 또는 "나를 짜줘요, 하니"(Squeeze me, honey)[8], 또는 "와퍼 먹을 멋진 기회를 가지세요"(Have a nice Whoppertunity)[9]라는 신문이나 잡지의 헤드라인이나 기사제목 및 창의적

---

6) 2006년 세계야구선수권 클래식대회(WBC, World Baseball Classic) 예선전에서 한국이 일본을 두 차례 이기는 바람에 승률에서 뒤져 탈락 위기에 있던 미국 팀이 결선에 나가게 된 사실을 메이저 리그 홈페이지(MLB.com)에서 이와 같은 헤드라인을 달고 보도했다. 당시의 승리주역은 마지막까지 침착하게 일본투수의 공을 기다려 3루타성 2루타를 만들어낸 이종범 선수였는데, "relief"라는 말을 이선수의 성을 따서 동음이의어 말장난으로 "re-Lee-f"라고 쓴 것이다.

7) 『유에스에이 투데이』(*USA Today*)지는 테러와의 전쟁이라는 명분으로 미국이 주도하에 유엔을 움직여 다국적군을 파견하거나 이에 동참하는 유엔회원국간의 통합된 모습을 보여주고 있다는 내용의 기사를 시각적으로 압운을 밟고 있다는 착시효과를 이용하여 이와 같은 머리기사를 앞세워 보도한 적이 있다.

8) 호주의 벌꿀제품인 아카리타(Akarita) 레이블에 붙여놓은 제품명이자 캐치프레이즈(catch phrase)로서 연인이나 부부 및 가까운 가족의 애칭과 꿀의 의미를 동시에 담아내는 동음이의어를 쓰고 있다.

9) 와퍼(whopper)를 개발하여 맥다놀드(McDonald)와 경쟁관계에 있는 버거킹(Burger King)이 점포마다 게시했던 적이 있는 고객용 제안광고문구로서 자사용 제품인 "와퍼"와 기회라는 의미의 "opportunity"라는 두 단어를 결합시켜 만든 복합어로 "와퍼를 먹을 수 있는 기회"라는 의미를 나타내고 있다.

인 광고카피에서도 시적인 기법이 이용되었다는 사실을 확인하게 되면, 세상에 많은 사람들이 시를 접하고 있으며 시가 일상생활에도 깊이 침투해 있음을 알 수 있을 것이다. 동음이의어나 시각운(eye rhyme), 의인법, 복합어 말장난 등에 대한 조예가 있는 사람들이라면 이 놀라운 표현들에 분명히 매력을 느낄 것이다.

그러므로 시가 평범한 보통 사람들과는 아무런 관계가 없다는 생각은 잘못된 것이라고 하겠다. 정말 지각 있는 영국 사람들은 자신들의 사회책에는 나와 있지 않지만, 자국의 역대 수출품 중에서 가장 영향력 있고 생명력이 있는 수출품은, 그 어떤 공산품이나 첨단제품이 아니라 영문학 중에서도 시라고 생각하고 있을 정도라고 한다. 정말로 영시는 인류의 문화가 지속되는 한 잊혀 지지 않을 불멸의 유산이라고 봐도 좋을 것이다.

따라서 시의 효용성을 반드시 실용적이고 타산적인 기준으로 생각해서는 아니 될 것 같다. 시는 분명히 먹고 자고 번식하는 본능적이고도 생리적인 문제와는 무관하지만, 인간의 삶을 더 높고 가치 있는 차원으로 승화시켜 주는데 일조한다고는 분명히 말할 수 있겠다. 시가 필요 없으면, 꽃이나 무지개도 필요 없을 것이며, 예쁜 옷이나 넥타이도 필요 없고, 발레나 연주회를 비롯한 각종 공연이나 축구, 야구 등의 스포츠경기도 필요 없을 것이다. 이는 우리 생활 주변의 모든 것들이 그렇듯이 시 역시 즐거움을 제공해준다는 사실을 너무도 모르고 있기 때문이다. 자전거를 못타는 것보다도 탈 줄 알면 삶이 더 즐겁고, 의상에 대한 감각을 익히면 옷 입는 것이 즐겁듯이, 시에 대한 즐거움도 마찬가지일 것이다. 미식축구경기의 규칙을 터득하여 수퍼 볼(Super Bowl)을 관람하고, 오페라(opera)의 조예를 갖고 베르디(Verdi)를 감상하면, 눈 내리는 날 저녁에 숲의 설경(雪景)에 매혹된 프로스트의 감정이나 오로지 그림을 위해 주인공인 스트릭랜드(Strickland)로 하여금 도회지를 버리고 타히티(Tahiti)로 향하게 한 모엄(William Somerset Maugham)의 심정을 이해할 수 있을 것이다.

이와 같이 시란 인간의 감정을 새롭게 다듬어 세상에 대한 인식의 폭을 넓혀 주는 구실을 한다고 볼 수 있다. 시는 우리의 모든 감각을 일깨워 주고 상상력을 한껏 발휘하게 해주어, 삶을 보다 더 명확하고 충만하게 인식하도록 도와주고 있으며, 우리의 소중한 기억을 창조하여 정신세계의 영역을 확장시켜 주고 있다.

우리가 어떤 사람을 묘사할 때, 신장이나 체중 등의 용모나 신체상의 특징을 열거하여 외양을 나타낼 수는 있으나 그 사람의 성품이나 버릇, 취미, 특기, 감정 등의 내면을 나타내기는 힘들 것이다. 그러나 시는 외양뿐만 아니라 삶의 내면세계까지도 나타낼 수가 있기 때문에 세상을 이해하고 삶에 애착을 갖게 하는 좋은 수단이 될 수가 있는 것이다.

그러므로 시는 각 개인의 생존의 중심체 역할을 하고 있다고 볼 수 있겠다. 시는 완전히 인식된 삶에 대한 유일한 가치를 지니게 하는 어떤 것, 즉 그것에 대한 지식을 갖고 생활하면 정신적으로 그 삶은 풍요로워지고, 그것에 대한 지식이 없어서 모르는 상태에서 생활하면 그 삶이 빈곤해질 수밖에 없는, 그러한 효용적 가치를 지니고 있다고 하겠다.

3. 시의 기원

시는 틀림없이 수렵어로(狩獵漁撈) 생활을 하던 원시인들의 미개한 생활상과 관계가 있다. 앞에서도 언급했듯이, 사냥이나 전투에 임하기 전에 원시인들이 시행했던 어떤 제의적인 행사와 연관이 있을 것이다. 그들은 일반적으로 어떤 행위를 모방함으로써 모방 대상을 압도할 수 있는 신비적인 힘을 얻는다고 생각했었다. 초기의 인간들은 주로 사냥을 하면서 생활했는데, 주변의 자연환경뿐만 아니라 맹수들이 득실거렸기 때문에, 혹독한 자연의 질서에도 적응하면서 맹수들과 싸우기 위해서는, 육체적인 힘말고도 주술적인 수법과도 같은 비장(秘藏)의 무기가 필요했던 것이다. 물론 나중에는 인간들이 도구를 다루게 되었지만, 그때에도 모방을 통해서 상대방을 제압할 수 있는 비방(秘方)의 의식은 치러졌던 것이다. 이러한 제의적인 행위에는 오늘날 우리들이 알아들을 수 없는 괴이한 소리나 이상한 몸짓이나 동작이 포함되었을 것이며, 가끔 온몸에 이상한 그림을 그리기도 했을 것이다. 이런 것들이 우리가 현재 향유하고 있는 각종 예술의 시효라고 봐도 좋은 것이다. 음악과 무용, 미술과 문학이 여기서 시작되었으며, 연극의 토대가 되었다고 생각할 수가 있겠다.

　아무튼 고대 원시인들은 사냥에 앞서 사람들을 사냥꾼과 사냥의 대상이 되는 짐승들로 가장(假裝)해서 사냥하는 과정을 흉내내었던 것이다. 이러한 제의를 거쳐야만 자신들의 주술적인 힘이 그 사냥감에 영향을 주어 그 날의 성공적인 사냥을 기약한다고 믿었기 때문이었다. 시위하는 사람들이 시위출정식을 가질 때, 시위대와 전투경찰로 분장해서 가투장면을 연출하는 정서도 따지고 보면, 먼 옛날 원시인들의 이러한 모방제의에서 나왔다고 할 수 있겠다. 이들은 상상력의 무장으로 싸우기도 전에 승리를 맛봄으로써, 그 싸움에 대한 정서적인 기선제압능력을 확보하게 된다고 믿었기 때문이다. 왜 자신감만 있으면 이미 그 싸움이나 경기는 절반을 이겨놓았다는 말도 있지 않나?

　이와 같은 수렵어로 생활을 하던 시대의 사냥의 모방행위가 격식을 갖추고 제의 화된 뒤에도, 농경목축의 생활을 시작하면서도 농작물이 잘 자라나도록 온화한 천후(天候)를 기원하는 의식으로 발전, 변형되어 갔던 것이다. 이러한 제의의 바탕에는 풀 한 포기나 나무 한 그루 및 돌부리 하나에도 온갖 귀신이나 정령이 있듯이, 자연의 삼라만상(森羅萬象)에 수많은 신과 정령들이 깃들어 있다는 애니미즘(animism)적이고도 범신론(pantheism)적 사상이 깃들어 있었다고 하겠다. 오랜 세월을 거치면서 일정한 가락과 박자에 맞는 춤과 소리를 지르는 일종의 종교적인 주술행위가 자연신들에게 바쳐졌던 것이다. 이때의 원시인들은 모든 자연물이 인간과 거의 같은 특성을 지녔다고 믿었던 것이다. 그래야만이 태양이나 바람이나 비 등과 같은 자연현상들도 인간의 마음이나 생각에 동조할 수 있을 거라고 믿을 수 있었기 때문일 것이다. 그래서 우리가 흔히 시에서 쉽게 접할 수 있는 "온화한 태양"(the *kindly* sun)이나 "잔인하게, 기어드는, 허기진 바다"(the *cruel, crawling, hungry* foam)와 같은 표현들에서, 무생물인 태양이나 바다의 파도에도 생물, 특히 사람의 성격을 나타낼 때 쓰는 형용사나 분사형의 동사를 사용하는 것을 자연스럽게 받아들일 수가 있는 것이다. 여하튼 농경생활과 어로생활이 순탄하고 원만하기 위해서는 태양이 사람들의 기원에 맞게 따뜻이 비춰주어야 하고 파도는 잔잔해야 만이

뱃사람들의 희생도 적을 것이라는 자연에 대한 이 본능적인 생각이 수천 년을 흐르면서 사람들의 마음속에 자리 잡게 되었을 것이다.

이러한 사상은 나중에 여기서 발전된 종교에도 침투되어, 절대적인 초월적 대상도 인간과 꼭 같은 모습과 인격을 지녔을 것이라는 신인 동격 동체 설(神人 同格 同體 說)(anthropomorphism)로 이어졌다고 볼 수 있으며, 이러한 생각이 시작에서는 풍유(allegory)나 의인법(personification)이라는 수사법으로 이어지게 되었다고 생각할 수가 있는 것이다.

자연과 정령, 그리고 절대자를 인정하게 된 인간들은 여기서 신화를 창조해 내는데, 먼저 자신들의 생활과 관계가 깊은 계절의 신화를 구상하게 된다. 연중 11개월이 얼음으로 덮이는 알래스카(Alaska)의 놈(Nom)과 같이 추운 지역의 산간벽지에서 폭설과 혹한으로 교통과 통신이 마비되다시피 하여 편의시설이나 문화시설 등의 이용이 불가능해지고 정상적인 사회생활이 어려워지게 된 경우를 생각해보자. 이러한 상황은 엄청날 정도로 생활에 불편을 끼치게 되므로, 장기간 계속된다면 짐승들처럼 동면할 수 없는 인간들로서는 생활 자체가 불가능해질 것이다. 이와 같은 상황이 초기의 원시인들에게 일어났다고 가정해보자. 그들은 문화생활은 고사하고 기본적인 생활 자체가 어렵게 될 것이고, 나아가서는 안전한 삶을 영위할 수 있는 미래에 대한 불확실성 때문에 엄청난 공포를 느끼게 될 것이다. 어쩌면 빙하기 때처럼 온 세상이 꽁꽁 얼어붙어 버릴 수도 있을 것이라는 절망적인 생각도 들 수 있을 것이다. 이러한 처지에서 해빙이 시작되면서 일기가 온후해지고 싹이 트고 꽃이 피는 봄이라는 계절이 온다는 사실 자체가 그들에게는 큰 기적일지도 모른다. 이제 그들은 집밖에 나와서 산중과 벌판을 돌아다니며 사냥도 할 수 있고 논밭에 나가 각종 곡식을 재배함으로써 수확을 기대할 수도 있게 되었다.

여기서 그들은 이와 같이 추운 겨울이 끝나고, 따뜻한 봄과 곡식을 영글게 하는 여름이 다시 돌아와 주는 기적과도 같은 일이 계속 일어나 주었으면 하는 강한 바람을 갖게 되었을 것이고, 이러한 그들의 생각이 시로 표현되었을 것이다. 이런 식으로 초기의 시들은 주로 계절을 노래하게 되었는데, 이와 같은 부류의 시들이 발전하여 제임스 톰슨

(James Thompson)의 『사계절』(*The Seasons*)이나 존 키츠(John Keats)의 「가을에게」("To Autumn")와 같은 시들이 태어나게 된 것이다.

그런데 초기의 사람들은 자연의 변화나 힘에 대해서도 극적인 상황을 적용하여 의인화시켜서 그 특성을 나타내었는데, 지나간 시간과 현재의 시간을 대극화시키듯이 봄과 겨울도 대극화시켜서 표현했던 것이다. 즉 이 두 대극적인 힘의 싸움은 인생의 궁극적인 현상인 삶과 죽음의 대결구도로 압축되어 나타나게 되었다. 우리는 그 예를 그리스·로마신화에서 쉽게 찾아 볼 수 있다.

신화에 따르면, 곡물과 수확의 여신인 디미터(Demeter)[10]와 제우스(Zeus)의 딸인 퍼세퍼니(Persophone)가 명부(冥府)의 신인 헤이디즈(Hades)[11]에게 납치되어가서 그의 아내가 되어 하계(下界)의 왕비노릇을 하게 된 것이다. 그녀는 어머니로부터 식물의 성장을 관장하는 능력을 이양 받아서 활동해왔으나, 헤이디즈에게 하계로 납치되어 내려감으로써 지상에 그녀가 없게 되어, 곡물과 채소의 수확이 어렵게 된 것이다. 이 사실을 격정하고 있었던 그녀의 어머니인 디미터는 처음에는 헤이디즈를 사위로 인정하고 싶지 않았지만, 대지의 여신으로서 어쩔 수 없이 그를 인정해주는 대신에 딸인 퍼세퍼니를 6개월 동안 친정에 올 수 있게 해달라는 계약을 헤이디즈와 맺게 되었다. 때마침 장모로부터 인정을 받지 못한 헤이디즈로서는 자신의 결혼을 인정받을 수 있는 기회였으므로 장모의 그러한 제의를 흔쾌히 받아들이고서 그 계약을 성사시킨다. 이후부터 퍼세퍼니가 시집인 하계에 남편과 함께 있는 6개월 간은 겨울로, 그리고 그녀가 친정인 지상에 어머니와 같이 머무는 6개월 간은 여름으로 나타나게 된 것이다.

이와 같이 농경생활과 관계가 깊은 계절의 신화가 가장 기본적이었으며, 대부분의 신화는 모든 인간에게 공통된 체험이나 욕구를 구현시켜주는 이야기를 바탕으로 하고 있다. 그리고 시는 엄청난 정도의 보존능력을 지니고 있으므로, 이러한 신화나 전설 등을 창조하여 오늘날까지 우리들에게 전해주고 있는 것이다.

---

10) 로마이름은 세레스(Ceres)
11) 로마이름은 플루토(Pluto)

그러므로 사람들은 처음부터 시를 통해서 세상에 대해 느끼는 자신의 열정적인 감정을 표현하고, 자연의 온갖 역경과 위험 속에서도 스스로 위안을 얻게 된 것이다. 그들은 또한 주술과 기도를 통해서 자연의 힘을 인간의 목적에 맞게 다스리고, 더 나아가서는 세상과 삶 전체를 조망하고 이해하는데 시를 사용했던 것이다.

4. 시의 완성

시가 시인의 머리에 어떻게 구상되어서 한 편의 시로 표현되는가를 알아보기 전에, 우선 최초의 시인은 어떻게 해서 탄생되었는가를 추론해 보는 것이 재미있을 것이다. 대부분의 학자들은 초기의 시인들 역시 초기의 사람들처럼, 거의 본능에 의존해서 생활해 나갔을 것이라고 추측하고 있다. 그런데 인간이 지니고 있는 가장 강렬한 본능 중에 하나는 아마도 무엇인가를 만들거나 창조해내는 일일 것이다. 물론 이러한 본능은 초기에 인간들이 맹수와 무서운 생활환경에서 자신과 가족들을 보호하고 싸우기 위해서 불을 피우고 집도 지으면서 생활해 나가는 데에서 비롯된 것이며, 이러한 목적을 위해서는 그들이 들판에 나가 경작하고 사냥하는데 필요한 도구와 연장을 만들어야 하는 필요성이 대두되었을 것이다. 따라서 우리가 시(poetry)라고 부르는 영어단어의 어원이 무슨 일을 수행하거나 어떤 것을 만들어 낸다는 뜻의 그리스어에서 차용되었다는 사실[12])이 그렇게 놀랄만한 일은 아닌 것이다.

그러면 어떻게 해서 시인들이 존재하게 되었을까? 초기의 사회도 오늘날과 별반 다를 바 없이, 아마도 힘을 쓸 수 있는 건장한 남성들은 사냥이나 다른 부족들과의 전투에 투입되었을 것이고, 여자들은 그 사회내의 안살림을 맡았을 것이다. 그래서 매일 남자들은 들판이나 산으로 무리 지어서 사냥이나 전투에 나섰을 것인데, 옛날에도 선천적으로

---

12) 따라서 시인이라는 뜻의 단어인 "poet"도 만드는 사람, 즉 창조자를 나타내었으므로 대문자를 사용하여 "Poet"이라고 표기하면 절대자를 나타낸다.

기형이나 불구로 태어난다든지, 또는 후천적으로 사고에 의해 불구가 되어버린 약체의 인간들이 있었을 것이다. 다른 동료들이 일하러 나가는 동안에 이들은 정상적인 자신들의 생활에서 소외됨으로써, 그 사회에서도 변방으로 맴돌게 되었으며, 그로 말미암아 상당히 의기소침했을 것이라는 추측을 쉽게 해볼 수가 있겠다. 그들도 역시 자신들이 소속한 그 사회의 일원으로 기여하고 봉사할 수 있는 유용한 인간이 되고 싶은 욕구는 정상인들보다도 더 했기에, 자신들의 타당한 존재이유를 추구하는 일을 구상하게 되었을 것이다. 혹독한 일기와 위험한 맹수들이 판치는 험한 세상에서는 오로지 힘이 있고 강해야만이 살아남을 수 있기에, 태어나면서부터 지체가 부자연스럽다든지 병약한 사람은 아무런 쓸모가 없었으며, 더 나아가서는 오히려 그 사회의 장애가 되기도 했던 것이다. 그들도 역시 우리와 마찬가지로 살고 싶은 욕망은 대단했으므로, 나가서 사냥하고 경작할 힘은 없으나, 그러한 효과를 지닐 수 있다고 생각되는 다른 일을 만들어 냄으로써 자신들의 존재를 정당화시키려고 노력했을 것이다. 즉 그런 일들에 대한 공상과 그런 일을 수행하는 그림을 그려서, 동료들이 그 일을 수행하는데 도움이 되는 주술적(呪術的) 효과를 창안해내는 일에 골몰했을 것이다. 최대한의 자신의 상상력을 발휘하여 주변의 모든 자연을 인간의 소망대로 통제하고 조절할 수 있는 큰 힘을 발휘할 수만 있다면 어떨까하는 상상 아닌 공상이 여기서 발휘된다. 어떤 한 기능에 장애가 있는 장애인들을 우리 주변에서 보면, 다른 기능은 정상인들보다도 훨씬 더 발달되어 있는 경우가 허다하다. 예를 들어 장님일 경우 시력에는 장애가 있으나, 청력이나 다른 감각은 뛰어날 정도로 극히 민감하게 발달되어 있음을 보게 되는데, 호머(Homeros)나 존 밀튼(John Milton)은 대표적인 경우라고 하겠다. 이들이 남달리 지니고 있는 이 특수한 기능 때문에 이들은 시인이 될 수 있었으며 예술가가 될 수 있었던 것이다. 그러니까 이들은 이야기를 꾸며서 시나 노래로 표현하거나 그림으로 나타낼 수 있는 극도로 민감한 장치를 항상 자신들의 내부에 휴대하고 다니는 셈이다.

이들이 지녔던 남다른 기능을 우리는 상상력이나 환상이라고 부를 수 있겠다. 또는 창의력이라고 해도 좋을 것이다. 아무튼 정상적인 활동에 소외되어 타인들로부터 멸시

당한다는 것은 이들에게는 극도로 부담스러웠기에, 하루 종일 아무 일도 하지 않고 여자들이나 어린애들을 쳐다보거나, 다른 동물이나 식물 또는 자연을 관조하는 시간을 가지면서, 자신의 처지와는 상반되는 상황을 상상으로 꾸며보게 된다. 우리가 훌륭한 사람이나 영향력 있는 인물이 되어 타인들로부터 주목을 받는 공상을 하듯이, 그들도 엄청난 힘으로 남들이 하기 어려운 일을 손쉽게 처리함으로써 우상화되고 싶어했을 것이다. 대개 현실능력이 떨어지는 사람들은 이렇게 상상력을 이용해서 심리적으로나마 적절히 불만스러운 현실을 보상받게 되는 것이다. 이들은 동료들이 사냥에 열중하는 동안에 여러 가지 재미있는 이야기를 꾸며서 만들게 되고, 또한 주술적인 효과가 있을 것이라고 여겨지는 아름다운 노래를 만들어서 동료들이 사냥에서 돌아오게 되면, 불가에 둘러앉아서 그들의 무료함이나 피곤함을 달래주었던 것이다. 여기서 전형적인 이야기꾼이 탄생되었을 것인데, 이들은 이 이야기들을 거의 가락이나 박자에 맞추어 노래로 불렀을 것이다. 왜냐하면 리듬이 있어야 기억하기가 쉽고 전달이 용이했을 것이기 때문이다.

이렇게 이들이 만든 어떤 주술적인 제의행위는 그 사회에서 공식화되어 자리 잡게 되면서, 자연히 그들의 입지적인 위상도 동료들에 의해 새롭게 인식되었을 것이다. 다른 동료들은 자신들이 갖고 있지 않은 기능을 이들이 갖고 있음을 인식함으로써 이들의 존재를 인정해 주게 되었으며, 더 나아가서는 이들이 더 중요하게 대우받게 되기도 했을 것이다. 이들이 시를 만들어 내도록 이들의 머리에서 처음에 작용하는 상상력이나 환상을 영감이라고 불러도 좋을 것이다.

시인이 시를 써내기 전에 이미 시의 창작과 관련되는 많은 것들이 시인의 머리와 가슴에서 여러 가지 형태로 자리 잡고 활동하게 된다는 사실을 우리는 먼저 알아야 하겠다. 어떤 저명한 시인이자 비평가는 대략 다음과 같이 세 단계의 시작과정을 제시하고 있다.

먼저 시라는 종자의 씨앗이 시인의 상상력을 자극하는 단계이다. 이러한 자극은 강렬한 형태를 띨 수도 있고, 또는 아주 희미한 감정이나 특별한 체험 내지는 어떤 생각으로 이루어 질 수도 있는데, 때에 따라서는 그것이 그냥 하나의 이미지로 자리 잡을 수도 있지만, 대부분의 경우에는 완전하지는 못하나 제법 갖추어진 시의 형태로 시인의 머릿속에 있는 기억의 노트에 기록되게 된다. 그리고 난 뒤 시인은 이 모든 것을 잊고 만다.

두 번째 단계는 그 시의 씨앗이 시인에게 들어가서 소위 무의식이라고 불리는 저장소에 있게 되는 단계이다. 여기서 그 씨앗은 자라서 어떤 형태를 지니든지, 또는 이미 들어와서 자리 잡고 있던 기존의 다른 씨앗들과 상호작용을 하게 됨으로써, 시로 태어날 채비를 갖추게 되는 것이다. 시인에 따라 차이는 있겠으나, 이 두 번째 단계는 수일 내지는 수년이 걸릴 수도 있는 것이다.

마지막 단계는 이러한 것을 시로써 표현해보고 싶어하는 시인의 강렬한 창작욕구가 분출되는 단계이다. 시인에 따라 다르겠으나 어떤 이는 이럴 때 배를 통해서 그 느낌을 감지한다고도 한다. 즉 어떤 일에 놀라거나 흥분이 되면 배고픔을 느낀다는 것이다 (Lewis 38-39). 예를 들어서 괴테(Goethe)같은 사람은 이 느낌을 끌어내기 위해서 책상 서랍 속에다 사과를 넣어 두었다가, 한 번씩 그 썩은 사과의 냄새를 맡아보곤 했다는 말도 있다. 여하튼 이제 시는 태어날 시간에 임박해 있게 된다. 어떤 시인은 조용히 앉아서 기다리든가, 시골길을 산책하거나 드라이브를 하기도 한다. 버스나 기차를 타고 여행을 할 수도 있고, 경우에 따라서는 술을 마시는 수도 있다. 극한적인 경우이겠으나, 콜리지 (Samuel Taylor Coleridge)와 같은 시인은 마약을 복용하기도 했던 것이다. 어쨌든 시인이 시를 쓰기 위해서 정신을 집중시키는 데 도움을 줄 수 있는 방법이라면 무엇이든지 취하게 된다. 시인에게는 까맣게 잊고 있었던 시의 씨앗이 오래 전 부터 작용하고 있다는 사실을 느끼게 되고, 급기야는 놀라울 정도로 성숙, 발전하여 나오려고 하고 있다는 것을 감지하게 된다.

이 세 번째 단계야말로 시가 내보내달라고 아우성치며 나오려고 문을 마구 두드리는 상황일 것이다. 물론 처음 나온 것은 완성된 시가 아니며, 개괄적인 시의 형태를 지닌 것으로서 시 전부가 될 수도 있고 그 일부가 될 수도 있다. 이 마지막 단계는 시인이 각고의 노력을 기울이게 되는 아주 힘든 시기이며, 프로야구경기에서 타석에 들어서기 전에 타자가 조심스럽게 들고 나갈 배트를 고르거나 모임이나 파티에 나가기 전에 입고 갈

옷을 고르듯이, 시인이 자신의 어휘저장소에서 필요한 시어를 조심스럽게 골라내는 가장 노력이 필요한 단계인 것이다. 이 마지막 단계에서 몇 시간만에 시가 탄생될 수도 있으나, 수일이 걸릴 수도 있고, 그 이상의 기간이 소요되어도 만족스러운 시를 완성시키지 못하는 경우도 생기는 것이다.

제**3**장 영시의 성분

모든 사물이나 현상이 외양과 실재로 이루어 졌듯이, 시의 실체 역시 외적인 형식과 내적인 의미인 내용으로 이루어 졌다고 볼 수 있다. 옛사람들은 항상 내용을 표현하면서 그것을 담아낼 그릇인 형식을 중시했던 것이다. 장엄하고 방대한 내용을 서정시에 담아낼 수 없고, 개인의 잔잔한 정서를 서사시에 담아내지 못하는 이치와도 같다. 그래서 그들은 늘 격식이나 어울림(decorum)을 중시했던 것이다.

일반적으로 시의 형식은 주로 음악성에 의존했는데, 청자의 귀가 자신도 모르게 노래의 행말에 가면서 그 이전에 들었던 음과 동일한 음이 리듬을 타고 반복되기를 기다리게 되는 이치를 이용했기 때문이다. 그리고 동일한 패턴의 표현이나 시구의 반복을 최대한 이용했던 것이다. 반복의 이용은 앞에서도 말했듯이 철저하게 기억력의 보존이라는 목적을 위해서다. 특히 사랑과 같은 주제의 내용을 다룰 때에는 듣는 이에게 깊이 각인시킬 필요가 있었을 것이다.

사랑에 빠져 온 세상의 모습과 색상이 변하여 모든 것이 아름답고 즐겁게 보일 때, 사람들은 대개 답답하고 벅찬 가슴을 억누르면서 용기를 내어 상대방 연인에게 "그대는 아침이슬과 같군요"(You are like the dew in the morning)라고 한다든지, 또는 "그대는 잎 새에 걸린 달과 같군요"(You are like the moon on moving leaves)라고 하거나 "그대는 초원에 깃든 봄이요"(You are spring in the meadow)라고 노래해왔다. 어쩌면 이런 말들이 사랑에 대한 가장 단순하고도 솔직한 감정의 표현일지도 모른다. 사랑을 노래한 영시의 대부분은 이렇게 시작되었으며, 시인마다 차분히, 또는 열정적으로, 그리고 복잡하게, 또는 단순하게 자신의 감정을 기술했던 것이다. 로벗 번즈(Robert Burns)같은 시인은 꼭 같은 상황을 다음과 같이 표현했었다.

> O, my luve is like a red, red rose,
>   That's newly sprung in June.
> O, my luve is like the melodie,
>   That's sweetly play'd in tune.

> 오, 내 사랑은 빨갛고, 빨간 장미와 같구나,
>   유월에 갓 피어난.
> 오, 내 사랑은 가락과도 같구나,
>   곡조에 맞게 감미롭게 연주된.

그는 확실히 첫 행과 셋째 행을 아홉 음절로 구성하고 두 번째 행과 네 번째 행을 여섯 음절로 하여 행말에 각각 운을 밟되, 두 번째 행과 네 번째 행의 운이 같게 하여 사랑하는 여인에게 페트라르카(Petrarch)적인 찬사를 늘어놓고 있다. 연인의 모습을 아름다운 장미에다 비유하고, 연인의 음성을 감미로운 곡조로 연주된 가락으로 비유한 찬사는, 충분히 상대방의 환심을 살 정도로 정교하게 구성되었다고 볼 수 있겠다.

우리는 여기서 시의 형식적인 부분이 바로 시의 음절과 강세 및 행말의 운이며, 시의 내용적인 부분이 비유어를 중심으로 이루어진 시인의 애정표현의 메시지(message)라는 사실을 알 수가 있겠다.

그러므로 언어로 이루어진 시가 지니고 있는 음향적 효과나 시각적 효과가 주는 형식적 가치는 물론이고, 어휘들의 의미적 효과가 구성해내는 여러 가지 내재적 가치를 면밀히 살펴보는 일이 중요하다고 하겠다. 전자를 언어학적 효과라고 볼 수 있으며, 후자를 문학적 효과라고 볼 수 있다. 따라서 현대의 문학연구는 문학적인 한 분야만으로 이루어지는 것이 아니라, 언어학적인 검토가 반드시 수반되어야 한다는 사실을 알아야 하겠다. 문학은 언어로 구성된 것이기에, 언어학적인 연구를 도외시할 수 없으며, 언어학 역시 고차원의 언어운용이나 관행에 대한 연구를 목표로 해야 하기 때문에, 그 여러 연구기능 중에서도 언어학은 문학연구의 보조학문으로서의 실질적인 역할수행에 기여해야 하겠다. 왜냐하면 시는 물론이고 다른 문학 장르 역시 정확한 의미파악을 위해서는 어휘의 형식적 기능을 반드시 필요로 하고 있기 때문이다.

그러므로 시란 시의 음향적 효과를 위한 운율체계와 리듬 및 율격(meter) 등이 창출해내는 시의 음악성, 그리고 시행과 시연에 따라 다른 시의 패턴(pattern)과 같은 시의 형식적 요소를 골격으로, 외연(denotation)과 내포(connotation), 심상(imagery)과 비유, 상징과 아이러니(irony) 등이 주류를 이루는 시의 내용적 요소로 구성되어 있다.

1. 영시의 형식적 요소

시는 형식적으로 청각에 영향을 주는 음악성이나 음향효과를 좌우하는 운율과 의성어, 리듬, 율격, 음보 등의 요소와, 구성에 따라 그 패턴이 달라지는 시행과 시연이라는 시각에 영향을 주는 요소로 이루어져 있다. 특히 시란 다른 장르의 문학과는 달리 감각적 호소력을 창출해 내는데 그 생명력이 있다고 하겠다. 그러므로 타 장르보다도 감각적

이미지를 훨씬 더 많이 쓰는 장르가 시라고 하겠다.

그러면서도 형식과 내용의 결합력이 강한 장르가 또한 시라고 할 수 있다. 시에 있어서 내용과 형식의 결속관계가 상당히 밀접해서, 비록 시의 주제를 이끌어 내는 일이 타 장르에 비해서 그렇게 만족스럽지는 못하나, 훌륭한 시에서는 반드시 그렇지 만은 않다. 왜냐하면 시는 형식에서 분리될 수 없는 하나의 유기체이기 때문이다.

시가 생명력을 유지해오고 있는 유일한 근원적인 힘은 시가 다변화하는 환경에 순응할 수 있는 대단한 잠재력을 지니고 있기 때문일 것이다. 거듭 말하지만, 시는 인간체험의 표현이기는 하나, 동시에 인간체험의 변화되지 않는 영속적인 본질에 대한 표현이므로, 어떤 새로운 생활양식에라도 적응해 나갈 수가 있는 것이다. 그래서 시는 끊임없이 변화를 거듭하면서도 새로운 형식으로 창조되어 오고 있는 것이다.

시의 고정화된 전통적인 형식이 변하면서 그 형식이 다양해진다하더라도, 시의 본질적인 특성이 변화하는 것은 아니다. 시란 운율적 언어로 인간의 경험을 해설적으로 극화시켜서 쓴 것(Altenbernd and Lewis 2)이기 때문에, 형식이 바뀌었다고 해서 그 본질적인 특성이 변하지는 않는 것이다. 실제로 현대 영미시의 선구자라고 봐도 좋을 제라드 맨리 홉킨스(Gerard Manley Hopkins)와 커밍스(E. E. Cummings), 그리고 딜런 토마스(Dylan Thomas) 같은 시인들은 전통적인 시 형식에 구애받지 않고 저 마다 독특한 방식으로 시 언어를 놀랍게 재형성시킨 장본인들일 것이다. 홉킨스는 스프렁 리듬(sprung rhythm)을 만들어 사용해서 시의 음악성에 크게 기여했으며, 커밍스는 특이한 인쇄기법을 써서 독자들에게 기발한 시각적 효과를 주었고, 토마스는 난삽한 언어를 시에 도입하여 나름대로의 시어의 음악성추구를 주도했던 것이다. 마지막으로 엘리엇과 같은 시인은 빅토리아적(Victorian)이고 조지아적(Georgian)인 시의 굴레를 벗어 던지고 구어체를 과감하게 시어로 사용함으로써, 20세기의 시적인 혁명을 일으켰던 것이다.

그러므로 시에서는 본질적인 시의 특성이 무너지지 않는 범위 내에서는 얼마든지 외형적인 변화가 있을 수 있는 것이다.

(1) 영시의 음가

영어는 음의 강세를 기반으로 한 언어(stress based language)이다. 따라서 영시도 음의 강세에 따라 약음절과 강음절의 조합과 조합의 수에 의해 다양한 음가를 갖게 된다. 약음절수와 강음절수의 조합으로 구성되는 단위에 따라 정해지는 율격의 종류와 음보는 영시의 음가를 결정짓는다. 또한 행말이나 시행의 중간에서도 자음과 모음의 반복을 이용한 압운이 시의 음가에 부가적 효과를 준다.

① 운율(rhyme)

일반적으로 시행의 행말에 위치하는 단어의 끝에 동일한 음을 지닌 시행들이 반복되는 경우, 우리는 운을 밟고 있다고 말할 수 있다. 여기서 말하는 단어의 끝이라 함은 마지막에 강세가 오는 음절(stressed syllable)이나 그 뒤를 잇는 음절들을 말하는 것이다.

> Whose woods these are I think I *know*.
> His house is in the village *though*;
> He will not see me stopping here
> To watch his woods fill up with *snow*.(이탤릭체 필자)

> 여기가 누구의 숲인지 난 알 것 같아.
> 숲 주인은 비록 마을에 있겠지만;
> 그는 내가 여기 서 있는 이유를 모를 거야
> 눈에 덮인 자기 숲을 구경하려고.

로벗 프로스트의 「눈 내리는 날 저녁 숲가에 서서」('Stopping by Woods on a Snowy Evening')라는 이 시에서 이탤릭체로 표시한 1, 2, 4행들의 말미에 있는 단어의 음절들은 모두 [ou]의 발음을 가지고 있기 때문에, 운을 밟고 있다고 말할 수 있다. 시행의 끝에 운이 온다고 하여 행말운(end-rhyme)이라고도 한다. 그런데 위의 예에서처럼 단음절로 된 것도 있으나, 다음절로 된 운도 있을 수가 있겠다. 하지만 음절의 수와는 관계없이, 대부분의 시구에서 볼 수 있듯이, "sup*port*/ re*tort*"와 "*decks*/ *sex*"의 예에서처럼 강세가 시행의 마지막 음절에 올 경우 남성운(masculine rhyme)이라고 부르고, 강세가 있는 음절 다음에 한두 개의 약음절(unstressed syllable)이 이어지는 경우 "*leaving*/ *grieving*"과 "*spitefully*/ *delightfully*"의 예에서처럼 여성운(feminine rhyme)이라고 부른다. 대체로 속성상 남성운은 행의 움직임이 굳건하고 생기가 있으나, 여성운은 우아하고 부드럽다. 일반적인 종류의 두 개의 여성운을 이중운(double rhyme)이라고도 부르며, 두 개의 약음절 다음에 나와서 3개의 각운이 가까운 행 속에서 유사한 배열을 취하는 경우에는 삼중운(triple rhyme)이라고도 한다. 또한 중간에 있는 모음이 운을 밟는 경우에는 중간운(internal rhyme)이라고 한다.

그러나 모든 각운이 이와 같이 규칙적이고 정확하지 않으며, 각운을 밟는 단어의 음이 동일하지 않고 비슷한 경우가 있는데, 이런 것을 유사운(approximate rhyme)이나 반운(half rhyme)이라고도 부른다. 정확한 운(exact rhyme)이나 완벽한 운(perfect rhyme)에 비해 정확하지 못하고 완벽하지 못하기 때문에, 부정확한 운(inexact rhyme) 또는 비슷한 운(slant rhyme)이라고도 부른다. 이와 같은 운들은 "*green*/ *grain*"이나 "*death*/ *earth*"에서와 같이 짧은 시행을 연결하는데 효과가 있으며, 소리가 규칙적으로 순환함으로써 생기는 패턴에 대한 일반적인 불협화음과 같은 암시효과를 만들어 내는 데에도 쓰이고 있다. 이러한 압운은 에밀리 딕킨슨(Emily Dickinson)이 많이 사용했다. 이와 같이 완벽하지 못한 각운 가운데에는, "*speak*/ *break*"와 같이 발음이 다르지만 철자가 같아서 운을 밟고 있는 것처럼 보이는 시각운(eye-rhyme)이라는 것도 있다.

만일 "*manse*/ *romance*"나 "*style*/ *stile*"의 예에서 보듯이 운을 밟고 있는 모음에 선행하는 자음의 발음이 같거나, "*aisle*/ *isle*"나 "*alter*/ *altar*"의 예에서처럼 아예 선행하는 자음이 없는 경우, 또는 "*hill*/ *hill*"의 예에서와 같이 동일한 어휘가 운을 밟는 위치에서 반복되어 있는 경우에는 동일운(identical rhyme)이라고 부르기도 한다.

그런데 일반적으로 그리스나 라틴시인들은 전혀 각운을 쓰고 있지 않은데 비해, 영국시인들이 각운을 많이 쓰고 있는 주요한 이유는 아마도 영어가 각별할 정도로 풍부한 모음의 소리를 지니고 있기 때문일 것이라고 주장하는 사람도 있다(Lewis 35).

각운은 대개 시행의 끝에 오는데, 그 이유는 시연의 음악적 패턴을 만들어내고 명확하게 할 수 있기 때문일 것이다. 우리는 어떤 특정한 간격을 두고 박자를 기대하듯이, 각운이 올 것이라고 기대하다가 행말에 예상했던 위치에서 각운을 발견하게 되면, 귀를 통해서 큰 즐거움을 얻게 된다.

그러나 운이 반드시 마지막에만 오는 것이 아니라, "*hide/ like*"의 예에서와 같이 시행의 중간에 있는 모음에 오는 경우도 있다. 이를 우리는 모운(assonance)이라고 부르며, "**look/ back**"의 예에서처럼 자음이 반복되는 경우에는 자운(consonance)이라고 부르기도 한다. 이와 유사한 운을 예이츠는 다음과 같이 사용하기도 했다.

> I hear *lake* water *lapping* with *low* sounds by the shore;
> ("The Lake Isle of Innisfree", 이탤릭체 필자)

> 나는 물가에서 나지막하게 호수물이 찰싹거리는 소리를 듣지;
> (「이니스프리의 호도」)

이 시에서 이탤릭체로 표현된 단어들은 모두 "l"이라는 자음으로 시작하고 있는데, 이 발음은 상쾌하고 물이 흐르는 것 같은 유동적인 느낌을 주고 있다. 여기서 [l]이라는 소리는 시가 주는 의미와 충분히 일치하고 있다. 이와 같은 운을 우리는 두운(alliteration)이라고 부른다. 이 두운법은 고대의 앵글로 색슨(Anglo-Saxon)영시에서 많이 나타나 있는 특징이 있다. 이 두운은 예이츠가 마음속으로 그리고 있는 이니스프리(Innisfree)의 호도(湖島)에서 들려오는 호수물의 찰싹거리는 소리를 연상시켜 주고 있다. 그러면 이와 반대되는 무거운 느낌을 주는 소리의 예를 하나 더 들어보자.

> Dry *clashed* his armour in the icy *caves*, (이탤릭체 필자)

얼음 같은 동굴에서 그의 갑옷으로 쨍그랑하고 마른 소리가 울렸다.

이 부분은 앨프릿 테니슨(Alfred Tennyson)의 시 『아서왕의 죽음』(*Morte d'Arthur*)의 한 행인데, 베디비어 경(Sir Bedivere)이 부상한 왕의 몸을 돌 바위로 된 땅을 밟으며 옮겨가는 장면을, 이탤릭체로 된 단어의 [k]음의 반복으로 묘사하고 있다. 테니슨은 갑옷으로 무장하여 육중해진 몸이 바위와 마찰하면서 금속과 돌이 부딪히는 음향효과를 두운을 사용하여 훌륭하게 처리해 내고 있다.

이와 같은 두운이나 각운 모운 등은 모두 하나의 공통적인 요소를 지니고 있는데, 그것은 규칙적이든 불규칙적이든 일정한 간격을 두고 이루어지는 음의 반복이라는 점이다. 그러나 시에서는 하나의 음에만 반복이 국한되는 것이 아니라, 한 시행 내지는 구절이 반복되는 경우가 있는데, 우리는 그것을 후렴(refrain)이라고 부른다. 우리가 흔히 대하게 되는 노래의 후렴은 물론이고 시극이나 시의 코러스(chorus) 부분은 훌륭한 후렴의 한 예라고 하겠다. 하지만 후렴은 시의 패턴에 관한 문제이므로, 이 후렴에 관해서는 나중에 다루기로 한다.

그런데 여기서 음의 원만한 반복효과를 위해서는 반드시 유의해야 할 사항이 있는데, 반복은 전적으로 소리의 문제, 즉 발음상의 문제이지, 철자법의 문제는 아니라는 것이다. 유사한 철자법의 문제는 앞에서 설명한 시각운에서 찾아 볼 수가 있겠다. 그리고 두운이나 모운, 자운, 남성운 등은 일반적으로 강세가 있는 음절을 포함해야 된다. 그 이유는 강세 있는 음절이 시의 음향패턴을 독자의 귀에 인상 깊게 전달해 주기 때문이다. 또한 반복 음은 첫 음에서 반복에 이르기까지 의식적으로든 무의식적으로든 귓전에 그 음이 울리도록 아주 유사해야 한다는 것이다(Perrine 170).

우리가 노래나 시를 대할 때면 당연히 반복을 기대하게 된다. 그러다가 반복 음이나 구절이 나오면 거기서 인식의 즐거움을 얻게 된다. 이는 수많은 인파로 북적거리는 남포동이나 서면, 압구정동, 명동, 종로 일대를 거닐다가 거기서 친근감 있는 낯익은 얼굴을 만나서 기쁠 때와 꼭 마찬가지일 것이다. 이와 같은 음이나 시행 및 구절의 반복은 모두 일정한 박자로 이루어지면서 시의 음악적 패턴을 형성하게 된다. 이러한 패턴은 원시인들의 종교적 의식이나 춤에 수반되었던 그 박자와도 연관이 있는 것이다. 그리고 이 운율적 반복은 시의 리듬과도 밀접한 관계가 있다고 하겠다.

그러나 시인은 지루할 정도로 같은 음이나 시행의 반복을 계속하지는 않으며, 적절한 변화를 주어서 독자의 귀를 재미있게 자극한다. 이는 마치 무수한 인파 속에서 우연히 만난 낯익은 얼굴도 시차 없이 너무 빈번히 마주치게 되면 처음에 가졌던 기쁨도 점점 소멸되어갈 것이라는 원리에서 터득한 교훈을 시인이 명심하고 있기 때문이다. 항상 자주 보는 사람의 용모와 의상이 변화를 가질 때 우리는 신선함을 느낄 수 있으며, 일상적인 권태에서 벗어날 수 있는 것처럼, 시인은 동일한 패턴의 반복에 변화를 줌으로써 시에 다양성을 부여하려고 애쓰게 된다.

② 의성어(onomatopoeia)

의성어는 어휘의 소리를 이용해서 자연음을 모방하는 기법을 말하는 것이다. 주변에서 쓰고 있는 "hum"이나 "clatter", "moo", "click", "boom", "plop" 등과 같은 많은 예에서 우리는 그 어휘가 어떤 대상의 소리를 모방하고 있는 지를 쉽게 짐작하게 된다. 그러나 자연음이 아니더라도 단어의 소리와 두운, 모운 등의 리듬을 사용해서 이러한 성유적 효과를 나타낼 수가 있는 것이다.

    Hark, hark!
      Bow-wow.
    The watch-dogs bark!
      Bow-wow.
    Hark, hark! I hear
    The strain of strutting chanticleer
    Cry, "Cock-a-doodle-doo!"

    들어라, 들어보라!

　　멍멍.
경비견들이 짖고 있다!
　　멍멍.
들어라, 들어보라! 내게는 들린다
뽐내는 수탉의 노래가
외쳐댄다, "꼬끼오!"

　셰익스피어는 여기서 "bark"와 동일한 운을 밟는 동사어휘인 "hark"라는 시어를 반복해서 사용함으로써 개 짖는 소리인 "Bow-wow"와 닭울음소리인 "Cock-a-doodle-doo" 같은 성유화된 단어들의 소리효과를 강화시켜 표현해내고 있다.

　그리고 유사한 발음을 지니지만 다른 뜻이 있는 어휘들을 사용하는 언어유희(pun)라는 표현법도 있다. 다른 의미를 나타내기 위해서 동음이의어를 해학적으로 사용하기 때문에, 가벼운 느낌을 받기도 하지만, 진지한 의미를 나타내기 위해서 쓰는 경우도 있다. 아래의 시는 말장난을 다루고 있으나, 그 진지함에 있어서는 의심할 여지가 없을 정도로 시의 의미를 강화시킴으로써 시의 무게를 더하고 있다.

A Hymn to God the Father

John Donne(1572-1631)

1

Wilt thou forgive that sin where I begun,
　Which is my sin, though it were done before?
Wilt thou forgive those sins, through which I run,
　And do run still: though still I do deplore?
　　When thou hast done, thou hast not done,
　　　For, I have more.

2

Wilt thou forgive that sin by which I have won
　Others to sin, and, made my sin their door?

Wilt thou forgive that sin which I did shun
    A year, or two, but wallowed in, a score?
        When thou hast done, thou hast not done,
            For, I have more.

                    3

I have a sin of fear, that when I have spun
    My last thread, I shall perish on the shore;
Swear by thyself, that at my death thy son
    Shall shine as he shines now, and heretofore;
        And, having done that, Thou hast done,
            I fear no more.

              성부(聖父)에 대한 찬가

                                        존 단

                    1
당신은 내가 처음 시작한 그 죄를 용서하시겠습니까,
    그것은 나의 죄입니다, 비록 이전에 저지른 것이긴 하지만?
당신은 그 죄를 용서하시겠습니까, 그 속을 내가 빠져나온,
    그리고 항상 빠져나오는: 비록 항상 뉘우치지만?
        당신께서 용서하시면, 당신께서는 용서안한 것입니다.
        왜냐하면, 나는 더 많이 갖고 있기 때문입니다.

                    2
당신은 그 죄를 용서하시겠습니까 내가 다른 사람들을
    죄짓게 한 그 죄를, 그리고, 그들의 문으로 만든 내 죄를?
당신은 그 죄를 용서하시겠습니까 내가 일이년
    피하긴 했으나, 결국 그 속에서, 이십년 뒹굴었던?
        당신께서 용서하시면, 당신께서는 용서안한 것입니다.
        왜냐하면, 나는 더 많이 갖고 있기 때문입니다.

                    3

나는 이런 공포의 죄마저 지닙니다, 내가 나의 최후의 실을
뽑아 버릴 때, 나는 땅 위에서 멸망할지도 모른다는;
바로 당신 자신에 걸어 맹세하십시오, 내가 죽으면 당신의 아드님께서
지금 비추듯이, 그리고 앞으로도 비추어 주리라는 것을;
그리고, 그렇게 맹세함으로써, 당신은 행하신 것입니다,
나는 이젠 더 두렵지 않습니다.

이 시는 존 단(John Donne)이 와병 중에 있었던 1623년에 급박한 죽음에 대한 두려움을 느끼면서 쓴 작품인데, 그는 신의 용서를 구하는 시 속에다 자신의 이름과 같은 발음의 어휘("done")를 반복해서 사용하는 말장난을 시도하고 있다. 죄를 짓는 인간적 행위와 용서를 해주는 신적 행위라는 상반된 개념을 시인 자신의 이름과 동일한 발음의 어휘로 통합해 쓰고 있다.

(2) 시의 음악성

리듬과 음은 시의 음악성을 창출하며, 이 음악성은 일반적으로 즐거움을 주고 시의 의미를 강화시켜 전달력을 높여주는데 기여하는 두 가지 기능을 지니고 있다. 그러나 시가 음악과 구분되는 독특한 기능은 음을 전달하는 기능이 아니라, 음을 통해서 시적 체험이나 의미를 전달하는 기능이다. 그러므로 훌륭한 시에는 음이 존재하되 의미의 매체로 존재하는 것이다.

그런데 일반적으로 시인이 음을 통해서 의미를 강화시키는 방법은 다음과 같이 네 가지 방법이 있다.

㉠ 시인이 어느 정도 의미를 나타내는 어휘를 선택하는 방법으로 성유법이나 음이 어느 정도 내재적인 의미를 뜻하는 말들인 "음운 강의어"(phonetic intensives)(Perrine 201)를 들 수 있다. 실례로 "flash"나 "flicker"와 같은 어휘에서 시작되는 "fl"음은 가볍게 움직인다는 의미를 내포하고 있다.

ⓛ 시인이 부드럽고 상쾌한 음의 효과를 낼 수 있는 음을 선택하고 취합하는 방법이 있는데, 일반적으로 모음이 자음 보다 상쾌한 감을 준다. 왜냐하면 모음이 음악적 음조를 갖고 있으나, 자음은 단지 소음에 지나지 않기 때문이다. 따라서 자음에 비해 모음의 비율이 높은 시행은 그 반대의 경우 보다 더 선율적이라고 할 수 있겠다.

ⓒ 시인이 음보의 선택과 사용에 의해서, 자음과 모음의 음을 선택, 배열하고 휴지를 처리함으로써 시행의 속도와 이동을 조절하는 방법이 있다. 실례로 강세 없는 음절은 강세 있는 음절보다 빨리 진행되므로, 삼음절 율격(triple meter)이 이음절 율격(duple meter) 보다 훨씬 더 빠르다고 볼 수 있다.

ⓔ 의미상으로 중요한 말에 강세를 주는 방식으로 음과 음보를 조절하는 방법도 있을 수 있겠다.

① 리듬

문학에서의 리듬(rhythm)은 글의 어떤 요소들, 즉 단어나 구, 개념, 휴지, 어감, 문법적 구조 등이 다소 규칙적으로 나타나는 것을 말한다. 우리는 음악에서 반복되는 강약의 박자나 음의 순환에 익숙해 있는 것을 보면, 아마도 우리가 선천적으로 리듬을 사랑하는 것 같다. 어린 아이가 경쾌한 음악에 흥겹게 반응하면서 장난감이나 빈 상자 등을 두드린다든지, 앞에서 언급한 유원인들의 춤동작과 흡사하게 발을 구른다거나 불분명한 발음으로 지껄여대는 모습을 상상만 해보아도 알 수가 있겠다. 아이들은 성장해가면서 동요나 다른 노래에 익숙해지면서도, 또 한편으로는 리듬에 대한 반응을 시간과 장소에 따라 억제하는 법을 터득하게 되지만, 그 마음 속 깊은 곳에는 여전히 리듬에 대한 애정이 근원적으로 내재해 있는 것이다. 따라서 우리는 리듬에 의해서 지배를 받으면서 리듬 속에서 살아가고 있는 것이다.

생리학상으로도 우리 인간은 율동적이라고 할 수가 있겠다. 건강을 유지하기 위해서라도 우리는 규칙적으로 섭생과 수면을 반복하면서 호흡과 심장의 박동을 유지하고 있다. 심리학적으로도 우리 인간은 정서적으로 율동적이기에, 일상생활의 패턴에서 주기적으로 번갈아 가면서 상대적인 우울감과 유쾌함을 느낀다고 한다. 또한 학습이나 연구를 비롯한 작업과 사무에도 정신집중시간에 따른 적절한 휴식시간이 뒤따라야할 만큼, 지적으로도 우리는 율동적이라고 할 수 있겠다. 이는 우리가 어느 정도 리듬에 본능적으로 반응하고 있음을 말해주는 것이다. 바이오리듬과 같은 생체리듬에 대한 관심이나 그 응용성에 대한 연구가 활발하게 이루어지고 있는 현상도, 생명과 리듬과의 관계를 중시하고 있는 결과에서 비롯된 것이라고 하겠다.

그러므로 우리 생활의 근본적인 양상인 리듬은 운문뿐만 아니라, 산문을 포함한 모든 문학작품의 일부가 되어야 한다고 말할 수 있을 것이다.

세계적으로 훌륭한 시라고 알려져 있는 히브리(Hebrew)예언자들의 노래 중에서도 다음과 같은 구약의 『이사야서』(*Isaiah*) 35장 1절은 산문의 형태로 씌어져 있다.

The wilderness and the solitary place shall be glad for them; and the desert shall rejoice, and blossom as the rose.

황야와 외로운 장소라도 그들에게는 기쁨이 될 것이다. 그리고 사막은 장미처럼 기쁘게 피어날 것이다.

음보나 율격이 없기 때문에 시라고 생각하지 않을 수도 있겠지만, 의미를 음미하면서 리듬을 살려 읽으면, 시 같은 느낌이 들 것이다. 아시다시피 모든 산문에도 나름대로의 리듬이 있기 마련이다. 그리고 우리가 하는 일상적인 대화에도 리듬이 있다. 학창시절 국어시간이나 영어시간에 교사의 지시에 따라 교과서를 읽는 학생이 소리의 고저나 장단, 그리고 강약의 자연스러운 조화를 무시하고 읽을 때, 무척 이상하게 여겨졌을 것이다. 이는 자연스러운 리듬이 결여된 데에서 나오는 어색함일 것이다.

시에서도 이처럼 나름대로의 리듬이 있는데, 일반적으로는 음의 강세와 밀접한 관계가 있다. 만일 우리가 셰익스피어의 다음과 같은 독백을 기계적으로 강세를 두어서 "강약강약 . . .” 하는 식으로 읽어 나간다면, 무척 어색할 것이다.

> / x / x / x   / x / x /
> To be or not to be — that is the question.

> 사느냐 죽느냐 — 그것이 문제다.

하지만 일상대화에서 쓰는 리듬으로 자연스럽게 읽되, 시행에서 중요 기능을 하는 어휘들인 “be”와 “not” 그리고 “that”과 “question” 등에 강세를 두어서 아래와 같이 읽어보면, 훨씬 자연스럽고 어휘의 의미전달도 원만하게 이루어진다는 사실을 깨닫게 될 것이다.

> x / x / x /   / x   x /   x
> To be or not to be — that is the question.

그러므로 영시의 올바른 리듬파악을 위해서는 일상적 회화리듬이 중요한 것이다. 그래서 루이스 같은 시인은 시를 물에다 비유하여, 시의 기계적인 음보를 수면 아래서 규칙적으로 흐르는 저류로 보았으며, 일상적 회화리듬을 수면 위의 잔물결이나 미세한 파동으로 생각했던 것이다(Lewis 34). 물이 일정한 방향으로 일정한 속도를 내어 흐르는 물줄기뿐만 아니라 바람과 주변여건에 따라 생기는 잔물결로 이루어 졌듯이, 시 역시 본원적 리듬과 자연스러운 언어운용에서 비롯되는 스피치리듬이 조화를 이루고 있다고 볼 수 있는 것이다.

시에서 리듬이 수행하는 기능은 독자를 자극하는 동시에 달래주는 상반된 두 가지 작업을 병행하는 것이다. 어떻게 보면 모순되게 보일지 모르나, 리듬은 독자의 한 면을 일깨우고 자극하기 위해서 독자의 다른 한 면을 잠재우는 것이다. 시에서 의미는 그렇게 중요하지 않기 때문에 독자의 논리적인 면이나 이성적인 면은 그다지 필요가 없다. 그대신 시의 올바른 이해를 위해서는 오히려 정서의 환기가 필요하다. 따라서 시의 리듬은 따지고 캐묻는 독자의 머리의 기능을 잠재우는 대신에, 기억하고 느끼며 상상하는 가슴의 기능을 일깨우는 구실을 한다고 하겠다. 이런 면에서 시인이 시의 리듬 위에다 논리와 의미를 함께 주입시키는 이유를 엘리엇은 다음과 같이 비유하고 있다.

> The chief use of the meaning of a poem, in the ordinary sense, maybe . . . . . . to satisfy one habit of the reader, to keep his mind diverted and quiet, while poem does its work upon him: much as the imaginary burglar is always provided with a bit of nice meat for the house-dog. (Eliot 1978: 151)

통상적인 의미에서 보면, 시에서의 '의미'의 주된 용도는 . . . 시가 자기 할 일을 독자에게 하는 동안에 독자의 한 쪽 습관을 충족시키면서 독자의 지성을 다른 곳으로 전환시켜 조용히 있게 해두는 일이다: 마치 가상의 도둑이 항상 경비견에게 줄 한 조각의 고기를 준비하고 있는 것처럼.

도둑이 경비견에게 고기를 주어서 다른 곳으로 주의를 끌게 하는 동안의 도둑질을 엘리엇은 시의 의미와 리듬과의 관계에 비유하고 있다. 시의 의미는 독자의 이성을 달래 가만히 있게 하고, 리듬으로 하여금 상상력을 환기시키는 본래의 시의 기능을 수행하게 되는 것이다.

운문의 의미란 운율이론에 있어서 무시할 수 있는 것은 아니지만, 운문은 의미를 갖지 않고서도 존재할 수 있다는 조지 스튜엇(G. R. Stewart)의 주장대로 시의 의미는 그 운율로부터 어느 정도 독립되어 있다고 생각할 수가 있겠다(3).

② 음보와 율격
아무리 단순한 형태의 시라도 음절의 길이와 강약 및 고저에 유의해서 쓰여 지고 있다. 미국의 어린이들이 주로 부르는 다음과 같은 출처불명의 노래도 역시 이러한 기본적인 규칙을 적용하고 있다.

Coca cola went to town.

Pepsi cola shot him down.
Dr. Pepper picked him up.
Now we all drink Seven-Up.

코카콜라는 시내로 갔지.
펩시콜라는 그를 쏘아 쓰러뜨렸지.
닥터 페퍼가 그를 일으켰어.
이제 우린 모두 세븐업을 마시지.

1행과 2행, 그리고 3행과 4행은 각각 각운을 밟고 있으며, 거의 모든 단어의 첫 음절에 강세가 오고 있음을 알 수 있겠다.

일반적으로 리듬은 동작이나 소리가 물결의 파장처럼 다시 나타나는 것을 의미하는데, 시에서는 강세나 힘이 규칙적으로 재현되는 것이라고 정의할 수가 있다.

음보(foot)는 운율의 기본적 단위로 강세를 받는 한 음절 또는 두 음절과 강세가 없는 하나, 둘, 또는 세 음절로 구성되며, 음의 강약이나 장단에 의한 리듬의 규칙적인 배치를 말하는 율격(meter)은 그 속에 있는 음보의 수효에 따라서 시행의 격조를 여러 가지로 분류한다.

그런데 음보를 나타낼 때는 강세가 없는 약음절을 표시할 경우에 "브레브(breve)" [˘]나 "크로스(cross)"[x]를 사용할 수도 있고, 강세가 있는 강음절을 표시할 때에 "매크론(macron)"[-]이나 "스트로크(stroke)"[/]를 사용할 수도 있다. 이 책에서는 가장 많이 쓰이고 있는 "크로스"와 "스트로크"를 사용해서 표기하기로 한다. 따라서 음보의 종류를 정리해보면 다음과 같다고 볼 수 있다.

2음절 음보(duple meters: two-syllable feet):

x / (약강)   iamb (iambic)

/ x (강약)   trochee (trochaic)

/ / (강강)   spondee (spondaic)

xx   (약약)   pyrrhic (pyrrhic)

3음절 음보(triple meters: three-syllable feet):

xx/ (약약강) anapest (anapestic)

/xx (강약약) dactyl (dactylic)

여기서 약강음보(iamb)와 약약강음보(anapest)를 상승율격(rising meter)이라 하고, 강약음보(trochee)와 강약약음보(dactyl)를 하강율격(falling meter)이라고 한다. 그리고 음보의 수에 따라 결정되는 율격의 종류는 다음과 같다.

monometer (1foot) 일음보   pentameter (5feet) 오음보

dimeter   (2feet) 이음보   hexameter (6feet) 육음보

trimeter   (3feet) 삼음보   heptameter (7feet) 칠음보

tetrameter (4feet) 사음보   octameter (8feet) 팔음보

여기서 약강음보의 시행(iambic line)의 예를 들어보자.

<pre>
  x   /   x   /   x   / x   /
She found me roots of relish sweet,
    x   / x   /   x   /   x /
  And honey wild, and manna dew,
  x   / x   / x   /   x /
And sure in language strange she said,
    x   /   x   /
  I love thee true!
</pre>

그녀는 내게 감미롭고 맛있는 뿌리를 찾아주었지,

그리고 야생꿀과 매너이슬도,

그리고는 이상한 언어로 확실히 말했지,

당신을 진정으로 사랑해요!

[키츠(John Keats)의 「무자비한 미녀」('La Belle Dame Sans Merci')]

1, 2, 3행은 모두 약강음보가 4개로 이루어진 시행들이므로 약강 4보격(iambic tetrameter)인 셈이며, 4행은 약강음보가 2개이므로 약강 2보격(iambic dimeter)이다. 다음의 시행은 강약음보의 시행(trochaic line)의 좋은 에라고 하겠다.

```
    /  x  /  x    /   x   /  x
Why so pale and wan, fond lover,
      /  x    /  x  /
    Prithee, why so pale ?
 /     x   /  x  /   x   /    x
Will, when looking well can't move her,
    /  x   /   x  /
    Looking ill prevail ?
```

왜 그렇게 창백하고 파리한가, 어리석은 연인아,

제발, 왜 그렇게 창백한가 ?

근사한 모습으로도 그녀를 감동시키지 못할진대,

나쁘게 보이는게 소용있겠나 ?

[써클링(John Suckling)의 「연인에게 주는 격려」('Encouragements to a Lover')]

여기서 1행과 3행은 강약음보가 4개로 이루어진 시행이므로 강약 4보격(trochaic tetrameter)이며, 2행과 4행은 강약음보가 2개로 이루어졌으므로 강약 2보격(trochaic dimeter)이다. 그런데 2행과 4행은 행말에 강음절이 하나 씩 남게 되는데, 이와 같이 음절이 모자라서 완전하지 못한 음보의 경우를 결절(缺節)시구(catalexis)라고 하며, 보통 시인들이 운율적 변화를 주기 위해서 사용하고 있다.

그리고 다음의 시행들은 강약약음보의 시행(dactylic line)과 약약강음보의 시행

(anapestic line)으로 구성된 예라고 볼 수 있다.

<pre>
      /   x   x   /   x   x   / x   x   /   x
     Just for a handful of silver he left us,
        /   x x / x   x /   x   x   /
        Just for a riband to stick in his coat − −
     /   x x   / x   x   / x   x /   x
     Found the one gift of which fortune bereft us,
       /   x   x / x   x   / x   x /
       Lost all the others she lets us devote;
</pre>

단지 한줌의 은 때문에 그는 우리를 떠났지,
　　단지 자신의 옷에 장식된 띠 때문에 − −
운명적으로 우리에게 없어진 재능을 찾았다가,
　　그녀가 우리로 하여금 헌신하게 한 그 모든 것들을 잃고 말았지;

[로벗 브라우닝(Robert Browning)의 「잃어버린 지도자」('The Lost Leader')]

<pre>
   x   /   x   x   x   /   x   x   /   x   x   /
   He stayed not for brake and he stopped not for stone;
   x   /   x /   / x   x /   x   x   /
   He swam the Eske river where ford there was none;
   /   x   x   /   x x   / x   x   /
   But ere he slighted at Netherby gate,
   x   /   x   x / x   x   / x   x   /
   The bride had consented, the gallant came late.
</pre>

그는 마차를 타려고 머물지 않았으며 보석을 위해 멈추지 않았다;
그는 얕은 곳이라고는 한 군데도 없는 에스키강을 헤엄쳤다;
그러나 네더비 문간에서 박대 받기도 전에 이미,
신부는 동의를 했으며, 뒤늦게 애인이 왔다.

[월터 스콧(Walter Scott)의 「로친바」('Lochinvar')]

　　위의 예에서 브라우닝의 시는 강약약 4보격(dactylic tetrameter)으로 되어 있으며, 스콧의 시는 약약강 4보격(anapestic tetrameter)으로 되어 있다.

　　또한 아주 빈도는 낮으나, 중요하게 쓰이는 다음과 같은 음보도 있다.

x / x (양강약)   amphibrach

이렇게 많은 음보 중에서도 영시에서 여태까지 가장 일반적으로 널리 쓰인 것이 약강 5보격(iambic pentameter)이라고 하겠다. 그리고 참고로 운을 밟지 않는 약강 5보격 시행들을 무운시(blank verse)라고 하는데, 셰익스피어의 모든 극이나 밀튼의 『잃어버린 낙원』(*Paradise Lost*), 로벗 브라우닝(Robert Browning)의 『반지와 책』(*The Ring and the Book*) 등과 같은 장시들이 모두 이 무운시로 된 작품들이다.

그런데 이렇게 인접해 있는 음절들에 비해 현저히 두드러질 정도로 드러나는 강세(accent)는 주로 다음과 같은 네 가지 요인 중 하나 내지는 그 이상의 요인 때문에 생긴다는 것이다. 즉 발화시에 큰 소리를 만들어내는 힘인 어세(stress)와 발화시간(duration), 음의 높낮이(pitch), 그리고 이어지는 소리들 사이에서 작용하는 음의 전환기법인 연접(juncture) 등이다. 그러나 이 중에서도 영시에서 가장 중요한 것은 물론 강세라고 하겠다(Perrine 181). 아무튼 영시에 있어서 기본적인 운율단위는 율격이며, 이차적인 단위가 시행이고, 삼차적인 단위가 이 시행들의 무리로 구성되는 시연(stanza)인 것이다.

(3) 시의 패턴(pattern)

다른 예술과 마찬가지로 시도 궁극적으로는 조직된 유기체이므로 질서와 형식을 추구한다. 일반적으로 시인이 자신의 작품에 부여하고 있는 형태는 넓게 보아서 연속적인 유형(continuous form)과 시연유형(stanzaic form), 그리고 고정된 유형(fixed form) 등의 3가지가 있다.

연속적인 유형의 시의 패턴에서는 형태적 디자인을 이루는 요소가 적은 편인데, 매슈 아놀드(Matthew Arnold)의 「도우버 해변」('Dover Beach')과 로벗 브라우닝의 「나의 전 공작부인」('My Last Duchess')이 그 대표적 유형이라고 하겠다.

시인들은 같은 시행 수, 같은 운율적 패턴, 같은 운율구조(rime scheme) 등을 지니는 단위를 반복시킴으로써 일련의 시연을 사용한다. 이때 시인은 시연의 패턴(stanza pattern)을 몇몇 전통적인 것 가운데서 고를 수 있다. 그리고 경우에 따라서 시인은 자기 나름대로의 독특한 패턴을 만들어 내기도 한다. 시연유형은 후렴의 위치와 주류를 이루는 운율적 율격, 그리고 율격의 수 및 운율구조에 의해서 설명될 수 있다. 고정된 유형은 전통적으로 정해진 패턴을 말하는 것이다.

참고로 운율구조의 표기법을 살펴보면, 우선 알파벳 문자를 사용해서 운을 밟는 시행을 "a, b, c, d, e . . . " 등으로 표기하는데, 이때 운을 밟지 않는 시행은 "x"로 표기한다. 그리고 후렴은 대문자로 표시하며, 그 시행 속에서의 음보의 수는 운을 나타내는 문자 위에 지수로 표시한다. 그래서 다음의 브라우닝의 시인 「밤의 만남」('Meeting at Night')의 운율 구조를 표기해보면 "abccba⁴"로 나타낼 수 있을 것이다.

> The gray sea and the long black land;
> And the yellow half-moon large and low;
> And the startled little waves that leap
> In fiery ringlets from their sleep,
> As I gain the cove with pushing prow,
> And quench its speed i' the slushy sand.
>
> 회색바다와 길게 늘어선 컴컴한 뭍;
> 그리고 노란 반달은 크고 낮게 걸려있다;
> 놀란 잔물결은 뛰어 오른다
> 잠에서 깨어나 작은 불고리를 이루면서,
> 뱃머리를 밀어서 작은 만에 닿아,
> 질퍽한 모래 속에 배의 속도를 껐을 때.

그리고 다음의 셰익스피어의 시 「봄」('Spring')의 운율 구조를 표기해 보자.

> When daisies pied and violets blue,

And lady-smocks all silver-white,
And cuckoo-buds of yellow hue
    Do paint the meadows with delight,
The cuckoo then, on every tree,
Mocks married men; for thus sings he,
                    "Cuckoo !
Cuckoo, cuckoo !" O word of fear,
Unpleasing to a married ear !

When shepherds pipe on oaten straws,
    And merry larks are ploughmen's clocks,
When turtles tread, and rooks, and daws,
    And maidens bleach their summer smocks,
The cuckoo then, on every tree,
Mocks married men; for thus sings he,
                    "Cuckoo !
Cuckoo, cuckoo !" O word of fear,
Unpleasing to a married ear !

데이지가 여러 가지 색을 띠고 제비꽃은 푸른색을 띨 때,
    그리고 황새냉이 꽃(여인들의 속옷)이 온통 은빛 백색일 때,
노란 색의 뻐꾸기 꽃봉오리는
    초원을 환희의 밝은 빛으로 채색을 한다,
그러면 뻐꾸기는, 모든 가지 위에서,
기혼 남성들을 놀려 댄다; 왜냐하면 이렇게 노래하니까,
                    "뻐꾹(멍청아) !
뻐꾹(멍청아), 뻐꾹(멍청아) !" 아 듣기 싫은 말,
기혼자의 귀에는 불쾌하게 들리네 !

양치기들이 귀리 짚으로 피리를 불고,
    즐거운 종달새들이 농부들에게 시간을 알려주면,
산비둘기들이 교미하네, 땅가마귀들과 갈가마귀들도,
    처녀들은 자신들의 여름 속옷을 세탁한다,

그러면 뻐꾸기는, 모든 가지 위에서,
기혼 남성들을 놀려 댄다; 왜냐하면 이렇게 노래하니까,
　　　　　　　　　　　　　　　　　"뻐꾹(멍청아) !
뻐꾹(멍청아), 뻐꾹(멍청아) !" 아 듣기 싫은 말,
기혼자의 귀에는 불쾌하게 들리네 !

　　이 시의 운율구조는 "$ababCC^4X^1DD^4$"로 표시할 수가 있다. 참고로 이 시에서 셰익스피어는 어휘가 담고 있는 이중적인 의미를 마음껏 활용하고 있다. 1연의 황새냉이 꽃("lady-smocks")은 2연의 4행이 지니고 있는 의미와 연결되어 이 시 전체가 주고 있는 성(性)이라는 숨은 뜻을 교묘히 드러내는 보조역할을 한다. 그리고 뻐꾸기의 울음소리("cuckoo")가 밭이나 들판에 나가 일하는 결혼한 남성들에게는 왜 불쾌하게 들릴 정도로 듣기 싫은 말인지를 알아 볼 필요가 있다. 봄철에 느끼게 되는 기혼부인들의 성욕과 관련 있는 상황을 설정하여, 유부녀의 외도를 함의하는 "cuckold"라는 어휘가 뻐꾸기의 울음소리와 발음이 유사하다는 점을 셰익스피어는 장난기 어리게 활용하고 있다. 시의 음향적 효과와 의미 사이의 불가분의 관계를 여실히 나타내고 있는 좋은 실례가 된다고 하겠다.

　　이와 같이 시의 패턴은 작은 단위인 시행과 큰 단위인 시연으로 결정되는 것이다.

① 시행

　　시의 리듬에서 중요한 또 다른 요소는 시행(lines of verse) 안에서 자연스럽게 쉴 수 있는 휴지(pause)라고 볼 수 있다. 일반적으로 시구절의 논리상 시행 중간 어딘가에 음의 높낮이(pitch)가 떨어지는 부분이 있게 마련인데, 이 부분이 휴지이다. 대개 이 부분을 "‖"로 나타내는데, 이를 중간휴지(caesura)라고 부른다. 또한 이때 율격의 단위를 구분하기 위해서 편의상 마디(bar)라고 부르는 부호(|)를 쓰기도 한다.

　　　　　x x /   x x   /   x   x /   x x /
　　　The Assy | rian came down ‖ like the wolf | on the fold,

```
   x      x    /   x     x     /    x    x    /   x   x     /
And his co | horts were glea | ming in pur | ple and gold;
   x       x      /      x     x     /     x   x    /      x    x    /
And the sheen  | of their spears  | was like stars  | on the sea,
     x      x     /       x      x     /     x  x    /       x x  /
When the blue  | wave rolls night | ly on deep   | Galilee.
```

앗씨리아 군이 늑대처럼 양 우리를 덮쳤고,

그의 보병대는 붉은 빛과 황금빛으로 빛나고 있었다;

그리고 그들의 창 빛은 바다위의 별들 같았다,

푸른 파도가 밤 깊은 갈릴리바다를 구를 때.

이 시는 바이런(Lord Byron)의 「세나카립의 파멸」("Destruction of Sennacherib")인데, 율격의 종류에 따라 시행의 움직임을 잘 나타내어 주는 훌륭한 예가 된다고 하겠다. 강세가 없는 음절이 많으면 많을수록 시행의 움직임이 민첩해질 수 있다는 좋은 본보기가 된다. 앗씨리아인들이 말을 타고 상대방을 공격하는데 그 신속함을 시행의 흐름에서 잘 읽을 수 있겠다. 강세가 있는 음절 하나에 약음절이 두개 씩 이어지므로, 시행의 속도는 말을 타고 달리듯이 빨라지는 것이다. 이에 반해서 다음에 이어지는 앨프릿 테니슨(Alfred Tennyson)의 시를 보자.


```
          /       /        /
Break, break, break,
   x      x    /     /      /     ^    /
  On thy cold gray stones, O sea!
```

철썩, 철썩, 철썩,

  그대의 차가운 회색 바위에 부서져라, 오 바다여!

회화식 리듬에 의해서 자연스럽게 읽어보면, 아주 느리고 슬프게 시행이 움직이고 있음을 알 수 있겠다. 시행의 전반부에 약음이 하나도 없을 정도로 시행이 무겁게 움직이고 있다. 자연스럽게 말하듯이 읽으면 "gray" 위에 강세가 오고 "O"위에는 보다 약한 강세가 오게 된다. 그리고 "cold"와 "stones", "sea" 위에는 이미 운율적으로 강세가 오게 되니까, 전체 10음절로 된 시행에서 약음절은 둘밖에 없으니까, 그 만큼 시행의 흐름은 느릴 수밖에 없는 것이다. 큰 파도가 밀려와서 바닷가의 암벽을 치는 동작의 표현에는 어쩔 수 없이 느린 시행이 적절하다고 하겠다. 시행의 속도가 의미에 따라 완급이 달라지는 시행의 예를 하나 더 들어보자.

The Span of Life

Robert Frost(1874-1963)

The old dog barks backward without getting up.
I can remember when he was a pup.

사람의 일생

로벗 프로스트

늙은 개는 일어나지도 않고서 뒤를 향해 짖는다.
나는 그 개가 강아지였을 때를 기억한다.

늙은 개의 노쇠한 자태와 강아지의 활기찬 모습의 대비를 내용으로 그리고 있는 이 시는 약약강 4보격(anapestic tetrameter) 2행연귀(couplet)로 되어 있는데, 시인은 경쾌한 율격과 3음절로 된 육중한 강강음보를 쓰고 있다.


```
    x /  | /    /     / | x    x   / | x  x    / |
The old dog barks back-ward with-out get-ting up.
 x | x   x  / | x    x   / | x   x  / | |
I can re-mem-ber when he was a pup.
```


첫 행의 강세 있는 음절이 4개가 연이어져서 발음하기도 힘들 정도로 속도가 느려지면서 늙은 개의 굼뜬 행동을 나타내고 있으며, 약음절 수가 많은 마지막 시행의 경쾌하고 규칙적인 음보가 강아지 시절의 까부는 모습을 연상시켜 준다.

그런데 보통 시 낭독에 있어서는 시행의 끝까지 읽고서 숨을 쉬는 것이 일반적인 상례이나, 가끔 휴지가 다음 행까지 계속될 경우가 있는데, 이것을 무종지(無終止)시행(run-on-line), 또는 무종지시(run-on-verse)라 하며, 숨이 차더라도 계속 읽어 나가야 한다. 보통 이것을 다른 말로 연결시행(enjamb(e)ment)이라고도 하는데, 시행의 사상은 행말에 예상되는 휴지나 중지 없이 다음 시행까지 이어지게 된다. 그러나 대개의 시는 아주 자연스럽게 시행의 말미에 휴지가 오는데, 이를 우리는 종지시행(end-stopped line)이라고 부른다.

② 시연

시연(stanza form)은 여러 시행들이 형성하는 연의 형태를 말하는데, 시행의 수와 각운 여부에 따라 정해지는 패턴을 전통적으로 다음과 같이 부르는 이름이 있다.

㉠ 무운시(blank verse): 각운을 밟지 않는 약강 5보격인 시로서 버질(Virgil)의 『이니이드』(*Aeneid*)나 밀튼의 『잃어버린 낙원』(*Paradise Lost*), 그리고 셰익스피어의 극들이 여기에 해당된다고 하겠다.

㉡ 자유시(free verse): 사상의 전개에만 관심을 둘 뿐, 각운을 밟지 않고 운율도 따르지 않는다. 예로서 월트 휫먼의 시를 들 수 있다.

㉢ 이행연구(couplet): 두 개의 연이어진 시행으로 이루어진 짝을 말하는데, 여기에는 이와 유사한 의사(擬似)영웅대귀시체(mock-heroic couplet)나 영웅시체(heroic couplet)가 있으며, 알렉산더 폽(Alexander Pope)의 시가 그 좋은 예가 된다.

㉣ 3행연구(triplet): 세 행이 각운을 밟으면서 연이어지는 경우를 말한다.

㉤ 터셋(tercet): 같은 각운을 밟는 연속 3행으로 된 시구로서 한 연을 이루고 있을 경우를 말하며, 소넷(sonnet)의 마지막 후소절(sestet)의 절반도 여기에 해당된다.

㉥ 3운구법(terza rima): 이탤리안 시형의 하나로서 3행이 한조로 된 약강의 율격을

가진다. "aba, bcb, cdc, . . ."로 운을 밟는 3행연구로서 단테(Dante)의 신곡
(*Divina Comedia*)이 대표적인 예라고 볼 수 있다.

ⓧ 4행연구(quatrain): 4행으로 된 시연을 말하는데, 다음과 같은 여러 종류가 있다.

    heroic stanza(elegiac stanza): *a b a b*

    ballad stanza: *x a x a*

    envelope quatrain: *a b b a* (*In Memoriam* stanza)

    Rubáiyát quatrain: *a a x a*

ⓞ 라임로열(rime royal): 약강 5보격의 7행으로 된 연으로 "ababbcc"의 운율구조를
갖는데, 초서(Geoffrey Chaucer)의 『트로일러스와 크리세이드』(*Troilus and
Criseyde*)가 대표적인 예이다.

ⓩ 8행시체(Ottavarima): 약강 5보격으로 된 8행의 시연으로 "abababcc"의 운율구
조를 갖는데, 바이런의 장시인 『돈 주앙(*Don Juan*)』이 대표적인 본보기라 하겠
다.

ⓩ 스펜서식 시연(Spenserian stanza): 9행으로 된 시연으로 ababbcbcc의 운율구조를
가지며, 에드먼드 스펜서(Edmund Spenser)의 『선녀 여왕』(*The Faerie Queene*)이
그 대표적인 예이다. 이 시연은 처음의 8행은 약강 5보격으로 되어 있으나, 9번
째 행은 약강 6보격 내지는, 한 행에 강약이나 약강의 6운각음보로 된 시행인 알
렉산더격시(Alexandrine)행으로 구성되어 있다.

ⓚ 소넷(sonnet): 원래 단테(Dante)가 베아트리체(Beatrice)를 노래할 때 쓴 14행시
인데, 페트라르카나 아리오스토(Ariosto)에 이르러 주로 사랑의 슬픔을 주제로
읊었기 때문에 연애시와 같은 뜻으로 쓰이기도 했다. 이 시형을 16세기에 영국
에 도입한 사람은 토마스 와이엇 경(Sir Thomas Wyatt)과 헨리 써레이 경
(Henry Howard, Earl of Surrey)이었는데, 이 소넷의 이식으로 말미암아 침체되
어 있던 영시는 다시 청순한 서정성을 찾게 되었다. 이 시형은 영시에 새로운 형
식미를 부여했을 뿐만 아니라, 시인 자신의 감정과 정서를 직접적으로 표현할 수

있는 중요한 매체가 되었다. 또한 14행이라는 제한된 행수와 엄격히 규제된 운율은 미묘한 감정의 음악미와 아울러, 정교하고 압축된 표현과 적절한 수사, 그리고 비유 등과 같은 새로운 예술적 기교를 낳게 했다. 따라서 이 시형은 아래와 같이 이탈리식 소넷(Italian sonnet or Petrarchan sonnet)과 영국식 소넷(English sonnet or Shakespearean sonnet or Spenserian sonnet)의 두 가지 유형으로 남게 되었다.

ⓐ 이탈리식 소넷: 구조는 사상의 발상이 이루어지는 첫 8 행인 전대절(Octave)과 사상의 종결이 이루어지는 마지막 6행인 후소절(Sestet)로 구성되었으며, 이 전대절과 후소절 사이에는 변화가 생길 수가 있는데, 4행과 5행 사이와 11행과 12행 사이에 미약한 사상의 변화가 생긴다. 전대절의 운율구조는 "abba abba"로 되어 있으며, 후소절의 운율구조는 "cdc cdc" 또는 "cdc dcd"로 되어 있다. 대부분의 엘리자벳 시대 소넷이 이 유형에 속하며, 키츠의 명시인 「채프먼의 호머를 처음 읽고서」('On First Looking into Chapman's Homer')가 아주 대표적인 예라고 할 수 있겠다.

ⓑ 영국식 소넷: 구조는 3개의 4행연구와 하나의 2행연구로 되어 있으며, 마지막 2행연구에서 표현되고 있는 결론에 가까운 경구적인 힘이 강력하기 때문에 시형 전체에 영향을 미치게 된다. 운율구조는 "abab(abba), cdcd, efef, gg"로 되어 있으며, 스펜서와 시드니(Sir Philip Sidney), 셰익스피어와 로벗 브라우닝의 부인인 엘리자벳 바렛 브라우닝(Elizabeth Barrett Browning), 크리스티나 로세티(Christina Rossetti) 등이 이 시형을 즐겨 사용했다. 그런데 여기서 변형된 형태인 스펜서식 소넷(Spenserian sonnet)은 잘 쓰이지는 않으나, 운을 연결해서 음악적 효과를 고조시키는데 쓰이며, "abab, bcbc, cdcd, ee"의 운율 구조를 가진다.

    * 연작(連作)소넷(Sonnet sequence, Sonnet cycle): 소넷연 작 시집으로 소넷
과 소넷 사이의 사상의 흐름이나 발전이 이루어진다. 대표적인 영국 연작
소넷 시집으로는 필립 시드니의 『애스트로펠과 스텔라』(*Astrophel and
Stella*)와 에드먼드 스펜서의 『아모레티』(*Amoretti*) 및 셰익스피어 『소넷집』
(*Sonnets*)이 있다.

이탤리식 소넷의 실례를 한 편 읽어보기로 하자.

On First Looking into Chapman's Homer

John Keats(1795-1821)

Much have I travell'd in the realms of gold,
  And many goodly states and kingdoms seen;
  Round many western islands have I been
Which bards in fealty to Apollo hold.
Oft of one wide expanse had I been told
  That deep-brow'd Homer ruled as his demesne;
  Yet did I never breathe its pure serene
Till I heard Chapman speak out loud and bold:
Then felt I like some watcher of the skies
  When a new planet swims into his ken;
Or like stout Cortez when with eagle eyes
  He star'd at the Pacific —and all his men
Look'd at each other with a wild surmise —
  Silent, upon a peak in Darien.

채프먼의 호미를 처음 보았을 때

존 키츠

나는 황금의 영역들을 많이 여행했지,

그리고 많은 훌륭한 국가들과 왕국들도 보았지;
나는 많은 서방세계의 섬들도 둘러 보았지
아폴로를 섬기는 시인들이 장악하고 있는.
이 따끔 나는 광활한 영토에 관해서도 들어보았지
눈썹 깊은 호머가 자기 영토로 다스렸던;
하지만 나는 그 순수한 대기를 한번도 호흡해본 적이 없었어
채프먼이 큰 소리로 과감하게 말하는 것을 듣기 전 까지는:
그러다가 나는 하늘을 관찰하는 관측가와 같은 느낌이 들었어
새로운 행성이 그의 시계 속으로 헤엄쳐 들어왔을 때;
또는 독수리눈을 하고 있는 강건한 코르테즈와 같은 느낌도 들었어
태평양을 응시하고 있는 그는―그리고 그의 부하들은
무수한 억측에 싸여서 서로를 쳐다보고 있었지―
말없이, 대리엔의 봉우리 위에서.

이 시는 전형적인 페트라르카식 소넷으로 전대절의 운율구조는 "abba, abba"이고, 후소절의 운율구조는 "cdc, dcd"이다. 키츠는 이 소넷에서, 호머를 통해서 말로만 들어왔던 그리이스문학을 접하고는, 그 기쁨을 새로운 행성을 발견한 천체관측가나 탐험 끝에 신세계를 발견한 탐험가의 기쁨으로 병치시키고 있다. 그런데 여기서 키츠는 멕시코(Mexico)를 정복한 코르테즈(Cortez)를 태평양을 발견한 배스코 발보아(Vasco Balboa)로 잘못 알고 시에다 쓰고 있다. 하지만 작품에 도입된 사실적 오류가 문학적 가치를 훼손시키지는 않는다. 키츠가 아무리 그릇된 지리적 상식을 시에다 적용시켰다고 하더라도 그의 시가 문학적 가치를 상실했다고는 말할 수 없기 때문이다. 이 소넷의 아름다움은 키츠가 항해의 은유로 대담한 이미지를 창출해내고 있는데 있다. 이 소넷의 전대절은 그리스문학에 대한 시인의 제한된 경험을 나타내고 있다. 후소절에서의 코르테즈는 바다를 항해해 나가서 대륙을 발견했듯이 키츠도 채프먼의 번역을 통해서 호머를 발견했던 것이다. 따라서 이 시에서 호머와 태평양이라는 바다는 본질적으로 널리 알려지지 않은 신비스러운 대상(Fuller 6)으로 남게 되는 것이다.

이와 비교되는 영국식 소넷의 실례를 셰익스피어의 소넷에서 찾아보기로 하자.

Let Me Not to the Marriage of True Minds

William Shakespeare(1564-1616)

Let me not to the marriage of true minds
Admit impediments. Love is not love
Which alters when it alteration finds,
Or bends with the remover to remove:
Oh, no! it is an ever-fixéd mark,
That looks on tempests and is never shaken;
It is the star to every wandering bark,
Whose worth's unknown, although his height be taken.
Love's not Time's fool, though rosy lips and cheeks
Within his bending sickle's compass come;
Love alters not with his brief hours and weeks,
But bears it out even to the edge of doom.
  If this be error and upon me proved,
  I never writ, nor no man ever loved.

참된 마음을 지닌 사람들의 결혼은

윌리엄 셰익스피어

참된 마음을 지닌 사람들의 결혼은
방해받지 말게 하라. 사랑은 사랑이 아니다
사정이 바뀔 때 변하거나
떠나는 사람과 함께 떠나는 사랑은:
아, 절대 아니다! 사랑은 영원히 변치 않는 바다의 지표다,
폭풍을 겪고도 결코 흔들리지 않는;
사랑은 표류하는 모든 배들을 인도하는 별,
그 높이는 잴 수 있어도, 그 가치는 알 길이 없다.
사랑은 시간의 놀림감이 아니다, 비록 장밋빛 입술과 뺨이
시간의 굽은 낫에 베어지더라도;
사랑은 시간의 짧은 시간과 일자에 변하지 않고,
최후의 운명까지 존속한다.

만일 이것이 틀린 말이고 내게 그렇게 입증된다면,
나는 애초부터 시를 쓰지 않았을 것이고, 아무도 사랑하지 않았으리라.

셰익스피어의 사랑은 세속적인 시간을 초월한다. 연인을 여름날에 비유했던 시처럼, 그의 시는 변화를 초월하여 흔들림 없이 방황하는 연인들을 영속적인 사랑으로 인도해 준다. 3개의 4행 연구에서 자신의 사랑의 불변함을 제시한 뒤 사상적 변화과정을 거쳐 마지막 2행 연구에서 단호히 입장정리를 한다.

마지막으로 전통적으로 정해진 고정된 유형의 패턴에는 주로 프랑스 시형이 많은데, 론도(rondeaus), 론델(roundels), 빌라넬르(villanelles), 2운각 8행시 트라이얼렛(triolets), 세스티나(sestinas), 발라드(ballades), 이중 발라드(double ballades) 등이 그것들이며, 영시에서는 위에서 설명한 소넷과 오행속요인 리머릭(limerick)이 있다. 리머릭은 해학적이고 우스꽝스러운 분위기에 주로 사용하는 넌센스 시(nonsense rhyme)로서 짧은 시행에다 경쾌한 음보와 힘 있는 운율을 특징으로 하고 있다. 따라서 이 형식은 진지한 소재를 다룰 때에는 적절하지 못한 희시(戱詩)의 한 형식이다. 그 예를 에드워드 리어(Edward Lear)의 시에서 한 번 찾아보자.

There was an Old Man with a beard,
Who said, "It is just as I feared —
    Two Owls and a Hen,
    Four Larks and a Wren,
Have all built their nests in my beard!"

턱수염을 기른 노인이 있었지,
그가 말하길, "그것이 내가 우려하는 바야—
    올빼미 두 마리와 암탉 한 마리,
    종달새 네 마리와 굴뚝새 한 마리가,
모두 내 수염에다 자기 둥지를 틀었거든!"

약약강(anapest)의 5행으로 되어 있는 것이 특징인데, 1, 2, 5행은 3각에서 운을 밟고 3, 4행은 2각에서 운을 밟으므로, 그 운율구조는 "$aa^3bb^2a^3$"으로 표기할 수 있겠다.

서정시와 시가가 한 틀 속에 있다가 분리된 것이 그렇게 오래되지 않았음을 알고 있었던 사람들은 시와 음악과의 관계를 인정해왔다. 오늘날에도 시에서의 음악성은 무시할 수 없는 시적인 속성의 요체가 된다고 사람들은 생각하고 있다.

그러나 현대에 와서는 시의 음악성 못지않게 미술적 특성을 시에다 연결시키는 시도가 일부에서 끊임없이 이루어졌다. 몇 몇 현대 시인들은 시연의 패턴과 형태에도 관심을 갖게 되면서 지면 위에 인쇄되는 시의 인쇄기법상의 배열에도 주목하기 시작했던 것이다. 인쇄기법을 통해서 발견되는 시각적이고 공간적인 문제를 그들은 함께 인식하게 되었다. 그 결과 커밍스와 같은 시인은 인쇄배열과 분철법 및 구두점과 대소문자의 구분을 철폐하는 등의 혁명적인 기법 등을 실험하게 되었다. 여기서 시와 회화와의 관계를 부각시키려는 시도가 있었던 것이다. 이미지의 역할을 제외하고도 시연이 지니는 회화성을 가급적 시의 주제와 부합되게 드러내려는 실험이 계속되면서 패턴시(pattern poem)나 형태시(shaped verse)와 같은 시들이 출현하게 된 것이다.

여기서 시연의 형태를 이용하여 보는 사람의 시각적 효과를 노리는 패턴시나 형태시의 예를 하나 들어보자.

A Christmas Tree

William Burford(1927-)

Star

If you are

A love compassionate,

You will walk with us this year.

We face a glacial distance, who are here

Huddld

At your feet.

크리스마스트리

윌리엄 버포드

별아

만일 네가

인정 많은 연인이라면,

너는 올해 우리와 함께 걷게 되겠지.

우리는 차가운 먼 거리를 바라보지, 여기

웅크리고서

너에게 매혹되어서

이 시의 6행에서 시인이 어휘의 철자를 한 음절 생략해서 틀리게 쓴 이유는, 시연의 형태가 시 제목이 뜻하는 크리스마스트리의 모습을 균형 있게 정확히 나타내기 위해서였다.

이와 같이 시어의 시각적 요소나 시행 및 시연의 시각적 효과에 관심을 갖게 된 시인들은 우선 시연 자체가 표현된 대상의 모습을 나타내도록 시행의 배열에 주의를 기울였던 것이다. 형태시는 시공간에 대한 시인의 배려로 정교한 모습을 띨 수도 있다. 시인은 시를 쓰면서 타자기의 격자를 사용하여 활자의 치수와 자간거리 및 행간거리 등을 교묘하게 이용하기도 하고 시연을 편집하기도 한다. 시인은 꼭 필요한 경우가 아니면, 쓰고 있는 어휘의 철자를 파손시킨다든지 어휘 사이의 여분의 공간을 삽입시키는 일은 삼가고 있다.

형태시에 나타난 시연의 형태를 관찰해보는 좋은 방법은 시연의 왼쪽으로 가장자리를 따라 시행말의 선을 그어 연결해봄으로써 그림의 형체를 파악해보는 일이다 (Bergman and Epstein 281).

그러나 아래에서 예를 든 존 홀랜더(John Hollander)의 시 「백조와 그림자」('Swan and Shadow')와 같이, 시행 가장자리를 따라 선으로 연결하지 않더라도 시행의 길이와 배열이 연출하는 윤곽만을 보고서도 시연의 형태가 시의 제목에 맞게 모양을 갖추고 있다는 사실을 알 수가 있겠다. 실제 백조의 모습이 호수에도 선명하게 투영되어 수면을 중심축으로 대칭을 이루고 있다.

Swan and Shadow

John Hollander(1929-　)

<pre>
                    Dusk
                 Above the
              water hang the
                    loud
                    flies
                    Here
                    O so
                    gray
                    then
                 What   A pale signal will appear
                 When   Soon before its shadow fades
                 Where   Here in this pool of opened eye
                 In us   No Upon us As at the very edges
               of where we take shape in the dark air
                 this object bares its image awakening
                   ripples of recognition that will
                     brush darkness up into light
        even after this bird this hour both drift by atop the perfect sad instant now
                        already passing out of sight
                     toward yet-untroubled reflection
                  this image bears its object darkening
                  into memorial shades Scattered bits of
                 Light   No of water Or something across
                 water   Breaking up No Being regathered
                 Soon   Yet by then a swan will have
                 gone   Yes Out of mind into what
                 vast
                 pale
                 hush
                 of a
                 place
                  past
             sudden dark as
               if a swan
                  sang
</pre>

현대 시인들은 이와 같이 시의 시각적 속성을 훨씬 더 진보적으로 실험해 왔으며, 커밍스와 같은 시인들은 대문자와 구두점을 쓰지 않고 심지어는 분철법까지 무시하는 시를 씀으로써 시의 회화성을 중시했던 것이다.

2. 영시의 내용적 요소

시의 해석에 있어서 단 하나의 의미만 있는 것은 아니다. 따라서 하나의 의미만을 지니고 있는 시란 시가 아니다. 시는 항상 다원적 의미를 지닐 수 있도록 열려 있는 상태를 유지하게 된다. 여러 다른 해석이 항상 가능하며, 특히 현대시는 가끔 풍부하고 복잡한 암시를 내포하고 있기 때문에, 한 집단의 정신은 개인의 정신 보다 훨씬 더 많은 통찰력을 소산해 낼 때가 종종 있다. 따라서 어떤 비평가는 이런 경우의 시 해석은 여러 다른 각도에서 작품의 주제를 볼 수 있기 때문에, 이는 마치 무수한 거울이 달려 있는 복도를 걸어갈 때 여러 방향에서 많은 모습으로 비치고 있는 자신의 투영된 모습을 살펴보는 일과도 같다고 말했던 것이다(Lewis 45).

시의 의미는 시의 형식에 의해서 강화될 수 있다는 사실을 이미 앞에서 알아보았다. 시 전체는 물론이고 시의 부분들에 있어서도 묘사하고 있는 다양한 여러 가지의 시형들이 있게 마련이다. 그래서 형식과 내용은 서로 보완적으로 공존하게 된다. 그런데 최근에 와서 시의 내용은 주로 시가 결정해내고 증류해내는 체험을 의미하게 된 것이다. 사랑이나 죽음과도 같은 수많은 인간의 체험들이 항상 시의 기반이 되고 있으므로, 시의 주요 의미로 창출되고 있는 것이다.

시에 있어서 최소한의 내용은 물론 시어들이다. 시어들이 지니고 있는 각별하고 독특한 함축적인 의미나 의미의 뉘앙스(nuance) 때문에, 특수한 이유에서 시어들이 세심하게 선별되고 있는 것이다. 그 결과 시어에서 빚어지고 있는 그 자체의 암시적 의미가 주변의 다른 시어와 어울려서 독특한 의미효과를 지니게 된다. 이러한 의미를 포착하기 위해서 우리는 시를 읽을 때, 시의 문자적 의미는 물론이고 제시된 상징적 의미 까지도 유심히 살펴보아야 하는 것이다.

시의 의미는 시가 전달하고자 하는 중심적인 사상이나 메시지이므로, 이러한 개념은 시의 주제로 부각되며, 시의 화자나 배경과도 밀접한 관계를 이룬다고 할 수 있다. 그런데 시의 주제를 다룰 때 유의해야 할 점은 주제(theme)와 제재(subject matter)의 개념적 차이를 명확히 인식해야 한다는 것이다. 뉴욕 주립대학교(SUNY at Stony Brook)의 루스 밀러(Ruth Miller)교수와 뉴욕 시립대학교(Queens College of CUNY)의 그린버그(Robert A. Greenberg)교수는 이 두 용어를 화가인 벤 샨(Ben Shahn, 1898-1969)의 그림으로 설명하고 있다. 즉 구걸하는 것 같은 자태의 피골이 상접한 어린이의 표정을 그린 『배고픔』(Hunger)이란 제목의 그림에서 주제와 제재는 상호 밀접하게 연관되어 있다는 것이다. 이 그림이 기아라는 주제에 관한 것이었으므로, 만일 화가가 이 어린이 대신에 살이 보기 좋게 찐 균형 잡힌 건강한 어린이를 그렸다면, "배고픔"이란 제목은 어울리지 않으므로, 제목을 "만족"으로 바꾸어야 할 것이다(Miller & Greenberg 33). 따라서 이 그림에 있어서의 주제는 이 그림의 제목인 배고픔이며, 제재는 이 배고픔의 의미를 전달해주는 구실을 하는 그림의 표현대상인 굶주린 어린이의 모습인 것이다.

시에서도 주제란 중심적 의미를 나타내는데, 대의(general idea), 핵심 사상(central idea), 화제(topic), 제목(title) 등의 개념과 일치하며, 제재란 시 속의 내용을 전달해주기 위해서 동원된 묘사대상으로 대의적 소재(substance)와 같은 개념을 갖는다고 하겠다.

시의 의미는 시가 표현하고 있는 세계에 대한 체험을 말하는 것이다. 이것은 시가 전달하는 뜻, 또는 다른 방법으로는 도저히 전달이 불가능한 총체적 의미(total meaning)와, 산문의 형태로 바꾸어 쓰면 분리되어 나올 수 있는 요소인 산문적 의미(prose meaning)로 분류될 수 있다. 많은 시가 인간체험의 일환이라고 볼 수 있는 사상(idea)의 표현을 다루고 있으나, 산문적 의미를 나타내는 시에서는 어떤 사상이나 메시지를 찾기는 힘든 노릇이다.

다음의 시에서 사실묘사 외에 어떤 사상이 있는 지를 찾아보라.

The Eagle

Alfred Tennyson(1809-1892)

He clasps the crag with crooked hands;
Close to the sun in lonely lands,
Ringed with the azure world, he stands.

The wrinkled sea beneath him crawls;
He watches from his mountain walls,
And like a thunderbolt he falls.

독수리

앨프릿 테니슨

그 녀석은 구부러진 발로 암벽을 움켜쥐고 있다;
외로운 땅의 태양 가까이에,
푸른 하늘을 맴돌다, 서 있다.

그 녀석 아래로는 바닷물이 주름지듯 꾸불꾸불 기어가고;
산등 벽으로부터 노려보다가,
번개처럼 급강하한다.

이 시를 읽어보면, 독수리가 선회하다 먹이를 보고 번개같이 하강하는 장면과, 주변의 암벽과 그 아래서 굽이치는 물결 등이 마치 한 편의 그림을 보듯이 생생하게 묘사되어 있을 뿐, 여기서 아무런 메시지도 발견할 수는 없다. 모든 시가 다 사상이나 메시지를 전달하는 것은 아니다. 따라서 이 시는 언어를 사용해서도 그림을 그리듯이 회화적 표현이 가능하다는 사실을 여실히 보여 주고 있는 셈이다.

작자미상의 민요(ballad)인 「패트릭 스펜서 경」('Sir Patrick Spens')이라는 시를 예로 들어보면, 이 시의 기능은 이야기를 전달해주는데 그치고 있으며, 로벗 번즈의 「빨강고 빨간 장미」('A Red, Red Rose')는 연인에 대한 정서표현에만 치중하고 있다. 그리고

브라우닝의 「나의 전 공작부인」('My Last Duchess')은 극적 독백을 통하여 화자인 페라
라(Ferara)공작이라는 인물의 성격묘사에만 역점을 두고 있다고 볼 수 있겠다. 물론 이
작품은 19세기 당시의 가정에서의 남녀관계를 페미니즘(feminism)적인 견지에서 해석할
수 있는 여지도 있겠지만, 앞에서 열거한 대부분의 이러한 시들은 사상과는 아무런 연관
이 없기 때문에, 이런 종류의 시들을 읽으면서 어떤 사상을 발견할 수는 없는 것이다.

그러나 다음의 시를 한 번 읽어보라. 아래의 시는 방금 언급한 시들과는 다른 어떤
시적인 의미를 전달해줄 것이다.

Stopping by Woods on a Snowy Evening

Robert Frost(1874-1963)

Whose woods these are I think I know.
His house is in the village though;
He will not see me stopping here
To watch his woods fill up with snow.

My little horse must think it queer
To stop without a farmhouse near
Between the woods and frozen lake
The darkest evening of the year.

He gives his harness bells a shake
To ask if there is some mistake.
The only other sound's the sweep
Of easy wind and downy flake.

The woods are lovely, dark and deep,
But I have promises to keep,
And miles to go before I sleep,
And miles to go before I sleep.

눈내리는 날 저녁 숲가에 서서

로벗 프로스트

이곳이 누구의 숲인지 난 알 것 같아.
그의 집이 비록 마을에 있더라도;
그는 내가 여기 서 있는 것을 모를 거야
숲이 눈으로 채워진 광경을 구경하려고.

나의 작은 말도 이상히 여기고 있음이 틀림없어
근처에 농가라고는 한 채도 없는 이곳에 멈춘 사실을
숲과 얼어붙은 호수 사이에서
연중 가장 어두운 저녁에.

그 녀석은 자기 말방울을 흔들어대지
혹시 내가 잘못하지 않았느냐고 물어보려고.
유일하게 들리는 소리라고는
간간이 부는 바람과 눈송이가 떨어지는 소리뿐.

숲은 사랑스럽고, 어둡고, 깊다,
그러나 내게는 지켜야 할 약속이 있어,
자기 전에 가야 할 먼 거리와,
잠들기 전에 가야 할 먼 길이 있지.

이 시는 무언가 명확하지는 않지만, 어떤 상징적인 메시지를 전달해주고 있다는 느낌이 든다. 이 시의 사상을 추출해내기 위해서는 화자가 여기에 멈춰 선 이유와 나중에 가던 길을 계속 가게 된 이유를 밝혀야 한다. 시구에서 그 이유를 찾으면, 화자는 자연경관의 아름다움을 관조하기 위해서 가던 길을 멈추었으며, 나중에 지켜야 할 약속이 있기 때문에, 즉 해야 할 책무가 있기에 계속 길을 가게 된 것이다. 화자는 순간적이나마 아름다움에 대한 호감과, 삶에서 비롯되는 복잡하고 다양한 일에 대한 의무감 사이에서 분열의식을 느끼게 된다. 그리고 이 시에서의 조그만 갈등은 보다 큰 삶의 갈등을 상징하고 있다고 하겠다. 여기서 지각 있는 사람의 분열된 두 자아는 갈등하고 있는데, 한 쪽 자아는 미와 예술의 향유를 위해서 삶을 보류하고 싶어 하지만, 또 다른 자아는 그 보다 더 큰 삶의 책무, 즉 어쩌면 다른 사람들에게 신세지고 있는 그 중요한 책임감을 충분히 인식하고 있는 것이다. 시의 화자는 분명히 이 두 가지 자아를 다 충족시키고 싶어 하지만, 이 두 충동의 갈등이 절정에 달하는 마지막에 가서는, 지켜야 할 약속에 우선순위를 두고 있는 것이다. 이것은 아마도 인간이 경건히 지켜 나가야 할 절대적인 약속인지도 모르는 일이다. 이러한 대극적인 두 대상은 1연과 2연에서 이상적인 존재(1연과 2연의 화자인 시인)와 현실적인 존재(1연의 숲주인과 2연의 말)로 묘사되어 있다. 이상적인 존재는 각박한 삶의 와중에서도 엄동설한의 설경을 관조하면서 자연의 아름다움을 향유할 수 있는 여유를 가지려고 노력하지만, 현실적인 존재는 합리적이고 타산적인 사고로 항상 현실원칙에 따라 행동하기 때문에 현실적인 효용가치가 없는 행동은 전혀 하지 않는다.

이 시의 구조상으로 보아 시의 의미를 강화시켜주는 사상은 시가 전달하는 전체적 경험의 일부에 지나지 않는다. 그러므로 시의 가치와 평가는 사상의 사실성이나 고매함에 의해서가 아니라, 전체적 경험의 가치에 의하여 결정된다. 한 시의 가치는 표현된 내용의 사실 여부보다는 오히려 그 시의 전달력과 의미 있는 전체적 경험 중에서 확신적인 부분을 이루고 있는 것에 있다고 하겠다. 따라서 우리는 시인들이 진실로 사상을 충분히 느껴왔다는 사실을 인식하고, 단지 교훈적인 것보다 높은 차원의 어떤 일들을 시인들이 하고 있다는 사실을 깨달아야 하겠다. 시인은 시의 사상이 중요하기 때문에 풍부한 감각으로 거기다 구체성을 부여하여 정서적이고도 지성적으로 주제를 실현시켜 나가게 된다(Altenbernd & Lewis 67).

그러므로 훌륭한 독자라면 다른 문학 장르에 비해 인간체험의 핵심에 가깝고 원숙한 사상을 다루는 시에 더 높은 가치를 두어야 함은 자명한 일이라고 할 수 있겠다.

(1) 영시의 언어

시란 평상언어보다 더 많은 내용을 응집력 있게 말할 수 있는 일종의 언어적 표현으로 정의 내릴 수 있다. 그러므로 시에 있어서 언어의 쓰임새는 중요하다고 하겠다. 언어를 만들어 낸 인간은 언어의 운용을 통해서 그 즐거움을 느끼면서 향유할 수 있었기에, 옛날부터 많은 계층의 사람들이 시를 애호했던 것이다.

명확히 분류할 수는 없어도 일반적으로 언어의 용도에 관해서 살펴본다면, 정보전달의 용도와 문학적 용도라는 두 가지의 용도가 있을 수 있겠다. 정보전달의 용도는 실용적인 목적에서 언어를 쓰는 경우에 해당되며, 문학적 용도는 문학이 인간의 경험의 강도를 높이고 경험의 폭을 확장시키는 가속장치로 사용할 수 있다는 사실을 전제로 하는 경우에 해당된다고 하겠다. 이와 같이 문학이 삶의 보조역할과 수단의 구실을 한다는 입장에서 언어를 쓰게 되면, 학문적 용도나 문학적 용도를 염두에 두었다고 할 수 있겠다. 그리고 대중전달과 정보화의 시대에 접어들어, 광고나 선전, 설교, 강론, 정강, 책자 등에서 호소력에 목적을 두고 언어를 사용한다면, 설득적 용도를 이용했다고 볼 수 있을 것이다 (Perrine 4). 여기서 시에 쓰이는 언어의 용도는 물론 문학적 용도라 하겠다. 따라서 시에 쓰이는 언어는 다른 문학 장르에 비해 그 의미가 고도로 함축된 언어일 수가 있으며, 시어에 있어서 세밀한 의미의 구분이 중요한 기능을 발휘할 수도 있다.

예술의 본질과 기능에 관한 견해를 밝힌 몇몇 시인들은 시에 관해서 다음과 같은 두 가지의 본질적인 문제를 제시하고 있다. 즉 시란 언어를 특수하게 사용한 것이라는 점과, 시는 인생을 드러내어 해석하기 위해 언어를 사용하고 있다는 점이다. 따라서 문명인들의 상호소통수단인 언어로 표현된 모든 형태의 글 가운데서도 시의 언어가 가장 풍부하고 광범위하다고 하겠다. 시인들은 인간의 모호한 감정을 명확히 해주고, 혼란에 질서를 부여해주며, 충격이나 경이감은 물론이고 만족감이나 불만을 표현할 수 있는 언어를 효과적으로 빚어내고 있다. 인간의 생존에 기여하는 감각과 정신 및 영혼의 경험들이 시를 통해서 형상화되고 있는데, 유형화된 언어매체를 통하여 시는 인간의 개인적인 경험을 토대로 참된 삶의 의미를 창조해내고 있다. 이것이 기본적인 시의 본질적 기능이므로, 시는 다른 예술처럼 생활 속의 혼란과 불화의 상태에 형체와 질서를 부여하는 요긴한 역할을 하고 있다고 볼 수 있겠다.

① 외연

시에 사용할 어휘의 선별을 시어법(diction)이라고 부른다. 시란 압축되고 축약되어 여러 방법을 통해서 한꺼번에 의미를 전달하므로, 시인은 세심한 배려로 어휘를 선택해야 한다. 한편 독자는 시에 쓰인 시어법 속에 나타난 정확한 의미와 내용의 암시를 기민하게 살펴야 하는 것이다. 그 이유는 어휘구성요소 가운데 의미가 차지하는 비중이 높기 때문일 것이다. 일반적으로는 어휘구성요소를 소리(sound)와 의미(meaning)로 나누지만, 로렌스 페라인(Laurence Perrine)은 소리와 외연(denotation), 내포(connotation) 등의 세 요소로 나누고 있다(35).

언어로 된 정보를 해석하기 위해서는 그 언어의 문자적 의미파악이 우선적이라고 하겠다. 가장 기본적으로 보편화되다시피 한 언어의 의미를 숙지해두는 일이야말로 글이나 말로 이루어지는 언어운용을 필요로 하는 생활에서 가장 중요한 일이라 하겠다. 옹알거리는 어린아이들의 행태도 역시 언어생활을 익히기 위한 행위이며, 그 때문에 언어교육은 어린이의 성장에서 가장 중시하는 부분이라고 볼 수 있다. 이와 같이 가장 초보적인 언어의미의 파악단계에서 중요한 것이 단어의 기초적인 뜻을 인식하는 일이라 하겠다. 언어교육에서 발음하기 쉬운 어휘 중에서도 가장 일상화된 어휘로 이루어진 기본적인 표현을 선별해서 쓰고 있는 이유가 여기에 있다고 하겠다.

따라서 고도로 함축적인 문서정보를 해독하기 위해서는 그 전에 거쳐야 할 필연적인 단계가 바로 이와 같이 기본적인 언어의 의미습득단계일 것이다. 여기서 가장 먼저 우리가 접하게 되는 언어의 의미가 바로 외연적 의미라고 할 수 있겠다. 그러므로 이 외연은 어휘의 사전적인 의미로서 문학이해의 가장 기본적인 부분이라 할 수 있겠다. 이와 같이 언어의 외연적 의미만 알고 있어도, 쉬운 언어로 씌어진 동시나 동요, 그리고 민요나 속요 등과 같은 운문들의 의미파악에는 아무런 지장이 없을 것이다.

② 내포

세상의 모든 시들이 다음과 같은 작자미상의 시 같았다면, 시의 생명력은 길지 않았을 것이다.

Wasp, wasp, poison spike.
From Satan you came: you are both alike.
Stick in stone and not in bone.
Stick in pin and not in skin.
Stick in lead and not in head.
If you stick me, you will fall down dead.

땅벌아, 땅벌아, 독침을 지닌 땅벌아.
너는 악마에게서 왔지: 너희 둘은 똑 같아.
돌에 찌르지 뼈에 찌르진 말아.
핀에 찌르지 살갗에 찌르진 말아.
납에 찌르지 머리에 찌르진 말아.
네가 나를 찌르면, 너는 쓰러져 죽으리라.

옛날 민간요법에만 의존했을 당시에 사람들은 종교적인 의식과 유사한 이러한 주술문을 운문형식으로 노래했던 것이다. 이러한 시를 주문(呪文, charm)이나 호신부(護身符)라고도 부르는데, 벌에 쏘이고 싶지 않는 나바호(Navaho)족 인디언들의 소망을 노래한 것이라고 하겠다.

그러나 다음의 시를 한 번 읽어보라.

The Parable of the Old Man and the Young

Wilfred Owen(1893-1918)

So Abram rose, and clave the wood, and went,
And took the fire with him, and a knife.
And as they sojourned both of them together,

Isaac the first-born spake and said, My Father,
Behold the preparations, fire and iron,
But where the lamb for this burnt offering ?
Then Abram bound the youth with belts and straps,
And builded parapets and trenches there,
And stretchèd forth the knife to slay his son.
When lo ! an angel called him out of heaven,
Saying, Lay not thy hand upon the lad,
Neither do anything to him. Behold,
A ram, caught in a thicket by its horns;
Offer the Ram of Pride instead of him.
But the old man would not so, but slew his son,
And half the seed of Europe, one by one.

노인과 젊은이의 우화

윌프렛 오웬

그래서 에이브럼은 일어나서, 장작을 쪼개고는, 갔다,
불씨를 갖고 갔다, 그리고 칼도.
그들이 함께 있게 되었을 때,
장자인 아이작은 말했다, 아버님,
준비물들을 보세요, 불과 쇠판을,
하지만 번제에 쓸 양은 어디 있습니까?
그러자 에이브럼은 젊은이를 혁띠와 탄띠로 묶어 버렸다,
그리고는 거기다 차폐 벽과 참호를 만들었다,
그리고 자기 아들을 살해하려고 칼을 뻗쳐 들었다.
그때 보라! 하늘로 부터 천사가 그를 불렀다,
말하길, 그 애를 향해 너의 손으로 내려 찌르지 말라,
그에게 어떤 일도 하지 마라. 보아라,
산양 한 마리가, 덤불숲에 자기 뿔이 묶여 잡혀 있으니;
그 대신에 그 교만의 양을 제물로 바치라.
그러나 노인은 그렇게 하지 않으려고 했다, 자기 아들을 살해하고는,
유럽인구의 절반을 살해해 버렸다, 하나씩 하나씩.

이 시는 우리가 알고 있는 구약성서의 에이브럼(Abraham)과 아이작(Isaac)의 이야기를 바탕으로 한 패러디(parody)라고 볼 수 있다. 그런데 이 시에서는 성경 속에서의 내용과는 다르게 노인인 에이브럼이 자식을 혁대와 탄띠("belts and straps")로 묶어서 죽이고 유럽인구의 절반을 죽이게 된다. 그러니까 일차 세계대전 때의 전쟁시인인 오웬은 교만의 양("the Ram of Pride")으로 암시되고 있는 전쟁에 가담한 유럽 각국의 정치지도자들이 정치적 야욕을 버리지 않고, 자식과도 같은 죄 없는 무수한 유럽의 젊은이들을 차폐벽("parapets")과 참호("trenches")에서 죽어가게 만든 상황을 신랄하게 풍자하고 있는 것이다.

여기서 주의할 점은 오웬(Owen)이 쓰고 있는 시어와 표현들이다. 나무를 쪼갠다는 의미로 쓴 "clave"나 말한다는 의미의 "spake"와 같은 어휘들을 포함하여, "they sojourned both of them together"와 같은 표현들은 모두가 그가 살던 그 시대의 표현이 아닌 것이다. 인유한 성서의 내용에 현실감을 주기 위해서 시의 배경이 되고 있는 성경의 시대를 연상시켜 줄 수 있는 시어의 선택이 그에게 있어서는 필요했던 것이다. 18세기 이후부터는 목재를 팰 때, "clave"라는 어휘보다는 "split"이라는 말을 써 왔던 것이다. 또한 전쟁과 관련이 있는 "parapets"나 "trenches"같은 어휘들이 쓰여 지고 있는 기능과 "the old man"과 "the Ram of Pride"와 같은 어구의 의미는 이 시에서 대단히 중요한 구실을 하고 있다.

이 시에서는 표면적 의미 보다는 함축적인 이면적 의미가 더 중요한 것이다. 따라서 사전적 의미인 외연 보다는 상징적이고 암시적 의미인 내포가 시의 의미를 결정하게 된다. 일반적으로 내포는 시의 의미의 요지를 강화시켜 주고 태도와 가치를 제시해줌으로써, 외연을 보완해 주는 구실을 하고 있는 것이다(Altenbernd & Lewis 10). 시인이 훨씬 적은 어휘로 시의 의미를 집중시켜서 풍부하게 만들 수 있는 방법 중의 하나가 내포이므로, 이는 시인에게 중요하다. 시인은 시를 쓸 때, 자신의 시 문맥에 알맞고 표현에 효율성을 지닐 수 있는 어휘를 선택하게 된다. 따라서 일반적으로 시인은 내포에 대해 상당한 조예를 기울이고 있으므로, 시를 읽을 때의 첫째 조건은 언어의 의미와 어휘에서 환기되는 정서를 발달시키는 일인데, 이를 위해서는 훌륭한 사전을 이용하여 꾸준하게 어휘를 조사하고 광범위하게 독서를 계속해 나가야 하겠다. 이는 유독 시의 이해에 뿐만 아니라, 모든 문학의 독서에 두루 해당되는 조건일 것이다.

(2) 심상

에즈라 파운드(Ezra Pound)는 시란 구체적인 이미지(image)에서 만들어져야지 추상적인 진술에서 만들어져서는 안되며, 어떤 특수화된 시어법의 사용을 금하고 자연스러운 대화 속의 말과 리듬을 사용해야 한다는 주장을 했다. 그는 또한 시의 언어란 예술작품이나 창조물이 되어서는 안되며, 사람들이 말하는 대화가 되어야 한다고 주장한 것이다. 명확하지 못하거나 구체적이지 못한 용어로 된 객관적인 표현은 피하고 구체화된 표현을 택하되, 그 리듬은 책에서 쓰이는 말투나 구절, 또는 개작된 글이 아닌 생생한 목소리를 지닌 말 그 자체여야 한다는 것이다.

엘리자벳 드루(Elizabeth Drew)와 조지 코너(George Connor)는 『현대시의 발견』(*Discovering Modern Poetry*)이란 책을 통해 엘리엇 시를 분석하는데 있어서, 시의 의미는 우리의 정서와 감각에 직접적으로 호소하는 이미지의 결과로서 드러나야 한다고 주장했다. 그들의 주장에 따르면, 엘리엇에게 있어서 시의 의미는 시의 주제에 대한 해설적인 언어에 의해서 전달되어서는 안된다는 것이다. 시의 이미지들이 우리 마음속에 설정한 이들 개념과 연상 작용 사이의 관계는 어휘 이면에 자리 잡은 모든 사상과 지적 내용을 해석해 줄 수 있어야만 한다. 이럴 경우에 시의 이미지들의 무리를 우리는 이미저리나 심상(imagery)이라고 부른다.

이미저리는 감각적 체험과 관계가 있는 일체의 말을 통해서 표현한 것으로서, 어떤 사물을 감각직으로 징신 속에 재생시키도록 자극하는 구실을 한다. 이미저리는 생생한 체험을 자극하는 효과적인 수단이기 때문에, 시인이 정서를 전달하는 방식으로 널리 사용한다. 정신적으로 감각의 재생을 야기할 뿐만 아니라, 어떤 개념까지도 제시하고 있으므로, 시인들의 귀중한 시적 자원이 되기도 한다.

심상은 글을 읽고서 독자의 심중에 생기는 감각적 재생이나, 그러한 심상이 생기도록 자극하는 비유적이고도 묘사적인 언어를 말하기도 하며, 이런 언어가 작품이나 문학 전통, 또는 경향에서 나타나는 배합양상이나 개념을 상징적으로 나타낸 것이라고 할 수 있다. 시인은 대개 의도적으로 시에 따라 불분명하고 모호한 추상적인 언어를 쓰는 수가 있으나, 대개는 과학적 언어처럼 아주 정확한 언어를 사용한다. 이 두 가지 목적을 위해서 쓰는 것이 바로 심상이며 회화의 묘사적 특징을 지니고 있다. 이러한 이유로 심상은 독자의 상상력을 이끌어 낼 수 있도록 시인의 상상력에 의해서 그려진 말로 된 그림 (word-pictures)이라고도 부르는 것이다. 그러니까 정신 속에 재생되는 그림과 그 그림을 나타내는 언어가 이미저리이며, 그것을 구체화시켜주는 말이나 개별적 그림이 이미지인 것이다.

다음의 짧은 시 한 편을 보자.

In a Station of the Metro

Ezra Pound(1885-1972)

The apparition of these faces in the crowd.
Petals on a wet, black bough.

지하철역에서

에즈라 파운드

군중 속에 있는 환영(幻影)과도 같은 이 얼굴들.
젖고, 검은 가지 위의 꽃잎들.

에즈라 파운드는 여기서 파리(Paris) 지하철역에서 기차를 기다리는 창백한 얼굴을 한 유령과도 같은 사람들의 모습을 꽃나무에 달려있는 꽃잎에 비유하고 있다. 이 두 이미지를 생각해보면, 서로 암시해 주는 의미가 상반된다는 점에 놀랄 것이다. 환영이나 유령이라는 말("apparition")은 죽음과 초자연적인 느낌을 주고 있으며, 꽃잎이라는 어휘 ("petals")는 자연스러운 대상으로 삶과 재생의 느낌을 준다. 어떻게 이 상반된 이미지가 불과 두 행 밖에 않되는 이 짧은 시에서 용이하게 함께 조화를 이룰 수 있을까 ? 이러한 신비는 파스칼(Pascal)의 원리에 의하면, 지성이 모르는 감성의 추리에서 비롯된다는 시 적 논리로 설명할 수 있을 것이다(Bergman and Epstein 102). 이 시는 이미지즘 (Imagism)을 부르짖었던 파운드나 에이미 로월(Amy Lowell), 힐다 둘리틀(Hilda Doolittle) 같은 이미지스트들(les Imagistes)의 전형적인 규범과도 같은 작품이라 하겠다. 그들이 신봉했던 시작(詩作)원칙은 표현에 기여하지 못하는 말은 쓰지 않으며, 직접적인 표현대상과 감정을 중시한다는 것이었다. 그래서 파운드는 처음에 60여행이나 되는 장 시로 된 이 시를, 이 원칙에 입각하여 아예 단 두 행으로 압축시켜 버린 것이다.

심상의 종류는 일반적으로 시각적 심상(visual imagery)과 청각적 심상(auditory imagery), 촉각적 심상(tactile imagery), 후각적 심상(olfactory imagery), 미각적 심상 (gustatory imagery), 열을 나타내는 심상(thermal imagery or heat imagery)과 운동을 나 타내는 심상(kinesthetic imagery) 등이 있다. 이렇게 인간의 제(諸) 감각을 나타내는 여러 이미저리가 있는데, 그 예를 다음의 시에서 찾아보기로 하자.

Meeting at Night

Robert Browning(1812-1889)

The gray sea and the long black land;
And the yellow half-moon large and low;
And the startled little waves that leap
In fiery ringlets from their sleep,
As I gain the cove with pushing prow,
And quench its speed i' the slushy sand.

Then a mile of warm sea-scented beach;
Three fields to cross till a farm appears;

A tap at the pane, the quick sharp scratch
And blue spurt of a lighted match,
And a voice less loud, through its joys and fears,
Than the two hearts beating each to each !

밤의 해후

로벗 브라우닝

회색바다와 길게 늘어선 컴컴한 뭍;
그리고 노란 반달은 크고 낮게 걸려있다;
놀란 잔물결은 뛰어 오른다
잠에서 깨어나 작은 불 고리를 이루면서,
뱃머리를 밀어서 작은 만에 닿아,
질퍽한 모래 속에 배의 속도를 껐을 때.

그리고 나서 일마일 가량의 따뜻한 갯내음이 풍기는 해변;
들판을 세 개 지나니 농가 한 채가 나온다;
창문을 두드리는 소리, 재빨리 그어대는 날카로운 소리
그러자 불붙은 성냥의 푸른 색 섬광,
그리고 기쁨과 두려움 속에서도, 나지막한 목소리 보다 크게 들리는,
서로에게 느껴지는 두 사람의 심장박동 소리.

사랑에 빠진다는 사실은 감미롭고 흥분된 경험을 갖는다는 의미를 내포하게 되는데, 사랑에 빠진 사람에게는 모든 것이 아름답고 사소한 것들이라도 아주 중요하게 보이는 수가 있다. 더욱이 자신이 사랑하는 사람은 세상에서 가장 중요한 대상으로 부각될 것임에는 틀림이 없다. 사랑이 주제인 이 시는 사랑에 관한 직접적인 표현을 많이 쓰지 않고 있으며, 심지어 사랑이란 어휘를 단 한 마디도 쓰지 않고 있다. 왜냐하면 브라우닝은 시인으로서 정보를 전달하는 것이 아니라 체험을 전달하려고 애쓰고 있기 때문이다. 그는 남자로 추측되는 화자가 자신의 연인을 만나러 가는 구체적인 상황을 우리에게 제시해 주고 있으며, 연인들이 보고 듣고 공유하게 된 기대감과 감흥을 독자들도 꼭 같이 보고

들게 하기 위해서, 연인들이 만나는 과정을 감각적인 인상으로 생생하게 묘사하고 있다. 매 시행마다 여러 감각에 호소하는 이미지를 내포하고 있다. 즉 회색 빛 바다와 긴 검은 색 땅, 노란 반달, 작은 불 고리를 이루는 놀란 듯이 보이는 잔물결, 파란 섬광을 일으키며 불이 붙는 성냥 등이 시각과 청각을 자극하면서 색상과 형태 및 동작들을 전달해 주고 있다. 더 나아가서 따뜻하면서도 바다냄새가 풍기는 해변("warm sea-scented beach")이라는 표현은 촉각과 후각을 자극하고 있다. 질척거리는 모랫바닥 위에서 뱃머리를 미는 동작과 연인이 있는 집의 유리 창문을 가볍게 두드리는 동작, 재빨리 성냥 그어대는 동작, 서로 만난 연인들끼리의 다정스럽게 두런거리는 나지막한 속삭임, 서로의 가슴에서 느끼는 심장의 박동 등은 모두가 우리의 청각을 자극하고 있는 것이다.

토마스 내쉬(Thomas Nashe)의 「역병이 있던 시기의 연도」('A Litany in Time of Plague' 또는 'In Time of Pestilence')라는 시의 3연을 또 다른 예로 한 번 살펴보자.

Brightness falls from the air,
Queens have died young and fair,
Dust hath closed Helen's eye —
I am sick, I must die.

광명이 하늘에서 떨어지고,
여왕들은 젊고 아름다운 나이에 죽었다,
헬렌의 눈도 감겨 흙속에 묻히니 —
병든 나 역시, 죽고 말겠지.

3행까지는 매 행마다에 이미지가 있다. 희미하기는 하지만, 첫 행의 석양이미지는 슬픈 감정을 전달해주고 있다. 시인은 다음 행에서는 요절한 아름다운 왕비에 관해서 구체적으로 명확히 표현하고 있다. 그리고 셋째 행에서는 이 시의 주제에 맞추어서, 살아 있었던 사람 중에서 가장 아름다웠던 여인, 그러나 그녀 역시 죽고 말았던 트로이의 여왕(Queen of Troy)인 헬렌(Helen)을 나타내고 있다. 이 세 가지의 이미지가 어우러져서 시인의 창작 욕구를 자극하여, 모든 아름다운 것들도 소멸되고 만다는 슬픈 사실과 때 이른 죽음에 대한 두려움을 담고 있는 마지막 시행을 시인으로 하여금 써내게 하고 있다. 모든 시어들이 단순하고 짧으며, 아주 평범한 어휘들이지만, 그 시어들을 훌륭하게 조합시켜서 이미지효과를 부각시킨 시인의 재능은 놀라울 정도라고 하겠다. 평이한 어휘를 가지고 쓴 시로서 이토록 오랫동안 명성을 누리고 있는 영시도 드물다고 하겠다.

『시의 옹호』(*The Defence of Poesie*)를 통해서 시어의 음악성과 착상(conceit)에 관해 자신의 문학이론을 피력했던 필립 시드니(Sir Philip Sidney)는 이미지 사용은 대단히 높은 기교를 요하기 때문에, 시작행위에서 본다면 이미지를 쓴다는 사실 그 자체가 시의 생명이라고 한 적이 있다(Drew 145). 시인은 무수한 의식의 흐름과 그 통로를 통해서 시를 쓰기 때문에, 이미지만으로도 시인으로서의 개성을 지닐 수가 있다. 그리고 자신이 생활하면서 겪었던 일이나 즐거웠던 일들과 여러 감각을 통해서 관찰하고 체험했던 일들, 타인들의 작품을 읽고서 자신의 일부가 되어버린 문학적·예술적 침전물들, 자신이 진지하게 사색하고 명상하면서 끝없이 추론해왔던 여러 가지의 가치들 등이 모두 시인의 소재가 되고 주제가 되며, 또한 훌륭한 표현도구가 되기도 한다. 그러니까 시인이 쓴 시는 그가 인식해 왔고 느껴 왔으며, 보고, 듣고, 생각해 왔던 그 모든 것들로 부터 나온 추출물로서, 또 하나의 다른 창조된 세계라고 보아야 할 것이다. 이와 같이 시인이 감각적으로 체험했던 대상이나 세계는 시인의 이미지제작 기능이라고 할 수 있는 상상력이나 창의력에 의해서 정제되어서, 시인이 즉각적으로 느낀 기억과 인식이 살아있는 생생한 힘과 아름다운 연상으로 조합된 무수한 유형의 그림으로 재생되어 나타나게 되는 것이다.

이 밖에도 광의적으로 보면, 비유적 심상에 제유(synecdoche)와 환유(metonymy), 직유(simile)와 은유(metaphor), 상징(symbol), 의인법(personification)이나 풍유(allegory) 등이 포함될 수 있으며, 산문적 의미가 거부된 초현실주의(sur-realism)이후의 심상이라고 할 수 있는 절대적 심상이 있겠다.

(3) 직유와 은유

시라는 것은 항상 두 가지 이상의 사물이나 표현대상을 비교하는 데에서 시작되는 것이다. 시인들은 늘 우리가 보지 못하고 있는 것들이나 예전에는 흥미롭게 관찰해 보지 못했던 것들 사이의 연관관계나 관련성을 인식하게 해준다.

다음의 두 가지 유형의 글을 비교해 보면 훨씬 더 시라는 장르에 대한 이해가 쉬울 것이다.

I Wandered Lonely As a Cloud

William Wordsworth(1770-1850)

I wandered lonely as a cloud
That floats on high o'er vales and hills,
 When all at once I saw a crowd,
 A host, of golden daffodils;
 Beside the lake, beneath the trees,
 Fluttering and dancing in the breeze.

 Continuous as the stars that shine
 And twinkle on the Milky Way,
 They stretched in never-ending line
 Along the margin of a bay:
 Ten thousand saw I at a glance,
 Tossing their heads in sprightly dance.

The waves beside them danced; but they
Outdid the sparkling waves in glee:
A poet could not but be gay,
In such a jocund company:
I gazed—and gazed—but little thought:
What wealth the show to me had brought:

For oft, when on my couch I lie
In vacant or in pensive mood,
They flash upon that inward eye
Which is the bliss of solitude;
And then my heart with pleasure fills,
And dances with the daffodils.

나는 구름 마냥 외롭게 방황했지

윌리엄 워즈워스

나는 외롭게 방황했지 구름 마냥
골짜기와 언덕 너머로 높이 떠다니는,
그 때 나는 별안간 한 무리를 보았지,
황금빛 수선화의, 한 무리를;
호숫가에서, 나무 아래서,
미풍에 한들거리면서 춤을 추고 있는.

빛나는 별들처럼 연이어져서
은하수 위에서 반짝거리는 별들처럼,
그들은 끝없이 열을 지어 펼쳐져 있었지
만(灣)의 가장자리를 따라서:
나는 힐끗 쳐다만 봐도 수 만 송이를 한꺼번에 보았지,
가볍게 춤을 추면서 머리를 치켜들고 있는.

그들 옆의 물결도 춤을 추었으나; 그들이
흥겨움에서 반짝거리는 물결보다 나았지:
시인은 기쁠 수밖에 없어,
그와 같은 흥겨운 친구와 함께 있으니:
나는 보고―또 보았지―하지만 생각 못했지:
그 광경이 내게 얼마나 귀중한 것을 가져다주었는지를:

가끔 내가 긴 의자에 누워 있노라면
멍하니 또는 생각에 잠겨,

이 작품은 1802년에 워즈워스가 자기 여동생인 도로시 워즈워스(Dorothy Wordsworth)와 함께 윈더미어(Windermere) 지방에서 생활할 때, 호숫가에 핀 수선화를 보고 얻은 감흥을 시로 표현한 것이다. 이 사실은 도로시의 4월 15일자 일기에도 기록되어 있다. 이 시를 읽을 때에는 시인의 마음이 변화하는 과정을 살펴 볼 필요가 있는데, 첫 연에서 외로움과 고독에 잠겨 있던 시인은 2연에 가서 수선화를 보면서 변하기 시작하다가, 그 기쁨과 환희는 3연에 가서 절정에 이르게 된다. 마지막 연에서 시인은 미래를 향한 심중의 혜안을 뜨게 되면서 고독에서 벗어나게 된다. 어휘에 촛점을 맞춰서 읽어 보면, 이와 같은 분위기의 변화를 감지할 수가 있겠다. 첫 연은 외로움을 나타내는 단어와 고독을 연상시켜주는 대상에 대한 비유로 일관하다가, 2연과 3연에 가서 기쁨과 환희를 뜻하는 어휘와 춤의 동작을 나타내는 어휘가 쓰이고 있으며, 마지막 연에서는 축복과 즐거움이라는 주요 단어가 쓰이고 있는데, 이것은 시인의 심경이 변화하고 있음을 나타내어 주고 있다. 워즈워스는 수선화를 그리고 있으면서도, 그 꽃에 대한 직접적인 언급은 하지 않고 있으며, 단지 그 꽃을 본 자신의 정서만 표현하고 있다.

그러나 다음과 같이 식물학 책에서 표현되고 있는 수선화에 대한 기술을 한 번 살펴 보자.

Narcissus pseudo-narcissus: flower-stalk hollow, two-edged, bearing near its summit a membranous sheath and a single flower: nectary notched and curled at the margin, as long as the sepals and petals.

수선화과 학명은 나르시서스; 꽃의 줄기는 비어 있고, 두 개의 선으로 되어, 그 끝 가까이에는 막질의 표피와 하나의 꽃잎이 달려 있다; 밀선은 톱니모양으로 홈이 파져 가장자리는 꾸불꾸불하고, 꽃받침과 꽃잎에까지 이어져 있다.

과학적인 관점에서 쓴 글과 문학적인 관점에서 쓴 글을 단순히 비교한다는 것은 이상할지 모르나, 표현의 정확성을 알아보기 위한 것이 아니라, 글을 읽고 느끼게 되는 글에 대한 반응을 살피기 위한 것이기 때문에 상관없으리라고 본다. 과학은 사실을 발견하고 서술하는 데에만 관심이 있으나, 시는 그러한 사실들의 외양과 냄새, 맛, 촉감 등의 여러 사실들을 함께 전달해 주는 데 관심이 있다. 분명히 과학과 시는 다 나름대로의 목적을 갖고 있으나, 관찰한 대상에 대한 묘사방법에는 차이가 있다고 본다. 식물학교본에 나온 기술은 분석적이라고 볼 수 있는데, 여기서는 그 꽃의 구성요소가 분류된 여러 가지 과학적 사실만을 언급하면서, 마치 수선화가 여타 다른 대상물과는 아무런 관련이 없는 독립대상인 것처럼 수선화를 개별적으로 기술하고 있다. 여기에 비해서 워즈워스의 시는 수선화를 그리되, 나무나 호수를 비롯한 주변의 정경과 대상은 물론이고, 심지어 시인의 고독한 감정까지도 함께 연관시켜서 묘사하고 있다. 관찰대상의 표현을 통해서, 시인은 무리지어 핀 황금 빛 수선화를 보기 전 까지는 자신이 외로웠지만, 수선화의 밝은 모습을 보면서 마음도 즐거워졌다는 감정의 전환을 나타내고 있다.

여기서 우리는 시와 과학을 구분 지워 줄 수 있는 것이 감정의 개재여부라는 사실을 알 수 있을 것이다. 과학은 사물을 분석하는 일에만 매달리는 것이 아니라, 다른 것과의 관련성을 살펴보고 그 이면에 자리 잡고 있는 자연법칙을 발견해낸다. 그러나 이러한 과정에서 시인들이 자신의 감정이나 정서를 사용하는 것과는 달리, 과학자들은 여러 사실들을 다른 것과 연관짓기 위해서 여러 과학적 이론이나 관찰 및 실험 등을 사용하게 된다. 이런 상황에서 과학자가 이성적 판단보다 감정에만 의존하는 것이 잘못되었듯이, 시인이 시를 쓸 때 자신의 시에 대한 감정을 이용하지 않고 이성만을 중시한다면, 그 또한 잘못된 일일 것이다.

이와 같이 시에서는 두 가지 이상의 대상이 서로 비교되고 대비되어 나타나게 마련인데, 필연적으로 서로 다른 두 가지의 대상을 비유하는 수사법으로는 직유(simile)와 은유(metaphor)가 있다. 직유는 "like"나 "as", "than", "similar to", "resemble" 등과 같은 말을 사용하여 비유되는 대상을 표현하지만, 은유에서는 그 비유가 함축되어 나타나게 된다. 워즈워스는 자신의 고독한 처지를 골짜기 위에 떠다니는 구름에다 비유했으며, 에드먼드 스펜서는 자신의 연인을 사파이어(Sapphire)라는 보석이나 빨간 사과와 벚지에다 비유했던 것이다.

> Her goodly eyes like Sapphires shining bright . . .
> Her cheeks like apples which the sun hath redded,
> Her lips like cherries charming men to bite.

> 사파이어 같은 그녀의 양순한 눈은 밝게 빛나고 . . .
> 그녀의 두 뺨은 태양이 붉게 만든 사과와 같구나,
> 벚지 같은 그녀의 입술은 남자들이 깨물고 싶도록 매력적이구나.

이 밖에도 전형적으로 한 대상(A)이 다른 대상(B)에 비유되고, 그 비유된 대상(B)은 처음의 대상(A)을 명확히 해줄 수 있도록 원래의 대상(A)으로 돌아가게 되는 구조의 비유를 서사시적 직유(epic similes)라고 하는데, 그 예를 호머(Homer)의 서사시에서 찾아볼 수가 있다. 호머는 말이 달리는 모습에 확장된 비유를 사용해서 트로이(Troy)왕의 아들인 패리스(Paris)왕자가 떠나는 장면을 묘사하고 있다.

직유처럼 연결어를 쓰지 않고서도 두 대상을 비유할 수가 있는데, 이 경우의 비유를 우리는 은유라고 부른다. 다음에 예를 드는 셰익스피어의 『헨리 5세』(*Henry V*)에서는 영국인으로 보이는 화자가, 프랑스로 영국군이 원정가게 되면 그 사이의 공백을 틈타서 스코틀랜드(Scotland)인들이 침공할 수 있다는 위험한 사실을 우려하고 있다.

> For once the eagle England being prey,
> To her unguarded nest the weasel Scot
> Comes sneaking, and so sucks her princely eggs.

> 일단 잉글랜드의 독수리가 희생이 될지도 모른다,
> 무방비상태의 그 둥지에 스코틀랜드의 족제비가

몰래 기어와서는, 그 왕자다운 알들을 빨아먹어 치울 것이기에.

여기서 프랑스를 공격하는 영국은 조류의 왕인 위엄 있는 독수리로 묘사된 반면에, 영국을 공격할 지도 모르는 스코틀랜드는 사나운 야행성 짐승인 작은 족제비에 비유되고 있다. 이러한 묘사를 통해서 셰익스피어는 자연스럽게 영국을 스코틀랜드보다 우위에 놓고 있는 것이다.

스티븐 스펜더(Stephen Spender)의 「비행장 근처의 풍경」("The Landscape near an Aerodrome")이라는 시에서는 황혼녘에 착륙하는 비행기의 모습이 훌륭하게 비유되어 표현되고 있다.

> More beautiful and soft than any moth
> With burring furred antennae feeling its huge path
> Through dusk, the air-liner with shut-off engines
> Glides over suburbs . . . .

> 털이 난 더듬이를 떨면서
> 석양 무렵에 큰 길을 느낌으로 찾으며
> 나방보다 아름답고 부드럽게, 엔진을 끄고
> 교외 상공을 미끄러지는 비행기 . . . .

우리가 알아야 할 것은 시인이 비행기와 나방을 비유한 이유라고 볼 수 있다. 나방이 많이 날아다니는 시간대인 석양 무렵의 여명 속에서 엔진을 끄고 조용히 착륙하는 커다란 비행기의 자태가, 시인에게는 마치 더듬이로 방향을 찾아가며 비행하는 나방의 모습과도 흡사하게 느껴졌던 것이다.

표현의 면에서 본다면, 은유는 확실히 직유에 비해서 지름길이라고 할 수 있겠다. 은유라는 말의 어원도 그리스어(Greek)의 무엇을 넘어선다는 의미의 "meta"와 운반한다는 뜻의 "phor"에서 비롯되었으며, 이 두 단어가 합성이 되어 옮긴다는 의미(tranference)를 지니게 된 것이다(Lewis 26). 17세기 시인인 헨리 워튼(Sir Henry Wotton)은 자신의 시 「보헤미아의 왕비폐하」('On His Mistress, the Queen of Bohemia')에서, 별의 무리를 하늘의 평민들("You common people of the skies")이라고 표현하면서 달이 뜨면 그들이 보잘것없을 것("What are you when the moon shall rise?")이라는 시행을 덧붙이고 있다. 즉 하늘의 여왕인 달이 뜨면 수많은 별들은 평범한 보통 사람들과 다름이 없게 된다는 말이다. 또한 형이상학파 시인(metaphysical poets) 중의 한 사람인 헨리 본(Henry Vaughan)은 「그들 모두 광명의 세계로 간다」('They Are All Gone into the World of Light')라는 시의 5연 첫 행에서 죽음을 의(義)로운 사람들의 보석("jewel of the just")이라고 표현하고 있는데, 이 말은 선량한 삶을 살면, 죽음이란 두려운 것이 아니라는 뜻이다. 그것은 오히려 천국으로 갈 수 있는 귀중한 보석과도 같은 것으로, 선한 생활로 삶을 영위한 자에게 상으로 줄 수 있는 보석 박힌 승리의 왕관인 셈이다. 정말 시인은 시가 많은 것을 압축시켜 넣은 문학이란 사실을 입증이라도 하려는 듯이, 이런 의미를 단 네 단어의 시구로 표현한 것이다. 이러한 시적인 표현을 위와 같이 산문으로 바꿔 쓰게 되면 시라는 요체는 사라져 버리고 만다. 따라서 시어로 이루어진 패턴으로부터 시의 의미를 절대로 분리해서는 안 되는 것이다. 이것이 바로 형식주의(formalism)문학이론의 기본개념이고 뉴 크리티시즘(new criticism)의 핵심적 요지인 것이다.

은유의 전반적인 의미가 이면에 내재해있는 시의 예를 아래의 작품에서 찾아보자.

The Road

Conrad Aiken(1889-1988)

Three then came forward out of darkness, one
An old man bearded, his old eyes red with weeping,
A peasant, with hard hands. "Come now," he said,
"And see the road, for which our people die.
Twelve miles of road we've made, a little only,
Westward winding. Of human blood and stone

We build; and in a thoudand years will come
Beyond the hills to sea."

                    I went with them,
        Taking a lantern which upon their faces
        Showed years and grief; and in a time we came
        To the wild road which wound among wild hills
        Westward; and so along this road we stooped,
        Silent, thinking of all the dead men there
        Compounded with sad clay. Slowly we moved:
        For they were old and weak, had given all
        Their life to build this twelve poor miles of road,
        Muddy, under the rain. And in my hand
        Turning the lantern here or there, I saw
        Deep holes of water where the raindrop splashed,
        And rainfilled footprints in the grass, and heaps
        Of broken stone, and rusted spades and picks,
        And helves of axes. And the old man spoke,
Holding my wrist: "Three hundred years it took
To build these miles of road: three hundred years;
And human lives unnumbered. But the day
Will come when it is done." Then spoke another,
One not so old, but old, whose face was wrinkled:
"And when it comes, our people will all sing
For joy, passing from east to west, or west
To east, returning, with the light behind them;
All meeting in the road and singing there."
And the third said: "The road will be their life;
A heritage of blood. Grief will be in it,
And beauty out of grief. And I can see
How all the women's faces will be bright.
In that time, laughing, they will remember us.
Blow out your lantern now, for day is coming."

My lantern blown out, in a little while
We climbed in long light up a hill, where climbed
The dwindling road, and ended in a field.
Peasants were working in the field, bowed down
With unrewarded work, and grief, and years
Of pain. And as we passed them, one man fell
Into a furrow that was bright with water
And gave a cry that was half cry half song —
"The road . . . the road . . ." And all then fell
Upon their knees and sang.

         We four passed on
Over the hill, to westward. Then I felt
How tears ran down my face, tears without number;
And knew that all my life henceforth was weeping,
Weeping, thinking of human grief, and human
Endeavour fruitless in a world of pain.
And when I held my hands up they were old;
I knew my face would not be young again.

길

콘래드 에이큰

그때 세 사람이 어둠 속에서 앞으로 나왔는데, 한 사람은
턱수염이 난 노인이었다, 그의 노쇠한 눈은 울음으로 충혈 되어 있었고,
거친 손의, 농부였다. "자 이제 오세요," 그가 말했다,
"그리고 길을 보세요, 길 때문에 우리 사람들이 죽게 된.
12마일의 길을 우리는 만들었죠, 불과 얼마 않되는,
서쪽으로 굽어져 있는. 인간의 피와 돌로
우리는 건설하게 되었죠; 일천년이 걸려서
언덕너머 바다로 이르게 되겠죠."

       나는 그들과 함께 갔어

전등을 들고서 그들의 얼굴 위에는
수 년의 세월과 비애가 보였지; 잠시 후에 우리는
황야의 언덕을 따라 굽이진 들판의 길로 들어섰지
서쪽으로; 이 길을 따라가다 우리는 몸을 숙였어,
말없이, 거기서 죽은 사람들 모두를 생각하면서
슬프게 진흙에 섞인 채. 천천히 우리는 나아갔지:
왜냐하면 늙고 약했던 그들이, 이 보잘것없는
12마일의 길을 닦기 위해서 자신들의 모든 삶을 바쳤기에,
진흙탕에다, 비를 맞고서도. 그리고 나는 내 손에 든
전등으로 여기저기를 비춰보니, 내 눈에 들어왔어
빗방울이 튀기는 물구덩이들과,
풀밭에 새겨진 물이 괸 발자욱들, 그리고 부서진
돌무더기들과, 녹슬어버린 삽과 곡괭이,
그리고 도끼자루들. 그러자 그 노인은 말했다,
내 손을 붙잡고는: "삼백년이 걸렸어
이 길들을 닦는데: 삼백년이;
그리고 무수한 사람의 목숨이. 하지만 길이
완성되는 날이 꼭 올 거야." 그 때 다른 이가 말했다,
그렇게 늙지는 않았으나, 역시 나이든, 그의 얼굴은 주름져 있었다:
"그날이 오면, 우리 사람들은 모두 노래를 부를 거야
환희에 차서, 동쪽에서 서쪽으로 지나가면서, 또는 서쪽에서
동쪽으로 지나가다가, 돌아오면서, 빛을 뒤로 하고서;
길에서 모두 만나 거기서 노래하리라."
또 다른 사람이 말했다: "길은 그들의 생명일거야,
이어받은 혈통이지. 거기에 애환이 있을 것이고,
슬픔에서 아름다움이 있겠지. 난 알 수 있어
모든 여인들의 얼굴이 얼마나 밝아질지를.
그 때, 웃으면서, 그들은 우리를 기억하게 될거야.
이제 전등을 끄게나, 날이 밝아 오니까."
내 전등을 끄고, 잠시 있다가
우리는 긴 광선을 따라 언덕에 올랐지, 줄어들다
들판에서 끝나버린 길 위를 올라온 거야.
농부들은 들판에서 일하고 있었지, 몸을 숙이고서

보상 없는 일을 하며, 슬픔과, 고통의
세월과 함께. 그리고 우리가 그들을 지나쳤을 때, 한 사람이 쓰러졌지
물이 있어 밝은 이랑 속으로
그리고 외쳤어 절반쯤은 노래하다시피—
"길이다 . . . 길이다 . . . 길이다 . . ." 그러자 모두 쓰러졌지
무릎 꿇고 노래하면서.

      우리 네 사람은 지나왔지
언덕너머, 서쪽으로. 그 때 나는 느꼈지
내 얼굴 위에는 얼마나 눈물이 흘러내렸는가를, 무수한 눈물이;
그리고는 알았어 그 후의 모든 나의 삶이 흐느끼고 있었다는 사실을,
울면서, 인간의 비애와, 고통스러운 세상에서의
보잘것없는 인간의 노력을 생각해 보았다.
그리고 내 손을 들어 보았을 때 그 손들은 늙어 있었다;
내 얼굴 역시 다시는 젊어지지 않으리라는 사실을 난 알았지.

　서쪽으로 난 길이라는 표현("Westward")에서 우리는 이 시가 미국의 서부개척시절에 관한 시라는 사실을 추측할 수가 있겠다. 보잘것없는 12마일의 길을 닦는데("to build this twelve poor miles of road") 삼백 년("Three hundred years")이라는 많은 시간이 소요되었다는 묘사를 통해서, 우리는 중장비 없이 맨손으로 개척해 나갔다는 그 은유의 의미 이면에 자리 잡고 있는 인류의 진보에 관한 생각을 발견할 수가 있는 것이다. 시인이 얘기하고 있는 길은 지도 상의 길이 아니라, 인류가 무수한 재난과 위험에 빠지며 실수와 시행착오를 거듭해 오면서도, 진정한 자유와 번영을 위하여 조금 씩 조금 씩 구축해 온 문명의 길을 암시하고 있는 것이다. 이것은 은유가 어떤 감정이나 사상을 확장시켜서 시의 의미를 더욱 더 풍부하게 만들고 있는 확장은유(extended metaphor)의 훌륭한 예라고 할 수 있다.

　은유에는 반드시 두 가지 의미가 있다고 하겠다. 하나는 어휘가 지니는 원래의 문자적 의미이고, 다른 하나는 거기서 새롭게 전이된 의미인 것이다. 앞에서 언급한 『헨리 5

세』의 인용부분에서 셰익스피어는 외견상으로는 조류의 일종인 독수리를 표현했지만, 사실은 그 새의 위용과 늠름한 자태를 영국인들의 기상에다 전이시켰다고 볼 수 있는 것이다. 따라서 어휘의 문자적 의미를 관례적으로 소명사(小名辭, minor term)나 표현된 개념(thing said), 또는 표면적 그림(picture)이라고 했으며, 전이된 의미를 대명사(大名辭, major term)나 의도된 개념(thing meant), 또는 이면적 의미(meaning)라고 했던 것이다. 또는 이 개념들을 각각 일차적 의미(primary term)와 이차적 의미(secondary term)라고 부르고도 있으나, 리차즈(I. A. Richards)와 옥든(C. K. Ogden) 같은 문학비평가들은 『수사의 철학』(*The Philosophy of Rhetoric*)이라는 저술에서 이와 같은 개념을 매체(vehicle)와 취의(tenor)라고 부르고 있다. 그들이 분류하고 있는 매체(媒體)와 취의(趣意)의 특성들을 한번 살펴보기로 하자.

매체(vehicle)	취의(tenor)
기본소재 역할을 함	요지나 대의 역할을 함
주로 구체적임	대개 추상적임
눈에 익숙하게 드러나 있음	눈에 잘 띄지 않음
명시되어 있음	명시되어 있거나 함축되어 있음

아래의 윌리엄 셰익스피어의 소넷 60번과 토마스 캠피언(Thomas Campion)의 「그녀의 얼굴에는 정원이 있네」('There Is a Garden in Her Face')라는 시에서 취의와 매체를 찾아보도록 하자.

Like as ***the waves*** make towards the pebbled shore,
So do ***our minutes*** hasten to their end. (이탤릭체 필자)

파도가 자갈 깔린 해변을 향해 밀려갈 때와 같이,
우리의 시간도 그 끝을 향해서 서둘러 가고 있다.

첫 행의 이탤릭체로 된 말이 매체이며, 2행의 이탤릭체로 된 어휘는 취의이다. 셰익스피어는 인생의 종국을 향해서 치닫는 생명의 시간을 자갈 깔린 해변에 밀려드는 파도에다 비유하고 있다. 이 시의 소재인 파도는 인간의 육안으로 관찰되고 있는 구체적인 대상으로 확실히 명시되어 드러나 있으나, 인생의 시간은 추상적으로 표현되어 있는 이 시의 요지로서 눈에 띄지 않게 파도라는 대상 속에 함축되어 나타나 있는 것이다.

> There is a *garden* in her face
> Where *roses* and white *lilies* grow . . . . .
>
> (이탤릭체 필자)

> 그녀의 얼굴에는 *정원*이 있어
> 거기에는 *장미*와 흰 *백합꽃*이 자라지 . . . . .

이 시에서는 이탤릭체로 된 시어들은 모두가 매체일 뿐, 취의는 보이지 않고 있다. 여기서 취의는 모두 매체 아래에 숨겨져 있다고 볼 수 있는데, 각각 아름다운 용모와 분홍 빛 뺨이나 입술, 하이얀 피부의 얼굴이라고 유추해 낼 수가 있다. 아름답게 화장한 여인의 얼굴이 정원이라면, 홍조 띤 두 볼과 입술은 장미로 표현할 수 있을 것이며, 깨끗한 피부는 백합에 비유할 수 있기 때문이다.

이와 같이 은유나 직유처럼 두 개의 대상이나 상황 사이의 유사점을 이용한 비유와는 달리, 현격하게 판이한 두 대상 사이의 정교한 비유나 극단적으로 상이한 예상 밖의 두 상황 사이의 병치기법을 기상(奇想, conceit)이라고 한다. 일반적으로 기상에는 두 가지가 있는데, 주로 연애시에 쓰이는 페트라르카식의 기상과 외견상 공통점이 없게 보이는 모든 지식을 동원하여 쓰고 있는 형이상학적 기상(metaphysical conceit)이 그것이다.

그러면 17세기 형이상학파 시인이 쓴 다음의 시에서 시인이 쓰고 있는 기발한 착상의 예를 한번 살펴보기로 하자.

A Valediction: Forbidding Mourning

John Donne(1572-1631)

As virtuous men pass mildly away,
   And whisper to their souls to go,
Whilst some of their sad friends do say
   The breath goes now, and some say, No;

So let us melt, and make no noise,
   No tear-floods, nor sigh-tempests move,
'Twere profanation of our joys
   To tell the laity our love.

Moving of th' **earth** brings harms and fears,   *earthquake*
   Men reckon what it did and meant;
But trepidation of the **spheres**,   *planetary spheres*
   Though greater far, is innocent.

Dull **sublunary** lovers' love   *earthly, mundane*
   (Whose soul is sense) cannot admit
Absence, because it doth remove
   Those things which **elemented** it.   *composed*

But we by a love so much refined
   That our selves know not what it is,
Inter-assuréd of the mind,
   Care less, eyes, lips, and hands to miss.

Our two souls therefore, which are one,
   Though I must go, endure not yet
A **breach**, but an expansion,   *break*

Like gold to airy thinness beat.

If they be two, they are two so
  As stiff twin compasses are two;
Thy soul, the fixed foot, makes no show
  To move, but doth, if th' other do.

And though it in the center sit,
  Yet when the other far doth roam,
It leans and hearkens after it,
  And grows erect, as that comes home.

Such wilt thou be to me, who must
  Like th' other foot, obliquely run;
Thy firmness makes my circle just,
  And makes me end where I begun.

고별사: 슬픔을 금하면서

존 단

고결한 사람들은 조용히 죽어가면서,
  그들의 혼에게 가자고 속삭이는 것처럼,
그 동안에 슬퍼하는 친구 몇 명이 지금 숨이 넘어간다고
  말하면, 또 몇 명은, 아니라고 말한다;

그렇게 우리도 녹아서, 아무 소리도 내지 맙시다,
  눈물의 홍수도, 탄식의 폭풍우도 일으키지 맙시다,
우리의 기쁨을 모독하는 일일 것입니다
  속인들에게 우리의 사랑을 알리는 것이.

지진은 재해와 공포를 일으키고,
  사람들은 그 결과와 의미를 헤아립니다;

그러나 천계들의 진동은,
　　비록 훨씬 더 크지만, 해가 없답니다.

달아래 연인들의 멍청한 사랑은
　　(그 사랑의 정수는 감각인데) 받아들일 수가 없다오
이별을, 떨어져 있음이 그 사랑을 구성하는
　　요소들을 제거하기 때문에.

그러나 우리는 사랑에 의해 그렇게 순화되어
　　스스로도 이별이 무엇인지를 모르는 우리는,
서로의 마음을 확신하고는,
　　개의치 않습니다, 눈과, 입술과, 손이 없더라도.

우리의 두 영혼은 그러므로, 하나이기에,
　　비록 나는 가야 하지만, 단절을 겪는 것이
아니라, 확장을 체험합니다,
　　공기처럼 얇게 쳐서 늘인 금박마냥.

만일 우리의 영혼이 둘이라면, 그들은 둘이오
　　마치 뻣뻣한 컴파스 다리가 둘이듯이;
당신의 영혼은, 고정된 다리이므로, 움직일 기색이
　　없지만, 다른 다리가 움직이면, 움직인 답니다.

그리고 비록 그것이 중심에 위치하지만,
　　다른 다리가 멀리 배회하면,
그것은 몸을 기울여 다른 다리를 따라서 귀를 기울이지요,
　　그리고 바로 선답니다, 그 다리가 돌아오면.

이와 같답니다 당신도 내게는, 나는
　　다른 다리처럼, 비스듬히 달려야 하지요;
당신의 확고함이 나의 원을 정확히 그리고,
　　내가 시작한 곳에서 나를 끝나게 한답니다.

이 시는 존 단(John Donne)이 1612년에 부인의 해산을 맞아 사절단의 일원으로 프랑스로 떠나기에 앞서, 부부의 애정을 확인하는 내용으로 부인을 안심시키기 위해서 부인에게 남긴 작품인데, 여기서 시인은 두 연인(부부)의 관계를 "컴파스(compasses)"의 두 다리에 비유하는 기지를 발휘하고 있다. 그는 컴파스의 고정각을 가정 안에서 생활하는 여자(아내)에게 비유하고 이동각을 밖에서 활동하는 남자(남편)에다 비유하고 있는 것이다. 단은 시의 마지막 연에서, 집안에서 가정을 꾸리는 사람의 중심이 흐트러지지 않으면 밖에서 일을 보는 사람이 완벽하게 일을 볼 수 있다는 사실을, 컴파스로 원을 그릴 때의 고정각과 이동각의 관계로 강조하고 있는 것이다. 이와 같이 형이상학적 기상에서 비유된 두 대상의 관계는 아주 기발할 정도로 그 이전에는 생각조차 할 수 없었던 것이다. 아마도 컴파스와 같은 도구가 시의 소재로 쓰이게 된 사실은, 르네상스 시대의 특징이라고 할 수 있는 신대륙탐험을 전제로 한 항해술의 발달에서 기인되었으리라고 추측할 수가 있겠다.

(4) 의인법과 풍유

동물이나 다른 대상물 내지는 관념에다 인간성을 부여하는 수사법을 의인법(personification)이라고 부르는데, 함축적으로 대비되는 구조 속에 나타나는 대조의 비유어는 인간이므로, 은유의 아류형이라고도 볼 수가 있다. 실제적으로 독자로 하여금 인간의 형태로 그 문학적 용어를 시각화시키도록 요구하는 정도에 따라서 의인화는 다양하게 이루어진다.

의인법과 돈호법(apostrophe)은 말에 생명력과 현실성을 부여하는 한 방법이다. 특히 돈호법이 그렇겠지만, 양자 모두 시인의 편에서는 큰 상상력을 요구하는 것이 못되므로, 단지 매너리즘으로 전락해 버릴 위험이 있다고 하겠다. 그래서 의인법이나 돈호법은 흔히 나쁜 시나 기괴한 시에서 쓰이는 것이 보통이지만, 좋은 시에서도 종종 찾아 볼 수가 있겠다. 그러므로 시를 읽을 때, 이 들 수사법의 효율적인 용법과 인습적인 용법의 구별이 필요하다고 하겠다.

윌리엄 블레이크(William Blake)의 시 「호랑이」('Tiger')에서 돈호법의 예가 발견된다.

> Tiger, Tiger, burning bright
> In the forests of the night,
> What immortal hand or eye
> Could frame thy fearful symmetry?

> 호랑아, 호랑아, 불타듯이 밝게
> 밤의 숲 속에서,
> 그 무슨 불멸의 손이나 눈이
> 그대의 끔직한 균형을 주조해낼 수 있겠나?

그리고 키츠의 『하이피리언』(*Hyperion*)에서는 의인법의 예를 찾아 볼 수가 있다.

> Those green-robed senators of mighty woods,
> Tall oaks, branch-charméd by the earnest stars,

> 거대한 숲 속에서 녹색 옷을 입고 있는 원로원의원들 마냥,
> 키 큰 참나무는, 진지한 별들에 의해 그 가지가 홀려있다,

키츠는 숲 속에 서 있는 거대한 참나무를 녹색 옷을 입은 로마시대의 원로원의원의 위엄 있는 모습으로 묘사하고 있는데, 그는 별빛에 홀린 듯이 신비한 모습을 드러내고 있는 참나무 가지에 표현의 역점을 두고 있다. 다음의 홉킨스(Gerard Manley Hopkins)의 시 「인버스네이드」("Inversnaid") 3연을 보면, 의인법에 사용된 시어가 놀랍다는 사실을 발견하게 될 것이다.

> . . . . the beadbonny ash that sits over the burn.

> . . . . 개울 위에 걸터앉은 붉은 색 구슬같은 예쁜 열매가 달린 물푸레나무.

홉킨스가 그리고 있는 대상은 산마가목(mountain ash)이라는 나무인데, 흐르는 개울 물 위로 구부러져 있는 모습을 시인은 앉아 있다고 표현한 것이다. 그러나 사전에도 없는 처음 본 말이면서도 어색하지 않은 "beadbonny"라는 어휘가 주는 감흥은 놀라운 것이다. 물론 이 어휘는 "bead"라는 염주를 뜻하는 단어와 예쁘다는 뜻의 "bonny"라는 스코틀랜드어를 합성하여 시인이 만든 조합어이다. 이 산마가목은 마치 구슬처럼 보이는 밝은 색의 빨간 열매를 지니고 있다고 한다. 따라서 시인은 빨간 염주 알 같은 열매가 달려서 예쁘다는 의미를 자신이 만든 한 단어의 합성어("beadbonny")로 표현한 것이다 (Lewis 30).

그리고 비슷한 기법인 돈호법의 좋은 예를 하나 더 들어 보자.

Death, Be Not Proud, Though Some Have Calléd Thee

John Donne(1572-1631)

Death, be not proud, though some have calléd thee
Mighty and dreadful, for thou art not so;
For those whom thou think'st thou dost overthrow,
Die not, poor Death, nor yet canst thou kill me.
From rest and sleep, which but thy pictures be,
Much pleasure; then from thee, much more must flow,
And soonest our best men with thee do go,
Rest of their bones, and soul's delivery.
Thou art slave to fate, chance, kings, and desperate men,
And dost with poison, war, and sickness dwell,
And poppy or charms can make us sleep as well
And better than thy stroke; why swell'st thou then ?
One short sleep past, we wake eternally
And death shall be no more; Death, thou shalt die.

죽음아, 뻐기지 마라, 혹자는 너를 불렀다 해도

존 단

죽음아, 뻐기지 마라, 혹자는 너를 불렀다 해도
힘세고 두려운 대상이라고, 왜냐하면 너는 그렇지 못하니까;
네가 쓰러뜨렸다고 생각하고 있는 사람들도,
죽지 않았기에, 불쌍한 죽음아, 너는 나도 죽일 수가 없어.
너의 그림에 지나지 않는, 휴식과 잠으로부터도,
많은 즐거움이 나온다; 그렇다면 너로부터는, 더 많은 즐거움이 나와야 한다,
곧 우리의 훌륭한 사람들도 너와 함께 가겠지,
유해의 안식과, 영혼의 해방을 찾아.
너는 운명과, 우연과, 제왕들과, 무모한 사람들의 노예로,
독과, 전쟁과, 질병과 함께 살고 있지,
양귀비나 주문으로도 우리를 잘 재울 수가 있지
너의 애무보다도 더 잘; 그런데 어째서 너는 허풍을 떨고 있느냐?
한 순간의 짧은 잠이 지나면, 우리는 영원히 깨여있어
더 이상 죽음은 없으리라; 그러니 죽음아, 네가 죽으리라.

　　존 단은 영국식 소넷으로 된 이 시에서 죽음을 죽이기 위한 전략의 일환으로 죽음을 의인화시키는 동시에 돈호법을 사용하고 있다. 단은 여기서 4행연구들을 시의 전개단위로 인식해서 사용하고 있는데13), 첫 4행연구는 죽음의 힘이나 허세에 관해서 표현하고 있으며, 두 번째 4행연구에서는 죽음을 하나의 도피구로 이용하려는 의도가 나타나 있다. 그리고 세 번째 4행연구에서는 죽음의 본질적인 나약함이 드러나고 있다. 죽음의 이러한 양상들은 2행연구에서 해결되고 있는데, 이것은 첫 4행연구에서 암시되면서 다른 시연들과 세심하게 연결되고 있다. 그러나 마지막 2행연구는 관례적인 형식과 일치하지 않고 있지만, 소넷의 마지막을 장식하는 4개의 어휘로 그 이상의 효과를 거두고 있다.

　　추상적인 것을 구체화시키는 효율적인 비유법을 풍유(allegory)라고 한다. 이는 표면적 의미 이면에 있는 부차적인 의미를 지니고 있는 서술로서, 시인은 표면적 이야기나

---

13) John Fuller, p. 23.

의미에도 관심을 부여하나, 그의 주 관심사는 그 이면에 있는 궁극적인 의미다. 가끔 풍유를 확장된 은유 또는 일련의 상징의 범주 속에 넣기도 하지만, 이 양자와는 엄연히 다르다. 한 가지 대조보다는 관련된 여러 개의 대비체제를 포함하고 있으므로 확장된 은유와는 다르며, 이미지 자체보다도 그 궁극적 의미에 역점을 둔다는 점에서 상징과도 다르다. 일반적으로 풍유에는 세부사항들 간에 일대 일의 대응요소가 있으며 단일 집합의 궁극적 의미가 있다. 복잡한 풍유에는 여러 개의 의미가 있으나, 그 의미들은 대체로 명확한 편이다. 현대문학보다도 중세문학이나 르네상스 시기의 문학에서 흔히 발견되며, 단시보다는 장시에서 많이 발견된다. 어떤 비평가는 은유가 훨씬 더 확대될 때나, 시인이 주요한 은유에서 나온 부수적인 은유의 복합으로 어떤 이야기를 전개시킬 때, 그 결과를 풍유라고 부를 수 있다고 했다(Altenbernd and Lewis 71).

풍유로 된 이야기들은 대개 이렇다. 마음씨 곱고 아름다운 여인이 있는데, 그녀를 사랑하는 남자는 위험한 역경을 무릅쓰면서도 정신적인 구원에 해당되는 사랑을 추구하게 된다. 그리고 의례히 그렇듯이 사악한 마녀와 같은 나쁜 여인이 나타나서 남자를 유혹함으로써 아름다운 여인과의 관계를 악화시킨다. 그러나 남자는 그 모든 유혹과 역경을 극복하고 마침내 자신의 여인과 만나게 된다. 이와 같은 일반적인 이야기의 줄거리를 풍유법으로 표현하자면 다음과 같이 할 수가 있겠다.

> Soul embraces Virtue, having repudiated Temptation,
> and achieves True Love, or Salvation.

> 영혼은 미덕을 포용하고, 유혹을 물리친다,
> 그리고 참된 사랑을 성취하거나, 구원을 얻는다.

풍유의 효과는 시인이 만든 일련의 일대일 대응관계를 기꺼이 독자가 받아들이는 자세에 따라 달라진다고 하겠다. 따라서 풍유는 시인과 독자가 같은 믿음의 체제 속에서 모두 동일한 신앙을 가졌던 시대, 즉 주로 기독교 전통이 지배했던 시기의 영시에 많이 사용된 것이다.

(5) 환유와 제유

대유(代喩)의 일종으로 환유(metonymy)는 원인으로 결과를 대표하거나 용기(容器)로 내용을 대표하는 비유, 또는 표지로 그 실체를 대표하는 비유를 말한다. 왕관으로 왕을 나타내거나, 병으로 술이나 포도주를 나타내는 것, 모피와 깃털로 짐승과 새를 나타내는 표현법을 말한다. 우리가 펜은 칼보다 강하다는 표현에서 펜과 칼은 글로 씌어진 사상과 군사적 무력을 각각 뜻하는 환유라고 할 수가 있다. 윌리엄 콜린스(William Collins)의 다음의 시에서는 전투에서 살상 당한 사람들을 언급하기 위해서 귀감이 될 만한 군인의 자질인 용맹스러움을 부각시키고 있다.

How sleep the brave who sink to rest
By all their country's wishes blest !

쓰러져 쉬고 있는 저 용감한 사람들이 잠들어 있지 않은가
온 나라의 축복 어린 소망 속에서!

또한 다음과 같은 예에서도 환유를 찾아 볼 수가 있다.

Do paint the meadows *with delight* → with bright color

[셰익스피어의 「봄」('Spring'), 이탤릭체 필재]

환하게 들판을 채색하라

Half in appeal, but half as if to keep
The *life* from spilling. Then the boy saw all─ → blood

[프로스트의 「꺼져라, 꺼져라」('Out, Out'), 이탤릭체 필재]

반은 호소하듯, 그러나 반은 마치
생명이 흐르는 것을 막기라도 하듯이. 그리고 나서 소년은 모든 것을 알았다─

여기에 비해서 제유(synecdoche)는 부분으로 전체를 나타내거나, 전체로 부분을 나타내는 수법이다. 또한 종(種)으로 속(屬)을 표시하거나, 속으로 종을 표시하는 수법이다. 그리고 경험의 양상이나 어떤 중요한 세부적인 일로 경험 그 자체를 나타내기도 한다. 칼날로 칼을 나타내고 봄이란 계절로 한 해를 지칭하며, 빵으로 음식이나 식량을 표시한다. 돛이나 용골(keel)을 기지고 배를 표시하며(횟먼의 「아 선장님! 우리 선장님!」), 병사한 사람으로 군대를 나타내기도 한다.

> Unpleasing to a *married ear* → married man
>
> [셰익스피어의 「봄」('Spring'), 이탤릭체 필재]

> The *Hippocratic eye* will see → doctor
>
> [로벗 그레이브즈(Robert Graves)의 「벌거벗긴 자와 벌거벗은 자」('The Naked and the Nude'), 이탤릭체 필재]

> I should have been *a pair of ragged claws* → crab, lobster
>
> [엘리엇의 「프루프록의 연가」('The Love Song of J. Alfred Prufrock'), 이탤릭체 필재]

환유와 제유가 모두 비슷하나 대개 환유로 이 둘을 모두 나타내도록 쓰고 있는데, 밀접하게 관련된 대상의 부분이 문자적인 의미의 대상을 대신할 수 있기 때문이다.

(6) 상징

상징(symbol)이란 어떤 대상이나 사람, 상황이나 행동 등이 실제보다 더 강한 뜻을 지니게 하는 수사법을 말하는데, 가장 고도의 시적 이미지 중에 하나일 것이다. 상징은 주어지는 대상의 정의와 정체성의 정도에 따라 사용하는 사람에 의해 다양하게 나타난다. 상징은 은유와 동일한 것으로 생각하기 쉬우나, 은유는 비유하는 대상이 명확히 시 속에 나타나 있지만, 상징은 그 대상이 뚜렷이 시 속에 나타나지 않는다. 시를 읽고 나서야 비로소 희미하게 그 대상이 주는 의미를 머리에서 떠올릴 수가 있는 것이다. 그래서 상징은 가장 풍부하면서도 한편으로는 시적 비유 중에서도 가장 난해한 것이라고 할 수 있겠다(Perrine 83).

상징을 정확히 해석해 내는 데에는 섬세함과 재치와 양식이 필요하다. 따라서 독자는 균형 잡힌 시 해석을 하도록 노력해야 한다. 이미지와 은유, 그리고 상징은 저마다가 다른 유형으로 서로 변할 수가 있기 때문에 엄밀히 구별해 내기란 여간 쉽지 않지만, 일반적으로 다음과 같이 구분할 수 있다고 로렌스 페라인은 주장한다.

An image means only what it is.
A metaphor means something other than what it is.
A symbol means what it is and something more too.

(Perrine 81)

이미지는 표현대상의 실체만을 의미한다.
은유는 실체보다 다른 어떤 것을 나타낸다.
상징은 실체와 그 이상의 어떤 것을 모두 나타낸다.

영시에서 가장 일반화된 상징은 화초에서는 장미이며, 조류에서는 나이팅게일(nightingale)이다. 장미의 상징적 의미가 시대에 따라 바뀌어왔다는 말은 앞에서도 하였기에 순수함을 상징하는 장미의 예를 하나 들어보겠는데, 다음의 시에서 블레이크의 장미는 무엇을 의미하는지 한번 살펴보기로 하자.

The Sick Rose

William Blake(1757-1827)

O rose, thou art sick!
The invisible worm
That flies in the night,
In the howling storm,

Has found out thy bed
Of crimson joy,
And his dark secret love
Does thy life destroy.

병든 장미

윌리엄 블레이크

오 장미여, 너는 병들고 말았구나!
눈에 보이지 않는 벌레가
밤에 날아다니는,
포효하는 폭풍우 속에서,

너의 침대를 찾아내고야 말았구나
진홍빛 기쁨이 깃든 너의 침실을,
그리고 그 암흑의 은밀한 사랑이
너의 삶을 망쳐놓고 말았구나.

이 시에서는 장미가 더 이상 종전의 관습적인 젊음이나 아름다움의 상징이 아니라, 열정을 제어할 수 있는 순진무구의 한 유형이라고 할 수 있겠다. 블레이크는 장미와 대비시켜 어둡고 숨어버린 열정을 의미하는 벌레를 도입하여, 장미를 파괴시킬 수 있는 힘을 지닌 대상으로 표현하고 있는 것이다.

영시에서는 계절에 대한 상징적 의미도 다양하게 나타나는데, 셰익스피어의 여름은 번영과 활동의 시기를 상징하고 있으며, 겨울을 셸리는 봄을 기약하는 계절로 보고 있다. 그러나 엘리엇은 봄을 잔인한 계절로 인식하면서 오히려 겨울이 더 따뜻하다고 말한다.

April is the cruelest month, breeding
Lilacs out of the dead land, mixing

Memory and desire, stirring
Dull roots with spring rain.

[엘리엇의 『황무지』(The Waste Land) 중에서 「사재(死者)의 매장」('The Burial of the Dead')]

사월은 가장 잔인한 달, 죽은
땅에서 라일락을 키워내고, 기억과
욕망을 뒤섞어서, 봄비로
무딘 뿌리를 휘젓는다.

다음의 시에서는 시인이 불과 얼음으로 인간의 어떤 감정을 예리하게 나타내고 있는지 찾아보기로 하자.

Fire and Ice

Robert Frost(1874-1963)

Some say the world will end in fire,
Some say in ice.
From what I've tasted of desire
I hold with those who favor fire.
But if it had to perish twice,
I think I know enough of hate
To say that for destruction ice
Is also great
And would suffice.

불과 얼음

로벗 프로스트

혹자는 말하지 세상이 불로 끝나리라고,
혹자는 얼음으로 끝나리라고 말하지.
욕망을 맛본 나로서는
불을 선호하는 자들의 편에 서겠다.

그러나 세상이 두 번 파멸한다면,
내 생각에는 증오심만으로도 충분할 것 같다
파괴에 관해서 말한다면 얼음
또한 대단하기에
충분할 것이다.

　이 시는 끔직한 주제인 세상의 종말에 대한 두 가지의 가능성을 제시하고 있다. 화염에 휩싸여 끝나든지, 빙하에 덮여 말을 맞든지 어느 경우도 다 비극적이다. 그렇지만 프로스트는 이 비극이 인간의 정서에서 비롯된다고 경고하고 있는 것이다. 여기서 불은 인간의 욕망과 집착에 속한 모든 것을 상징하고 있으며, 얼음은 증오와 냉담에 속하는 모든 것을 상징하고 있다. 작품에서 보면 개인적인 체험을 토대로 하여 인간이 지닌 육체적 욕망을 비롯한 갖가지 욕망 때문에 세상은 파멸될 것이라는 결론을 내리지만, 단순하고 간략한 표현과 축어적인 과소법(understatement)으로 강력한 호소력을 불러일으키는 가운데, 지나친 미움이 삶의 파국으로 몰고 갈 수도 있음을 경고하고 있다.

　마찬가지로 세상의 종말을 예언하고 있는 시를 또 한 편 살펴보자. 1914년에 제 일 차 세계대전을 겪고, 1916년에는 부활절(Easter)폭동을 겪었으며, 1919년에는 애란(Erin) 독립사건을 체험한 윌리엄 버틀러 예이츠(William Butler Yeats)는 1919년 1월에 이 시를 쓰면서 다가올 세상의 종말을 예수의 탄생에다 비유하고 있다. 여기서 제목이 듯하고 있는 재림(再臨)은 『마태복음』(Matthews) 24장에 나오는 말이지만, 예이츠는 성경 속에서 나오는 말과는 전혀 다른 뜻으로 쓰고 있다.

The Second Coming

W. B. Yeats(1865-1939)

Turning and turning in the widening gyre
The falcon cannot hear the falconer;
Things fall apart: the center cannot hold;
Mere anarchy is loosed upon the world,

The blood-dimmed tide is loosed, and everywhere
The ceremony of innocence is drowned;
The best lack all conviction, while the worst
Are full of passionate intensity.

Surely some revelation is at hand;
Surely the Second Coming is at hand.
The Second Coming ! Hardly are those words out
When a vast image out of *Spiritus Mundi*
Troubles my sight: somewhere in sands of the desert
A shape with lion body and the head of a man,
A gaze blank and pitiless as the sun;
Is moving its slow thighs, while all about it
Reel shadows of the indignant desert birds.
The darkness drops again; but now I know
That twenty centuries of stony sleep
Were vexed to nightmare by a rocking cradle,
And what rough beast, its hour come round at last,
Slouches towards Bethlehem to be born ?

재림(再臨)

예이츠

넓어지는 자이어 속에서 회전하고 회전하면서
매는 매부리는 사람의 말을 듣지 않는다;
사물들은 떨어져 나가고: 중심은 지탱되지 않는다;
오직 무정부상태만이 온 세상에 만연되어,
피로 흐려진 조수가 퍼져, 도처에서
순수함의 의식이 수장되어 버린다;
선한 이들은 모든 확신을 상실하고, 반면에 악한 자들은
맹렬한 열정으로 차있다.

확실히 어떤 계시가 임박했다;

틀림없이 재림이 다가온 것이다.

재림이라! 그 말들이 나오자마자

*세계정신*에서 나온 거대한 형상이

내 시야를 어지럽힌다: 사막의 모래 한 가운데 어딘가에

사자의 몸과 사람의 머리를 한 형체가,

태양처럼 멍한 시선과 무자비한 시선을 갖고;

천천히 자기의 넙적다리를 움직이고 있다, 그 때 그 주변에는 온통

분개하는 사막의 새들의 그림자가 선회한다.

어둠이 다시 떨어지고; 하지만 지금 나는 알지

돌과도 같은 이 천년 동안의 잠이

흔들리는 요람에 의해 악몽을 꾸도록 괴롭힘을 당했다는 것을,

그리고 어떤 거친 짐승이, 마침내 자신의 시간이 되어서,

태어나려고 베들레헴을 향해서 어슬렁거리고 있는가?

예이츠는 이 시를 통해서 예수의 탄생지인 베들레헴(Bethlehem)에서의 적그리스도 (Antichrist)의 탄생을 예고하고 있는 것이다. 이와 같은 그의 예고는 세상의 종말을 우리에게 경고해 주는 시인의 메시지인 것이다. 하인에 해당되는 매("falcon")가 주인인 매부리는 사람("falconer")의 말을 거역하고, 사회나 국가의 중심이 지탱되지 않는 구심점이 없는 혼란("anarchy")의 시기가 도래할 것이라는 비극을 예이츠는 예언하고 있는 것이다.

첫 연에서 이미 이 세상은 무질서하고 혼돈이 지속되는 무정부상태가 만연되는 복마전임을 제시하고 있다. 이어서 이러한 불길한 전조는 인류의 죄를 대신하고 죽은 예수가 구원의 부활을 통해 재림하는 것이 아니라 알고 보니 예수와 맞먹는 힘과 권위를 발휘하면서 인류의 장래를 암울하게 만드는 악마적 화신이 세상에 태어나려하고 있음을 시인은 경고하고 있다.

다음의 시에서 모래톱은 무엇을 상징하고 있으며, 배를 타고 그 사주(砂洲)를 건너는 사공은 누구를 상징하는 지를 알아보자.

Crossing the Bar

Alfred, Lord Tennyson(1809-1892)

Sunset and evening star,
  And one clear call for me !
And may there be no moaning of the bar,
  When I put out to sea,

But such a tide as moving seems asleep,
  Too much for sound and foam,
When that which drew from out the boundless deep
  Turns again home.

Twilight and evening bell,
  And after that the dark !
And may there be no sadness of farewell,
  When I embark;

For tho' from out our bourne of Time and Place
  The flood may bear me far,
I hope to see my Pilot face to face
  When I have crost the bar.

모래톱을 건너면서

앨프릿 테니슨

해가 지고 저녁별이 뜰 때,
  나를 부르는 또렷한 소리!
모래톱이 슬퍼하지 않았으면,
  내가 바다로 나갈 때,

그러나 잠들어있는 것같은 물결도 많이 움직이면서,
  소리와 기포를 만들어내지,

그러면 끝이 없이 깊은 바다 속에서 나온 그 물결도
　다시 고향으로 되돌아간다.

여명이 남고 저녁 종소리가 울리면,
　그 후에 남는 것은 암흑 뿐!
그리고 작별을 슬퍼하지 말았으면,
　내가 떠날 때;

왜냐하면 비록 시간과 공간의 경계로부터
　멀리 물결이 나를 실어다 주더라도,
나는 내 사공을 정면으로 보았으면 좋겠다
　내가 모래톱을 건너갈 때.

이 시는 시인이 죽기 3년 전인 1889년에 쓴 시로서, 그의 임박한 죽음처럼 시작과 끝을 예견해 주는 작품이다. 꺼져 가는 현상으로 시작하고 있는 이 시에서, 인생의 마지막 모험인 죽음 이후에 이어지는 것은 알 수 없는 망각의 공백뿐이므로, 시인은 죽음을 우유부단함과 욕구불만으로 가득 찬 삶의 자연적 종결로 보고 있다. 여기서 모래톱은 육체적 삶의 한계를 상징하고 있으며, 테니슨은 죽음으로 그것을 건널 수 있다고 노래한다. 사주를 건널 때 자신을 실어다 주는 사공은 다름 아닌 창조주이므로, 그와 같은 절대적 대상 앞의 인간인 시인에게는 마지막 죽음의 위기와 직면해, 이전의 모든 내부적 고뇌가 해결되고, 영(靈)과 육(肉)이 마지막으로 합일을 이루게 된다.

상징에는 여러 사람이 공통적으로 알고 있는 상징이 있지만, 어떤 특정 시인만의 고유한 상징도 있을 수가 있다. 따라서 오랫동안 사용되어 왔던 상징의 상징적 가능성에 대한 유의가 필요할 뿐만 아니라, 시인 개개인이 쓰고 있는 자신만의 상징인 사(私)적인 상징에 대해서도 유의해야 할 것이다. 일반적으로 여행은 인생을 상징하고, 바다는 인생이나 죽음, 또는 무의식을 상징하며, 계절의 변화는 인생무상을 상징한다고 믿고 있다. 또한 백합은 순결을 상징하고 십자가는 기독교나 구원을 상징한다고 여기고 있다. 이와 같이 오랫동안 쓰여 사회에서 인정받고 있으므로 모든 사람에게 공통적으로 상징적 의미를 지니는 상징을 공(公)적인 상징(public symbol) 또는 관습적 상징이라고 하는데, 아래의 블레이크 시에 나타난 양(羊)이 그 예라고 볼 수 있다.

The Lamb

William Blake(1757-1827)

Little Lamb, who made thee ?
Dost thou know who made thee ?
Gave thee life, and bid thee feed
By the stream and o'er the mead;
Gave thee clothing of delight,
Softest clothing, woolly, bright;
Gave thee such a tender voice,
Making all the vales rejoice ?
Little Lamb, who made thee ?
Dost thou know who made thee ?

Little Lamb, I'll tell thee,
Little Lamb, I'll tell thee:
He is calléd by thy name,
For he calls himself a Lamb.
He is meek, and he is mild;
He became a little child.
I a child, and thou a lamb,
We are calléd by his name.
Little Lamb, God bless thee !
Little Lamb, God bless thee !

양

윌리엄 블레이크

어린양아, 누가 너를 만들었느냐?

누가 너를 만들었는지 너는 아느냐?
너에게 삶을 주었고, 먹을 것을 주게 한
개울가에서 그리고 초원 위에서;
기쁨의 옷을 네게 주었는데,
부드러운 옷, 털이 나서, 환한;
네게 그토록 부드러운 목소리를 주어,
모든 계곡을 즐거운 곳으로 만들었는지를?
　어린양아, 누가 너를 만들었느냐?
　누가 너를 만들었는지 너는 아느냐?

　어린양아, 내가 말해 줄께,
　어린양아, 내가 말해 줄께:
그 분은 너의 이름으로 불려 진단다,
그 분은 스스로를 양이라고 부르고 있으니까.
그 분은 유순하고, 온후하시지;
그 분은 어린애가 되셨지.
나는 어린애며, 너는 양이다,
우리는 그 분의 이름으로 불려 진단다.
　어린양아, 신의 축복이 있으라!
　어린양아, 신의 축복이 있으라!

　양은 온순하고 순결한 동물로서 이 시에서는 예수(Christ)를 상징하고 있다. 이와 같이 오랫동안 쓰여서 사회에서 인정받고 있는 상징을 관습적 상징이라고도 하는데, 백합은 순결을 의미한다든지 십자가는 기독교나 구원을 상징한다든지 하는 것이다.

　일반적으로 윌리엄 블레이크의 시는 인간의 심적 상태에 따라 두 종류로 분류되는데, 한 종류는 청명하고 순수한 어린애의 심적 상태를 그린 시들이며, 나머지 한 종류는 체험을 바탕으로 호랑이의 아름다움과 공포를 모두 알고 있는 성인들의 심적 상태를 그린 시들이다(Gillham 9). 전자의 순진무구한 시편들을 모은 시집을 그는 『순수의 노래』(*Songs of Innocence*)라고 명명했으며, 후자의 세속적인 체험의 시편들을 모은 시집을 『경험의 노래』(*Songs of Experience*)라고 불렀다. 양을 묘사하고 있는 위의 시는 『순수의 노

래』에 수록되어 있으며, 호랑이를 표현하고 있는 다음의 시는 『경험의 노래』에 수록되
어 있다.

The Tiger

William Blake(1757-1827)

Tiger, tiger, burning bright
In the forests of the night,
What immortal hand or eye
Could frame thy fearful symmetry ?

In what distant deeps or skies
Burnt the fire of thine eyes ?
On what wings dare he aspire ?
What the hand dare seize the fire ?

And what shoulder and what art
Could twist the sinews of thy heart ?
And, when thy heart began to beat,
What dread hand and what dread feet ?

What the hammer ? What the chain ?
In what furnace was thy brain ?
What the anvil ? What dread grasp
Dare its deadly terrors clasp ?

When the stars threw down their spears,
And water'd heaven with their tears,
Did He smile His work to see ?
Did He who made the lamb make thee ?

Tiger, tiger, burning bright

In the forests of the night,
What immortal hand or eye
Dare frame thy fearful symmetry ?

호랑이

윌리엄 블레이크

호랑아, 호랑아, 불타듯이 밝게
밤의 숲 속에서,
그 무슨 불멸의 손이나 눈이
너의 끔직한 균형을 주조해낼 수 있겠나?

그 무슨 먼 계곡이나 하늘에서
네 눈의 불길이 타올랐는가?
무슨 날개로 감히 그는 날아오르는가?
무슨 손으로 감히 그 불길을 쥐는가?

그리고 무슨 어깨로 그리고 무슨 기술로
너의 심장의 근육을 비틀 수 있단 말인가?
그리고, 너의 심장이 뛰기 시작했을 때,
무슨 두려운 손이나 무슨 두려운 발이?

무슨 망치로? 무슨 사슬로?
무슨 용광로 안에 너의 두뇌가 있었단 말인가?
무슨 철상? 무슨 두려운 장악으로
감히 그 치명적인 공포감을 움켜쥔단 말인가?

별들이 그 창살들을 내려 던지고는,
자기들의 눈물로 하늘을 물로 뒤덮을 때,
그 분은 당신 자신의 작품을 보면서 미소 지었을까?
양을 만드신 그 분이 너까지 만드셨단 말이냐?

호랑아, 호랑아, 불타듯이 밝게

밤의 숲 속에서,
그 무슨 불멸의 손이나 눈이
감히 너의 끔직한 균형을 주조해내겠는가?

이 시에서는 호랑이가 우주에 만연되어 있는 모든 악의 힘들을 상징하고 있는데, 이와 같이 블레이크만이 사용하고 있는 상징을 개인적인 상징(private symbol) 또는 사(私)적인 상징(nonce symbol)이라고 한다. 이러한 상징은 개인에 의해 독창적으로 만들어진 참신한 특성을 지니고 있다. 또한 무의식 속에 내재되어 있는 보편적인 상징을 원형적 상징이라고도 부르며, 그 예로서는 물이 경우에 따라서는 죽음이나 정화 및 구원, 또는 풍요와 성장을 상징하기도 한다는 것이다.

(7) 반어법과 역설

일반적으로 반어법(irony)과 풍자 및 냉소는 거의 비슷한 감각으로 사용되지만, 자세히 보면 이들 간에는 상당한 차이가 있다. 냉소(sarcasm)는 남에게 상처를 줄려는 의도에서 표현되는 잔인한 말이며, 풍자(satire)는 잔인한 면도 있으나 온후한 면도 지니고 있기에 구어보다는 문어에 해당되는 말이다. 이에 비해 반어법은 잔인하지도 않고 온후하지도 않다. 풍자를 의사에 비유할 수 있다면, 반어법은 수술을 수행할 때 쓰이는 외과용 메스와도 같다고 할 수 있겠다. 반어법은 항상 말이나 진술의 실제적 의미와 다른 암시적 의미 사이의 대조에서 생긴다. 그래서 반어법은 냉소나 풍자와는 다르다고 하겠다. 대개 반어법에는 다음과 같이 세 종류가 있다.

① 언어상의 반어법(verbal irony)

뜻하는 바와 상반되게 표현하는 기법으로, 독자가 그릇되게 받아들이지 않도록 조심해서 다루어야 한다. 독자는 반어법이 뜻하는 미묘한 의미를 파악하는데 신경을 써야 한다.

② **극적인 반어법(dramatic irony)**

화자의 말과 뜻하는 내용 사이와의 불일치가 아니라, 저자가 의도하는 뜻과 화자가 하는 말 사이의 불일치를 의미한다. 이러한 유형의 반어법은 언어상의 반어법보다도 복잡하므로, 독자로 부터 훨씬 더 세심한 반응을 요한다. 이런 기법은 저자가 발설하고자 하는 사상적 가치를 간접적으로 표현하거나 그런 사상을 표현하는 사람의 성격을 간접적으로 언급함으로써, 어떤 태도를 전달하거나 인물을 조명하는데 쓴다. 원래 극적인 반어법이라는 용어는 그리스 비극에서 유래되었는데, 인물이 지니고 있지 않는 지식을 관중이 지니고 있기 때문에, 말을 하거나 행위를 수행하는 인물보다도 관중에게 더 큰 의미를 갖게 되는 이야기 속의 말이나 행위로 사용되었다. 현재 극에서 사용되는 극적인 반어법과는 약간 다르나, 인물이 의도하는 것보다는 다른 어떤 의미를 독자에게 전달하려는 작가의 노력이 엿보인다는 점에서는 공통점이 있다. 고전작품에서 보면 호머의 『오디세이』(*Odyssey*)에서 율리시즈(Ulysses)의 적이 변장한 율리시즈에게 성공을 비는 장면과 소포클레스(Sophocles)의 『이디퍼스 왕』(*Oedipus Rex*)에서 이디퍼스가 자신이 죽인 라이어스(Laius)의 살해범을 찾으려는 노력을 그 예로서 들 수 있겠다. 관중들은 이런 사실들을 모두 알고 있으나, 해당인물들은 모르고 있는 것이다.

③ **상황적 반어법(situational irony or irony of situation)**

실제 상황과 적절하게 보이는 의도된 상황 사이의 불일치, 또는 기대하는 것과 실제적으로 일어나는 상황과의 불일치가 생길 경우를 말한다. 예로서 오 헨리(O. Henry)의 「동방박사의 선물」('The Gift of Magi')이나 마이다스 왕(King Midas)의 이야기를 들 수 있으며, 다음과 같은 콜리지의 『노수부의 노래』(*The Rime of the Ancient Mariner*)의 제 2 부(Part II)의 37행에서 40행까지의 시구도 여기에 해당된다고 하겠다.

Water, water, everywhere,
And all the boards did shrink

Water, water, everywhere,
Nor any drop to drink.

물, 물, 도처에,
그리고 배 위의 모든 것들은 가라앉았고
물, 물, 도처에,
마실 물은 한 방울도 없구나.

기대했던 것과 실제로 일어나는 상황과의 불일치의 묘사를 통해서 인간의 행위를
아이러니컬하게 표현한 시인의 기지를 토마스 하디(Thomas Hardy)가 쓴 다음의 시에서
찾아볼 수 있다.

Channel Firing

Thomas Hardy(1840-1928)

The night your great guns, unawares,
Shook all our coffins as we lay,
And broke the chancel window-squares,
We thought it was the Judgment-day

And sat upright. While drearisome
Arose the howl of wakened hounds:
The mouse let fall the altar-crumb
The worms drew back into the mounds,

The glebe cow drooled. Till God called, "No;
It's gunnery practice out at sea
Just as before you went below;
The world is as it used to be:

"All nations striving strong to make

Red war yet redder. Mad as hatters
They do no more for Christés sake
Than you who are helpless in such matters.

"That this is not the judgment-hour
For some of them's blessed thing,
For if it were they'd have to scour
Hell's floor for so much threatening. . . .

"Ha, ha. It will be warmer when
I blow the trumpet (if indeed
I ever do; for you are men,
And rest eternal sorely need)."

So down we lay again. "I wonder,
Will the world ever saner be,"
Said one, "than when He sent us under
In our indifferent century !"

And many a skeleton shook his head.
"Instead of preaching forty year,"
My neighbor Parson Thirdly said,
"I wish I had stuck to pipes and beer."

Again the guns disturbed the hour,
Roaring their readiness to avenge,
As far inland as Stourton Tower,
And Camelot and starlit Stonehenge.

영불해협의 함포사격

토마스 하디

너희들의 대포가, 무심코,

우리가 누워있었던 모든 관들을 뒤흔들어 놓고,
성단소의 창틀을 깨뜨렸을 때,
우리는 심판의 날이 왔다고 생각하고

일어나 앉았지. 그 때 잠에서 깨어난
개들의 울음소리가 처량하게 들렸고:
쥐새끼는 성단의 빵부스러기를 떨어뜨렸고
벌레들은 둔덕 같은 무덤 속으로 되돌아갔으며,

교회영지에 있던 암소는 침을 흘렸다. 그러자 신께서 말했다, "아니다;
그건 바다 외곽에서의 함포 사격 연습이야
종전에 너희들이 이 밑으로 내려왔을 때와 같애;
세상은 옛날에 그랬던 것과 마찬가지야.

"모든 국가들이 맹렬하게 노력하고 있지
빨간 전쟁을 더 빨갛게 하려고. 미친 듯이
그들은 예수를 위해서는 아무 일도 않지
그런 문제에 너희들이 아무 일 않듯이 말이야.

"지금이 심판일이 아닌 것은
그들 몇몇에게는 다행스런 일일지도 몰라,
만일 그렇다면 그들은 그토록 위협을 주었기 때문에
지옥의 바닥을 힘들여 문질러 닦아야 했을 테니까. . . .

하, 하. 점점 더 뜨거워지게 될 걸
내가 나팔을 부는 날이면(만일 정말
내가 그런다면; 너희들은 인간이니까,
그리고 나머지 고통스러운 항구적인 욕구를).

그래서 우리는 다시 누웠어. "내가 궁금한 것은,
세상 사람들이 더 정신을 차릴까,"
한 사람이 말했지, "그 분이 우리를 이 아래로 보내셨을 때보다도
우리의 무관심한 세기에!"

그러자 많은 해골들은 고개를 저어댔어.
"사십년간 설교하기보다는,"
내 이웃의 써들리 목사가 말했어,
"담배나 피고 맥주나 마셨더라면 좋았을걸."

다시 대포소리가 그 순간을 뒤흔들어댔어,
복수할 다짐으로 으르렁대면서,
스타우튼 타워나 캐밀럿,
별이 빛나는 스톤헨지와 같은 먼 대륙에 이르기까지.

이 시는 1914년에 씌어졌으며, 4개월 뒤인 8월 4일에 1차 대전이 발발했다. 전쟁 직전에 있었던 영국과 독일 간의 해군 군비경쟁이 치열했는데, 영국해협에서 이루어 졌던 함포사격 연습이 이 시의 배경이 된 것이다. 해학적인 신이 등장하는 가운데, 이미 죽어서 지하에 간 사람들이 화자가 되어 나누는 대화에서, 수많은 인간들이 비극적인 전쟁으로 생명을 잃고 죽어 가지만, 아이러니컬하게도 인간들은 세월이 흐를수록 점점 더 치열한 전쟁을 열렬히 희구한다는 주제를 이 시는 다루고 있다.

시에서 가끔 강조적인 표현으로 주의를 환기시키기 위해서 사용하는 서로 상반되는 한 쌍의 사상이나 말, 이미지, 태도 등을 제시하는 방법을 역설(paradox)이라고 한다. 역설의 가치는 충격을 준다는 점에 있으므로, 일반적으로 숨겨진 사실을 폭로한다는 점에서 자가당착적인 성격을 띠며, 평범한 서술에서 벗어난 뒤틀린 표현을 의미하기도 한다. 앞에서 읽었던 존 단의 시 「죽음아, 뻐기지 마라, 혹자는 너를 불렀다 해도」("Death, Be Not Proud, Though Some Have Calléd Thee")에서 나오는 다음의 구절이 역설로 된 표현이다.

One short sleep past, we wake eternally,
And death shall be no more; death, thou shalt die.

한 순간의 짧은 잠이 지나면, 우리는 영원히 깨여있어

더 이상 죽음은 없으리라; 그러니 죽음아, 네가 죽으리라.

다음의 워즈워스의 유명한 시를 한 편 읽어보자.

My Heart Leaps Up When I Behold

William Wordsworth(1770-1850)

My heart leaps up when I behold
  A rainbow in the sky:
So was it when my life began;
So is it now I am a man;
So be it when I shall grow old,
  Or let me die!
The Child is father of the Man;
And I could wish my days to be
Bound each to each by natural piety.

볼 때마다 내 가슴은 뛰네

윌리엄 워즈워스

볼 때마다 내 가슴은 뛰네
  하늘의 무지개를:
내 삶이 시작되었을 때도 그랬고;
성인이 된 지금도 그렇다;
노년이 되더라도 그럴 것이다,
  그렇지 않으면 차라리 죽겠다!
어린이는 어른의 아버지다;
그래서 나는 나의 하루하루의 나날들이
자연에 대한 경외감으로 묶을 수만 있다면 좋겠다.

어린이가 어른의 아버지라는 표현은 어린이의 순수한 모습이야말로 인간의 원형적 모습이라는 뜻으로서 분명히 역설적이다. 시인이 말하려는 의도는 어린 시절의 체험들이 잠재적으로 성인의 인격형성에 깊은 영향을 준다는 사실을 놀라운 방식으로 전달하려는데 있었던 것 같다. 이 시의 3행에서 5행까지는 시제를 중심으로 통사상의 균형을 이루면서 유년시기의 순수함을 노년시기까지 이어주고 있다. 따라서 어른이 되어서도 어린이와 같은 순수함을 지니지 않으면 않되기 때문에, 아무리 성인이라고 하더라도 그 순수함을 어린애에게서 배워야 한다는 사실을 시인은 7행에서 역설하고 있는 것이다.

아래의 시에서 딜런 토마스(Dylan Thomas)는 아버지의 임종에 직면해서 느낀 강렬한 감정을 시로서 표현해 내고 있는데, 여러 계층의 사람들이 죽음을 목전에 두고서 보이게 될 반응을 살펴서, 역설적인 냉소가 일관된 어조(tone)로 자신의 아버지를 포함한 모든 사람들에게 얘기하고 있다.

Do Not Go Gentle into That Good Night

Dylan Thomas(1914-1953)

Do not go gentle into that good night,
Old age should burn and rave at close of day;
Rage, rage against the dying of the light.

Though wise men at their end know dark is right,
Because their words had forked no lightning they
Do not go gentle into that good night.

Good men, the last wave by, crying how bright
Their frail deeds might have danced in a green bay,
Rage, rage against the dying of the light.

Wild men who caught and sang the sun in flight,
And learn, too late, they grieved it on its way,
Do not go gentle into that good night.

Grave men, near death, who see with blinding sight
Blind eyes could blaze like meteors and be gay,
Rage, rage against the dying of the light.

And you, my father, there on the sad height,
Curse, bless, me now with your fierce tears, I pray.
Do not go gentle into that good night.
Rage, rage against the dying of the light.

저 굿 나잇 속으로 순순히 가지 마세요

딜런 토마스

저 굿 나잇 속으로 순순히 가지 마세요,
노인들은 하루의 끝 무렵에 열을 내고 광분해야한다;
빛의 소멸에 대해서 분노하고, 분노해야한다.

현자들은 마지막에 가서 어둠이 당연하다는 사실을 알게 된다,
자기들의 말이 번개 한 번 가르지 못했기 때문에 그들은
저 굿 나잇 속으로 순순히 가지 않는다.

선한 자들은, 마지막 물결에, 절규하면서
그들의 나약한 행동으로도 푸른 색 포구에서 멋지게 춤출 수도 있었으리라고,
빛의 소멸에 대해서 분노하고, 분노한다.

도망가는 해를 잡고 노래 불렀던 행동이 거친 사람들은,
그리고, 너무 늦었다고 알고는, 보내는 해를 서러워하며,
저 굿 나잇 속으로 순순히 가지 않는다.

맹목적인 시각으로 보아왔던, 진지한 이들은, 죽음이 임박해서
눈이 멀어도 유성처럼 불타올라서 기쁨을 누릴 수도 있다는 것을 알고는,
빛의 소멸에 대해서 분노하고, 분노한다.

그리고 당신, 나의 아버지, 그 슬픈 언덕 위에서,

저주하고, 축복해주세요, 당신의 맹렬한 눈물로 지금 나를, 원컨대.
저 굿 나잇 속으로 순순히 가지 마십시오.
빛의 소멸에 대해서 분노하고, 분노하십시오.

죽음을 앞둔 철인(哲人)이나 성인군자, 행동가나 시인들의 표정을 그린 이 시는 빌라넬르(villanelle)형식으로 씌어졌다. 이 형식은 "a-b-a"로 운을 밟는 5개의 터셋(tercet)과 "a-b-a-a"로 운을 밟는 4행연구로 구성된 프랑스시형의 일종이다. 토마스가 보고 있는 똑똑한 사람(현자)들은 평생 번개 한번 못 친 것이 후회스럽고, 선량한 이(도덕군자)들은 인생의 즐거움을 맛보지 못해 한스러운 것이다. 그리고 사나운 이(행동가)들은 시간을 함부로 보낸 것이 원통하고, 진지하게 생활한 사람(예술가)들은 궁극적인 비전을 채 못 봐서 괴로운 것이다. 호머나 밀튼 같은 최고의 전형적인 시인들은, 비록 자신들의 눈이 멀긴 했으나, 그들은 나름대로의 시적 광채를 발하여 훌륭한 예술을 창조해 낼 수가 있었던 것이다. 이와 같이 시인의 궁극적인 비전은 눈멀게 하는 강렬한 광경이라고도 할 수 있겠다.

역설과 유사한 것으로 모순어법(oxymoron)이 있는데, 이는 하나의 사실에 대한 작가의 심적 태도를 반영하기 위해, 단 하나의 표현 속에 반대되는 용어를 관련시켜 놓은 특수한 형태의 역설이라고 할 수 있다. 어원적으로 "oxys"라는 말은 "날카로운" 혹은 "예리한"이라는 뜻이고 "moros"라는 말은 "어리석은"이라는 뜻이다. 따라서 "oxymoron"은 글자 그대로 "똑똑한 바보"라는 뜻이 되므로 이 말은 그 자체가 모순적인 것이다. "잔인한 친절"(cruel kindness)이나 "우레와 같은 정적"(thunderous silence), "천천히 서두르세요"(Make haste slowly)와 같은 표현들이 여기에 해당하며, 다음의 셰익스피어의 『로미오와 줄리엣』(*Romeo and Juliet*)에서의 표현도 모순어법의 좋은 예라고 할 수 있다.

Parting is such *sweet sorrow*. (이탤릭체 필자)

이별은 그토록 *감미로운* 슬픔이다.

셰익스피어는 슬픔이라는 말과는 정반대의 뜻을 지닌 형용사인 "sweet"이라는 어휘를 써서 슬픔의 속성을 역설적으로 드러내고 있다.

(8) 인유

인유(allusion)는 과거의 역사나 문학을 언급하여 풍부한 함축적인 의미와 상징적인 의미를 나타내는 방법으로서, 다른 작품이나 사건이 지니는 사상이나 정서를 이용하여 자신의 작품의 정서나 사상을 강화시켜 주는 효과를 낸다. 따라서 인유의 효과는 시인의 요지를 강화하여 예시해 주는 데 있다고 하겠다. 인유는 은유나 직유처럼, 이미 독자의 경험 속에 있는 어떤 것을 연관시킴으로써 익숙하지 못한 새로운 의미를 명확하게 해준다.

다음의 시에서 오비드(Publius Ovid Naso)라는 이름의 시인에 관한 사항들이 인유되어 있는 흔적을 찾아보자. 오비드는 일 세기 경의 로마시인으로『사랑의 기술』(*The Art of Love*)이란 책의 저자인데, 이 책은 당시에 로마 캐솔릭(Catholic)교회로 부터 부도덕하고 외설스러운 책이라는 이유로 금서조치를 당했다.

Penal Law

Austin Clark(1896-1983)

Burn Ovid with the rest. Lovers will find
A hedge-school for themselves and learn by heart
All that the clergy banish from the mind,
When hands are joined and head bows in the dark.

형법

오스틴 클락

오비드를 나머지와 함께 태워버려라. 사랑하는 이들은
　자신들만의 노천학교를 찾아 외울 것이다

성직자들이 마음속에서 몰아낸 모든 것들을,

그 때 어둠 속에서도 여러 손들은 모이고 머리는 숙여진다.

이 시에서 성직자들은 성애를 다루고 있는 서적의 보급과 독서를 금하고 있지만, 사랑하는 범속한 젊은이들은 본능적으로 그러한 책을 계속해서 찾아 볼 것이므로, 오비드의 책을 포함하여 성애를 다룬 여타 작가들의 작품들("the rest")에 대한 교회의 탄압 역시 효과를 보지 못할 것이라는 사실을 시인은 말하고 있다.

다음의 예를 하나 더 들어 보자. 아래의 시에서는 시의 내용과 부합되는 시의 제목이 지니는 인유적인 의미를 추적해 볼 수가 있다.

"Out, Out—"

Robert Frost(1874-1963)

The buzz saw snarled and rattled in the yard
And made dust and dropped stove-length sticks of wood,
Sweet-scented stuff when the breeze drew across it.
And from there those that lifted eyes could count
Five mountain ranges one behind the other
Under the sunset far into Vermont.
And the saw snarled and rattled, snarled and rattled,
As it ran light, or had to bear a load.
And nothing happened: day was all but done.
Call it a day, I wish they might have said
To please the boy by giving him the half hour
That a boy counts so much when saved from work.
His sister stood beside them in her apron
To tell them "Supper." At the word, the saw,
As if to prove saws knew what supper meant,
Leaped out at the boy's hand, or seemed to leap—
He must have given the hand. However it was,

Neither refused the meeting. But the hand !
The boy's first outcry was a rueful laugh,
As he swung toward them holding up the hand
Half in appeal, but half as if to keep
The life from spilling. Then the boy saw all—
Since he was old enough to know, big boy
Doing a man's work, though a child at heart—
He saw all spoiled. "Don't let him cut my hand off—
The doctor, when he comes. Don't let him, sister!"
So. But the hand was gone already.
The doctor put him in the dark of ether.
He lay and puffed his lips out with his breath.
And then—the watcher at his pulse took fright.
No one believed. They listened at his heart.
Little—less—nothing!—and that ended it.
No more to build on there. And they, since they
Were not the one dead, turned to their affairs.

"꺼져라, 꺼져라—"

로벗 프로스트

마당에서는 둥근 톱이 날름거리면서 덜컹거렸다
그리고 먼지를 피우면서 난로용 땔감의 길이로 잘라 떨어뜨렸다,
미풍이 가로질러 불어올 때면 향긋한 내음이 났다.
거기서 시선을 떼어보면 셀 수 있으리라
다섯 개의 산등성이가 겹겹이 있는 것을
석양 무렵에 멀리 버몬트 까지.
톱날은 날름거리고 덜커덩거렸지, 날름거리고 덜커덩거렸지,
가볍게 돌 때나, 또는 짐을 실어야 했을 때.
그래도 아무 일이 일어나지 않았다; 그 날도 거의 다 끝났다.
이만 끝, 하고 누군가가 말해주었으면 하고 나는 바랐다
소년에게 반 시간 만이라도 주어서 기쁜 마음으로
작업에서 얻은 시간으로 그 만큼 많은 산을 셀 수 있도록.

그의 누이가 앞치마를 두르고 사람들 옆에 서 있다가
"저녁드세요"라고 말했다. 그 소리를 듣고, 톱은,
마치 자기가 저녁의 의미를 알고 있다는 사실을 증명이라도 하듯이,
소년의 손에 달려들었다, 아니 뛰어 오르는 것 같았다—
그가 자기 손을 주었음에 틀림없었다. 그러나,
아무도 그 만남을 거부하지 않았다. 하지만 손은!
소년의 첫 비명은 애처로운 웃음이었다,
소년이 사람들을 향해 손을 처 들고 흔들었을 때
반은 호소하듯이, 그러나 반은 마치 생명이
흘러나오지 못하게 하려고. 그 때 소년은 모든 것을 알았다—
그가 모든 것을 알 수 있는 나이가 되었기에, 덩치 큰 소년으로
성인의 일을 할 정도로, 비록 마음은 어린애지만—
그는 모든 것이 허사임을 알았다. "그가 내 손을 못 자르게 해줘—
의사가, 그가 오면. 그러지 못하게 해줘, 누나!"
그랬다. 그러나 손은 이미 없어져 버렸다.
의사는 그를 에테르의 암흑 속으로 밀어 넣었다.
그는 누워서 입술로 숨을 내몰아 쉬고 있다.
그리고 나서—그의 맥박을 지켜보던 사람들은 놀랐다.
아무도 믿지 않았다. 그들은 그의 심장에 귀를 기울였다.
작게—더 작게—아무 것도 안들렸다!—그리고 멈췄다.
더 이상 거기에 서 있을 필요가 없었다. 그리고 그들은, 자신들이
죽은 장본인이 아니었기 때문에, 자기 일하던 곳으로 몸을 돌렸다.

이 시는 자신의 고통과 슬픔이 아니면 못 느끼는 현대인의 비정함을 통렬히 풍자하고 있다. 시 속의 소년은 제재소의 다른 일꾼들과는 달리, 주변의 아름다운 자연경관을 감상하면서 작업을 하다가 손이 잘려 나가는 산업재해를 당하게 된다. 워낙 깊은 산 속이라 의료진의 도움이 늦어 출혈이 심한 소년은 결국 죽게 되지만, 죽은 이를 위해 남은 것은 아무 것도 없게 된다. 이 시 속에는 실제로 어렵게 생활해 나가는 농부나 산간지방의 사람들은 장시간에 걸쳐 한가한 슬픔을 표명할 사치스러운 여유도 없다는 의미도 내포되어 있다고 하겠다. 생업에 쫓기다 순간적인 실수로 생명을 잃게 되는 서러운 삶의

비애가 시 후반부에서는 강렬히 배어 있는 것이다.

그러므로 이 시에서 중요한 인유는 인생의 무상함을 뜻하는 시 제목에 있다고 하겠다. 「꺼져라, 꺼져라―」('Out, Out―')라는 이 시의 제목은 아래의 셰익스피어의 극인 『맥베스』(*Macbeth*) 5막 5장에 나오는 독백에서 인유된 것이다.

> She should have died hereafter;
> There would have been a time for such a word.
> Tomorrow, and tomorrow, and tomorrow,
> Creeps in this petty pace from day to day,
> To the last syllable of recorded time;
> And all our yesterdays have lighted fools
> The way to dusty death. Out, out, brief candle!
> Life's but a walking shadow, a poor player
> That struts and frets his hour upon the stage
> And then is heard no more. It is a tale
> Told by an idiot, full of sound and fury,
>   Signifying nothing.

> 언젠가는 그녀가 죽을 테지;
> 그런 말에 합당한 때가 된 것 같애.
> 내일, 또 내일, 그리고 내일이,
> 이렇게 매일 조금씩 기어든다,
> 기록된 시간의 마지막 음절까지;
> 그리고 우리의 지난 모든 날들은 바보들에게 밝혀주었지
> 진부한 죽음에 이르는 길을. 꺼져라, 꺼져라, 단명의 촛불이여!
> 인생은 한낱 걸어가는 그림자일 뿐, 불쌍한 배우일 뿐
> 자기 시간에는 무대 위에서 활보하고 큰소리치다가
> 그 시간이 지나고 나면 아무 소리도 들리지 않아. 인생은 이야기지
> 백치가 들려주는, 음향과 분노로 가득 차 있지만,
>   아무런 의미도 없는.

이 시의 첫 행은 『내일 또 내일』이라는 우리나라 단편소설과 드라마, 영화, 대중가요의 제목으로도 인유된 적이 있으며, 마지막에서 두 번째 시행의 말미의 구절은 윌리엄 포크너의 『음향과 분노』(*Sound and Fury*)라는 소설 제목으로 인유되기도 했다. 이외에도 시의 구절에서 소설의 제목을 인유한 예로서는 워즈워스의 시구를 이용하고 있는 토마스 하디의 소설 『광란의 무리를 멀리 떠나서』(*Far From the Madding Crowd*)와 존 단의 시구를 차용하고 있는 어네스트 헤밍웨이(Ernest Hemingway)의 소설 『누구를 위하여 종은 울리나』(*For Whom the Bell Tolls*) 등이 있다.

(9) 과장법과 과소법

과장법(overstatement)이나 과소법(understatement)은 모두 특수한 효과를 얻기 위한 독특한 표현법이다. 과장법이란 대상의 중요성을 부각시키기 위해서 그 대상에 대한 사실이나 정서를 확대할 목적으로 과장해서 표현하는 수사법을 말한다. 아래의 시에서 간단한 과장법(hyperbole)을 찾아볼 수 있다.

A Red, Red Rose

Robert Burns(1759-1796)

O, my luve is like a red red rose
  That's newly sprung in June:
O, my luve is like the melodie
  That's sweetly played in tune.

As fair art thou, my bonie lass,
  So deep in luve am I;
And I will luve thee still, my dear,
  Till a' the seas gang dry.

Till a' the seas gang dry, my dear,

And the rocks melt wi' the sun;
And I will luve thee still, my dear,
While the sands o' life shall run.

And fare thee weel, my only luve !
And fare thee weel a while !
And I will come again, my luve,
Tho' it were ten thousand mile.

빨갛고, 빨간 장미

로벗 버즈

오, 내 사랑은 빨갛고 빨간 장미와 같도다
유월에 갓 피어난 장미:
오, 내 사랑은 선율과 같도다
곡조에 맞게 감미롭게 연주된 선율.

나의 어여쁜 아가씨, 그대가 아름다워서,
나는 깊은 사랑에 빠졌지;
그래서 나는 당신을 사랑할거야, 그대여,
모든 바닷물이 마를 때까지.

모든 바닷물이 마를 때까지, 그대여,
그리고 바위들이 햇빛에 녹아내릴 때까지;
그래도 나는 당신을 사랑할거야, 그대여,
생명의 모래가 떨어지는 동안에도.

그리고 잘 있어요, 하나 뿐인 내 사랑아!
잠시 동안 그대여 안녕!
그러면 나는 다시 돌아오겠소, 내 사랑,
아무리 먼 길이라 하더라도.

이 시에서 2연의 3, 4행과 3연 전체는 상당히 과장된 표현으로 이루어져 있다. 거의

불가능한 일에 비유할 때나 쓰는 자연현상에 인간의 인위적인 일인 사랑을 비유하는 것
은 지나친 과장이라 하겠다.

다음의 형이상학파 시인의 시에서 조금 더 복잡한 과장법의 예를 하나 더 보자.

To His Coy Mistress

Andrew Marvell(1621-1678)

Had we but world enough, and time,
This coyness, lady, were no crime.
We would sit down and think which way
To walk, and pass our long love's day.
Thou by the Indian Ganges' side
Should'st rubies find; I by the tide
Of Humber would complain. I would
Love you ten years before the Flood,
And you should, if you please, refuse
Till the conversion of the Jews.
My vegetable love should grow
Vaster than empires, and more slow.
An hundred years should go to praise
Thine eyes, and on thy forehead gaze,
Two hundred to adore each breast,
But thirty thousand to the rest.
An age at least to every part,
And the last age should show your heart.
For, lady, you deserve this state,
Nor would I love at lower rate.
  But at my back I always hear
Time's winged chariot hurrying near;
And yonder all before us lie
Deserts of vast eternity.
Thy beauty shall no more be found,

Nor in thy marble vault shall sound
My echoing song; then worms shall try
That long preserved virginity,
And your quaint honor turn to dust,
And into ashes all my lust.
The grave's a fine and private place,
But none, I think, do there embrace.
   Now therefore, while the youthful hue
Sits on thy skin like morning dew,
And while thy willing soul transpires
At every pore with instant fires,
Now let us sport us while we may;
And now, like am'rous birds of prey,
Rather at once our time devour,
Than languish in his slow-chapped power,
Let us roll all our strength, and all
Our sweetness, up into one ball;
And tear our pleasures with rough strife
Thorough the iron gates of life.
Thus, though we cannot make our sun
Stand still, yet we will make him run.

수줍어하는 사랑하는 여인에게

앤드류 마블

우리에게 충분한 세상과 시간만 있다면,
이 수줍음은, 그대여, 죄가 되지 않으리라.
그러면 우리는 앉아서, 어느 길을 걸을 것인지를
생각도 하고, 우리의 긴 사랑의 날을 보낼 수도 있으리라.
그대는 인도의 갠지스 강가에서
루비를 찾을 수도 있으며; 나는 험버 강의
물가에서 푸념할 수도 있으리라. 나는 어쩌면
노아의 대홍수 십년 전에 그대를 사랑할 수 있을 것이며,

따라서 그대는, 원한다면, 거절할 수도 있으리라
유태인이 개종할 때까지.
나의 식물과도 같은 사랑은 제국보다도
더 거대하고 더 완만히 자랄 것이다;
그대의 눈을 칭찬하고, 그대의 이마를 바라보는 데에
백년이 소요되고;
양쪽 가슴을 사랑하는 데에는 이백년이,
하지만 나머지 부분에는 삼 만년이 걸릴 것이다;
적어도 부분 부분마다에는 한 시대가,
그리고 마지막 시대에 가서야 비로소 그대의 마음을 보게 될 것이다.
그대여, 그대는, 이런 지위를 누릴 만하기 때문에,
나는 그 보다 낮은 정도로 그대를 사랑하지는 않겠다.
　　그러나 나는 나의 등 뒤에서 항상 듣게 된다
날개 달린 시간이라는 전차가 황급히 달려오는 소리를;
그리고 우리 앞에는 온통
광활한 영원의 사막이 펼쳐져 있다.
그대의 아름다움도 찾을 수 없으리라,
그대의 대리석으로 된 묘소에서는, 그리고, 들리지 않으리라
메아리치는 내 노래 소리도; 그러면 벌레들이 맛볼 것이다
그 오랫동안 간직해온 처녀성을,
그리고 그대의 괴팍한 정조는 먼지로 변하고,
나의 모든 욕정은 재로 변할 것이다:
무덤은 멋지고 은밀한 곳이긴 하나,
내 생각엔, 아무도 거기서 끌어안지는 않을 것이다.
　　그러므로 지금, 젊음의 색조가
그대의 피부위에 아침이슬처럼 앉아있는 동안에,
그리고 그대의 의욕적인 영혼이 순간적인 화염으로
모든 기공에서 내뿜는 동안에,
지금 즐기도록 합시다 그럴 수 있는 동안만이라도,
그리고 지금 연애하는 맹금들처럼,
곧 바로 우리의 시간을 아예 탐식해버립시다
느리게 턱을 움직이는 시간의 지배를 받지 말고.
우리의 모든 힘과 모든

우리의 달콤함을 하나의 공으로 마들어서 굴려봅시다,
그리고는 우리의 기쁨을 세차게 작열시켜 봅시다
인생의 철문을 통하여:
그래서, 우리가 태양을 멈추게 할 수는
없겠지만, 태양을 달리게 할 수는 있으리라.

이 시에서 시인은 수줍어하는 여자를 유혹하기 위해서 설득을 하면서, 과장법을 사용하여 여자의 외모에 대한 찬사를 늘어놓고 있다. 이 시를 크게 세 부분(1행~20행, 21행~32행, 33행 이후)으로 나누어 보면, 삼단논법의 구조로 이루어져 있다는 사실을 알 수가 있다. 인생이 짧지 않다면 수줍어하면서 사랑을 받아들이지 않아도 만족하겠으나, 실제로 인생은 짧기 때문에 죽으면 사랑이나 정조도 무의미하므로, 젊음이 한창일 때 사랑의 즐거움을 나누자는 말로 시인은 이 시의 논증을 결론 맺는다. 따라서 이 시 역시 앞에서 소개한 로벗 헤릭의 시처럼 주제는 카르피 다이엠이라고 할 수 있는데, 현재의 아름다움이란 일시적인 가변적 요소이기 때문에, 아름다울 때 현재의 쾌락을 추구해야 한다는 주장을 과장된 표현으로 역설하고 있다. 참고로 41행과 42행은 남녀 간의 성애를 통한 결합을 나타내고 있다. 41행의 "힘"(strength)이라는 어휘는 남성적인 면을 상징하고 있으며, 42행의 "달콤함"(sweetness)은 여성적인 면을 상징하고 있다. 그러므로 이 두 속성을 한데 뭉쳐서 공으로 만들어 굴리자는 제의는 청춘시기를 놓치지 말고 사랑하는 사람들끼리의 성적인 합일을 통하여 서로의 사랑을 확인해 보자는 적극적인 권유이자 유혹인 셈이다.

과소법(meiosis)은 실제보다 과소하게 표현하거나 극히 언어를 절제해서 쓰는 방법으로, 이것 역시 언급하고 있는 대상이나 문제를 확대하는 효과를 가져 올 수 있다. 재즈(jazz)음악가인 레이 찰스(Ray Charles)를 그리고 있는 흑인 현대 시인이 쓴 다음의 시를 읽어보면, 절제된 언어와 아이러니가 빚어내는 황량하고 우울한 분위기를 느낄 수 있을 것이다.

Ray Charles

Sam Cornish(1943-)

do you
dig ray
charles

when the
blues are
silent

in his throat

& he rolls
up his
sleeves

레이 찰스

샘 커니쉬

너는
이해하느냐
레이 찰스를

블루스가
침묵으로
일관할 때

그의 목구멍 속에서

그리고
자기의 소매를
걷어 올릴 때

이 시는 인종차별의 희생양으로 궁핍에 시달리고 있는 한 흑인 재즈음악가와 그가 연주하는 재즈음악만을 좋아하는 순진한 백인청중과의 관계를 생각하게 해주고 있다. 그러므로 이 시는 사회적 맥락에서 볼 때, 인종차별이라는 미국사회에 잠복된 결함을 제시해 준다고 볼 수 있다. 시인은 여기서 토해 내어야 할 음악이 성대로부터 제대로 나오지 않자, 마약주사를 놓기 위해 소매를 걷어올리는 비극적인 한 흑인음악가의 운명을 비정할 정도로 간결하게 묘사하고 있다. 흑백갈등의 사회적 국면을 외면한 채, 풍요로운 부를 누리면서 음악을 감상하는 백인 재즈 팬(fan)들의 안락한 삶과, 그들을 위해서 마약과 술로 빚은 재즈리듬과 블루스(blues)를 연주하는 흑인들의 비애가 극명하게 대비되는 냉혹한 현실을, 시인은 말을 아끼는 과소법을 사용해서 효과적으로 표현하고 있다.

과장법이나 과소법은 양자가 모두 쓰는데 따라서 다 아이러닉한 효과를 기대할 수가 있다. 과소법과 유사한 라이터티즈(litotes)는 부드러운 말을 써서 오히려 강한 뜻을 나타내는 수사법으로, 곡언법(曲言法) 또는 완서법(緩敍法)이라고 하는데, "little"을 "not"의 뜻으로, "rather"를 "very much indeed"의 뜻으로 사용하는 예가 모두 여기에 해당된다고 하겠다. 특히 반대어의 부정을 써서 긍정을 나타내기도 한다. 일상적 표현에서 "great"를 "no small"로, "very good"을 "not bad"으로 바꿔 쓴다든지, "I shall be very glad."를 "I shan't be sorry."로 쓰는 것은 이에 대한 실례라고 하겠다.

3. 시의 배경과 관점

시 속에는 항상 이야기나 의미를 전달하려는 화자(speaker)가 있으며, 그 이야기나 뜻을 들으려는 청자(listener)도 있게 마련이다. 따라서 화자는 청자에게 신경을 쓰게 되며, 어떤 내용의 말을 어떻게 할 것인가를 말하기 전에 결정해야 하는 것이다. 청자에 대한 여러 가지 정보사항이 화자의 이야기전개에 영향을 주게 되는데, 이 때 전달하고자하는 화제나 메시지에 대한 화자의 태도와, 청자에 대한 화자 자신의 태도는 시 작품 전체에 중요한 구실을 하고 있다. 따라서 시를 이해하는데 있어서 시인의 어조와 시인의 독자와의 관계 등을 살펴 보는 일이 병행되어야 하는 것이다.

(1) 화자와 청자

시를 읽을 때 누가 말하고 있는가를 고려하는 일은 중요한 사항이다. 목소리의 원주인이 누구이건, 목소리의 사실여부와 개성의 유무여부 등에 관계없이, 목소리는 시에서 중요한 기능을 지닌다. 왜냐하면 그 목소리는 일어나는 사건에 연루된 당사자의 것이고, 감정을 느끼며 정서를 공유할 생각을 지닌 당사자의 것이기 때문이다. 즉 화자가 누구의 눈을 통해서, 그리고 어떤 관점을 통해서 일련의 사건에 대한 상세한 서술이 이루어지느냐의 문제가 고려의 대상이기 때문이다. 한 사람의 화자가 등장하는 브라우닝의 시를 한 편 읽어보자.

Porphyria's Lover

Robert Browning(1812-1889)

The rain set early in tonight
　　The sullen wind was soon awake,
It tore the elm-tops down for spite,
　　And did its worst to vex the lake:
　　I listened with heart fit to break.
When glided in Porphyria; straight
　　She shut the cold out and the storm,
She kneeled and made the cheerless grate
　　Blaze up, and all the cottage warm;
　　Which done, she rose, and from her form
Withdrew the dripping cloak and shawl,
　　And laid her soiled gloves by, untied
Her hat and let the damp hair fall,
　　And, last, she sat down by my side

And called me. When no voice replied,
She put my arm about her waist,
    And made her smooth white shoulder bare,
And all her yellow hair displaced,
    And, stooping, made my cheek lie there,
    And spread, o'er all, her yellow hair,
Murmuring how she loved me —-she
    Too weak, for all her heart's endeavor,
To set its struggling passion free
    From pride, and vainer ties dissever,
    And give herself to me forever.
But passion sometimes would prevail,
    Nor could tonight's gay feast restrain
A sudden thought of one so pale
    For love of her, and all in vain:
    So, she was come through wind and rain.
Be sure I looked up at her eyes
    Happy and proud; at last I knew
Porphyria worshiped me: surprise
    Made my heart swell, and still it grew
    While I debated what to do.
That moment she was mine, mine, fair,
    Perfectly pure and good: I found
A thing to do, and all her hair
    In one long yellow string I wound
    Three times her little throat around,
And strangled her. No pain felt she;
    I am quite sure she felt no pain.
As a shut bud that holds a bee,
    I warily oped her lids: again
    Laughed the blue eyes without a stain.
And I untightened next the tress
    About her neck; her cheek once more

Blushed bright beneath my burning kiss:
    I propped her head up as before,
    Only, this time my shoulder bore
Her head, which droops upon it still:
    The smiling rosy little head,
So glad it has its utmost will,
    That all it scorned at once is fled,
    And I, its love, am gained instead !
Porphyria's love: she guessed not how
    Her darling one wish would be heard.
And thus we sit together now,
    And all night long we have not stirred,
    And yet God has not said a word!

포피리아의 사랑

로벗 브라우닝

오늘 밤 일찍 비가 내렸고
   곧 음산한 바람도 뒤따라 불었다,
바람은 심술 사납게 느릅나무 가지를 흔들어 꺾고,
   호숫물을 사납게 뒤흔들었다:
   나는 찢어질 듯한 가슴을 부여안고 귀를 기울였다.
그때 살며시 포피리아가 들어왔다; 곧 바로
   그녀는 냉기와 폭풍이 문안으로 못 들어오도록 차단했다,
그녀는 무릎을 꿇고 온기 없는 화롯불을
   타오르게 하고, 오두막 안을 따뜻이 했다;
   일을 마치자, 그녀는 일어나, 자기 몸에서
빗물이 흐르는 외투와 숄을 벗고,
   더럽혀진 장갑을 벗어 옆에 놓고, 모자 끈을
풀고는 자신의 젖은 머리를 풀어 늘어뜨렸다,
   그리고, 마침내, 그녀는 내 곁에 와 앉아서
   나를 불렀다. 아무런 대답이 없자,
그녀는 내 팔을 잡아 자기 허리에 가져가서,

부드러운 흰 어깨를 드러내고는,
노란 그녀의 머리카락을 제쳤다,
　그리고, 허리를 굽혀서, 내 뺨을 거기에 기대게 했다,
　그 모든 것을, 그녀의 노란 머리카락으로, 퍼뜨려 덮고는,
나를 사랑한다고 속삭였다—그녀는
　너무도 나약해서, 가슴 아픈 괴로움을 겪으면서도,
걷잡을 수 없는 정열에 내맡긴 채
　자만심에서 벗어나, 가문의 유대를 끊고,
　영원히 내게 자기 자신을 던질 수는 없었던 것이다.
그러나 때때로 정열이 압도하여,
　오늘 밤의 즐거운 잔치도
그녀를 사랑해도 이룰 길이 없어 지친
　사람에 대한 갑작스러운 생각을 억제할 수가 없었다:
　그래서, 비바람 속에서도 그녀는 찾아온 것이다.
확실히 내가 쳐다 본 그녀의 눈에는
　행복과 자부심이 있었다: 마침내 나는 알았다
포피리아가 나를 우러러 보고 있음을: 놀라움에
　내 가슴은 설레었고, 내가 무슨 일을 할까하고
　궁리하고 있을 때 가슴은 가라앉았다.
그 순간만은 그녀가 나의 것이며, 내 사랑이었다, 곱고,
　더할 나위 없이 순결하고 착한: 나는 찾아내었다
내가 할 일을, 그래서 그녀의 머리카락을
　길고 누런 한 개의 끈으로 감았다
　세 번씩이나 그녀의 목 주위를,
그리고는 교살했다. 그녀는 고통을 못 느꼈다;
　진정 그녀에게 고통이라고는 없었다.
꿀벌이 들었다 닫혀 버린 꽃과 같은,
　그녀의 눈까풀을 나는 조심스럽게 열었다: 다시
　푸른 눈은 티 없이 웃음 짓고 있었다.
그래서 나는 그녀의 목에 감긴 머리채를
　이번에는 풀었다; 그녀의 볼은 다시 한 번
나의 뜨거운 키스에 환히 홍조를 띠었다:
　앞서 같이 그녀의 머리를 받쳤다,

　　오로지, 이번에는 내 어깨 위에
　그녀의 머리를 얹었다, 머리가 어깨에 축 늘어졌다:
　　　미소 짓는 장미 빛 머리는,
　그 지상의 소원을 이룬 즐거움에서,
　　한 때 경멸하던 것 모두가 즉시 사라졌다,
　　그래서 대신에, 그의 사랑인, 나를 차지했다!
　포피리아의 사랑: 그녀가 고이 소망한 사랑이
　　어떻게 받아들여질지 그녀는 알지 못했다.
　그래서 이렇게 우리는 지금 함께 앉아 있다,
　　기나긴 밤 내내 우리는 꼼작하지 않았다.
　　그리고 신께서는 단 한마디의 말씀도 없으셨다!

　이 시는 브라우닝이 잠깐 피터스버그(Petersburg)에 가 있던 1834년에 쓴 작품으로, 1836년 1월에 월간지인 『만슬리 리파저터리』(*The Monthly Repository*)에 게재되었다. 이 시는 극에 대한 그의 본질적인 열정을 잘 대변해 주는 시형과 문체로 이루어져 있는데, 나중에 『극적인 로맨스와 서정 시편들』(*Dramatic Romances and Lyrics*)이라는 시집에 수록되었다.

　이 시의 배경은 비가 오고 바람 부는 밤의 호숫가 오두막집이며, 정신이상자인 듯한 살인자인 화자는 애인인 포피리아(Porphyria)가 들어오기를 기다리고 있다. 그러나 여기서 퍼스나(persona)의 진술을 액면 그대로 받아 들여서는 안 된다. 극적인 시인은 항상 체험의 명확한 전달이 불가능한 거짓말 장이나 광인을 묘사할 수 있기 때문이다.

　이와 같은 시의 활력은 그 배경이 되는 직접적인 장면에 있다고 볼 수 있는데, 극적 독백(dramatic monologue)으로 구성된 이런 시의 이해에는 극적인 상황을 찾아야 한다. 이 시에서의 극적 상황은 연인에 대한 살해 장면에 있다. 여기에는 끔직한 공포나 혐오가 개재되지 않고, 그 대신에 아름답고 신비스러운 유미주의적인 색조가 드러나 있다. 연인에 대한 살해는, 집안의 반대로 무산된 애정의 항구적인 결실을 위한 행위이므로, 그 도덕성의 문제는 작품 속에서는 논의의 대상이 되지 못할 정도로 극적인 속성을 지니고 있는 것이다. 훌륭한 극적 독백은 화자의 성격뿐만 아니라, 말을 듣는 청자의 성격도 알 수 있게 해주는데, 이 시는 영화나 연극처럼 열쇠구멍을 통해서 어떤 장면을 보는 것처럼, 바로 눈앞에서 일어나는 듯한 생동감을 보여주고 있다. 극적인 독백은 브라우닝이 19세기의 인간의 개성에 더 많은 관심을 갖게 됨에 따라 인물들의 극단적인 심리상태나 관점을 탐사하는데 기여했던 것이다.

브라우닝은 장시인 『반지와 책』(*The Ring and the Book*)에서 살인의 이야기를 10여 회나 쓰고 있는데, 그러한 작품들 속에서는 그 범행에 가담한 여러 인물이나 목격자가 저마다의 이야기를 전달하고 있다. 삶 자체가 풍부하고 복잡하듯이, 그 삶을 그리고 있는 작품 역시 복합적인 특성을 지니고 있으므로, 단이 목격자가 결과적 장면만을 보고 극적 상황을 인식해서는 않될 것이다.

다음에 인용하고 있는 셸리의 시를 보면, 화자가 다른 사람의 말을 전하는 방식으로 시를 전개할 수도 있음을 알 수가 있겠다. 이는 화자의 정서가 직접적으로 서술에 영향을 주지 않는다는 점에서 청자에게 강한 신뢰를 준다.

Ozymandias

Percy Bysshe Shelley(1792-1822)

I met a traveler from an antique land
Who said: Two vast and trunkless legs of stone
Stand in the desert. Near them, on the sand,
Half sunk, a shattered visage lies, whose frown,
And wrinkled lip, and sneer of cold command,
Tell that its sculptor well those passions read
Which yet survive stamped on these lifeless things,
The hand that mocked them and the heart that fed;
And on the pedestal these words appear:
"My name is Ozymandias, king of kings:
Look on my works, ye Mighty, and despair !"
Nothing beside remains. Round the decay

Of that colossal wreck, boundless and bare
The lone and level sands stretch far away.

오찌만디아스

퍼시 비쉬 셸리

고대의 나라에서 온 한 여행객을 만났는데

그가 말하길: 두 거대하고 몸체가 없는 돌다리가

사막에 서 있다. 그 옆에, 모래 위에

부서진 얼굴이 반 쯤 묻힌 채 있고 그 얼굴의 찡그린

주름잡힌 입술, 그리고 싸늘한 운명의 냉소는

그 조각가가 왕의 열정을 읽었음을 말해 주며,

아직도 그 열정은 그러나, 이 생명 없는 물체에 찍혀져,

그 열정을 비웃는 손과, 그 일을 시켰던 심장보다 더 오래 살아남아 있다.

그리고 대좌에는 이런 말이 새겨져 있다.

"내 이름은 오찌만디아스, 왕 중에 왕이로다:

내 업적을 보라. 그대 막강한 자들이여, 그리고 절망하라!"

아무 것도 그 옆에는 남아 있는 것이 없다. 그 거대한 잔해의

부식 주위에 끝없는, 풀 한 포기 없이

쓸쓸하고 평평한 사막이 저 멀리 펼쳐져 있다.

이 시의 제목은 이집트(Egypt)의 강력했던 왕인 램시스(Rameses) 2세(B.C. 1292-1225)의 그리스 식 이름이다. 그는 재위 시 많은 업적을 이루었으며 나일(Nile)강가에 아부심벨(Abu-Simbel)신전을 건립하였는데, 그 동상은 테베(Thebes)에 있다고 한다. 이 시의 화자는 아주 오래된 나라에서 온 여행객에게서 이 신비스러운 왕의 석상(石像)에 관한 이야기를 듣는다. 이 시에서 화자와 청자와의 관계에 영향을 주는 것은 시인이 사용하고 있는 시어인데, 첫 행의 "antique"라는 시어는 "ancient"보다도 더 오래되고 확인할 수 없을 정도로 더 구식이라는 느낌을 나타내기 위해서, 시인이 의도적으로 쓴 말이다. 또한 4행에서는 오만한 지배자의 모습을 나타내기 위해서, 딱딱한 느낌이 들도록 "face"대신에 "visage"라는 말을 쓰고 있다. 여기서 화자의 기능은 단지 이 시 내용을

이야기하는 여행객의 말을 그대로 독자들에게 전달하는 기능만을 맡고 있는 것이다. 참고로 이 시는 약간 다른 운율체제를 지니고 있지만 소넷의 형식으로 구성되어 있다.

(2) 시의 어조와 상황

문학에서 어조(tone)라 함은 주제나 독자, 또는 자기 자신에 대한 작가의 태도라고 정의할 수 있으며, 작품에 가한 정서적인 채색이나 정서적 의미를 뜻한다. 그러므로 작품 전체의 의미를 파악하는 데에는 어조가 아주 중요한 부분이 되고 있다. 시를 읽는 독자들은 시의 어조를 나타내어 주는 여러 요소들인 함축적 의미와 이미저리, 은유와 아이러니, 리듬과 시어의 채택, 문장구조와 형식적 패턴 등을 살펴보고, 시의 어조를 파악하도록 익혀 나가야 하겠다. 어조를 이해하는 데에는 이와 같은 여러 시적 요소도 중요하지만, 또한 면밀한 독서도 꼭 필요한 것이다.

일반적으로 시의 상황은 시의 배경이나 장소를 의미하는데, 앞에서 읽어보았던 토마스 하디의 시는 묘지가 배경이 되고, 브라우닝의 시는 개인 소유의 오두막을 배경으로 삼고 있으며, 셸리의 시는 사막 한 가운데가 그 배경이 된다. 특히 셸리의 시에서 배경이 되고 있는 사막의 성격은 시의 주제와 부합되는 기능을 한다. 이처럼 사건의 배경은 시의 이해에 핵심적 역할을 하고 있는 가운데, 시에 따라 다양하게 설정되어 있다. 시에서 사건이 어디에서 일어나느냐 하는 문제가 행동이나 정서뿐만 아니라 주제를 명확히 하는데 기여하고 있다. 또한 시의 배경이 고정되어 있지 않고 시속에서 계속 변화하는 것도 있다. 아래의 에밀리 디킨슨(Emily Dickinson)의 시는 시골에서의 마차탑승 장면으로 행위가 시작되지만, 마차가 움직이므로 마차를 탄 사람의 시선에 비친 배경은 변화하는 정경이 되는 것이다.

Because I Could Not Stop for Death

Emily Dickinson(1830-1886)

Because I could not stop for death --

He kindly stopped for me—
The Carriage held but just Ourselves—
And Immortality.

We slowly drove—He knew no haste
And I had put away
My labor and my leisure too,
For His Civility—

We passed the School, where Children strove
At Recess—in the Ring—
We passed the Fields of Gazing Grain—
We passed the Setting Sun—

Or rather—he passed Us—
The Dews drew quivering and chill—
For only Gossamer, my Gown—
My Tippet—only Tulle—

We paused before a House that seemed
A Swelling of the Ground—
The Roof was scarcely visible—
The Cornice—in the Ground—

Since then—'tis Centuries—and yet
Feels shorter than the Day
I first surmised the Horses' Heads
Were toward Eternity—

내가 죽음을 맞으러 멈출 수 없기에

에밀리 디킨슨

내가 죽음을 맞으러 멈출 수 없기에—

친절하게도 그가 나를 위해 멈췄다—
마차에는 단지 우리들뿐이었다—
그리고 영혼불멸이.

우리는 천천히 달렸지—그가 서두를 필요가 없다는 것을 알았기에
나는 모두 팽개쳐 버렸지
나의 수고와 여가 까지도,
그의 예의에 보답하고자—

우리는 학교를 지나쳐갔지, 거기에는 어린애들이 다투면서
휴식시간에—원을 그리면서—
우리는 응시하는 곡식이 있는 들판을 지나갔지—
우리는 지는 해를 지나갔어—

아니 오히려 그가 우리를 지나쳤지—
떨고 있는 이슬방울들이 차가왔지—
왜냐하면 내 가운은, 오직 얇은 천이었고—
내가 걸친 어깨걸이는— 단지 얇은 명주에 지나지 않았기에—

우리는 어느 집 앞에서 멈췄지
땅이 부풀어 오른 듯이 보이는 곳에서—
지붕은 거의 보이지 않았고—
박공은—땅 속에 있었어—

그 후에—몇 세기—그러나
그 몇 세기가 더 짧게 느껴지는 거야
말머리가 영원을 향하고 있었다고
내가 처음 추측했던 날 보다도—

이 시는 디킨슨의 사물을 보는 전형적인 방법으로 쓴 역설적인 작품이다. 그 이유는
그녀가 알고 있는 삶의 개념을 배재하고는 죽음을 얘기할 수가 없으며, 시간의 추이와
영원성을 설정하지 않으면 삶의 대상을 묘사할 수가 없기 때문이다. 화자는 자신을 태워

가기 위해 온 마부(죽음)의 마차를 타고 사람의 일생을 의미하는 학교 운동장(소년기)이
나 곡식이 익은 황금빛 들판(장년기)과 석양(노년기)이라는 이동된 배경을 지나치면서,
일상적인 삶의 대상을 관찰하고 있다.

제4장 영미시의 유형과 종류

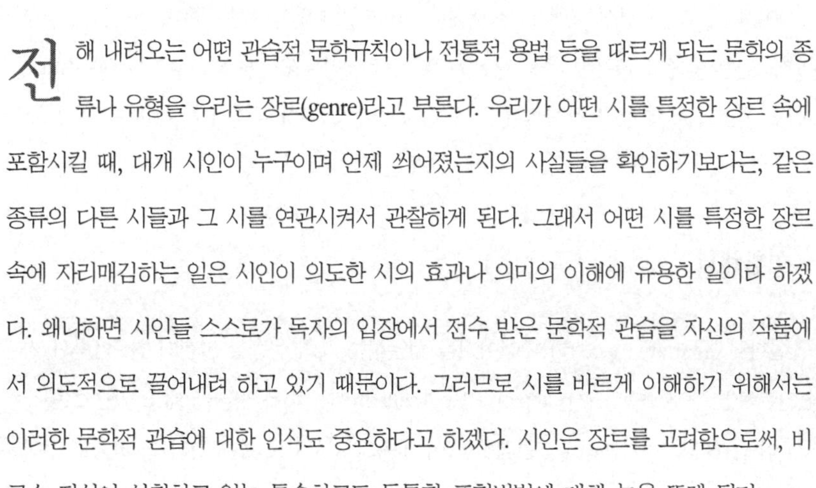

전 해 내려오는 어떤 관습적 문학규칙이나 전통적 용법 등을 따르게 되는 문학의 종류나 유형을 우리는 장르(genre)라고 부른다. 우리가 어떤 시를 특정한 장르 속에 포함시킬 때, 대개 시인이 누구이며 언제 씌어졌는지의 사실들을 확인하기보다는, 같은 종류의 다른 시들과 그 시를 연관시켜서 관찰하게 된다. 그래서 어떤 시를 특정한 장르 속에 자리매김하는 일은 시인이 의도한 시의 효과나 의미의 이해에 유용한 일이라 하겠다. 왜냐하면 시인들 스스로가 독자의 입장에서 전수 받은 문학적 관습을 자신의 작품에서 의도적으로 끌어내려 하고 있기 때문이다. 그러므로 시를 바르게 이해하기 위해서는 이러한 문학적 관습에 대한 인식도 중요하다고 하겠다. 시인은 장르를 고려함으로써, 비로소 자신이 성취하고 있는 특수하고도 독특한 표현방법에 대해 눈을 뜨게 된다.

장르라는 용어는 문학 전반에 걸쳐서 광범위하게 사용되어 왔는데, 이를 시에다 적용시켜 볼 수도 있겠다. 관례상으로 시적 담론은 설화체시와 서정시 및 극적인 시의 세 장르로 분류될 수 있다. 이 장르의 범주는 넓기 때문에, 각 장르마다 제각기 구체적인 여러 형태의 시 유형이 포함되어 있다.

설화체시(narrative poem)에는 서사시(epic)나 로맨스(romance), 그리고 민요(ballad)가 포함되는데, 그 이유는 이 모든 시형들이 이야기로 구성된 서사적 특성을 지니고 있기 때문이다. 그리고 극적인 시의 범주에는 독백이나 대화를 비롯하여 윌리엄 셰익스피어의 『햄릿』(*Hamlet*)과 소포클레스의 『이디퍼스왕』(*Oedipus Rex*)과 같은 무운시로 된 극작품들을 포함시키고 있다. 이는 갈등구조로 보아 시인보다는 다른 인물들의 성격에 대한 표현을 중시하는 관점에서 분류했기 때문이다. 서정시(lyric)의 범주에는 찬가(hymns)나 노래(songs), 애가(elegy) 및 오드(ode), 그리고 소넷 등과 같은 시 유형들을 넣고 있는데, 이들 시 유형들이 모두 강한 개성을 바탕으로 주관적인 감정이나 생각을 다루고 있으므로, 체험에 관한 정서나 사상의 표현에 주로 시의 초점이 맞추어져 있기 때문이다.

그러나 유념해야할 사항은 장르의 구분이 시인이나 독자들에게 중요하지만, 일반적으로 어떤 시가 정확하게 어떤 한 장르에만 속한다고 단정할 수는 없다. 왜냐하면 대부분의 시들은 앞에서 열거한 여러 장르적 특성들을 모두 고르게 지니고 있기 때문이다. 따라서 장르적 특성이 많은 장르를 그 시의 장르로 간주하는 것이 통례이다.

1. 설화체시

설화체시(narrative poetry)는 이야기를 전달하는 시의 유형을 말한다. 이 범주의 가장 기본적인 두 시형은 서사시(epic)와 민요(ballad)이다. 비록 운율을 밟고 있는 로맨스 역시 이 범주에 속하기는 하나, 엄격히 보아 일종의 서사시로 보는 것이 더 타당할 것이다. 그 이유는 로맨스가 서사시와 같은 주제를 빈번하게 다루고 있으며, 서사시와 같은 설화적 수법으로 표현되어 있기 때문이다. 서사시나 민요는 모두 제 각기의 형태로 기록되기 전에는 오랫동안 구전에만 의존해온 역사 깊은 문학이다. 이들 두 유형의 문학적 형식은 기록상의 문제와 관련이 있다. 구전된 서사문학이나 민요의 기원은 선사시대에까지 거슬러 올라갈 수가 있을 정도로 오랜 역사를 지닌다고 하겠다. 초기의 설화체시는 자장가나 요람에서 들려주던 노래에서 그 기본적인 특성을 발견할 수가 있겠다.

> Hush-a-bye, baby, on the tree top,
> When the wind blows, the cradle will rock,
> When the bough breaks, the cradle will fall,
> Down will come baby, cradle and all.

> 쉬-자장-자장, 애기야, 나무 꼭대기 위에서,
> 바람이 불어오면, 요람은 흔들릴 것이고,
> 가지가 부러지게 되면, 요람이 떨어져,
> 애기도 떨어질 것이다, 요람도 모두 함께.

일반적으로 영미인들은 이와 같은 자장가리듬과 노랫말을 아마 어릴 적부터 들어왔기 때문에, 이와 같은 유형의 노래를 본능적으로 좋아하고 있는 지도 모르겠다. 그러나 이러한 노래의 가사는 위의 시의 내용에서도 알 수 있듯이, 넌센스적인 내용으로 이루어진 것이 대부분이라고 하겠다. 나뭇가지 위에 아기가 올라가 있다는 터무니없는 내용에서 우리는 도저히 인간이 노래를 부르고 있다고는 믿기가 어렵다. 그러나 만일 그 대상이 되는 시의 화자가 새라고 한다면, 나무 위에다 둥지를 틀고 있으니 가능할 것 같다.

민요로 발전되기 이전의 단계에 있는 작자미상의 자장가나 전승속요(folk song)는 대개 끔직하고 잔인한 내용을 많이 다루고 있다. 다음에 인용되는 악당과도 같은 굴뚝소제부의 이야기를 보자.

> Eaper Weaper, chimbley-sweeper,

Had a wife but couldn't keep her,
Had anovver, didn't love her,
Up the chimbley he did shove her.

이퍼 위퍼라는, 굴뚝소제부는,
아내가 있었으나 부양할 수가 없어서,
싫고, 사랑하지 않았기에,
아내를 굴뚝 위에다 쑤셔 넣었다.

아내를 살해해서 굴뚝 속으로 밀어 넣는다는 표현이 엽기적인 살인사건을 보는 것처럼 섬뜩하다.

합창과 후렴이 있는 다음의 전승속요에서는 시의 내용과는 관계없는 시행들이 이야기의 구성내용과 뒤섞여서 나타나고 있다.

A farmer he lived in the West country,
  Bow down! Bow down!
A farmer he lived in the West country
And he had daughters one, two and three,
Singing 'I will be true unto my love
If my love will be true unto me.'

One day they walked by the river's brim,
  Bow down! Bow down!
One day they walked by the river's brim
When the eldest pushed the youngest in,
Singing 'I will be true unto my love
If my love will be true unto me.'

서쪽 나라에 한 농부가 살았는데,
  엎드려! 엎드려!
서쪽 나라에 한 농부가 살았는데

그에게는 딸이 하나, 둘 그리고 셋,
이렇게 노래하며 "나는 내 사랑에게는 변함없을 거야
내 사랑이 내게 변함없다면."

어느 날 그들이 강가를 거닐었을 때,
　엎드려! 엎드려!
어느 날 그들이 강가를 거닐었을 때
맏딸이 막내를 밀어 넣어 버렸지,
이렇게 노래하며 "나는 내 사랑에게는 변함없을 거야
내 사랑이 내게 변함없다면."

각 연의 2행과 5, 6행은 모두 시의 내용전개와는 아무런 관련도 없는 리듬만을 위한 시행으로 별 의미가 없는 것들이지만, 나머지 시행들이 구성하는 이야기는 시샘 많은 여자애가 여동생들을 강물 속에 밀어 넣어 익사시킨다는 끔찍한 내용으로 이루어졌다. 이러한 전승속요는 서두 부분의 의미 없는 희시(nonsense verse)와 민요 사이의 중간형태의 시라고 하겠다.

초기 미국의 철도에서 실제로 발생한 사건으로 기록된 철로 교환원의 실수로 일어난 서부 우편열차와의 기차 정면 충돌사건을 그린 전승속요의 예를 하나만 더 들어보자.

Come all you rounders if you want to hear
The story of a brave engineer;
Casey Jones was the hogger's name,
On a big eight-wheeler, boys, he won his fame.
Caller called Casey at half-past four,
He kissed his wife at the station door,
Mounted to the cabin with orders in his hand,
And took his farewell trip to the promised land.

(Refrain)

Casey Jones, he mounted to the cabin,
Casey Jones, with his orders in his hand !
Casey Jones, he mounted to the cabin,
Took his farewell trip into the promised land.

Put in your water and shovel in your coal,
Put your head out the window, watch the drivers roll,
I'll run her till she leaves the rail,
'Cause we're eight hours late with the Western Mail !
He looked at his watch and his watch was slow,
Looked at the water and the water was low,
Turn to his fireboy and said,
'We'll get to 'Frisco, but we'll all be dead !'

    (Refrain)

Casey pulled up Reno Hill,
Tooted for the crossing with an awful shrill,
Snakes all knew by the engine's moans
That the hogger at the throttle was Casey Jones.
He pulled up short two miles from the place,
Number Four stared him right in the face,
Turned to his fireboy, said, 'You'd better jump,
'Cause there's two locomotives that's going to bump !'

    (Refrain)

Casey said, just before he died,
'There's two more roads I'd like to ride.'
Fireboy said, 'What can they be ?'
'The Rio Grande and the Old S.P.'
Mrs. Jones sat on her bed a-sighing,
Got a pink that Casey was dying,

Said, 'Go to bed, children; hush your crying,
'Cause you'll get another papa on the Salt Lake line.'

    Casey Jones, Got another papa !
    Casey Jones, on the Salt Lake Line !
    Casey Jones, Got another papa !
    Got another papa on the Salt lake Line !

그대 나그네들 모두 오시오 듣고 싶다면
한 용감한 기관사의 이야기를;
케이시 존즈가 그 녀석의 이름이었소,
거대한 팔기통의 기관 위에서, 이 보게들, 그는 명성을 얻었다오.
네시 반에 케이시는 호출되었지,
그는 역사(驛舍) 현관에서 아내에게 키스를 하고는,
손에 작업 지시서를 들고서 기관실에 올랐지,
그리고는 약속된 땅으로 이별여행을 떠났던 거야.

    (후렴)
    케이시 존즈, 그는 기관실에 올랐지,
    케이시 존즈, 손에 작업 지시서를 들고서 !
    케이시 존즈, 그는 기관실에 올랐지,
    약속된 땅으로 이별여행을 떠났던 거야.

물을 넣고 석탄도 삽질해 넣어라,
창밖으로 머리를 내밀고, 바퀴들이 회전하는 지를 살펴봐라,
기차가 탈선하더라도 나는 달리게 할 거야,
서부 행 우편열차와는 여덟 시간이 늦었기 때문이야!
그가 시계를 봤더니 시계가 늦은 거야,
물을 봤더니 수위(水位)가 낮아졌어,
그는 불 때는 소년을 향해 말했지,
"프리스코에 가게 되겠지만, 우린 죽은 목숨이야 !"

    (후렴)

케이시는 리노 힐을 올라갔지,
아주 날카로운 소리로 철길을 횡단하는 대상을 향해서 기적을 울렸지,
뱀들도 모두 엔진소리로 알고 있었지
기관실에 있는 녀석이 케이시 존즈라는 사실을.
그는 거기서 2마일도 못가서 갑자기 정지시키려 했다,
4호 열차가 그를 정면으로 노려보았다,
그는 불 때는 소년을 향해서, 말했지, "뛰어 내려,
두 열차가 충돌할 것 같아 !"

   (후렴)

케이시는 말했어, 바로 죽기 전에,
"내가 타고 싶었던 노선이 두 곳이 더 있어."
불 때는 소년이 말했지, "어딘데요 ?"
"리오 그란데와 올드 에스피야."
존즈의 아내는 침대에 앉아서 탄식을 했지,
케이시가 죽었다는 전보를 받고는,
말했어, "얘들아, 자러 가거라; 울지 마라,
솔트 레익 노선에 가면 또 다른 아빠가 있을 거야."

   케이시 존즈, 또 다른 아빠가 있을 거야 !
   케이시 존즈, 솔트 레익 노선에 가면 !
   케이시 존즈, 또 다른 아빠가 있을 거야 !
   솔트 레익 노선에 가면 또 다른 아빠가 있을 거야 !

그런데 여기서 몇 가지 주목할 만한 사항이 있는데, 먼저 눈에 띄는 점은 자유롭고 힘찬 음보와 마치 강력한 엔진이 소모되는 듯한 숨 가쁜 리듬이 기저에 자리 잡고 있다는 사실이다. 3연의 첫 행에서는 가파른 언덕을 힘들여 오르는 기차엔진의 소리를 생생하게 느낄 수 있을 정도로 다섯 단어의 7음절로 된 시행("Cásey púlled up Réno Híll")에 강세가 네 개나 있다. 둘째로는 좀처럼 잘 일어나지 않는 사건을 주제로 다루고 있음에도 훌륭한 전승속요에서 전형적으로 쓰이는 재미있고 외우기 쉬운 후렴이 있다는 것

이다. 셋째로는 이야기가 전달되는 극적인 방식이라고 하겠다. 기차 충돌사건 그 자체에 관한 직접적인 언급은 없으며, 화면전환이 빠른 영화에서나 볼 수 있을 정도로 상황서술의 속도가 빠르게 진행된다. 읽는 사람들에 따라서 중요한 사건장면의 묘사가 없어서 처음에는 실망할 수도 있겠지만, 영화기법처럼 두 기차의 충돌이라는 결정적인 순간에 대한 묘사가 생략되었기에, 이 시가 훨씬 더 흥미롭게 보이는 것이다. 이 속요는 나름대로의 가락을 지니고 있지만, 민요가 갖고 있는 극적인 기법이 가미되어 있으므로, 민요에 가까운 속요라고 할 수 있겠다. 이러한 기법은 시속에서 표현된 부분뿐만 아니라 생략된 부분에 의해서도 결정되는 것이다.

(1) 민요

민요(ballad)는 소박한 어휘와 짧은 시연으로 씌어진 전설이나 설화를 노래한 시로서 영국에서는 15세기 경 처음 나타났다. 음유시인들은 4행으로 간단하게 구성한 시연 속에 고도로 잘 엮어낸 이야기를 담아, 그것을 기본으로 민요형식의 노래를 만들어 광범위한 지역에 퍼뜨리기 시작했다. 그들의 설화체 예술인 전통적인 민요는 대체적으로 만인에게 존경받는 인물을 대상으로 일화를 다루고 있는데, 잘 알려진 함축적인 이야기와 개인적인 감정이 배제된 인물묘사를 바탕으로 하고 있다. 그러나 여기에 심리묘사는 거의 없다고 하겠다. 그 뒤에 18세기 말에서부터 19세기 때에 음악과 관계없는 순수 문학적인 민요가 성행하게 된 것이다.

초기의 구전된 발라드를 전승민요(folk ballad) 또는 통속민요(popular ballad)라고 했으며, 나중에 시인들이 문자화시켜서 독특한 문학적 효과를 지니게 창작한 것을 문학적 민요(literary ballad)라고 부른다. 그러면 중세시인의 원작을 바탕으로 19세기 낭만파시인이 자신의 시적 감성으로 다시 쓴 문학적 특성의 민요 한 편을 읽어 보자. 물론 원작의 느낌을 유지시키기 위해서 제목은 프랑스어로 남겨두었다.

La Belle Dame sans Merci

John Keats(1795-1821)

O what can ail thee, knight-at-arms,
  Alone and palely loitering ?
The sedge has withered from the lake,
  And no birds sing.

O what can ail thee, knight-at-arms,
  So haggard and so woe-begone ?
The squirrel's granary is full,
  And the harvest's done.

I see a lily on thy brow
  With anguish moist and fever dew,
And on thy cheek a fading rose
  Fast withereth too.

I met a lady in the meads,
  Full beautiful—a faery's child;
Her hair was long, her foot was light,
  And her eyes were wild.

I made a garland for her head,
  And bracelets too, and fragrant zone;
She looked at me as she did love,
  And made sweet moan.

I set her on my pacing steed,
  And nothing else saw all day long,
For sidelong would she bend, and sing
  A faery's song.

She found me roots of relish sweet,
　And honey wild, and manna dew,
And sure in language strange she said —
　"I love thee true."

She took me to her elfin grot,
　And there she wept and sighed full sore,
And there I shut her wild eyes
　With kisses four.

And there she lullèd me asleep,
　And there I dreamed —ah! woe betide!
The latest dream I have dreamed
　On the cold hill's side.

I saw pale kings and princes too,
　Pale warriors, death-pale were they all;
They cried —"La Belle Dame sans Merci
　Hath thee in thrall !"

I saw their starved lips in the gloam,
　With horrid warning gapèd wide,
And I awoke and found me here,
　On the cold hill's side.

And this is why I sojourn here,
　Alone and palely loitering,
Though the sedge is withered from the lake
　And no birds sing.

무자비한 미녀

존 키이츠

오 무엇이 그대를 괴롭히는가, 갑옷 입은 기사여,

　　홀로 창백하게 헤매면서 ?
사초(砂草)도 호숫가에서 시들었는데,
　　노래하는 새 한 마리 없는데.

오 무엇이 그대를 괴롭히는가, 갑옷 입은 기사여,
　　그토록 수척하고 슬픔에 잠겨서 ?
다람쥐들의 곡간도 꽉 차고,
　　수확도 이루어졌는데.

나는 그대의 이마 위에서 한 송이 백합을 보지
　　고뇌에 젖어 열 이슬에 싸여,
그리고 그대의 뺨 위에서 죽어가는 장미 한 송이를 보지
　　그 역시 빠르게 시들어가는.

나는 초원에서 한 여자를 만났지,
　　아주 아름다운― 요정의 자식;
그녀의 머리는 길었고, 그녀의 발은 가벼웠어,
　　그녀의 두 눈은 야성적이었지.

나는 그녀의 머리에 화관을 만들어 주었어,
　　팔찌도, 그리고 향기 나는 허리띠도:
그녀는 사랑할 때 나를 바라보았지,
　　그리고 감미로운 신음을 내었어.

나는 그녀를 거니는 나의 말 위에다 앉혔지,
　　하루 종일 아무 것도 못 본거야,
비스듬히 그녀는 몸을 숙이고, 노래를 불렀기 때문에
　　요정의 노래를.

그녀는 내게 달콤한 맛 나는 뿌리를 찾아주었어,
　　야생 꿀과, 만나 이슬도,
그리고는 확실히 모르는 언어로 말했어―
　　"사랑해요 진실로."

그녀는 나를 자기의 요정의 동굴로 데려 갔어,
　거기서 그녀는 울며 가슴 아프게 한숨지었어,
그래서 나는 그녀의 야성적인 눈을 감겨주었지
　키스를 네 번해서.

그리고 거기서 그녀는 나를 잠 재웠던 거야,
　그리고는 거기서 난 꿈을 꾼 거야 ― 아! 슬프다!
내가 꾼 가장 최근의 꿈이었지
　이 차가운 산허리 위에서.

나는 창백한 왕들과 왕자들도 보았어,
　핼쓱한 용사들도, 그들 모두가 죽음처럼 파리했던거야,
그들은 외쳤지 ― "무자비한 미녀가
　그대를 홀리고 말았구나!"

나는 보았지 어둠 속에서 그들의 굶주린 입술을,
　입을 크게 벌리고 끔직한 경고를 하는,
그리고 깨어나 보니 내가 여기 있었던 거야,
　이 차가운 산허리 위에서.

이 때문에 내가 여기서 서성대고 있는 거요,
　홀로 창백히 헤매면서,
비록 사초는 호숫가에 시들고
　노래하는 새 한 마리 없지만.

이 시는 초자연적인 요부를 사랑하다 멸망해버린 어느 남자의 이야기를 그린 것으로서, 시의 제목은 프랑스 중세시인인 알랭 샤티에(Alain Chartier)에게서 따온 것이다. 이 시는 민요의 전통적인 구성요소인 "a-b-c-b"로 된 운율구조와 이야기, 대화, 그리고 후렴으로 구성되어 있으나, 키츠가 자신의 목적에 맞게 그 인습적 형식에 변화를 주었던 것이다.

문학적 민요 가운데서도 가장 훌륭한 작품은 콜리지의 『노수부의 노래』일 것이다.

이 시가 다른 전승민요와 다른 점은 우선 시인의 신원이 분명히 밝혀져 있을 뿐만 아니라, 다른 산문적 이야기보다도 흥미진진한 이야기 전개구조를 지니고 있다는 점이다. 그러나 중요한 것은 우화마냥 인간에게 무슨 죄든지 회개를 통하여 용서를 구하면 구원을 받을 수 있다는 메시지로, 양심이라는 도덕적 교훈을 일깨워 주고 있다는 점이다. 이 시는 다른 시들과는 달리 시 앞부분에 시의 줄거리를 개요로 삽입하고 부분들마다의 내용을 정리한 스트로프(strophe) 부분을 시의 왼쪽에 이탤릭체로 기술하고 있다.

The Rime of the Ancient Mariner

Samuel Taylor Coleridge(1772-1834)

In Seven Parts
Argument

 How a Ship, having first sailed to the Equator, was driven by storms to the cold Country towards the South Pole; how the Ancient Mariner cruelly and in contempt of the laws of hospitality killed a Seabird and how he was followed by many and strange Judgments: and in what manner he came back to his own Country.

Part I

An ancient Mariner	It is an ancient Mariner
meeteth three	And he stoppeth one of three.
Gallants bidden to	—"By thy long gray beard and glittering eye,
a wedding feast,	Now wherefore stopp'st thou me?
and detaineth one.	

> "The Bridegroom's doors are opened wide,
> And I am next of kin;
> The guests are met, the feast is set:
> May'st hear the merry din."

He holds him with his skinny hand,
"There was a ship," quoth he.
"Hold off! unhand me, graybeard loon!"
Eftsoons his hand dropped he.

He holds him with his glittering eye —
The Wedding Guest stood still,
And listens like a three years' child:
The Mariner hath his will.

The Wedding Guest sat on a stone:
He cannot choose but hear;
And thus spake on that ancient man,
The bright-eyed Mariner.

"The ship was cheered, the harbor cleared,
Merrily did we drop
Below the kirk, below the hill,
Below the lighthouse top.

"The sun came up upon the left,
Out of the sea came he!
And he shone bright, and on the right
Went down into the sea.

"Higher and higher every day,
Till over the mast at noon —"
The Wedding Guest here beat his breast,
For he heard the loud bassoon.

The bride hath paced into the hall,
Red as a rose is she;
Nodding their heads before her goes

The merry minstrelsy.

The Wedding Guest he beat his breast,
Yet he cannot choose but hear;
And thus spake on that ancient man,
The bright-eyed Mariner.

"And now the storm-blast came, and he
Was tyrannous and strong;
He struck with his o'ertaking wings,
And chased us south along.

"With sloping masts and dipping prow,
As who pursued with yell and blow
Still treads the shadow of his foe,
And forward bends his head,
The ship drove fast, loud roared the blast,
And southward aye we fled.

"And now there came both mist and snow,
And it grew wondrous cold:
And ice, mast-high, came floating by,
As green as emerald.

"And through the drifts the snowy clifts
Did send a dismal sheen:
Nor shapes of men nor beasts we ken —
The ice was all between.

"The ice was here, the ice was there,
The ice was all around:
It cracked and growled, and roared and howled,
Like noises in a swound!

Till a great sea "At length did cross an Albatross,
bird, called the Thorough the fog it came;
Albatross, came As if it had been a Christian soul,
through the snow-fog, We hailed it in God's name.
and was received
with great joy "It ate the food it ne'er had eat,
and hospitality. And round and round it flew.
The ice did split with a thunder-fit;
The helmsman steered us through!

And lo! the Albatross "And a good south wind sprung up behind;
proveth a bird of The Albatross did follow,
good omen, and And every day, for food or play,
followeth the ship as Came to the mariners' hollo!
it returned northward
through fog and "In mist or cloud, on mast or shroud,
floating ice. It perched for vespers nine;
Whiles all the night, through fog-smoke white,
Glimmered the white Moon-shine."

The ancient Mariner "God save thee, ancient Mariner!
inhospitably killeth the From the fiends, that plague thee thus!—
pious bird of good omen. Why look'st thou so?"—"With my crossbow
I shot the Albatross !"

노수부의 노래

새뮤엘 테일러 콜리지

칠 부작으로 된

논쟁

어떻게 해서, 처음에는 적도로 항해해간 배가, 폭풍우에 의해 추운 나라로 쫓겨서 남극으로 밀려갔는지를; 노수부가 어떻게 잔인하게 그리고 환대의 예를 경멸하여 바다 새를 죽였는지를 또한 어떻게 그에게 많은 기이한 심판들이 뒤이어지게 되었는지를: 그리고 어떻게 해서 그가 자기 나라로 돌아가게 되었는지를.

제 1 부

한 노수부가 있어
그가 세 사람 중 한 명을 정지시킨다.
―"당신의 긴 백발수염과 번득거리는 눈에 맹세코,
지금 왜 당신은 날 정지시키는 겁니까?

"신랑 집 문은 활짝 열려 있고,
나는 그의 가장 가까운 친척이오;
하객들이 모이고, 연회석도 마련되어 있소:
당신도 저 흥겨운 소리가 들리지요."

노수부는 그를 붙잡는다, 말라빠진 손으로,
"배가 한 척 있었지요," 그는 말한다.
"비키세요, 손 놓으세요, 백발수염의 부랑자야!"
즉시 손을 그는 떨구었다.

노수부는 그를 사로잡는다 번득이는 눈으로―
결혼식 하객은 꼼짝 않고 서서,
세 살 어린애마냥 귀 기울여 듣는다:
수부는 뜻을 이루었다.

결혼식 하객은 바위 위에 앉았다:
그는 들을 수밖에 별 도리가 없는 것이다;
그리고는 노인은 말을 했다,
그 빛나는 눈의 수부는.

"배는 환호를 받으며 항구를 벗어나,
멀리 즐겁게 우리는 나아갔지요
교회 아래로, 산 아래로,
등대꼭대기 아래로.

"해가 왼쪽으로 떠올랐소,
바다로부터 해가 솟았소!
해는 밝게 빛났고, 오른 쪽에서
바다 속으로 내려갔소.

"매일 점점 해가 높아지더니
마침내 정오 때 돛대 위로―"
결혼식 하객은 이때 자기 가슴을 두드렸다,
왜냐하면 요란한 바순소리를 들었기에.

신부가 큰 방으로 천천히 걸어 들어갔다,
장미처럼 빨간 신부;
고개를 끄덕거리며 그녀 앞을 지나간다
흥겨운 음유시인들이.

결혼식 하객은 자기 가슴을 두드렸다,
그러나 그는 들을 수밖에 별 도리가 없다;
그리고는 노인은 말을 했다.
그 빛나는 눈의 수부가.

"그런데 폭풍우가 몰려 왔소,
억세고 강한 폭풍우였소:
그 바람은 덮치는 날개로 갈기면서
우리를 남쪽으로 쫓았소.

"경사진 돛대와 물에 잠긴 뱃머리로,
함성과 타격으로 추격 당하며
항상 그의 적의 그림자를 밟으며,
그의 머리를 앞으로 구부리는 사람같이,
배는 달렸고, 돌풍은 요란하게 울부짖었고,
남쪽으로 자꾸만 우리는 도망쳤소.

"그런데 안개가 끼고 눈이 내렸소,

날씨는 놀랄 만큼 차가와졌소:
그리고 돛대만큼 높은 빙산이 흘러왔소,
에머랄드처럼 푸른.

"그리고 흩날리는 눈바람 속에 눈에 덮인 빙산이
음침한 빛을 발했소:
인간이나 짐승의 형체를 우리는 볼 길이 없고―
온통 얼음뿐이었소.

"여기에도 얼음, 저기에도 얼음,
주위가 온통 얼음이었소:
얼음은 깨어지고, 울부짖고, 으르렁대고, 노호했소,
기절했을 때 들리는 소음들처럼!

"이윽고 앨바트로스가 가로 질러,
안개 속을 날아 왔소;
마치 그 새가 기독교도의 영혼인양,
우리는 그 새를 환영했소 신의 이름으로.

"앨바트로스는 전에 못 먹어 본 음식을 먹었고,
주위를 빙빙 날아다녔소.
얼음이 천둥소리를 내며 깨어지고;
키잡이는 그 틈으로 우리를 저어 갔소!

"그리고 이로운 남풍이 뒤에서 일었고;
앨바트로스도 뒤따라왔소,
그리고 날마다, 먹이나 놀이를 찾아,
수부들의 어어이 소리에 응해 왔소!

"안개 속이나 구름 속에, 돛대나 돛대 밧줄에,
그 새는 아흐레 저녁을 앉았소;
한편 밤새도록 하얀 안개연기 속에,
흰 달빛이 어렴풋이 빛났었소."

"신께서 그대를 구원해 주시길, 노수부여!
당신을 이렇게 괴롭히는 악마들로부터! —
왜 그런 표정을 짓소?" —"석궁으로
나는 앨바트로스를 쏘았소!"

(2) 서사시

서사시(epic)는 장중한 문체로 심각한 주제를 다루는 장편의 이야기체 운문으로서, 국가, 민족, 또는 인류의 운명과 직결되어 있는 한 위대한 영웅의 행위가 그 중심적 이야기 거리가 된다. 서사시의 일반적 특성은 대략 다음과 같다.

ㄱ 주인공은 위대한 국가적, 민족적 내지 인류적 영웅으로 훌륭한 출생과 능력을 지니고 있는 거의 신에 가까운 초인적인 존재이며, 그 영웅적 행위는 인간의 차원을 넘은 초자연적인 성격을 지니고 있다.

ㄴ 사건의 배경이 웅장하고 광대하다.

ㄷ 귀족적 청중에게 음송되던 것이므로 장중한 문체와 운율로 구성되었으며, 제사의 축문처럼 의식적인 경우도 가끔 있다.

ㄹ 보편적 중요성을 지니는 큰 주제를 다루므로, 그 특징은 객관적이다. 개인적인 정서나 사상표현을 지양하고 방대한 역사나 인류공동체의 이념적 대의를 묘사하고 있다.

서사시 역시 민요처럼 대체로 전승적인 것과 문학적인 것의 두 종류로 구분된다. 한 민족 집단이 위대한 영웅을 지도자로 그 영도하에 외적을 물리치고 국가를 이룬 시대의 역사 및 전설을 소재로 하여, 익명의 시인이 지은 장편의 노래가 전승적 서사시이며, 일차적 서사시(primary epics)라고도 한다. 처음에는 구전되다 나중에 성문화된 전승적 서사시를 모범으로 삼아, 후세 시인이 의도적으로 창작한 서사시를 문학적 서사시, 또는 이차적 서사시(secondary epics)라고 한다(Bergman and Epstein 19). 전승적 서사시에는 그리스(호머)의 『일리아드』(*Illiad*)와 『오딧쎄이』(*Odyssey*), 바빌로니아(Babylonia)의 『길가메쉬』(*Gilgamesh*), 이스라엘(Israel)의 『출애굽기』(*Exodus*), 앵글로 색슨(Anglo-Saxon)의 『베어울프』(*Beowulf*), 프랑스의 『롤랭의 노래』(*Chanson de Roland*), 독일의 『니벨룽겐의 노래』(*Niebelungen Lied*), 인도의 『마하바라타』(*Mahabharat*a)와 『라마야나』(*Ramayana*) 등이 있다. 그리고 문학적 서사시로는 버질(Virgil)의 『이니이드』(*Aeneid*)와, 밀튼의 『잃어버린 낙원』(*Paradise Lost*) 등이 있다.

유럽문학이 호머작품에 대한 일련의 주석에 지나지 않는다고 새뮤엘 존슨(Samuel Johnson)이 주장했듯이, 호머의 『일리아드』는 아리스토텔레스(Aristotle)의 『시학』(*Poetics*) 이래로 고전적 서사시의 전형으로 그 위치를 유지해 오고 있다. 호머의 『오디세이』나 『일리아드』의 핵심주제를 반복하고 있는 버질의 『이니이드』는 서사시를 고대의 최상의 문학형식으로 신성화시킨 작품이었으며, 기독교적인 서사시인 밀튼의 『잃어버린 낙원』은 그리스 서사시의 정상을 능가하려는 르네상스시기의 노력의 극치라고 할 수 있겠다. 이러한 결정적인 노력이 인류역사 상 전무후무한 불멸의 역작을 창조해내었다고 볼 수가 있다. 따라서 호머와 버질, 그리고 밀튼의 관계를 놓고 보면, 어떤 비평가들은 이런 점에 의거하여 각각 일차적, 이차적, 삼차적 서사시(tertiary epics)라고 분류하기도 한다. 특히 노스럽 프라이(Northrop Frye) 같은 비평가는 성경도 하나의 서사시로 보고 있는 것이다(Fowler 89).

2. 서정시

문학적인 글이 다른 장르의 글과 구분될 수 있는 특징 중의 하나가 체험을 수반하는 정서의 전달기능을 지니고 있다는 점인데, 모든 문학 장르 가운데서도 시는 특히 이 정서를 주로 다룬다고 하겠다. 정서는 많은 방법으로 전달되는데, 시어의 함축적인 의미와 리듬, 이미지를 포함하는 여러 가지 연상과 표현되는 문체의 중요성 등이 정서를 나타내는 데 도움을 준다. 그러므로 독자는 체험과 학식 및 감수성을 동원해서 그 시의 정서적인 특질을 발견해 내어야 한다. 이와 같이 주로 감정을 표현하는 데 관심이 있는 방대한 부류의 시를 서정시라고 부른다.

서정시(lyric)는 본래 수금(竪琴)에 해당되는 라이어(lyre)라는 현악기에 맞춰 부르는 노래가사를 뜻했으며, 서정시라는 용어 역시 이 악기의 이름에서 비롯된 것이다. 말의 짜임새가 노래의 리듬이나 선율을 암시해 줄 정도로 음악성을 지니고 있었지만, 나중에는 주로 읽기 위해서 쓴 개인적 감정을 표현하는 짧은 시를 뜻하게 되었다. 노래가 지니고 있는 대중 지향적 특성과 사(私)적인 감정표현에서 비롯되는 개인 지향적 성격을 동시에 지니고 있으므로, 서정시의 폭은 상당히 넓으며, 그런 이유로 만족스러운 정의와 설명을 기대하기가 어려운 실정이다.

서정시는 19세기 이후에 시작된 모든 시의 질과 양에 있어서 압도적이라고 할 수 있는데, 서정시의 이런 독점적 위치로 말미암아 극시와 서사시는 사실상 시의 영역에서 벗어나 산문화되었다고 해도 과언이 아니며, 서정시가 문학의 정수라는 관념이 생길 정도로 표현의 심도와 다양성을 지니게 되었다. 따라서 서정시는 감정표현이라는 근본적 욕구충족과 걸맞은 형식을 마련해서 정서를 아름답게 심화시킴으로써, 인간에게 가장 친근한 문학 장르가 되어 왔던 것이다. 이 때문에 영시는 전반적으로 매슈 아놀드가 암시한 장시옹호의 방향 보다는 월터 페이터가 암시한 서정성의 옹호의 방향으로 발전해 왔던 것이다(Fowler 132).

앞에서도 이야기했지만 엘리자벳 여왕시대야말로 영국 서정시의 번성기라고 할 수가 있겠다. 이후에 서정시는 음악에서 분리되어 나오면서 시적인 혁명이 일어나는데, 서정시는 우선 간결해야 한다. 그러나 이 말이 복잡해서는 안되며 이해하기가 쉬워야 한다는 뜻은 아니다. 얼마든지 복잡하고 어려운 서정시도 있을 수 있는 것이다. 간결하다는 말뜻은 아무런 관련이 없거나 부적절한 것으로부터 벗어난 형식으로, 순수한 단일 감정이나 심적 상태를 표현, 전달해야 한다는 것이다. 서정시를 덧대거나 이어 부친 솔기가 없는 스타킹이나 양말과 같은 형식의 대상과도 같다는 비유는 적절하다고 하겠다(Lewis 71).

자연을 명상하고 있는 순수한 서정시 한 편을 읽어보자.

To see a world in a grain of sand,
And a heaven in a wild flower.

한 알의 모래 속에서 세상을 보고,
한 송이의 야생화에서 천국을 볼 수 있도록.

이 시는 블레이크의 「순수한 조짐」("Auguries of Innocence")의 서두로서, 시인은 자신의 사상이나 정서의 배경이 되고 있는 자연 속에서, 광범위한 비전을 형성하고 반영하는 여러 이미지들을 발견해내고 있다. 블레이크 자신의 종교관과 우주관을 접목시키고 있는 이 시구는 소우주 속에서 대우주를 발견해내는 시인의 순수한 감정을 엿볼 수 있는 부분이라 하겠다.

서정시는 옛날부터 항상 인생의 기쁨과 슬픔을 노래해 왔는데, 서정시에 있어서 가장 큰 두 주제는 전술한 바와 같이 사랑과 죽음이라고 하겠다. 따라서 서정시의 장르에 속하는 유형에는 사랑의 기쁨을 노래한 소넷과 죽음의 슬픔을 노래한 애가(elegy)가 있겠다.

(1) 소넷

소넷은 사랑의 체험을 노래하고 있는 시형이지만, 모든 소넷이 모두 사랑하는 여인에 대한 칭송이나 애정의 정도를 페트라르카식으로 과장하여 표현하고 있지는 않다. 오히려 정반대의 묘사법을 쓸 수도 있는 것이다. 아래의 시에서 셰익스피어는 과소법으로 사랑하는 여자를 진솔하게 표현하고 있다.

<h1 style="text-align:center">My Mistress' Eyes Are Nothing Like the Sun</h1>

William Shakespeare(1564-1616)

My mistress' eyes are nothing like the sun;

Coral is far more red than her lips' red;

If snow be white, why then her breasts are dun;

If hairs be wires, black wires grow on her head.

I have seen roses damask'd, red and white,

But no such roses see I in her cheeks,

And in some perfumes there is more delight

Than in the breath that from my mistress reeks

I love to hear her speak, yet well I know

That music hath a far more pleasing sound.

I grant I never saw a goddess go;

My mistress, when she walks, treads on the ground:

   And yet, by heaven, I think my love as rare

   As any she belied with false compare.

<h2 style="text-align:center">내 연인은 태양과 같지 않습니다</h2>

윌리엄 셰익스피어

내 연인은 태양과 같지 않습니다

산호가 그녀의 빨간 입술보다도 더 빨갛습니다;

만일 눈(雪)이 희다면, 그녀의 가슴은 암갈색입니다;

머리카락이 금속 줄로 되어있다면, 그녀의 머리에는 쇠줄이 자랍니다.

나는 담홍색의 장미와, 빨갛고 흰 장미들을 본 적은 있지만,

그녀의 뺨에서 그러한 장미들을 본 적이 없습니다,

그리고 어떤 향수에서 더 상쾌한 냄새가 납니다

내 연인의 볼에서 나오는 숨결에서 보다도

나는 그녀가 말하는 것을 듣길 좋아하지만, 또한 잘 알고 있습니다

음악이 훨씬 더 즐거운 소리를 지니고 있다는 사실을.

나는 여신이 결코 걸어 다니지 않는다는 사실을 인정합니다;

내 연인은, 걸을 때, 땅 위를 밟고 다닙니다:

하지만, 단연코, 내 연인이 귀하다고 나는 생각합니다
거짓 비유로 가장된 그 어떤 여자만큼이나.

셰익스피어 소넷 130번인 이 시는 당시의 페트라르카식 소넷 모방자들의 지나칠 정도로 과장된 거짓 비유를 조롱하고 있는데, 마지막 2행 연귀는 페트라르카식으로 소넷을 쓰는 어떤 인습적인 시인의 표현이라고 하더라도, 여인의 진정한 아름다움을 묘사하는 데에는 셰익스피어가 노래한 여인의 자연스러운 아름다움에 비할 바가 아니라고 역설하고 있다. 진정한 영속적인 사랑은 이렇게 자연스러운 아름다움에 대한 인식에서 비롯된다는 사실을 시인은 노래하고 있다.

(2) 애가

소넷과는 분위기가 다른 셰익스피어의 시를 한 편 더 읽어보자.

Fear no more the heat o' the sun,
Nor the furious winter's rages;
Thou thy worldly task hast done,
Home art gone, and ta'en thy wages;
Golden lads and girls all must,
As chimney-sweepers, come to dust.

Fear no more the frown o' the great,
Thou art past the tyrant's stroke:
Care no more to clothe and eat;
To thee the reed is as the oak:
The sceptre, learning, physic, must
All follow this, and come to dust.

Fear no more the lightning flash,
Nor the all dreaded thunder-stone;

Fear not slander, censure rash;
Thou hast finish'd joy and moan:
All lovers young, all lovers must
Consign to thee, and come to dust.

No exorciser harm thee !
Nor no witchcraft charm thee
Ghost unlaid forbear thee !
Nothing ill come near thee !
Quiet consummation have;
And renownèd be thy grave.

더 이상 두렵지 않아 태양의 열도,
맹렬한 겨울의 추위도;
그대는 그대의 세상일을 모두 다 끝냈으니,
고향으로 돌아가네 그대의 보수를 받고서:
청춘남녀들도 모두 반드시,
굴뚝소제부처럼, 흙으로 돌아가야 하니.

더 이상 두렵지 않아 대인의 찡그림도,
그대는 폭군의 매질도 지나쳐 왔으니;
더 이상 신경 쓸 일 없어 먹는 것 입는 것에도;
그대에게는 갈대도 참나무와 같아:
제왕도, 학자도, 의사도, 반드시
모두 이를 따라서, 흙으로 가야 하니.

더 이상 두렵지 않아 번갯불도,
그 두려운 벼락도 무섭지 않아;
두렵지 않아 중상이나, 성급한 비난도;
그대는 기쁨과 슬픔도 모두 마쳤으니:
모든 젊은 연인들도, 모든 연인들도 반드시
그대 따라서, 흙으로 돌아가야 하니.

마술사도 그대에게 해를 끼치지 못하리라!
그 어떤 마녀도 그대를 유혹 못하리!
영령도 그대를 건드리지 못하고!
그 어떤 나쁜 것도 그대 가까이 못가리!
조용히 삶을 완성하니;
그대의 무덤에 영광이 있으라!

『심벨라인』(*Cymbeline*) 4막 2장에서 이모겐(Imogen) 공주가 깊은 잠에 빠지자, 그녀의 근황을 모르는 오빠들은 그녀가 죽은 줄 알고 읊게 되는 이 시구는 죽음을 소재로 한 만가(dirge)이다. 두렵고도 슬픈 주제를 다루고 있음에도 그런 느낌이 들지 않는 이유는, 계층이나 신분, 권력이나 재력의 유무에 관계없이 모든 사람들은 필연적으로 죽게 된다는 생각이 표현되어 있기 때문이다. 보편화된 이러한 개념의 이면에는, 죽음 역시 자연스러운 삶의 한 과정이라는 생각이 자리하고 있으므로, 비애나 공포의 느낌이 전혀 들지 않는 것이다.

죽음을 노래하고 있는 또 다른 명상적인 시 한 편을 감상해 보자. 아래의 시는 토마스 그레이(Thomas Gray)가 친구인 리처드 웨스트(Richard Gray)의 죽음을 애도하여 쓴 그의 대표작이자 영국 고전주의의 승리를 밝히는 작품이라고 하겠다.

Elegy Written in a Country Churchyard

Thomas Gray(1716-1771)

The curfew tolls the knell of parting day,
　The lowing herd wind slowly o'er the lea,
The plowman homeward plods his weary way,
　And leaves the world to darkness and to me.

Now fades the glimmering landscape on the sight,
　And all the air a solemn stillness holds,
Save where the beetle wheels his droning flight,

And drowsy tinklings lull the distant folds;

Save that from yonder ivy-mantled tow'r
    The moping owl does to the moon complain
Of such, as wand'ring near her secret bow'r,
    Molest her ancient solitary reign.

Beneath those rugged elms, that yew-tree's shade,
    Where heaves the turf in many a mold'ring heap,
Each in his narrow cell forever laid,
    The rude forefathers of the hamlet sleep.

The breeze call of incense-breathing morn,
    The swallow twitt'ring from the straw-built shed,
The cock's shrill clarion, or the echoing horn,
    No more shall rouse them from their lowly bed.

For them no more the blazing hearth shall burn,
    Or busy housewife ply her evening care;
No children run to lisp their sire's return,
    Or climb his knees the envied kiss to share.

Oft did the harvest to their sickle yield;
    Their furrow oft the stubborn glebe has broke;
How jocund did they drive their team afield!
    How bow'd the woods beneath their sturdy stroke!

Let not Ambition mock their useful toil,
    Their homely joys, and destiny obscure:
Nor Grandeur hear with a disdainful smile
    The short and simple annals of the poor.

The boast of heraldry, the pomp of pow'r,

And all that beauty, all that wealth e'er gave,
Awaits alike th' inevitable hour:
　　The paths of glory lead but to the grave.

Nor you, ye proud, impute to these the fault,
　　If Mem'ry o'er their tomb no trophies raise,
Where through the long-drawn aisle and fretted vault
　　The pealing anthem swells the note of praise.

Can storied urn, or animated bust,
　　Back to its mansion call the fleeting breath?
Can Honour's voice provoke the silent dust,
　　Or Flatt'ry soothe the dull cold ear of Death?

Perhaps in this neglected spot is laid
　　Some heart once pregnant with celestial fire;
Hands that the rod of empire might have sway'd,
　　Or wak'd to ecstasy the living lyre.

But Knowledge to their eyes her ample page,
　　Rich with the spoils of time, did ne'er unroll;
Chill Penury repress'd their noble rage,
　　And froze the genial current of the soul.

Full many a gem of purest ray serene,
　　The dark unfathom'd caves of ocean bear;
Full many a flower is born to blush unseen,
　　And waste its sweetness on the desert air.

Some village Hampden, that with dauntless breast
　　The little tyrant of his fields withstood;
Some mute inglorious Milton here may rest,
　　Some Cromwell, guiltless of his country's blood.

Th' applause of list'ning senates to command,
  The threats of pain and ruin to despise,
To scatter plenty o'er a smiling land,
  And read their hist'ry in a nation's eyes,

Their lot forbade; nor circumscrib'd alone
  Their growing virtues, but their crimes confined;
Forbade to wade through slaughter to a throne,
  And shut the gates of mercy on mankind;

The struggling pangs of conscious truth to hide,
  To quench the blushes of ingenuous shame,
Or heap the shrine of Luxury and Pride
  With incense kindled at the Muse's flame.

Far from the madding crowd's ignoble strife,
  Their sober wishes never learn'd to stray;
Along the cool sequester'd vale of life
  They kept the noiseless tenor of their way.

Yet ev'n these bones from insult to protect,
  Some frail memorial still erected nigh,
With uncouth rhymes and shapeless sculpture deck'd,
  Implores the passing tribute of a sigh.

Their name, their years, spelt by th' unletter'd Muse,
  The placeof fame and elegy supply;
And many a holy text around she strews,
  That teach the rustic moralist to die.

For who, to dumb Forgetfulness a prey,
  This pleasing anxious being e'er resign'd,
Left the warm precincts of the cheerful day,

Nor cast one longing ling'ring look behind?

On some fond breast the parting soul relies,
　　Some pious drop the closing eye requires;
Ev'n from the tomb the voice of Nature cries,
　　Ev'n in our ashes live their wonted fires.

For thee, who mindful of th' unhonour'd dead
　　Dost in these lines their artless tale relate;
If chance, by lonely contemplation led,
　　Some kindred spirit shall inquire thy fate,

Haply some hoary-headed swain may say,
　　"Oft have we seen him at the peep of dawn
Brushing with hasty steps the dews away
　　To meet the sun upon the upland lawn.

"There at the foot of yonder nodding beech
　　That wreathes its old fantastic roots so high,
His listless length at noontide would he stretch,
　　And pore uponthe brook that babbles by.

"Hard by yon wood, now smiling as in scorn,
　　Mutt'ring his wayward fancies he would rove;
Now drooping, woeful-wan, like one forlorn,
　　Or craz'd with care, or cross'd in hopeless love.

"One morn I miss'd him on the custom'd hill,
　　Along the heath, and near his fav'rite tree;
Another came; nor yet beside the rill,
　　Nor up the lawn, nor at the wood was he;

"The next, with dirges due, in sad array,

Slow through the church-way path we saw him borne.
Approach and read (for thou canst read) the lay,
	Grav'd on the stone beneath yon agèd thorn."

THE EPITAPH

Here rests his head upon the lap of earth,
	A youth to Fortune and to Fame unknown;
Fair Science frown'd not on his humble birth,
	And Melancholy mark'd him for her own.

Large was his bounty, and his soul sincere;
	Heav'n did a recompense aslargely send:
He gave to Mis'ry all he had, a tear;
	He gain'd from Heav'n ('twas all he wish'd) a friend.

No farther seek his merits to disclose,
	Or draw his frailties from their dread abode,
(There they alike in trembling hope repose)
	The bosom of his Father and his God.

시골 교회마당에서 쓴 애가

토마스 그레이

만종은 지는 날의 마지막을 울리고 있고,
	나지막하게 우는 소떼들이 풀밭에서 느리게 어슬렁거리고,
농부는 집을 향해 지친 발걸음으로 걷고,
	세상에 남는 것은 암흑과 나 뿐.

이젠 깜박거리는 광경도 시야에서 사라지고,
	엄숙한 적막이 온 세상을 감싼다,
풍뎅이가 붕붕대며 나는 것을 제외하고는,

그리고 졸리는 종소리가 멀리 있는 양 우리를 달래주는 것을 제외하고는;

저기 넝쿨 덮인 탑에서
　투정하는 올빼미가 달에게 불평하는 것을 제외하고는
사람들에 대해서, 자신의 은밀한 초당 근처를 돌아다니며,
　자기의 오랜 고독의 영역을 침범하고 있는 사람들에 대해.

저 무성한 느릅나무 아래, 저 주목의 그늘에서,
　잔디가 많이 난 솟아오른 둔덕에
저마다 자기의 좁은 방 속에 누워,
　마을의 소박한 선조들이 잠들고 있다.

향기로운 아침의 미풍의 숨결도,
　짚으로 지은 오두막에서 지저귀는 제비도,
닭의 날카로운 나팔소리도, 혹은 반향 하는 뿔피리도,
　더 이상 이들을 그 초라한 잠자리에서 깨우지 못할 것이다.

그들에게는 타오르던 난로도 이제는 꺼지거나,
　또는 바쁜 아내가 자기의 저녁 일에 열중하지 않을 것이며:
자녀들도 아버지의 귀가를 어린 목소리로 반기지 않으며,
　시샘하듯 입 맞추려고 그의 무릎 위에 기어오르지도 않을 것이다.

빈번히 추수가 그들의 낫으로 거두어졌고,
　그들의 밭갈이가 자주 굳은 땅을 깨뜨렸다:
그들은 얼마나 즐겁게 소를 몰고 밭을 갈았던가!
　그들의 강한 도끼질에 얼마나 숲이 고개를 숙였던가!

야심이 그들의 값진 노동을 조롱하지 못하게 하라,
　그들의 순박한 즐거움과 알지 못할 운명도 비웃지 못하게 하라;
장엄함도 조롱어린 미소로 못 듣게 하라
　가난한 자들의 짧고 단순한 내력을.

가문의 자랑과, 권력의 위세,

그리고 모든 아름다움과, 부(富)가 준 그 모든 것들을,
모면할 수 없는 그 시간이 같이 기다린다:
　영광의 길은 오로지 무덤으로 이르게 되니.

너 또한, 교만도, 이들에게 흠을 잡지 말아라,
　만일 기억이 그들의 무덤 위에 기념비를 세우지 않고,
긴 회랑과 조각된 무늬로 장식된 둥근 천정 아래서
　칭송의 노래가 울려 퍼지지 않는다 하더라도.

내력이 새겨진 납골단지나 살아있는 듯한 동상이
　사라져가는 입김을 그 집에 소환할 수 있겠는가?
칭찬의 목소리가 말없는 흙을 감동시킬 수 있겠는가,
　또한 아첨이 죽음의 둔하고 찬 귀를 달래줄 수 있겠는가?

아마도 버려진 이곳에 잠자고 있는지도 모른다
　한 때는 거룩한 불꽃을 품었던 어떤 마음이;
또는 손이, 제국의 지휘봉을 휘둘렀을지도 모르거나,
　살아있는 수금을 일깨워 황홀케 할 수도 있었던 손이.

그러나 지식은 그들의 눈에 시간의
　전리품이 가득한 풍만한 책장을 펼쳐주지 않았고;
냉혹한 가난이 그들의 고귀한 감격을 억눌렀고,
　영혼의 창조력을 얼어붙게 했다.

고요한 맑은 빛의 수많은 보석이
　어둡고 깊이를 알 수 없는 바다의 동굴 속에 잠겨 있고:
많은 꽃들이 보는 이 없이 붉게 피어,
　황야에 그 향기를 헛되이 뿌린다.

굽힘 없는 용기로 그의 농장의 작은 폭군에
　대항했던 마을의 한 햄든이,
어떤 말없고 빛나지 못한 밀튼이, 여기에 잠잘지도 모른다,
　또 나라의 피에 대한 죄 없는 크롬웰도.

경청하는 상원의원들의 갈채를 독점하며,
　고통과 파괴의 협박을 무시하고,
미소 짓는 나라 사람에게 많은 것을 희사하며,
　국민의 눈으로 그 역사를 읽는 일은,

그들의 운명이 금했다: 그들의 커져가는
　미덕 뿐 아니라, 또한 그들의 죄악도 제한했다;
유혈의 강을 건너 왕위에 이르는 것도,
　또 인류에게 자비의 문을 닫는 것도 금했다.

양심의 괴로운 가책을 감추고,
　정직한 창피의 무안을 억누르거나,
사치와 교만의 신전에
　시신의 불꽃으로 향을 올리는 일도 금했다.

소란한 군중의 더러운 싸움에서 멀리 떠나
　그들의 근실한 소원은 빗나갈 줄을 몰랐고;
차고 외떨어진 인생의 골짜기에 따라
　그들 자신의 조용한 길을 걸어갔다.

그러나 이러한 뼈라도 수모를 당하지 않도록
　빈약한 묘석이 가까이에 세워지고,
서투른 시구와 모양 없는 조각으로 꾸며져서,
　지나가는 사람의 한숨의 공양을 바라고 있다.

학식 없는 시신이 쓴, 그들의 이름과, 나이가,
　명성과 비가를 대신한다:
그리고 그가 사방에 써 놓은 성스러운 글귀는,
　시골의 도덕가에게 죽은 법을 가르친다.

어느 누가, 말없는 망각의 제물로서,
　이 즐겁고 걱정스런 삶을 체념하고,
유쾌한 날의 따뜻한 뜰 안을 떠난 일이 있으며,

그립고 아쉬운 눈으로 한번 되돌아보지 않았던가?

떠나가는 영혼은 어떤 사랑하는 가슴에 의지하고,
　　닫혀가는 눈은, 어떤 효도의 눈물을 구한다;
무덤에서조차도 자연의 목소리가 부르짖는다,
　　재속에서 조차도 그들의 불은 여느 때와 같이 탄다.

이름 없이 죽은 사람들을 생각하면서,
　　이 시행으로 그들의 소박한 얘기를 전하는 그대를 위하여;
만약 혹시 외로운 생각에 이끌려,
　　성격이 비슷한 어떤 사람이 그대의 운명을 물어 본다면,

어떤 백발의 시골사람이 답할지도 모른다,
　　"새벽 동이 틀 때 자주 그를 봤었지요
서두르는 발걸음으로 이슬을 헤치면서
　　언덕 위의 잔디밭에서 해를 맞이하는 것을.

"저기 고개 숙인 너도밤나무 아래에
　　그 오래된 기괴한 뿌리가 땅 위에까지 얽힌 곳에,
낮에는 길게 축 늘어져 누워,
　　지저귀며 흐르는 시냇물을 바라봤소.

"저 가까운 숲 속에서, 때로는 비웃듯이 미소 짓고,
　　걷잡을 수 없는 공상을 중얼거리며 돌아다니는가 하면,
또 때로는 버림받은 사람처럼, 고민으로 창백하게 고개 숙였소,
　　또는 근심으로 미치거나, 이루지 못한 사랑에 빠진 것처럼.

"어느 아침, 여느 때의 언덕에, 그는 보이지 않았소,
　　들판에도, 또는 그가 늘 가던 나무 근처에도;
또 하루가 지나도, 시냇가에나,
　　언덕 위의 잔디밭에나, 숲 속에도 그는 없었소;

"다음날 조가도 서러운 행렬을 지어

교회길로 천천히 운반되는 것을 보았소.
　다가가서 읽어보시오(그대는 글을 읽을 수 있으니까) 싯귀를
　　저 가시나무 고목 아래에 돌로 새겨진.”

묘비명

여기 그의 머리가 대지의 무릎 위에 쉬고 있다
　재산과 명예를 알지 못했던 한 청년이.
미천한 태생이나 학예가 얼굴 흘기지 않았고,
　우울이 자기 것으로 점찍어 놓았다.

그의 관용은 컸으며, 그의 영혼은 성실했다,
　하늘도 큰 보상을 내려주었다.
그는 불행한 이에게 그가 가진 모든 것인, 눈물을 주었고,
　하늘로 부터는(그가 바랐던 오직 하나인) 한 친구를 얻었다.

더 이상 그의 장점을 밝히려 하지 말고,
　그의 약점을 그 두려운 거처로부터 끌어내려고 하지 말라,
(거기서 그들은 같이 떨리는 희망 속에서 쉬고 있으니,)
　그의 아버지인 그의 신의 품속에서.

　이 시는 규칙적인 약강 5보격으로 이루어져 있으므로 다소 단조로운 느낌을 주지만, 이러한 리듬은 그레이가 의도적으로 시의 분위기에 맞게 조절한 것이다. 하루의 일과를 마치고 집으로 돌아가는 지친 농부의 발걸음은 인생의 말미에 느끼는 삶의 피곤함에 비유되어 무겁게 나타나고 있는데, 규칙적으로 반복되는 리듬의 단조로움이 삶의 권태를 그대로 반영하고 있다. 마지막 시행에서 느낄 수 있는 정조는 외로움이다. 석양이후의 여명도 사라지고 어둠이 깃들게 되었을 때, 그 한 가운데에 홀로 남게 된 화자에게는 죽음을 앞둔 삶이란 고독 그 자체와도 같은 것이기 때문이다.

　참고로 이 시는 그레이가 친구인 리처드 웨스트(Richard West)의 죽음을 애도한 작품으로 1724년에 착상하여 1746년부터 1750년에 이르기까지 5년 간에 걸쳐서 창작과

수정을 거듭할 정도로 18세기의 시대정신인 정확성을 그대로 반영한 시라고 하겠다. 그러나 일부에서는 그레이에게 낭만주의 전파의 특성이 있다는 주장이 제기될 정도로 낭만주의에 가깝다고도 한다. 그 이유로는 그가 시골환경으로부터 자극을 끌어내기 위해서 도회의 시가지를 소재로 쓰지 않았다는 점과, 첫 연의 말미에서 보여 주고 있는 주관적인 영역에 대한 탐사("leaves the world to darkness *and to me*")가 시도되고 있다는 점이 거론되고 있기 때문이다(Garrett 102).

(3) 오드

스펜서시대부터 테니슨시대에 이르기까지 영국시인들이 광범위하게 사용해왔던 서정시유형이 바로 오드(ode)이다. 오드는 대개 장중한 문체와 심각한 주제를 다루고 있는 상당히 긴 분량의 서정시다. 일반적으로 시연형태로 되어 있으며 간단하게 4행으로 된 시연의 오드도 있으나, 보통 시들은 길고 복잡한 특성을 지닌다. 영국 오드에 주된 영향력을 발휘한 그리스 시인 핀다(Pindar)는 아주 복잡한 운율 구조를 사용했다. 오드는 스트로프(Strophe)와 앤티스트로프(Antistrophe) 및 에포드(Epode)라는 세 부분으로 구성되었는데, 스트로프는 길고 복잡한 시연이며, 그와 패턴이 비슷한 앤티스트로프, 그리고 또 다른 일반적으로 더 단순한 시연이 있는 에포드이다. 모두가 같은 패턴을 지니고 있으나, 스트로프와 앤티스트로프는 각 그룹마다 다르다. 그레이의 오드인 「시인」('The Bard')은 비록 그리스시가 무운시이며 그레이가 운율 있는 시연을 사용하고 있지만, 엄격한 핀다의 패턴을 따르고 있다. 그러나 이와 같은 사례는 드물며, 대부분의 영국의 오드는 단순하게 단일 시연의 패턴만을 반복해서 쓰고 있다.

어떤 영시의 오드는 반복되는 시연패턴을 갖추지 않은 불규칙한 것도 있다. 카울리(Abraham Cowley)가 도입한 이 불규칙한 오드는 나중에 드라이든과 워즈워스도 사용했다. 이 시인들은 오드를 통해서 시의 소재나 분위기에 따라서 다양한 길이와 운율체계를 지닌 시연을 사용하고 있다. 현존하는 대부분의 핀다식(Pindaric) 오드는 체전의 승리를 축하하는 내용이 주류를 이룬다. 영국의 오드는 가끔 축하를 목적으로 한 것도 있으나, 대개는 사람이나 의인화된 추상적 개념에게 말한다든지, 또는 어떤 행사를 기념하기 위해서 쓴 것들이다. 호레이스(Horace) 유형의 오드는 핀다식 오드 보다는 명상적인 특성을 지니고 있으며, 다양한 분위기를 자아낸다. 알렉산더 폽의 「고독에 부치는 오드」('Ode to Solitude')와 같은 호레이스 스타일의 영국오드는 일반적으로 짧은 연으로 구성된 규칙성을 지니고 있다.

영국오드의 내력은 스펜서에서부터 시작하여, 폽과 벤 존슨(Ben Jonson)과 밀튼, 앤드루 마블, 그레이, 콜린스(Collins) 등이 그 뒤를 이었으며, 워즈워스, 콜리지, 셸리, 키츠와 같은 낭만파시인들이 오드를 통해서 개인적 취향을 표현했다. 그러나 특이한 시인들은 역시 강한 정치적 견해를 표명한 셸리와 정서적 성숙의 성취를 표현한 키츠였다.

Drive *my* dead thoughts over the universe
Like withered leaves to quicken a new birth!
And by the incantation of this verse,

Scatter, as from an unextinguished hearth
Ashes and sparks, *my* words among mankind!
Be through *my* lips to unawakened earth

The trumpet of a prophecy! O, Wind,
If Winter comes, can Spring be far behind?(이탤릭체 필자)

나의 죽은 사상을 온 우주 위에 휘몰아다오
새로운 탄생을 재촉하는 시들어버린 잎사귀 마냥!
그리고 이 시의 주문으로,

흩뿌려다오, 꺼지지 않는 화로로부터
재와 불꽃을 뿌리듯이, 사람들에게 *나의* 말을!
내 입술을 통해서 깨어나지 않은 대지에게

예언의 나팔이 되어다오! 오, 바람아,
겨울이 오면, 봄이 그렇게 멀 수 있겠느냐?

「서풍에 부치는 오드」에서 셸리는 강렬한 정치적 자유를 갈망하는 자신의 심정을 자기중심적인 표현(1행, 5행, 6행의 "my")으로 토로하고 있다. 그러나 그는 여기서 당장의 재생을 기대하고 있지는 않는다. 봄이 오기 전까지는 겨울을 참고 기다려야 하기 때문이다. 시인의 고뇌 이면에는 이와 같은 전조와 더불어 바람에게 자신을 강화시켜 달라고 갈구하는 시인의 애절한 청원의 태도가 자리 잡고 있다.

3. 극적인 시

우리가 셰익스피어의 극작품을 읽게 되면, 군데군데서 발견되는 시적인 구절들이 단지 흥미만을 위하여 시인이 일부러 배치시켜 놓았다고는 생각하기가 어렵다는 사실을 알게 될 것이다. 이러한 시구들 역시 극적인 목적을 위해서 존재하지만, 극 속의 인물의 성격이나 극 전반의 주제에 관해서 독자들에게 중요한 사실을 전달해주는 구실을 하게 되는 것이다. 그 시구들 자체가 그 극에서는 분기점이나 초점이 되고 있기 때문이다. 따라서 이 극적인 시의 장르에는 셰익스피어의 극들이 포함될 수 있을 것이다. 여태까지 쓰여 진 가장 위대하고 가장 명쾌한 시들이 그의 극 속에서 발견되고 있기 때문이다. 그의 극을 읽다 보면, 흘러 넘치는 자신의 상상력이 담긴 순수한 시의 흐름을 극중 인물의 입을 통해서 전달하기 위해서, 그가 극을 계속 진행시켜야 할 자신의 직분을 잊고 극의 진행을 중단하고 있는 경우를 많이 찾아볼 수 있다. 이러한 점들이 서정시나 설화체시들과는 철저하게 구분될 수 있는 다른 점이라고 하겠다. 설화체시에서는 시인이 가장 감동적인 방식으로 자신의 이야기를 전달하는 운문의 표현에만 관심이 있으나, 극시에서는 시인이 극의 성공을 염두에 둔 상태에서 해결해야 할 무대장치나 기교와 같은 다른 여러 가지 문제들을 고려해야 하는 것이다.

(1) 극시

극시(dramatic poetry) 역시 설화체시처럼 강한 이야기적 요소를 지니고 있지만, 그 주된 초점은 인물에게 맞추어져 있다. 모든 극적인 시들의 본질적인 특징은 극 속의 어떤 갈등이나 행위를 수반하는 특수한 상황에 처하게 된 인물, 즉 시인이 창조한 퍼스나 (persona)에 있다. 물론 외부적인 행위가 없이 내부적으로 인물 간의 논쟁만이 있을 수도 있는데, 극시는 이런 상황에 처한 인물에 역점을 두게 된다. 한 편의 극시 속에는 한 명의 인물이나 그 이상의 인물이 있을 수 있겠으나, 그들의 목소리는 항상 저마다의 목소리로 말하게 되는데, 이때의 목소리를 시인의 목소리와 혼동해서는 않된다. 엘리엇은 자신의 글 「시의 세 가지 음성」('The Three Voices of Poetry')에서 시에는 세 가지의 음성이 있다고 주장했는데, 첫 째 목소리는 시인이 자기 자신에게 말하는 목소리이며, 두 번째 목소리는 시인이 청중이나 관객에게 말하는 목소리이고, 마지막 세 번째 목소리는 시인이 운문으로 말하는 극적 인물을 만들 때의 시인의 목소리라고 했다. 이때에는 시인이 한 가공적인 인물에게 한 가공적인 인물을 통해서만 말하게 되는 것이다. 그리고 그는 첫째 목소리와 두 번째 목소리의 차이는 전달의 문제와 직결된다고 했다(Eliot 1974: 96).

이 장르에서는 우선 독백(soliloquies)이 있는데, 한 인물이 큰 소리로 말하지만, 그 말을 들으려고 참여하는 사람은 아무도 없는 경우이다. 극에서 독백은 정보제공의 수단으로 쓰이기 때문에, 일반적으로 극의 구성의 진행방향이나 숨겨진 자아를 드러내면서, 궁극적으로는 관객들에게 전개되는 극의 동기와 갈등을 인식시켜 주는 구실을 하게 되는 것이다. 이러한 상황에다 화자와 한 두 명의 청자가 개입하게 되면 독백에서 발전된 극적 독백(dramatic monologue)이 될 수가 있다. 이 수법의 대가는 로벗 브라우닝인데, 그는 유대율법사에서부터 주교, 시인, 화가, 귀족, 사기꾼, 창녀 등의 다양하고 광범위한 부류의 인물들을 화자로 쓰고 있다. 그는 자신이 그린 인물들의 궤변이나 결점은 물론이고, 가끔은 훌륭한 자질과 같은 것들도 드러내어 표현하면서 빅토리아 시대의 역사적 사실이나 사회제도의 본질, 그리고 당시의 삶의 양식을 조명하고 있는 것이다.

(2) 시극

영국 극이 번성했던 엘리자벳 조 때의 셰익스피어나 크리스토퍼 말로우(Christopher Marlowe), 존 웹스터(John Webster) 등의 극작가들은 항상 제작자나 배우들과 협조아래서 작품 활동을 했었다. 이는 시극(poetic drama)이 극과 아주 근접해 있음을 말해주는 사실이라 하겠다. 이들의 극이 아주 인기를 누렸던 주된 이유는 물론 그 시대 사람들이 극을 애호했겠지만, 이들이 극작가로서의 자신의 본분을 충분히 인식하고서 창작에 임했다는 사실 때문일 것이다. 그 당시의 관객들은 무대 위에서 운문을 즐길 수 있는 능력이 있었지만, 그렇다고 작가들이 극을 운문으로 써서 인기를 누린 것은 아니다. 중요한 것은 이들이 극의 목적을 위해서 운문을 이용했다는 사실이다. 이런 이유 때문에 셰익스피어의 극을 책으로 이해하기보다는 공연으로 이해하는 것이 훨씬 쉬운 것이다. 따라서 성공적인 시극이 되려면, 시는 극을 위해서 종속되어야만 하는 것이다.

Here let us stand, close by the cathedral. Here let us wait.
Are we drawn by danger? Is it the knowledge of safety, that draws our feet
Towards the cathedral? What danger can be
For us, the poor, the poor women of Canterbury? what tribulation
With which we are not already familiar? There is no danger
For us, and there is no safety in the cathedral. Some presage of an act
Which our eyes are compelled to witness, has forced our feet
Towards the cathedral. We are forced to bear witness.

여기 서 있기로 하자, 대성당 가까이에. 여기서 기다리자.
우리가 위험에 끌리고 있는가? 안전하다는 인식인가, 우리의 발길을 끄는 것이
대성당을 향해서? 무슨 위험이 있을 수 있나
우리에게, 불쌍한 사람들인, 가련한 캔터베리의 여인들에게는? 무슨 재난을
대체 우리가 알지 못하는가? 위험이란 없다
우리에게는 그리고 성당 안에는 안전도 없다. 어떤 행위의 징조가
우리의 눈으로 목격할 수밖에 없는 행위의 징조가, 우리의 발길을
성당으로 향하게 했다. 우리는 증인이 되어야 하는 것이다.

　　여기 인용된 시구는 엘리엇의 시극인 『대성당의 살인』(*Murder in the Cathedral*)의 제
1부(Part I)의 코러스(chorus)부분이다. 일반 민중을 대표하고 있는 켄터베리(Canterbury)
여인들로 구성된 코러스는 이 시극에서 대주교인 토마스 베켓(Thomas Becket)의 순교를
목격할 증인의 역할을 감당하게 된다. 코러스는 엄숙한 어조로 합창을 하고 있는데, 신
의 뜻을 수용하여 순교현장에서 증인의 역할을 하는 일에 동참함으로써, 철저히 시를 극
의 효용성에 기여하고 있는 것이다.

제5장 영미시의 주제

시는 복합적인 내용을 다루기 때문에, 시를 보는 관점에 따라서 해석의 의미가 조금씩 변하게 된다. 그리고 시에 따라 차이는 있겠으나 본질적으로 깊은 뜻을 지니고 있는 시들이 있게 마련이다. 시가 다루고 있는 사상은 여러 가지로 분류될 수 있는데, 시의 사상적 패턴을 결정해주는 중요한 주제로는 시간과 시대, 자연과 환경, 사랑과 죽음이라는 개념, 또는 그 시대의 역사적 상황이나 사회현상, 정신사조, 사람의 심리적 상태나 현상, 그리고 종교와 신화를 포함하여 시인의 전기적 사실 등을 들 수가 있겠다.

1. 시와 전기

　　다른 문학작품이나 예술작품과 마찬가지로 우리가 시를 대할 때에도, 그 시의 이면에는 항상 그 시를 지은 저자가 있다는 사실을 염두에 두게 된다. 아무리 작자미상의 시라고 하더라도 지은이가 밝혀지지 않았다 뿐이지, 원작자가 없는 것은 아니다. 삶에서 얻게 되는 시인의 체험은 시의 주제나 이미지의 선택, 또는 시인의 태도결정 등과 같이 중요한 일에 기여하게 된다. 비록 우리가 한 편의 시 속에서 시인의 체험이 어떻게 형성되었는가를 정확히 알기는 어렵다고 하더라도, 가끔 시인에 대한 어느 정도의 전기적 사실을 알게 됨으로써 시의 이해와 해석에 중요하고도 유용한 여건을 마련하게 되는 수가 있는 것이다.

　　시인에 따라 다르겠으나, 다음의 경우처럼 시인이 자신의 시에 부친 노트를 통해서 자기의 전기적 정보를 제공하는 경우도 있는 것이다.

The Lake Isle of Innisfree

William Butler Yeats(1865-1939)

I will arise and go now, and go to innisfree,
And a small cabin build there, of clay and wattles made;
Nine bean rows will I have there, a hive for the honey bee,
And live alone in the bee-loud glad.

And I shall have some peace there, for peace comes dropping slow,
Dropping from the veils of the morning to when the cricket sings;
There midnight's all a glimmer, and noon a purple glow,
And evening full of the linnet's wings.

I will arise and go now, for always night and day
I hear lake water lapping with low sounds by the shore;

While I stand on the roadway, or on the pavements gray,
I hear it in the deep heart's core.

이니스프리의 호도(湖島)

윌리엄 버틀러 예이츠

나 이제 일어나 가리라, 이니스프리로 가리라,
거기서 조그마한 오두막을 짓고, 잔 나무 가지 엮어 진흙 발라;
아홉 이랑의 콩밭도 지니고, 꿀벌집도 지니리라,
그리고 벌이 잉잉거리는 숲에서 홀로 살리라.

그러면 거기서 나는 어떤 평화로움을 느끼리, 평화는 천천히 내려오니까,
아침의 베일에서부터 귀뚜라미 우는 곳으로 내려오니까;
거기선 깊은 밤이 온 밤 내 번쩍이며, 한 낮은 자줏빛 광채를 발하고,
저녁엔 홍방울새의 날개로 가득 차겠지.

나 이제 일어나 가리라, 낮이나 밤이나 늘
호숫가에 낮은 소리로 철썩대는 물소리를 듣게 되니까;
차도 위에 서 있거나, 잿빛 포도 위에 서 있노라면,
나는 마음 속 깊이 그 소리를 듣노라.

아래에 인용된 예이츠가 부기한 창작노트에서 얻을 수 있는 정보는 이 시의 이해에 유용하게 쓰인다. 이니스프리(Innisfree)는 예이츠가 젊은 시절을 보냈던 슬리고(Sligo)지방의 호수에 있는 조그만 섬이다.

I had still the ambition, formed in Sligo in my teens, of living in imitation of Thoreau on Innisfree . . . and when walking through Fleet Street [London], very homesick, I heard a little tinkle of water and saw a fountain in a shop window which balanced a little ball upon its jet, and began to remember lake water. From the sudden remembrance came my poem *Innisfree*, my first lyric with anything in it of my own music.

나는 그래도 십대 때에 이니스프리에서 소로우를 흉내 내어 슬리고 지방에서 품은 포부를 지니고 있
었다. . . 그리고 향수에 젖어 [런던의] 플릿 가를 거닐 때에도, 나는 가게 진열장 안의 분수에서 분출
되는 물 위에서 작은 공이 균형을 잡고 있는 모습을 보며 작은 물방울소리를 들으면서 호수 물을 기억
하기 시작했다. 갑작스럽게 떠오른 생각에서 나의 시, 내 나름의 음악성으로 된 나의 첫 서정시인 이
니스프리가 나왔다.

위에서 예이츠가 언급한 소로우(Henry David Thoreau)는 1845년 미국의 보스턴
(Boston)에서 멀지 않은 월든 호수(Walden Pond) 부근에 손수 오두막을 짓고, 사색과 명
상, 독서와 집필에 몰두하면서 뉴잉글랜드(New England)의 자연을 관조한 콩코드
(Concord)그룹의 초월주의자(transcendentalist) 문인이다.

월트 휫먼을 연상시키는 다음의 시는 미국사회에서의 인종분규와 연관된 시인의 전
기적 사실이 시의 이해에 필수적이라고 할 수 있겠다.

I, too, Sing America

Langston Hughes(1902-1967)

I, too, sing America.

I am the darker brother.
They send me to eat in the kitchen
When company comes,
But I laugh,
And eat well,
And grow strong.

Tomorrow,
I'll be at the table
When company comes.
Nobody'll dare
Say to me,

"Eat in the kitchen,"
Then.

Besides,
They'll see how beautiful I am
And be ashamed —

I, too, am America.

나, 또한, 미국을 노래한다

랭스턴 휴즈

나, 또한, 미국을 노래한다.

나는 어두운 형제.
그들은 나를 부엌에서 식사하게 하지
일행들이 몰려오면,
그러나 나는 웃지,
그리고 잘 먹고,
강해지지.

내일,
식탁에 앉게 될 것이다
일행들이 몰려오더라도,
아무도 감히
내게 말 못하리라,
"부엌에서 먹어"라고,
그러면.

게다가,
그들은 보게 되리라 내가 얼마나 잘 생겼는지를
그리고 부끄러워하리라—

나, 역시, 미국이니까.

이 시는 「나는 미국이 노래하는 것을 듣는다」('I Hear America Singing')라는 시를 통해서 미국을 노래한 백인시인인 월트 휫먼에 대해서 흑인시인 랭스턴 휴즈가 응답한 상당히 도전적인 시이다. 그의 시는 분노와 비통함이 서려 있어 투박할 정도로 호전적인 성격을 지니고 있지만, 미국이라는 거대한 사회 속에서 겪고 있는 흑인들의 어려운 현실을 감안해 본다면 이해가 갈 것이다. 백인만이 미국을 이루는 구성요소가 아니라, 흑인 역시 미국의 중요한 구성요소라는 사실을 휴즈는 강력히 노래하고 있다. 따라서 이 시를 읽으면 시인에 대한 전기적 사실을 모르더라도 시의 2행에서부터 시인이 흑인일지도 모른다는 사실을 추측하게 된다. 시속에 이미 시인의 전기적 사실이 내재되어 있기 때문이다.

The Solitary Reaper

William Wordsworth(1770-1850)

Behold her, single in the field,
Yon solitary Highland Lass!
Reaping and singing by herself;
Stop here, or gently pass!
Alone she cuts and binds the grain,
And sings a melancholy strain;
O listen! for the Vale profound
Is overflowing with the sound.

No Nightingale did ever chaunt
More welcome notes to weary bands
Of travelers in some shady haunt,
Among Arabian sands;
A voice so thrilling ne'er was heard
In springtime from the Cuckoo bird,
Breaking the silence of the seas
Among the farthest Hebrides.

Will no one tell me what she sings?
Perhaps the plaintive numbers flow
For old, unhappy, far-off things,
And battles long ago;
Or is it some more humble lay,
Familiar matter of today?
Some natural sorrow, loss, or pain,
That has been, and may be again?

Whate'er the theme, the Maiden sang
As if her song could have no ending;
I saw her singing at her work,
And o'er the sickle bending —
I listened, motionless and still;
And, as I mounted up the hill,
The music in my heart I bore,
Long after it was heard no more.

고독한 추수자

윌리엄 워즈워스

그녀를 보세요, 들판에서 홀로,
저 외로운 하일랜드의 처녀를!
추수하면서 혼자서 노래 부르는;
걸음을 멈추시오, 아니면 조용히 지나가시오!
그녀 홀로 곡식을 베고 묶으며,
구슬픈 노래 부르니;
아 들어보시오! 깊은 골짜기에
노래 소리 넘쳐흐르니.

어떠한 나이팅게일도
아라비아 사막 한 가운데의
어느 그늘진 휴식처의 지친 여행자들의 무리에게,

이보다 환영하는 노래를 부른 일이 없고:
이 처럼 전율적인 목소리를
봄철의 뻐꾸기에서도 들어본 적이 없다,
머나먼 헤브리디즈 열도 사이에
바다의 적막을 깨고.

아무도 말해줄 수 없는 가 그녀가 무엇을 노래하는지를?
어쩌면 저 구슬픈 노래는
먼 옛날의, 불행했던, 아득한 일들,
오래 전의 전쟁을 읊은 것이리라;
아니면 어떤 보다 미천한 노래,
오늘날의 흔한 문제일까?
과거에도 있었고, 또 다시 있을지도 모를,
어떤 필연적인 슬픔, 상실 또는 고통일까?

주제가 무엇이든, 그 처녀는 노래했다
마치 노래가 끝이 없는 듯;
나는 그녀가 일을 하며 노래하는 것을 보았다,
또 낫 위로 몸을 구부리며—
나는 귀를 기울였다, 움직이지 않고 조용히;
그런데, 내가 언덕 위로 올라갔을 때,
그 노래가 들리지 않은 지 오랜 후에도,
그 곡은 내 마음 속에 남아 있었다.

이 시는 워즈워스 자신의 경험에 바탕을 두고 있지 않는 아주 드문 시들 중의 한 편이다. 여기서 우리가 알 수 있는 시인에 대한 전기적 사실은 그가 직접 스코틀랜드에 여행가서 이 시를 쓴 것이 아니라, 윌킨슨(Thomas Wilkinson)의 책인 『스코틀랜드 여행기』(*Tour Scotland*)를 읽고 받은 암시에서 이 시를 썼다는 일이다. 그러나 시의 3연을 읽으면서 우리는 시인이 스코틀랜드를 여행하지 않았기 때문에, 또한 그 지역에 관해서 연구를 하지 않았기 때문에, 스코틀랜드 방언으로 부르는 처녀의 노래를 이해하지 못한다는 전기적 사실을 알게 되는 것이다.

2. 시와 역사

　어떤 시를 이해하는데 있어서 역사적 사실에 대한 지식이 유용하게 쓰일 경우가 있는데, 역사를 시의 주제로 다루고 있는 시를 읽을 때에, 우리는 시인의 역사관이나 시의 주제가 되고 있는 역사적 사건을 알고 있다면 시에 대한 정확한 이해가 훨씬 더 가 용이해질 것이다.

　역사적 주제를 다루고 있는 영국과 미국의 시 한 편씩을 읽어보자.

Epigram Engraved on the Collar of a Dog Which I Gave to His Royal Highness

Alexander Pope(1688-1744)

　I am his Highness' dog at Kew;
　Pray tell me, sir, whose dog are you ?

내가 전하에게 바친 개 목테에 새긴 경구의 풍자시

알렉산더 폽

　저는 큐에 있는 전하의 개입니다.
　원컨대, 경은 누구의 개입니까?

　폽이 그리고 있는 이 시의 배경은, 시인이 언급하고 있는 개처럼 꼼짝 못하게 붙잡힌 신세가 된 신하들에 의해서 권력의 중앙에 있는 왕이 둘러 싸여 있는 세계인 것이다. 물론 여기서의 왕은 조지 2세(George II)인데, 궁중의 신하들이 면전에서 부리는 아첨과 아양이라는 공연을 즐기고 나서, 거기에 걸맞게 보상하는 일을 낙으로 삼는 세상을 비꼬아서 풍자한 시이다. 폽의 풍자가 겨냥하는 과녁은 큐(Kew)에 있는 조지 2세의 궁정이지만, 비유적으로 본다면 권력이 편애와 아첨과 비굴함을 조장하여 인간을 애완견의 신세로까지 전락시켜 버리는 비극적 상황 그 자체인 것이다.

다음에 인용하는 시는 독백이나 극적 독백을 통해서 과거를 재창조하여 해석하고 있는 전형적인 유형으로, 실제인물일 수도 있고 혹은 허구적 인물인 수도 있는 역사적인 인물처럼 보이는 화자를 이용하여 시인을 그 시절로 되돌아가게 하고 있다. 에드가 리 매스터즈(Edgar lee Masters)는 앤 러틀리지(Anne Rutledge)라는 실제 인물을 사용하고 있지만, 그녀는 원래의 에이브럼 링컨의 미국이라는 큰 그림에서 생각해보면 거의 알려지지 않은 여성이다. 그녀는 19세 때인 1835년에 죽었으며, 링컨은 일리노이(Illinois)주의 뉴 세일럼(New Salem)에서 그녀를 알았으며 시는 사실이든 아니든 그녀가 그의 유일한 참사랑이었다는 견해를 받아들이고 있다.

Anne Rutledge

Edgar Lee Masters(1868-1950)

One of me unworthy and unknown
The vibrations of deathless music;
"With malice toward none, with charity for all."
Out of me the forgiveness of millions toward millions,
And the beneficent face of a nation
Shining with justice and truth.
I am Anne Rutledge who sleep beneath these weeds,
Beloved in life of Abraham Lincoln,
Wedded to him, not through union,
But through separation.
Bloom forever, O Republic,
From the dust of my bosom!

앤 러틀리지

에드가 리 매스터즈

내게서 나온 보잘것없고 알려지지 않은
불후의 음향이 갖는 분위기;

"누구에게도 악의를 갖지 말고, 모든 이에게 자비를."
나에게서는 수백만을 향한 수많은 용서가,
그리고 국가의 인정 많은 얼굴이
정의와 진실로 빛을 발하네.
난 이 풀밭아래서 잠자고 있는 앤 러틀리지,
에이브럼 링컨의 생전에 사랑을 받아,
그에게 시집갔네, 통일을 통해서가 아니라,
분리를 통해서.
꽃 피워라 영원히, 아 공화국이여,
내 가슴의 유해로부터!

역사를 소재로 하고 있는 시 분석에서 사용되고 있는 기본적인 방법에는 문학비평에서 역사주의적 접근방법이 있다. 역사라는 주제가 시의 전반을 지배하고 있기 때문에, 시를 포괄하고 있는 역사적 맥락이나 틀 안에서 해석을 시도해야 한다. 예를 들어서 엘리자벳 조의 소넷을 논하기 위해서는 소넷 형식에 대한 광범위한 지식은 물론이고 그 발달과정이나 이에 대한 당시의 일반적인 인식에 대해서도 알아보아야 한다. 따라서 이러한 시는 반드시 역사적 배경 안에서 그 의미가 파악되어야 한다.

3. 시와 사회

시가 시인의 전기적 사실이나 역사적 사실을 이해의 토대로 삼을 수 있듯이, 시인이 몸담고 있는 사회에 대한 부정과 모순을 시의 소재로 채택할 수도 있는 것이다.

18세기 말엽의 런던의 사회적 모순을 파헤치고 있는 블레이크의 다음의 시를 한번 읽어보자. 그는 아주 선별적인 방식으로 시의 소재를 구성하고 있는데, 자신이 체험하고 관찰한 동시대인의 고통과 압박에 대한 사회의 당연한 책임을 제시하고 있다.

London

William Blake(1757-1827)

I wander through each chartered street,
Near where the chartered Thames does flow,
And mark in every face I meet
Marks of weakness, marks of woe.

In every cry of every man,
In every infant's cry of fear,
In every voice, in every ban,
The mind-forged manacles I hear.

How the chimney-sweeper's cry
Every black'ning church appalls;
And the hapless soldier's sigh
Runs in blood down palace walls.

But most through midnight streets I hear
How the youthful harlot's curse
Blasts the new born infant's tear,
And blights with plagues the marriage hearse.

런던

윌리엄 블레이크

나는 전세(專貰)된 모든 거리를 헤맨다,
근처에는 역시 전세된 템즈 강이 흐르고,
모든 이의 얼굴에서 나는 자국을 본다
나약함의 표시와, 비애의 징표를.

모든 이의 절규마다,
모든 어린애의 두려워하는 비명 속에서,

모든 이의 목소리에서, 모든 욕설에서,
정신을 위조하고 있는 수갑소리들을 나는 듣게 된다.

굴뚝소제부의 비명이 얼마나
모든 시커먼 교회의 간담을 오싹하게 하는 가;
그리고 불운한 병사의 탄식이
피가 되어 성벽 아래로 흐른다.

그러나 한 밤 중 거리에서 나는 듣게 된다
젊은 창녀의 저주가 얼마나
갓 태어난 유아의 눈물을 말리는지,
그리고 결혼영구차를 질병으로 시들게 하고 있는 지를.

블레이크는 물질주의에 의해 부패해버린 자유롭지 못한 런던의 거리를 다니면서 취재하는 기자가 되어, 자신의 카메라에 비친 사회의 부조리를 여실히 폭로하고 있다. 그러면 그 초점을 20세기 중반으로 옮겨서 현대를 살고 있는 도시의 어느 소시민의 비애를 느껴보자.

The Unknown Citizen

Wystan Hugh Auden(1907-1973)

(To JS/o7/M/378
This Marble Monument
Is Erected by the State)

He was found by the Bureau of Statistics to be
One against whom there was no official complaint,
And all the reports on his conduct agree
That, in the modern sense of an old-fashioned word, he was a saint,
For in everything he did he served the Greater Community.
Except for the War till the day he retired

He worked in a factory and never got fired,
But satisfied his employers, Fudge Motors Inc.
Yet he wasn't a scab or odd in his views,
For his Union reports that he paid his dues,
(Our report on his union shows it was sound)
And our Social Psychology workers found
That he was popular with his mates and liked a drink.
The Press are convinced that he bought a paper every day
And that his reactions to advertisements were normal in every way.
Policies taken out in his name prove that he was fully insured,
And his Health-card shows he was once in hospital but left it cured.
Both Producers Research and High-Grade Living declare
He was fully sensible to the advantages of the Installment Plan
And had everything necessary to the Modern Man,
A phnograph, a radio, a car and a frigidaire.
Our researchers into Public Opinion are content
That he held the proper opinions for the time of year;
When there was peace, he was for peace; when there was war, he went.
He was married and added five children to the population,
Which our Eugenist says was the right number for a parent of his generation,
And our teachers report that he never interfered with their education.
Was he free ? Was he happy ? The question is absurd:
Had anything been wrong, we should certainly have heard.

알려지지 않은 시민

위스탄 휴 오든

(제이에스/07/엠/378에게
이 대리석 기념비를
국가가 세워주다)

통계국에 의해서 알려진 바에 의하면 그는
자신에 대한 공식적인 불평이 전혀 없었던 사람이었으며,

그의 행동에 대한 모든 보고서가 일치하는 것은

그가, 현대적 개념의 낡은 말로, 성인이었다는 사실이다,

매사에서 그는 위대한 사회에 기여했기에.

전쟁 동안을 제외하고 은퇴한 날 까지

그는 해고되지 않고 공장에서 일하면서,

퓌지 자동차주식회사의 고용주들을 만족시켜 주었다.

하지만 그는 비노조원도 아니었으며 이상한 견해를 갖지도 않았다,

그에 대한 노조보고서에 따르면 그는 회비를 내었고,

(그의 노조에 대한 우리의 보고서는 건전했다는 것을 보여준다)

그리고 우리 사회심리학 연구원들은 알았다

그가 동료 간에 인기도 있었으며 술을 좋아했다는 사실을.

언론은 그가 매일 신문을 샀다고 확신한다

또한 광고에 대한 그의 반응이 모든 면에서 정상적이었다는 사실도.

그의 명의로 된 보험 증권들은 그가 피보험자임을 입증하고 있으며,

그의 건강기록부는 그가 병원에 입원했으나 완치 후 퇴원했음을 보여준다.

생산자조사와 고품격생활은 선언한다

그가 할부구매의 장점들을 충분히 인식하고 있었다는 사실을

그래서 현대인에게 필요한 모든 것을 지니고 있었다고,

전축과, 라디오, 자동차와 냉장고.

우리의 여론조사자들은 흡족해한다

그가 그 시대에 맞는 올바른 견해를 지니고 있음을;

평화 시에는 그는 평화를 위해서, 전쟁 시에는 출전했다.

그는 결혼해서 인구에 다섯 자녀를 보태었는데,

우리의 우생학자들은 그것이 그 세대의 부모들에게는 적절한 수였다고 말한다,

우리의 교사들은 그가 한 번도 자녀들의 교육에 간섭하지 않았다고 보고한다.

그는 자유로웠을까? 행복했을까? 이렇게 묻는 것 자체가 타당치 못하다:

뭔가 잘못된 것이 있으면, 우리는 틀림없이 보고받았을 테니까.

　오든(W. H. Auden)은 여기서 모든 사람이 평범하다는 사실 자체가 현대 실존의 비극이며, 개인의 정보가 노출되어 보이지 않는 조직사회의 통제를 받고 감시당하고 있는 현실을 통렬하게 비판하고 있는 것이다.

4. 시와 철학

시인은 직접적으로나 간접적으로나 선악의 본질이나 존재의 속성, 우주와 개인과의 관계, 지식의 가능성과 한계, 시간의 의미 등과 같은 광범위한 철학적 문제에 항상 관여해 왔다.

인간사에 대한 냉담에 항거하고 많은 사람들과의 보다 더 큰 유대감의 필요성에 도덕적 가치를 두고 있는 오든의 시 한 편을 더 읽어보기로 하자.

Musée des Beaux Arts

Wystan Hugh Auden(1907-1973)

About suffering they were never wrong,
The Old Masters: how well they understood
Its human position; how it takes place
While someone else is eating or opening a window or just walking dully along;
How, when the aged are reverently, passionately waiting
For the miraculous birth, there always must be
Children who did not specially want it to happen, skating
On a pond at the edge of the wood:
They never forgot
That even the dreadful martyrdom must run its course
Anyhow in a corner, some untidy spot
Where the dogs go on with their doggy life and the torturer's horse
Scratches its innocent behind on a tree.

In Brueghel's Icarus, for instance: how everything turns away
Quiet leisurely from the disaster; the ploughman may
Have heard the splash, the forsaken cry,
But for him it was not an important failure; the sun shone

As it had to on the white legs disappearing into the green
Water; and the expensive delicate ship that must have seen
Something amazing, a boy falling out of the sky,
Had somewhere to get to and sailed calmly on.

미술관

위스탄 휴 오든

고통에 관해서 라면 그들은 결코 틀림이 없었다,
옛 대가들: 얼마나 잘 그들은 이해했던가
고통에 대한 인간의 입장을; 어떻게 고통이 발생하는지를
누군가가 먹고 있거나 창을 열거나 또는 권태롭게 걷고 있을 때도;
어째서, 노인들이 경건히, 열렬하게 기다릴 때
기적과도 같은 탄생을, 그때에도 항상
그것이 일어나지 않길 특히 바라면서, 숲가의
연못에서 스케이트 타는 아이들이 있는가를:
그들은 결코 잊지 않았다
심지어 두려운 순교까지도 진행되어야 하는 것을
여하튼 어느 구석에서, 어떤 더러운 곳에서
거기서 개들은 비참한 생활을 해나가고 고문자(拷問者)의 말은
나무에 대고 자신의 천진난만한 궁둥이를 긁어댄다.

브뤼겔의 이카루스에서, 예를 들면: 어쩌면 그 모든 것들이 외면하고 있는가
그 재난으로 부터 아주 유유히; 농부는 어쩌면
풍덩하는 물소리와 저버린 비명을 들었을지도 모른다,
그러나 그에게는 듣지 못한 그것이 중대한 실패가 못되었다; 태양이 비추었다
당연히 바다 속으로 사라져가는 하얀 두 다리 위를 녹색의
물속으로; 그리고 그 호화로운 유람선은 틀림없이 보았을 것이다
무언가 놀라운 것을, 하늘에서 떨어지는 소년을,
그러나 그 배는 가야 할 곳이 있어서 조용히 항해해 갔다.

이 시는 오든(W. H. Auden)이 1938년 브뤼셀(Brussell)의 미술관을 관람하면서 본

16세기 네덜란드의 화가인 브뤼겔(Brüghel)의 작품인 『죄 없는 사람들의 대학살』(*The Massacre of the Innocents*)과 『이카루스』(*Icarus*)를 보고서 느낀 점을 표현한 작품이다. 인간의 고통을 외면하고 있는 현대의 비정함에 대한 시인의 비판은 문명 비평적 입장에서 휴머니즘(humanism)에 대한 위기의식을 환기시키고 있다.

일반적으로 문학은 철학의 한 형식이거나 또는 형식 속에 쌓여진 관념이라고 생각해 왔던 시대가 있었으며, 또한 문학과 철학과의 관계를 체계적으로 사색해 보지 못한 사람들은 대개 그렇게 생각하게 된다. 이런 관점에서 과거에는 문학이 지도적인 관념이나 사상을 얻기 위한 도구로 분석되기도 했던 것이다. 그러나 시가에서 볼 수 있는 관념은 잘못된 부분이 많으며 진부하다는 솔직한 견해가 오늘날에는 훨씬 더 타당성이 있을 것이다. 조지 보아스(George Boas)는 철학과 시에 관한 강연에서 16세 이상의 성인들이라면 시가 표현하고 있는 관념이나 사상만을 찾아서 그 내용을 터득하기 위해 시를 읽는 행위를 가치 있게 여기는 사람은 없을 것이라고 진술했던 것이다(Boas 9). 우리가 시를 읽으면서 우연히 키츠의 시 「그리스 항아리에 부치는 오드」('Ode to a Grecian Urn')에서 아름다움이 진리이며 진리가 곧 아름다움이라는 명제("Beauty is truth, truth beauty")를 발견할 수는 있으나, 그러한 명제를 찾기 위해서 키츠의 시를 읽지는 않는다는 사실이다. 키츠의 시에 대한 가치가 그의 미학적 사상을 중심으로 이루어졌다고는 말할 수가 없기 때문이다. 그의 미적 직관력이 담긴 그의 표현은 그의 시를 이해하고 평가할 수 있는 수많은 요소 중의 하나가 될 수는 있겠으나, 그의 시가 이 사상에 종속될 정도로 절대적인 가치는 못 된다는 것이다.

5. 시와 종교

시와 종교라는 명제가 부합되면, 시인은 유한적 삶과 불멸의 삶, 영혼과 정신, 죽음과 운명 등과 같은 심각한 문제를, 대개 종교적 교리나 절대자의 개념에 의존하여 해결하려는 시도를 하게 된다.

다음의 시들은 창조주의 오묘한 창조적 역량에 대한 찬양과 죄의 보속에 관한 문제 및 신앙의 열의를 각각 표현하고 있다. 첫 번째 시는 시간적으로 제약을 받지 않는 전지 전능한 절대자가, 항상 동적이며 끝없이 변화하는 피조물을 조형해 내는 놀라운 창조능력을 발휘한 데 대한 찬미를 노래하고 있는 빅토리아 시대의 한 신부시인의 작품이다.

Pied Beauty

Gerard Manley Hopkins(1844-1889)

Glory be to God for dappled things —
  For skies of couple-color as a brinded cow;
    For rose-moles all in stipple upon trout that swim;
Fresh-firecoal chestnut-falls; finches' wings
  Landscape plotted and pieced — fold, fallow, and plow;
    And all trades, their gear and tackle and trim.

All things counter, original, spare, strange;
  Whatever is fickle, freckled (who knows how?)
    With swift, slow; sweet, sour; adazzle, dim;
He fathers-forth whose beauty is past change:
        Praise him.

다양한 아름다움

제러드 맨리 홉킨스

신을 찬양하라 다채로운 것들을 만드셨기에 —
  줄무늬 있는 소처럼 두 겹 색의 하늘과;
    헤엄치는 송어에 점점이 박힌 장미 빛 반점들;
갓 피운 석탄불에 껍질 벗겨진 견과; 핀치 새의 날개들
  구획된 네모진 풍경 — 인클로저, 휴한지, 그리고 경작지;
    그리고 모든 생업들과, 거기 쓰이는 색구와 밧줄과 장비를 만드셨기에.

모든 상반된 사물들과, 독창적인 것들, 진귀하거나, 이상한 것들;
변덕스러운 것들은 무엇이든, 반점이 있다(누가 알겠나?)
빠른 것, 느린 것; 단 것, 신 것; 광채 나는 것, 흐린 것;
자신의 아름다움이 변화를 초월한 그 분께서 만드신 것이다:
그 분을 찬미할지라.

각양각색의 만물을 창조하여 훌륭한 조화를 이루어낸 창조주의 업적을 찬양하려는 목적에서 시인이 1877년에 쓴 이 시는, 자연세계의 다양한 특성을 나타내기 위해서 스프링 리듬(sprung rhythm)으로 되어 있다.

형이상학파 시인의 다음 시를 읽어보자.

Redemption

George Herbert(1593-1633)

Having been tenant long to a rich lord,
　　Not thriving, I resolvéd to be bold,
　　And make a suit unto him, to afford
A new small-rented lease, and cancel the old.

In heaven at his manor I him sought;
　　They told me there that he was lately gone
　　About some land, which he had dearly bought
Long since on earth, to take possessiön.

I straight returned, and knowing his great birth,
　　Sought him accordingly in great resorts;
　　In cities, theaters, gardens, parks, and courts;
At length I heard a ragged noise and mirth
　　Of thieves and murderers; there I him espied,
　　Who straight, Your suit is granted, said, and died.

속죄

조지 허벗

오랫동안 부유한 영주의 소작인으로,
　　번성하지 못했기에, 나는 과감히 결심을 하고,
　　그 분께 청원했다, 새로 조그마한
토지를 임대해주시되, 기존의 땅은 취소해달라고.

천국의 그 분의 장원에서 나는 그 분을 찾아보았다;
　　그곳의 말로는 그 분이 최근에 떠났다는 것이다
　　어떤 토지때문에, 이미 오래전에,
비싸게 사두었던 땅인데, 그것을 손에 넣기 위해서.

나는 곧장 되돌아와, 그 분의 위대한 탄생을 알고는,
　　따라서 사람들이 많이 모이는 곳에서 그 분을 찾아보았다.
　　도시에서, 극장과, 정원, 공원과, 궁정에서;
마침내 나는 들었다 도둑과 살인자들의 거칠게 떠드는
　　소리와 환호를; 거기서 나는 그 분을 보았다,
　　그 분은 즉시, 너의 청원이 받아들여졌노라, 이렇게 말하고는 돌아가셨다.

시인은 자신이 성직자였기 때문에, 여기서 절대자와 인간의 관계를 율법의 계약과 은총의 약속이라는 주제로 표현하고 있다.

종교적 열망이 성애에 비유되어 표현된 시도 있다. 존 단은 자신의『성스러운 소넷』(*Holy Sonnets*)에서 상당히 성욕적인 비유를 사용하여 절대자에게 신성한 신앙심을 간청하고 있다.

Batter my Heart, Three-Personed God, for You

John Donne(1572-1631)

Batter my heart, three-personed God, for You
As yet but knock, breathe, shine, and seek to mend.

That I may rise and stand, o'erthrow me, and bend
Your force to break, blow, burn, and make me new.
I, like an usurped town to another due,
Labor to admit You, but Oh! to no end.
Reason, Your viceroy in me, me should defend,
But is captivated, and proves weak or untrue.
Yet dearly I love You, and would be lovèd fain,
But am betrothed unto Your enemy;
Divorce me to You, imprison me, for I,
Except You enthrall me, never shall be free,
Nor ever chaste, except You ravish me.

삼위일체 신이시여, 제 심장을 때려 주시오, 당신을 위해

존 단

삼위일체 신이시여, 제 심장을 때려 주시오, 당신을 위해
두드리고, 숨결을 불어넣고, 비추고, 고치도록 애써 주십시오.
제가 일어나 설 수 있도록, 저를 내동댕이 쳐주시고, 쏟아 주십시오
당신의 힘을 부수고, 불고, 태우고, 저를 새롭게 만들 수 있는.
저는, 강탈당해서 타인의 소유가 되어 버린 마을처럼,
당신을 인정하도록 애를 씁니다만, 아! 소용없군요.
내 안에 있는 당신의 총독 격인, 이성이, 저를 방어해 주어야 하나,
오히려 포로가 되어, 나약하고 불성실하게 되었습니다.
그래도 저는 진정으로 당신을 사랑하며, 기꺼이 사랑도 받을 테지만,
저는 당신의 적과 약혼한 상태에 있습니다;
저를 이혼시켜 주십시오, 저를 가두어 주십시오, 왜냐하면 저는,
당신이 저를 노예로 삼지 않으면, 결코 자유롭지 못할 겁니다,
정숙치도 못할 겁니다, 당신이 저를 강간하지 않는다면.

시인은 이 시에서 세속적 사랑의 개념이 종교적 신앙과 상관관계에 있음을 밝히고
있다. 그래서 그는 성애에 성열가입(聖列加入)이나 순교와 같은 종교적 개념을 적용시키
고 있다. 그리고 마지막 4행에서는 강한 역설을 사용해서 성의 세계와 종교를 상호교체

시킴으로써, 성이 종교라는 것과 종교가 애정이라는 것을 강조하고 있다.

6. 시와 심리학

20세기에 접어들면서 현대인들은 프로이트(Sigmund Freud)와 같은 정신분석학자의 도움으로, 인간의 마음 깊숙한 곳에 자리 잡고 있는 질서에 대해서 눈을 뜨게 되었는데, 시 분야에서도 이 문제에 많은 관심을 기울이려는 노력이 대두되었다.

아래의 예를 든 두 작품에서는 각각 작가의 심리와 여성의 심리가 섬세하게 드러나고 있다.

To an Artist, To Take Heart

Louise Bogan(1897-1970)

Slipping in blood, by his own hand, through pride,
Hamlet, Othello, Coriolanus fall.
Upon his bed, however, Shakespeare died,
Having endured them all.

예술가에게, 마음을 고쳐먹게 하기 위해

루이스 보건

피에 미끄러져서, 그의 손에 의해, 교만함으로,
햄릿과, 오셀로, 코리얼레이너스는 쓰러진다.
하지만, 셰익스피어는 죽었다, 자신의 침대 위에서,
그들 모두 보다 더 오래 견디어 낸 끝에.

첫 행에서 알 수 있듯이, 햄릿(Hamlet)이나 오셀로(Othello), 그리고 코리얼레이너스(Coriolanus)는 모두 셰익스피어 극에 나오는 인물들로서 폭력에 의해 숨진 사람들이다.

이들이 연극무대의 현장에서 비극적으로 요절한 반면에, 이들을 만들어낸 작가인 셰익스피어는 이들보다도 더 오래 살다가 평화스럽게 자신의 침대에서 죽었던 것이다. 심리주의적인 측면에서 보면, 그는 자신의 파괴적 충동을 극으로 다루면서 자신의 손으로 극중 인물들을 죽였다고도 할 수 있겠다. 즉 자기의 파괴적 충동을 해소하는데 극중 인물들의 죽음을 사용했다고 볼 수 있는 것이다. 그러므로 이 시는 시인이 그녀의 동료작가들에게 주는 자극적이고 고무적인 충고를 다루고 있다고 할 수 있겠다.

Next Day

Randall Jarrell(1914-1965)

Moving from Cheer to Joy, from Joy to All,
I take a box
And add it to my wild rice, my Cornish game hens.
The slacked or shorted, basketed, identical
Food-gathering flocks
Are selves I overlook. Wisdom, said William James,

Is learning what to overlook. And I am wise
If that is wisdom.
Yet, somehow, as I buy All from these shelves
And the boy takes it to my station wagon,
What I've become
Troubles me even if I shut my eyes.

When I was young and miserable and pretty
And poor, I'd wish
What all girls wish: to have a husband,
A house and children. Now that I'm old, my wish
Is womanish:
That the boy putting groceries in my car

See me. It bewilders me he doesn't see me.
For so many years
I was good enough to eat: the world looked at me
And its mouth watered. How often they have undressed me,
The eyes of strangers!
And, holding their flesh within my flesh, their vile

Imaginings within my imagining,
I too have taken
The chance of life. Now the boy pats my dog
And we start home. Now I am good.
The last mistaken,
Ecstatic, accidental bliss, the blind

Happiness that, bursting, leaves upon the palm
Some soap and water —
It was so long ago, back in some Gay
Twenties, Nineties, I don't know . . . Today I miss
My lovely daughter
Away at school, my sons away at school,

My husband away at work — I wish for them.
The dog, the maid,
And I go through the sure unvarying days
At home in them. As I look at my life,
I am afraid
Only that it will change, as I am changing:

I am afraid, this morning, of my face.
It looks at me
From the rear-view mirror, with the eyes I hate,
The smile I hate. Its plain, lined look
Of gray discovery

Repeats to me: "You're old." That's all, I'm old.

And yet I'm afraid, as I was at the funeral
I went to yesterday.
My friend's cold made-up face, granite among its flowers,
Her undressed, operated-on, dressed body
Were my face and body.
As I think of her I hear telling me

How young I seem; I am exceptional;
I think of all I have.
But really no one is exceptional,
No one has anything, I'm nobody,
I stand beside my grave
Confused with my life, that is commonplace and solitary.

다음 날

랜덜 재럴

치어에서 조이로, 조이에서 올로 옮겨가면서,
나는 한 갑을 집었다
내가 산 야생 쌀인, 콘월의 투계들 속에다 그것을 보태었다.
포장이 느슨한 것들과, 내용물들이 부족한 것들, 바구니에 담긴 것들, 유사한
식품들을 모아둔 선반들을 나는 지나친다. 지혜란, 윌리엄 제임tm가 말하길,

간과해야 할 것에 대해서 터득하는 일이다. 그래서 나는 현명한 편이다
그게 지혜라면.
하지만, 어쨌든, 나는 이들 선반에서 올을 사서
청년이 나의 스테이션 웨이건에다 그것을 가져왔을 때,
나의 인생여정이
나를 혼란스럽게 한다 비록 눈을 감고 있어도.

내가 젊고 불행했을 때 예쁘고

가난했을 때, 나는 바랐지

모든 여자들이 바라는 대로: 남편을 얻고,

집과 자녀를 얻고. 이제 나는 늙었지만, 나의 소망은

여성다운 것이지:

내 차에다 잡화를 싣는 청년이

나를 쳐다보아 주었으면. 그가 나를 봐주지 않아서 당혹스러웠어.

오랜 세월 동안

나는 먹기에 충분할 정도로 괜찮았어: 세상남자들이 나를 쳐다보고는

입에 침을 흘렸지. 얼마나 자주 그들은 내 옷을 벗겼던가,

낯선 사람들의 시선들!

그리고, 내 몸 속으로 자기들의 몸을 밀어 넣으면서, 그들의 천박한

상상력을 내 상상 속으로 넣게 되면,

나 또한 포착하게 되지

삶의 기회를. 이제 그 청년은 내 개를 쓰다듬는다

그리고 우리는 출발한다. 지금도 나는 괜찮다.

그 마지막 실수는,

황홀하고도, 우연한 축복, 맹목적인

행복, 손바닥 위에서, 부풀어 올라서 터지면서

비누와 물거품을 남기는 행복—

오래 전에, 즐거웠던

이십년 대, 구십년 대, 모르겠어. . . 오늘 나는 보고 싶어

내 사랑하는 딸

멀리 떨어진 학교에 가 있는 딸과, 학교에 가 있는 아들이,

직장에 가 있는 내 남편도—나는 그들이 그리워.

개와, 파출부와,

나는 정말 변화 없는 날들을 보내고 있지

집에서 그들 속에서. 내 삶을 보면,

나는 두려워

단지 그것이 변할까봐, 내가 변하고 있는 것처럼:

나는 두려워, 오늘 아침도, 내 얼굴이.
내 얼굴은 날 보지
후면경을 통해서, 내가 싫어하는 눈빛으로,
내가 혐오하는 미소로. 그 평범하고, 주름 잡힌 표정이
잿빛을 발견하고는
내게 반복해 말하지: "넌 늙었어." 그래, 난 늙었다.

하지만 난 두려워, 내가 장례식에 참석했을 때
내가 어제 갔던.
내 친구의 차갑게 화장한 얼굴은, 꽃 한가운데서 화강암 같았다,
그녀의 벗겨져서, 치장되어, 옷 입혀진 몸은
나의 얼굴이었고 내 몸이었다.
그녀의 생각을 하면 내게 말을 걸고 있는 소리를 듣게 되지

내가 얼마나 젊게 보일까; 난 예외적이야;
난 내게 해당되는 것 모두를 생각해 보지.
하지만 실로 아무도 예외적인 사람은 없어,
아무도 대단한 걸 지니지는 못해, 나도 별 볼일 없어,
난 내 무덤 옆에 서서
내 삶과 혼돈했지, 평범하고 고독한 내 삶과.

이 시는 수퍼마켓에서 포장된 비슷한 물건들을 못 본체하며 지나치면서 자신과 비슷한 다른 여자들을 보지 않으려고 애쓰는 여자를 그리고 있다. 또한 구입한 물건을 포장하는 청년이 자신을 의식하지 않는 태도 역시 모르는 체 하려하고 있다. 윌리엄 제임스(William James)라는 심리학자의 말을 인용해 가면서 초연해지려는 중년부인의 심리를 예리하게 이 시는 그려 나가고 있다. 이 시는 아름답고 성적인 매력을 지니고 있었던 화자의 젊은 과거와 남성들의 시선을 끌지 못하게 된 늙은 현재의 대비를 극명하게 드러내면서, 죽음의 문제로 이어지게 된다. 화자인 그녀가 인생을 살아오면서 잃어 버렸던 청춘에 대한 안타까움은 이제는 필연적으로 찾아오게 될 죽음에 대한 두려움으로 바뀌게 된다. 노년을 눈앞에 둔 여인의 성적인 무력감과 무너져 내리는 자아가 느끼는 자괴

감을 화자의 섬세한 심리묘사로 침착하게 시인은 그려내고 있다.

7. 시와 신화

　　신화란 신들과 영웅들의 공적에 관해서 말한다든지, 세상의 창조, 우주의 성질, 국가의 기원이나 운명과 같은 문제에 관한 인간의 믿음을 극화한 이야기를 일컫는다. 그러나 이때 문학에서 구체화된 신념의 진위(眞僞)문제에 대한 판단은 작품창작이나 비평에 포함시키지 않는다. 앨프릿 테니슨의 「율리시즈」('Ulysses')나 셸리(P. B. Shelley)의 「해방된 프로메테우스」('Prometheus Unbound') 같은 작품이 여기에 해당된다고 하겠다.

　　다음에 인용된 에드가 앨런 포우의 시는 신화에 등장하는 신들의 이름을 다루면서 신들의 기능과 역할에 대한 독자의 주의를 환기시키고 있다.

Sonnet ― To Science

Edgar Allan Poe(1809-1849)

Science! true daughter of old Time thou art!
Who alterest all things with thy peering eyes.
Why preyest thou thus upon the poet's heart,
　Vulture, whose wings are dull realities?
How should he love thee? or how deem thee wise,
　Who wouldst not leave him in his wandering
To seek for treasure in the jeweled skies,
　Albeit he soared with an undaunted wing?
Hast thou not dragged Diana from her car,
　And driven the hamadryad from the wood
To seek a shelter in some happier star?
　Hast thou not torn the Naiad from her flood,
The elfin from the green grass, and from me
The summer dream beneath the tamarind tree?

소넷 — 과학에 부치는

에드가 앨런 포우

과학아! 지나간 시간의 진정한 딸인 그대여!
그대는 그대의 눈여겨보는 시선으로 모든 것들을 변화시킨다.
따라서 그대는 왜 시인의 심장을 파먹는가,
　지리멸렬한 현실과 같은 날개를 지닌, 독수리란 말이냐?
어째서 시인이 그대를 사랑하겠는가, 또는 그대를 현명하다 여기겠는가,
　그대는 그를 내버려두지 않고 있으니
보석이 있는 하늘에서 보화를 찾아서 그가 돌아다니도록,
　비록 그가 겁 없는 날개로 비상하지만?
그대는 다이애너를 그녀의 마차로부터 끌어내리고,
　숲에서 해머드리아드를 몰아내어
더 행복한 별로 피난처를 찾아가게 하지 않았느냐?
　그대는 물로 부터 나이애드를 떼어내고
꼬마요정을 푸른 초목에서 떼어 내었으며, 나로 부터는
태머린드 나무 아래서의 여름날의 꿈을 앗아가지 않았느냐?

　포우의 시가 신들만을 다루고 있음에 비해, 예이츠가 쓴 다음의 시는 트로이(Troy)
전쟁이라는 사건을 신화의 이야기에 연관시켜서 다루고 있다.

Leda and the Swan

William Butler Yeats(1865-1939)

A sudden blow: the great wings beating still
Above the staggering girl, her thighs caressed
By the dark webs, her nape caught in his bill,
He holds her helpless breast upon his breast.

How can those terrified vague fingers push
The feathered glory from her loosening thighs?

And how can body, laid in that white rush,
But feel the strange heart beating where it lies?

A shudder in the loins engenders there
The broken wall, the burning roof and tower
And Agamemnon dead.
                    Being so caught up,
So mastered by the brute blood of the air,
Did she put on his knowledge with his power
Before the indifferent beak could let her drop?

레다와 백조

윌리엄 버틀러 예이츠

갑작스러운 습격: 커다란 날개가 여전히 퍼덕이면서
비틀거리는 여자 위에서, 그녀의 허벅지는 애무 당한다
검은 물갈퀴에 의해서, 그녀의 목덜미는 그의 부리에 잡힌 채,
그는 그녀의 무력한 가슴을 자신의 가슴을 끌어안는다.

어떻게 그 공포에 질린 나약한 손가락들이 밀쳐낼 수 있겠는가
자신의 맥이 풀린 허벅지로 부터 그 깃털이 있는 영광을?
그리고 어떻게, 그 하얀 급습에 쓰러진 육체가,
쓰러진 곳에서 그 이상한 심장의 박동을 느낄 수밖에 없지 않겠나?

사타구니에서의 전율이 거기서 낳게 된다
부서진 성벽과, 불타는 지붕과 탑
그리고 죽은 애가멤논.
                    그렇게 붙잡혀서,
하늘의 짐승의 피에 의해 정복당하면서,
그녀는 그의 힘과 함께 그의 지혜도 물려받았는가
흥미 잃은 주둥이가 그녀를 놓아 떨어뜨리기 전에?

1923년에 예이츠가 쓴 이 시는 전형적인 약강 5보격의 시로, 전쟁의 참화라는 비극

을 인간이 지혜로 막지 못하고 있는 상황을 안타깝게 그리고 있다. 아에톨리아(Aetolia)의 왕녀인 레다(Leda)는 틴다러스(Tyndarus)의 처로 유로타스(Eurotas)강에서 목욕을 하고 있었는데, 이 장면을 목격한 제우스(Zeus)는 백조로 변하여 그녀에게 접근해서 겁탈함으로써 비극이 발생한다. 이 결과 레다는 트로이전쟁의 불씨가 된 헬렌(Helen)과 클라이템네스트라(Clytemnestra)를 낳게 된다. 시인은 여기서 인간과 신의 교접을 통하여 제우스로 부터 전쟁을 일으키는 폭력적인 힘만 물려받을 것이 아니라, 전쟁이나 참화를 피할 수 있는 신의 지혜도 함께 물려받기를 바라고 있다.

많은 작가들에게 있어서 신화는 시와 종교와의 공통분모 역할을 하고 있다. 물론 근대 지식인들에게는 이미 믿을 수 없게 되어 버린 초자연적 종교에 시가 점진적으로 대치되어 갈 것이라고 하는 견해가 있으나, 시가 종교보다 긴 생명력을 가질 수 없기 때문에 시가 종교의 지위와 오랫동안 대치될 수 있을지는 알 수가 없다. 종교는 시보다 훨씬 더 위대한 신비를 간직하고 있고, 시는 종교보다 훨씬 더 비속한 신비를 지니고 있다 (Wellek & Warren 303). 그리고 시에 표상된 은유야말로 정당한 것이라고 그 권위를 크게 인정한 것이 종교적 신화라고 말할 수 있다. 따라서 문학연구에서 필요한 전망은 신화적 전망이라고 할 수 있다. 시인들 역시 그들에게 필요한 창조적 전망은 신화라는 소재가 될 수밖에 없을 것이다. 어쩌면 많은 현대 시인들이 상상력을 이용하여 신화의 세계 속에서 거주하고 있는 이유가 바로 여기에 있을지도 모르는 일이다.

8. 시와 사랑

영시에서 가장 빈도 높게 사용되는 주제가 사랑일 것이다. 그리고 셰익스피어만큼 사랑의 속성을 노래한 시인도 드물 것이다. 그는 이미 자신의 소넷 연작시를 통해서 사랑을 표현하고 있지만, 그가 본 남녀 간의 사랑이나 이별의 행태에 관해서는, 소넷보다는 오히려 무운극 속의 여러 단시에서 더 잘 나타나고 있다.

아래의 시 역시 사랑을 대하고 있는 남자의 속성과 여성의 심리를 잘 표현하고 있
다.

Sigh No More, Ladies, Sigh No More

William Shakespeare(1564-1616)

Sigh no more, ladies, sigh no more,
　Men were deceivers ever;
One foot in sea, and one on shore,
　To one thing constant never.
　　Then sigh not so,
　　But let them go,
　And be you blithe and bonny,
Converting all your sighs of woe
　Into Hey nonny, nonny.

Sing no more ditties, sing no moe,
　Of dumps so dull and heavy;
The fraud of men was ever so,
　Since summer first was leavy.
　　Then sigh not so,
　　But let them go,
　And be you blithe and bonny,
Converting all your sounds of woe
　Into Hey nonny, nonny.

더 이상 탄식 마오, 아가씨들이여, 탄식하지 마오

윌리엄 셰익스피어

더 이상 탄식 마오, 아가씨들이여, 탄식하지 마오,
　남자들은 언제까지나 사기꾼들;
한 발은 바다에 두고, 한 발은 해안에 두지,

한 가지 일에 결코 충실치 못하지.
　　그러니 그렇게 탄식 마오,
　　그러나 그들이 가게 하구려,
　　그리고 즐겁고 예쁘게 지내세요,
　그대들의 모든 슬픈 한숨들을
　　헤이 노니, 노니로 바꾸고서.

더 이상 노래하지 마오 슬픈 연가를, 더 이상 노래마오
　　그토록 침울하고 무거웠던 의기소침한 순간들을;
　사내들의 속임수는 항상 그런 것,
　　잎들이 무성했던 최초의 여름부터.
　　그러니 그렇게 탄식 마오,
　　그러나 그들이 가게 하구려,
　　그리고 즐겁고 예쁘게 지내세요,
　그대들의 모든 탄식 소리들을
　　헤이 노니, 노니로 바꾸고서.

『공연한 법석』(*Much Ado About Nothing*)의 2막 3장에서 애러곤(Aragon)의 영주인 돈 페드로(Don Pedro)의 신하인 밸써자아(Balthazar)가 부르는 "ababccdcd"의 운율구조로 된 이 시에서, 셰익스피어는 중년인물의 입을 통해서, 당시의 남성의 애정행각에 대해 피해의식에 사로잡힌 젊은 여성들에게 충고해 주고 있다. 그의 소넷을 하나 더 보자.

9. 시와 자연

일반적인 자연시의 개념이 표면화된 것은 주로 낭만주의 시인들에 의해서였다. 워즈워스의 시에서 보이는 산이나 꽃들은 모두 시의 소재가 되고 있는데, 특히 그의 수선화는 자연 시 소재의 아름다운 원형으로 자리 잡고 있다.

그러나 초기 영시에서는 야성적 자연이 가끔씩 공포와 두려움의 대상이 된 경우도

있다. 고대 영문학의 서사시인『베어울프』에서 안개 낀 습지대가 인류문명을 공격하는
끔찍한 존재들의 터전으로 묘사되고 있으며, 14세기경의『가웨인 경과 녹색의 기사』(*Sir
Gawain and the Green Knight*)에서는 산이 불편하고 위험한 고통의 장소로 표현되는 등,
이와 같이 야생자연에 대한 강한 혐오감의 표출이 18세기 말까지 계속되었던 것이다. 그
렇다고 사람들이 일반적으로 자연에 무관심한 것은 아니었다. 많은 세월을 거치면서 시
인들은 계절에 따라 새들의 노래와 꽃을 기뻐했으며, 곡식이 자라는 들판과 삶에 연관된
강과 바다를 노래했던 것이다. 따라서 자연스럽게 사람들은 야생상태의 자연보다는 농
사와 목축 및 수렵에 부합되는 자연을 선호하게 되었던 것이다. 스펜서의『목자의 일력』
(*Shepherd's Calendar*)과 같은 전원시를 비롯하여 워즈워스와 번즈 및 키츠 등의 자연 시
는 이와 같은 자연의 아름다움과 목가적 분위기를 표현하고 있다.

　　많은 현대 시인들 가운데서도 로렌스(David Herbert Lawrence) 만큼 자연에 대한 강
렬한 열망을 토로한 시인은 없을 것이다. 그는 새와 짐승과 꽃에 관한 많은 매력적인 시
들을 썼는데, 아래의 시는 이중에서도 널리 알려진 걸작으로 손꼽히고 있다.

Snake

D. H. Lawrence(1885-1930)

A snake came to my water-trough
On a hot, hot day, and I in pajamas for the heat,
To drink there.

In the deep, strange-scented shade of the great dark carob-tree
I came down the steps with my pitcher
And must wait, must stand and wait, for there he was at the trough before me.

He reached down from a fissure in the earth-wall in the gloom
And trailed his yellow-brown slackness soft-bellied down, over the edge of the
　　　stone trough

And rested his throat upon the stone bottom,
And where the water had dripped from the tap, in a small clearness,
He sipped with his straight mouth,
Softly drank through his straight gums, into his slack long body,
Silently.

Someone was before me at my water-trough,
And I, like a second comer, waiting.

He lifted his head from his drinking, as cattle do,
And looked at me vaguely, as drinking cattle do,
And flickered his two-forked tongue from his lips, and mused a moment,
And stooped and drank a little more,
Being earth-brown, earth-golden from the burning bowels of the earth
On the day of Sicilian July, with Etna smoking.

The voice of my education said to me
He must be killed,
For in Sicily the black, black snakes are innocent, the gold are venomous.

And voices in me said, If you were a man
You would take a stick and break him now, and finish him off.

But must I confess how I liked him,
How glad I was he had come like a guest in quiet, to drink at my water-trough
And depart peaceful, pacified, and thankless,
Into the burning bowels of this earth?

Was it cowardice, that I dared not kill him?
Was it perversity, that I longed to talk to him?
Was it humility, to feel so honoured?
I felt so honoured.
And yet those voices:

If you were not afraid, you would kill him!

And truly I was afraid, I was most afraid,
But even so, honoured still more
That he should seek my hospitality
From out the dark door of the secret earth.

He drank enough
And lifted his head, dreamily, as one who has drunken,
And flickered his tongue like a forked night on the air, so black,
Seeming to lick his lips,
And looked around like a god, unseeing, into the air,
And slowly turned his head,
And slowly, very slowly, as if thrice adream,
Proceeded to draw his slow length curving round
And climb again the broken bank of my wall-face.

And as he put his head into that dreadful hole,
And as he slowly drew up, snake-easing his shoulders, and entered farther,
A sort of horror, a sort of protest against his withdrawing into that horrid black
    hole,
Deliberately going into the blackness, and slowly drawing himself after,
Overcame me now his back was turned.

I looked round, I put down my pitcher,
I picked up a clumsy log
And threw it at the water-trough with a clatter.

I think it did not hit him,
But suddenly that part of him that was left behind convulsed in undignified
    haste,
Writhed like lightning, and was gone
Into the black hole, the earth-lipped fissure in the wall-front,

At which, in the intense still noon, I stared with fascination.

And immediately I regretted it.
I thought how paltry, how vulgar, what a mean act!
I despised myself and the voices of my accursed human education.

And I thought of the albatross,
And I wished he would come back, my snake.

For he seemed to me again like a king,
Like a king in exile, uncrowned in the underworld,
Now due to be crowned again.

And so, I missed my chance with one of the lords
Of life.
And I have something to expiate;
A pettiness.

뱀

데이빗 허벗 로렌스

뱀 한 마리가 내 물통으로 왔다
덥고도, 더운 날에, 나도 더워서 파자마 차림으로,
거기에 물마시러.

크고 어두운 구주콩나무의 짙고, 이상한 냄새풍기는 그늘 아래
나는 주전자를 들고 층계를 내려 와서는
기다려야 했다, 서서 기다려야, 왜냐면 뱀이 나보다 먼저 물통에 와 있었기에.

그는 컴컴한 흙 담 틈으로부터 몸을 뻗어 내려와
황갈색 느리고 부드러운 배를 끌고서, 돌 물통 가장자리 너머로
돌 밑바닥에 모가지를 쉬게 했다,
그리고 물이 꼭지에서 방울져 떨어지는 곳에서, 맑은 작은 방울로, 그는 일자 주둥이로 한 모금씩 마셨다,

일자 잇몸을 통해 부드럽게, 자기의 느릿한 긴 몸 안으로 마셨다,
조용히.

누군가가 나 보다 앞서 내 물통에 와 있었으며,
그래서 나는, 그 다음에 온 사람처럼, 기다리고 있다.

그는 마시다가 머리를 쳐들었다, 소처럼,
그리고는 멍하니 나를 바라다보았다, 물 마시는 소들처럼,
그리고 두 갈래진 혀를 입술에서 날름거리며, 잠시 생각하다,
몸을 숙이고는 좀 더 마셨다,
대지의 불타는 창자로부터 나온 흙갈 색, 흙금 색 존재,
시실리 섬의 칠월의 날에, 에트나 산이 연기 뿜고 있는 가운데.

교육받은 내 목소리는 내게 말했다
뱀은 죽어야 한다고,
왜냐면 시실리에서는 검은 뱀들은 해가 없지만, 금빛 뱀은 독이 있기 때문에.

그리고 내 몸 안의 목소리들이 말했다, 만일 네가 사내라면
막대기를 집어 들어 지금 당장 요절을 내어, 끝장을 내라고.

그러나 고백해야만 할까 얼마나 내가 그 뱀을 좋아했는지,
내가 얼마나 기뻐했는지를 그가 손님처럼 조용히 와서는, 내 물통에 물 마시러
평화롭게, 만족하여, 그리고는 감사의 말 한 마디 없이 떠나는 것을
이 대지의 불타는 창자 속으로?

비겁했기 때문이었던가, 내가 그를 죽이려 하지 않은 것은?
외고집 때문이었던가, 내가 그와 말을 걸고 싶어했던 것은?
비굴하기 때문이었던가, 그처럼 영광을 느꼈던 것은?
나는 몹시도 영광을 느꼈었다.

그러나 그 목소리들은:
네가 무서워하지 않았더라면, 넌 그 놈을 죽였을 텐데!

정말이지 나는 두려웠다, 몹시 두려웠다,
그러나 심지어, 한층 더 영광스러웠다
그가 내 환대를 찾아온 것이
은밀한 대지의 어두운 문에서 나와.

그는 충분히 마셨다
그리고는 고개를 들어, 꿈을 꾸듯, 술 취한 사람처럼,
두 갈래진 밤과 같은 혀를 허공에 날름거렸다, 시커먼,
마치 입술을 핥는 듯이,
그리고는 신처럼 빙 둘러보았다, 보지도 않고, 하늘을,
그리고는 천천히 머리를 돌려,
천천히, 매우 천천히, 마치 삼중의 꿈에 잠겨서
느린 긴 몸을 구부려 당겨 앞으로
담의 부서진 둑을 기어올라갔다.

그리고 그가 저 끔찍한 구멍 속으로 머리를 넣었을 때,
그리고 그가 천천히 몸을 끌어올려, 어깨를 편하게 하여, 더 깊이 들어갔을 때,
어떤 공포가, 그가 저 무섭고 시커먼 구멍 속으로 물러남에 대한 일종의 항의가,
고의적으로 암흑 속으로 들어가는데 대한,. 그리고 천천히 몸을 끌어들이는 데 대한,
그가 등을 돌리던 찰나에 나를 휩쓸었다.

나는 돌아보았다, 주전자를 내려놓았다,
볼품없는 통나무를 집어 들어
물통에다 덜커덩하고 내 던져 버렸다.

내 생각에는 그것이 뱀을 맞추지 못했다;
그런데 갑자기 뒤에 남아있던 몸 일부가 품위 없이 성급히 경련을 일으키다,
번갯불처럼 몸부림치며, 사라져 버렸다
시커먼 구멍, 담 정면의 입술같이 생긴 틈바구니 속으로,
그 구멍을, 강렬하면서도 고요한 정오에, 나는 매혹되어 응시했다.

그리고 곧장 나는 후회했다.
나는 생각했다 얼마나 인색하고, 얼마나 저속하며, 얼마나 비열한 행동이었나를!

나는 나 자신과 내 저주스러운 인간교육의 목소리들을 멸시했다.

그리고 나는 앨바트로스를 생각했다,
그리고 나는 바랐다 그가 돌아오기를, 나의 뱀이.

왜냐하면 그는 또 다시 내게는 왕처럼 여겨졌기 때문에,
유배된 왕같이, 하계에서 왕관을 못 쓰고 있으나,
지금 다시 왕관을 씌어주어야 마땅한.

이래서, 나는 놓쳐버렸다 생명의 왕들 중 한 분을 알현할 수 있는 기회를.
그리고 나는 무언가 속죄해야만 했다:
째째함을.

이 시에서 로렌스는 뱀을 인간이 무지로 두려워하는 자연의 신비적인 힘의 구현체로 묘사하고 있다. 그가 여기서 뒤늦게 깨닫게 된 사실은 문명사회가 생명력이 넘치는 자연과 합일하는 것을 인간에게 가르치는 것이 아니라, 오히려 결별하고 적대감을 갖도록 가르치고 있다는 것이다. 인간은 자연과 거리감 없이 융합할 때 진정한 생명을 누릴 수 있으며 자아성취가 가능하다고 로렌스는 이 시를 통해서 주장하고 있다.

제6장 영미시의 분석

시를 읽는 일에는 상당히 많은 노력과 인내심과 집중력, 그리고 상상력이 요구된다. 시를 세밀히 읽는 데에는 우리가 그 시에 지적이며 정서적으로 반응할 수 있는 최선의 이해능력이 필요하다. 어떤 시라도 그 시에 대한 비평가의 비평보다 원작 그 자체가 훨씬 더 중요하기 때문에, 독자는 자신의 능력이 미치는 범위 내에서 시를 정통해 보려는 노력으로 가능한 한 깊이 있게 독서해야 한다. 감식력을 가지고 시를 지적인 수준에 맞게 읽을 수 있는 능력은 많은 시를 읽어봄으로써 계발 가능한 것이므로, 어느 시라도 한 편을 바르게 읽어낼 수 있다는 사실은 이후의 여러 종류의 다른 많은 시도 읽을 수 있다는 증거가 된다. 사실 평범한 독자들은 상당한 기간을 두고 연습을 통하여 시작품 이해에 깊이 있게 천착함으로써, 이러한 단계에 도달할 수 있게 된다. 그러므로 시를 읽어 볼 수 있는 능력의 배양은 오로지 많은 시를 주의 깊게 읽어보고 생각해봄으로써만이 이루어질 수 있다는 사실을 터득해야 한다.

시의 독서에 있어서 지침이 될 만한 저명한 시비평가의 제언을 정리해 보기로 하자.

㉮ 여러 번 읽을 것.

㉯ 사전을 활용하고 필요하다면 신화에 관한 서적이나 성경도 활용할 것[14].

㉰ 어휘의 음가(音價)를 살려서 읽는 것이 중요한데, 입술로 소리내어 읽는 낭독 (lip-reading)이 바람직함.

㉱ 시가 표현하고 있는 의미에 유념할 것.

㉲ 큰 소리로 낭송토록 연습할 것.

   ㉠ 감정을 살려서 자연스럽고도 섬세하게 읽을 것, 그러나 애정을 갖고 읽되, 절대로 허식을 갖고 읽지 않도록 한다.

   ㉡ 의미파악이 되도록 명확하고 분명하게, 그리고 천천히 읽을 것.

   ㉢ 리듬의 패턴이 느껴지도록 읽어야 하며, 시행은 리듬의 단위이므로 구두점 이나 발음 및 강세 등에 신경을 써서 행말을 처리하는 것이 중요하다. (Perrine 19-21)

이와 같은 독서요령에 따라 읽은 시의 바람직한 이해를 위해서는 몇 가지 알아보아야 할 보조적인 문제가 있는데, 우선 시의 화자가 누구이며, 시 속의 상황이 어떠한 가를 알아보아야 한다. 대부분의 시는 극적으로 표현되며, 그 화자는 시인 자신이라기보다는 가공인물일 수가 많다. 시인의 전기적 요소가 필요한 경우도 있으나, 필요 없는 경우도 있는 것이다. 예이츠의 「이니스프리의 호도」와 같은 시나 워즈워스의 「외로운 추수꾼」('The Solitary Reaper')과 같은 시의 올바른 이해를 위해서는 시의 내부적 사실 외에도

---

14) 현대시의 독서에는 불경이나 힌두교경전, 동양문학 등에 관한 지식도 참고할 필요가 있으리라고 필자는 생각한다.

시인의 전기적 요소와 같은 외부적 사실이 필요한 것이다. 그러나 시의 순수 문학적인 요소 이외의 다른 외부적 사실을 필요로 하지 않는 시도 많이 있으며, 실재로 20세기에 접어들어서 이와 같이 시의 내부적 사실에만 관찰력을 집중시키는 문학 분석태도가 자리 잡게 되었다.

다음에는 시의 중심적인 목적이 무엇이냐를 알아보아야 한다. 시의 세부적인 내용을 핵심적인 목적에 연관시킴으로써 그 기능과 의미를 충분히 인식할 수 있게 되는 것이다. 마지막으로 그와 같은 시의 핵심적인 목적을 성취하기 위해서 시인이 어떠한 수단을 이용하고 있느냐를 알아보아야 한다. 이 문제의 해결은 극도의 지성적인 명민함을 유지하면서 시의 극적인 구조를 설명함으로써 가능할 것이다.

그러면 시의 올바른 이해를 위해서, 토마스 하디의 시를 실례로 위에서 설명한 보조적인 문제를 실제로 해결해 보기로 하자.

The Man He Killed

Thomas Hardy(1840-1928)

    Had he and I but met
    By some old ancient inn,
We should have sat us down to wet
    Right many a nipperkin !

    But ranged as infantry,
    And staring face to face,
I shot at him as he at me,
    And killed him in his place.

    I shot him dead because—
    Because he was my foe,
Just so: my foe of course he was;
    That's clear enough; although

He thought he'd 'list, perhaps,
Off-hand-like — just as I —
Was out of work — had sold his traps —
No other reason why.

Yes; quaint and curious war is!
You shoot a fellow down
You'd treat, if met where any bar is,
Or help to half-a-crown.

그가 죽인 사람

토마스 하디

그와 내가 단지 만났더라면
어떤 오래된 허름한 선술집에서,
우리는 함께 앉아서 목을 축였으리라
많은 술잔으로!

그러나 보병으로 배치되어,
얼굴을 마주하고 노려보게 되자,
그가 내게 총질하듯이 나도 그를 향해 응사했지,
그가 있던 그 자리에서 나는 구를 죽이고 말았어.

나는 그를 쏘아 죽이고 말았던 거야 왜냐하면 —
이유는 그가 나의 적이었기에;
단지 그랬었기에: 물론 나의 적이었지 그는;
그거로 명백히 충분 했어; 비록

그는 입대하려고 마음먹었지, 어쩌면
즉석에서 — 나와 마찬가지로 —
실직하여 — 자기 가재도구들을 팔고서 —
다른 이유는 없었어.

그래; 괴이하고 이상해 전쟁이란!
누구나 친구가 될 수 있는 사람을 쏘아서 쓰러뜨릴 수가 있으니
대접할 수 있는 동료를, 만일 어떤 술집에서 만난다면,
그렇지 않으면 몇 푼 도와줄 수도 있는 사람을.

성급한 독자들은 이 시의 화자를 시인으로 보는 수가 있으나, 하디는 군인으로 싸워 본 적도 없고, 또 사람을 해쳐본 적도 없다. 따라서 이 시의 화자는 시인이 아니라, 다른 어떤 가공인물임을 알 수 있겠다. 시의 내용으로 보아 이 시의 배경은 전장(戰場)이고, 화자는 생전 처음으로 전투에서 사람을 죽이게 된 군인이다. 그는 실직한 나머지 세간을 팔아서 군대에 입대했으므로 직업군인은 아니며, 구어체로 얘기하는 것("nipperkin", "list", "off-hand-like", "traps")으로 보아 곧 소박한 사람임을 알 수 있겠다. 화자는 주막에서 이웃과 술 한 잔을 같이하며 즐길 줄 아는 다정다감한 사람이며, 가난의 의미를 알기에 동료에게 푼돈을 빌려줄 정도로 너그러운 사람이다. 그에게는 그 어떤 상황에서도 사람의 목숨을 해친다는 일은 상상조차도 할 수 없었던 일이었으나, 전쟁터에서 상대가 적이라는 단순한 이유만으로 살인을 한 것이다. 그는 이제 전투라는 정황으로 말미암아 더 이상 그 행위의 정당성 여부를 인식할 정도로 충분히 분석적인 상태에 있지 못하게 된 것이다. 이와 같은 시의 극적인 상황을 인식하는 데 하디의 전기적 사실은 아무런 필요가 없는 것이다.

그리고 이 시는 이야기를 제공하고, 인간의 성격을 들어내며, 생생한 인상적인 장면을 보여 주어, 뚜렷한 시인의 사상이나 태도, 또는 어떤 정서나 분위기를 명확하게 전달하려는 목적을 지니고 있다. 우리는 시 속에서 시의 목적과 관계가 있는 세부적인 사항들의 의미와 기능에 관해서 이해해야 한다. 이런 과정을 거쳐야, 시의 가치를 추정하여 시에 대한 정확한 평가를 시작할 수 있을 것이다. 이 시에서의 시인의 목적은 확실히 전쟁의 불합리성을 독자들에게 인식시키고자 하는 일일 것이다. 전장이 아닌 다른 상황에서 만났더라면, 다정한 이웃이나 동료가 될 수 있을 상대방을 죽인 화자는 분명히 전쟁의 실상을 인식하고는 크게 당황하고 있으며, 이 시를 읽은 독자들인 우리도 역시 꼭 같

은 난처한 상황에 빠지게 된다. 어쩌면 이 부자연스러움을 시인이 고의로 만들어 내려고 하지는 않았을까?

전쟁의 합리적이지 못한 특성에 직면한 인간의 곤경을 시인은 의도적으로 노정시키기 위해서, 마지막 연에서 자신의 목소리로 논평을 가미했다고 볼 수 있는 것이다.

마지막으로 시인은 시의 리듬에 따른 율격을 맞추기 위해서 첫 연의 2행에서 "old ancient"와 같은 중복어를 쓰고 있다. 또한 3연의 마지막 행말의 시어인 "although"는 통상적으로 짧은 휴지를 받아야 하지만, 다음 연으로의 의미연결을 위하여 큰 소리로 이어 읽을 필요가 있는 것이다.

이와 같이 의미해석과 율독(scanning)의 과정을 거치면서 어느 정도 시의 감상은 이루어지겠지만, 보다 더 학구적이고 체계적인 감상을 위해서는 분석과정을 거쳐야 한다.

분석이란 시 전체의 의미와 본질을 파악하고 감상하기 위해서 시 전체를 여러 부분적 요소로 해부하여 지적으로 탐사해 보는 과정을 일컫는다. 그렇다고 해도 시의 분석은 어디까지나 파괴적이 아니라, 창조적인 행위가 되어야 한다. 이 과정에서 통찰력이란 싹이 터서 꽃이 핌으로써, 우리의 능력은 빛을 발하고 자극이 되며, 우리의 감정은 감흥을 받아 하나의 진기한 경험으로 바뀌게 되는 것이다. 시를 분석할 때 해야 할 첫 일은, 여러 차례 시를 읽고 이해를 하면서 의문을 가져 보는 일이다. 그래서 시를 분석한다는 일은 실로 많은 질문을 물어보는 일과 같다고 하겠다(Reaske 134). 다음으로 해야 할 일이 객관적 지식을 근거로 주관적 인상을 체계적으로 정리해 나가는 작업일 것이다.

시의 율독에 필요한 기본적인 요소들에 대한 이해가 끝나면, 시의 분석에서 요구되는 실질적인 작품 연구방법론을 고려해 보아야 한다. 시를 분석할 때에는 비평가들이 취할 수 있는 근본적인 접근방법에 관심을 기울여야 한다. 한 편의 시에 어떻게 접근해서 그 반응을 정리·분석해야 하며, 어떻게 그 분석을 시작해서 어떻게 마무리해야 할지를 결정해야 한다. 그리고 기본적인 접근법에 대한 선택과 효율적인 논의를 위한 통합도 시도해 보아야 한다. 따라서 여러 가지 방법 중에서도 가장 효율적인 방법을 개별적인 시에 사용해서 접근해야 완벽한 해석이 가능할 것이다.

1. 의미해석과 율독

시의 분석에 관해서 말할 때 항상 유념해야 할 일은 근본적으로 시를 두 가지 차원에서 읽어 나가야 한다는 사실이다. 이는 시가 지니고 있는 다층적 의미 사이의 본질적 관계를 이해하는 일이 중요하기 때문일 것이다. 물론 기본적인 문자적 의미차원에서 시를 이해하는 경우도 중요하지만, 더 나아가서 서로 다른 심리적 배경이나 연상을 불러일으킬 수 있는 잠재적인 이면의 의미차원에서 시를 이해하는 것이 더욱 더 중요하다고 하겠다.

그리고 어떤 시라도 결코 완벽하게 이루어진 것은 없다는 사실을 알아 둘 필요가 있다. 이 말은 시인이 항상 독자를 염두에 두고서 독자들의 작업 여분을 남겨 둔다는 의미를 담고 있다. 영국의 서정시에서 가장 빈도 높게 다루어져 온 두 주제인 사랑과 죽음을 예로 들어보자. 정말 사랑과 죽음에 관해서 쓴 시는 무수히 많을 것이며, 앞으로도 수 없이 많을 것이다. 그러나 아직까지 사랑이나 죽음의 개념이나 정의가 명확히 밝혀지지 않고 있으며, 앞으로도 밝혀지지 않을 영원한 수수께끼로 남게 될 것임에 틀림없을 것이다. 확실히 시는 우리를 자극하여 고무하고, 여러 각도에서 시를 보도록 종용하고 있는 것이다. 이와 같은 시의 불완전성 때문에 시를 비평하는 비평가들의 비평적 분석을 우리는 틀렸다고 말할 수가 없는 것이다. 사실 우리들의 분석이 시의 의도와는 먼 변방에서 헤매고 있더라도, 시에 대한 어떤 반응을 보일 수 있을 정도로 체계적이고 객관적이라면, 우리는 감상가로서의 기능뿐만 아니라, 더 나아가서 시의 올바른 비평가로서의 기능까지도 할 수가 있을 것이다.

비평기능을 갖는다는 말은 시의 가치와 목적에 관한 일종의 판단을 함의하고 있다는 뜻이다. 한 사람의 판단이 다른 사람의 전혀 다른 판단을 유도해 내기 때문에, 시의 분석에 대한 판단의 견해가 분분한 것은 곧 새로운 발견의 여지가 그 만큼 생겼다는 사실을 뜻한다고 볼 수도 있다. 그리고 작품이 열려있을 수록 이에 대한 해석공간은 그만큼 커지는 법이다. 워즈워스에 대한 엘리엇과 다른 비평가의 견해가 상반되고, 밀튼의 『리시다스』(*Lycidas*)에 대한 새뮤엘 존슨과 다른 비평가들의 견해가 다르듯이, 한 편의 시가 지니고 있는 의미적 가치는 그 만큼 다양하다고 하겠다.

시를 음미하고 감상하는 데 있어서 간과할 수 없는 과정이 시의 음악성을 구성하는 요소의 기능을 충분히 살려서 읽어 나가는 일이다. 그러므로 리듬에 따라서 자연스럽게 읽어 주는 율독이 필요한 것이다. 율독은 시의 율동적 특질을 설명하는 총체적 방법으로 정밀과학은 아니다. 올바른 독자는 시를 읽을 때, 율독에 신경을 쓰면서 지나치게 힘을 주지 않는 범위 안에서, 율독의 효율성을 부여하도록 마련된 강세와 음의 장단을 자연스럽게 조화시킨다. 율독의 객관적인 원칙 중에서 가장 중요한 것은 음보의 완벽한 규칙성이 시를 가름하는 장점의 기준이 되지는 못한다는 사실이다. 완벽한 규칙적인 음보가 바람직하지 못한 이유는, 모든 예술이 본질적으로는 반복과 변화로 구성되어 있기 때문에, 일단 기본 음보가 설정되면 시인이 의미강화를 목적으로 거기에 변화를 줄 수 있기 때문이다. 실제로 음보를 효과적으로 기교 있게 사용하는 방법은 하나의 리듬을 사용하는 것이 아니라, 예상되는 리듬과 실제로 들리는 리듬을 두 가지 모두 사용하는 것이다. 따라서 이 두 리듬이 서로 조화를 이루어야 만이 그 시의 호소력이 더욱 더 증대되는 것이다.

2. 객관적 분석

객관적인 시 분석은 시의 외형적 속성이나 기교적 특성에 대한 전반적인 기술로 시작된다. 시를 읽는 사람은 시인의 방법과 의미를 완전히 객관적인 방식으로 설명하려고 노력해야 한다. 비평가는 시의 길이나 운율구조와 같은 가장 기본적인 내용을 제시하면서 분석을 시작해서는 좀 더 복잡한 내용에 대한 검토로 분석을 진행시켜 나갈 수 있을 것이다. 물론 시의 기본적인 작시법에 대한 서술도 있을 수 있고, 운율구조의 종류와 율격과 음보의 수에 대한 관찰을 비롯해서 시인이 쓰고 있는 두운이나 과장법, 역설 및 그

밖의 다른 수사법 등을 포함한 시어의 여러 특성들에 대한 분석이 포함될 수 있을 것이다. 또한 시인이 그와 같은 수사법이나 시어를 사용한 이유도 연역해 보고, 이들 기교적 장치를 통해서 시의 의미가 어떻게 전달되고 있느냐의 문제에 대한 면밀한 탐사도 곁들인다. 앞에서 읽어보았던 프로스트의 「눈 내리는 날 저녁 숲가에 서서」라는 시를 예로 분석해 보면, 한 행이 "aaba"의 운율구조로 된 4행연귀로 한 연을 구성하고 있다는 서술로부터 시작해서, 2음절어휘의 뒤 음절이 강세를 받는 4개의 율격이 한 행의 리듬을 지배하는 약강 4보격의 시행으로 이루어 졌다고 소개할 수 있다. 다음에 프로스트가 1연("watch his woods")과 3연("sound's the sweep") 및 4연("dark and deep")에서 두운을 차용하고 있으며, 또한 마지막 시행에서 조심스럽게 수사적 기법으로 반복을 사용하고 있다는 사실을 주목하게 한다. 이러한 반복효과는 화자가 휴식을 가지려면 그 전에 여행해야 할 먼 거리를 달려야 한다는 말의 진의에 대한 정확한 어조를 설정해 두고 있다는 사실을 지적한다. 그리고 화자가 생계를 위한 여행에서 아름다움을 관조하기 위해서 어두운 숲 앞에 마차를 멈추어 세운 일과 같이, 시에서 일어나고 있는 육체적 행동에 대한 폭 넓은 서술을 제공할 수 있을 것이다. 또한 시가 지닌 의미가 행동과 주제 면에서 시인이 쓴 기교에 의해 어떻게 성취되고 있는 지를 분석해야 한다. 이와 같은 분석이 아마도 이 작품에서 발산되는 의미에 대한 적절한 해명이 될 것이다.

3. 주관적 분석

시 분석의 주관적 방법은 개별적인 시에 대한 개인적인 관심에서 시작된다. 즉 한 편의 시를 읽게 되면 누구나 서술된 특정한 체험에 직면하게 된다. 그리고 나면 자신의 체험을 통하여 그 체험에 대한 반응을 보이고 싶어진다. 앞에서 읽어보았던 프로스트의 「눈 내리는 날 저녁 숲가에 서서」라는 시에서 보면, 주관적인 여러 요인 때문에 화자가 나이가 많아 남은 여생이 얼마 안 된다는 사실을 생각하는 삶에 지친 사람이라고 단정할 수도 있을 것이다. 어쩌면 읽는 사람이 여자일 경우에, 또 나름대로의 주관적 이유로 화자가 남자라기보다는 여자라고 단정할 수 있을 정도로 그 화자에게 친밀감을 느낄 지도 모른다. 우리는 현재 살아가면서 지니게 되는 저마다 나름대로의 지켜야 할 어떤 의무감들에 따라서 화자가 지켜야 할 가능한 약속들이 어떤 것인가를 생각해 볼 수 있을 것이다. 그리고 그 시에서 표현되고 있는 거리를 나타내는 단위인 "miles"의 정확한 의미를 추정해 볼 수도 있겠다. 어떤 이들은 시인이 아주 연로해서 곧 죽을 지도 모르기 때문에, "miles"의 의미는 살아 있는 순간을 나타내는 짧은 시간일지도 모른다고 생각할 것이며, 또 어떤 이들은 그 말이 문자 그대로 공간적 거리를 나타낸다고 볼 수도 있을 것이다. 그러니까 우리 모두는 서로 다른 잣대를 이용해서 화자가 의도하는 여행의 의미를 측정해 볼 수 있다는 말이 된다. 달리 말하면 시에 대한 주관적인 반응은 개별적인 체험에 따라서 형성되고 있다는 뜻이다. 우리가 시에 관해서 개별화된 나름대로의 감정을 표현해서 언급할 때, 우리는 그 시의 구조나 리듬 및 음의 조화 등에 대한 어떤 작위적인 시도를 하는 것은 아니다. 시가 어떤 의미를 주고 있는 가의 문제에 절대적으로 순수한 관심을 갖게 된다. 우리가 프로스트의 이 시를 읽으면서 인적이 드문 숲을 지나 썰매를 타고 가는 사람이 수 천 마일을 여행하는 일을 생각해야 하는 이유에 대해서 뭔가 잘못된 것은 아닌가하고 주관적인 반응을 보이는 사람도 있을 것이고, 반대로 다음과 같이 시 속의 화자의 정조에 수긍하는 이도 있을 것이다. "그래, 맞아. 나는 가끔 고독 속에서 그렇게 느껴 본 적이 있어. 갑자기 삶이란 길며 해야 할 많은 일로 꽉 채워져 있다는 생각이 문득 들지. 정말 나 자신은 물론이고 가족과 사회 및 하느님에 대해서도 해야 할 일이 많이 있을 거야." 이와 같이 시를 읽는 사람들이 저마다 다르듯이, 해야 할 저마다의 의무도 다를 것이기에 시에 대한 반응도 다를 수가 있는 것이다. 개인으로서의 양심이 개인적 해석을 결정지을 수 있기 때문에, 거기에 따라서 주관적인 반응이 형성될 것이다.

그러나 시 분석을 할 때 오로지 주관적 분석에만 의존해서는 안된다. 개인의 사적인 체험만을 토대로 모든 것을 결정짓는 것은 옳지 못하기 때문이다. 오히려 시가 자신에게 주는 의미는 이런 것이지만, 다른 이들도 어떻게 생각하고 있는 지가 궁금하다는 식으로 말해야 옳을 것이다. 다시 말해서 시 비평가가 가능한 한 다양한 주관적 반응을 상상해 보려고 노력하는 일이야말로 중요하다고 하겠다. 객관적인 접근방법에서는 이와 같이 다른 사람의 반응을 살피는 태도는 있을 수가 없다. 물론 시의 외형적 구성을 서술하기 위해서 기본적인 질문들을 해야 하지만, 주관적인 접근법에서 그 작업은 상당히 어려운 것이다. 시를 읽는 사람이 자신의 감정을 발화하기는 쉬울지 모르나, 다른 사람이 느끼는 감정이 어떨 것이라는 추정적인 문제에 대해서 생각해 본다는 문제는 어려울 것이기 때문이다.

제 7 장 영미시의 비평적 접근

1. 외재적 비평과 내재적 비평

　　문학비평이 다루는 대상이나 범주에 따라서 여러 가지 방법론으로 분류할 수 있는데, 모방이론과 효용이론, 표현이론과 객관론이 여기에 해당된다고 하겠다. 문학비평의 방법론은 19세기말 인상주의비평과 재단비평의 논쟁이후에 과학적 방법을 설정하는 방향으로 발전되었는데, 외재적 비평이라 함은 문학비평의 4가지 좌표인 작품과 자연, 작가 및 독자와의 상호관계를 인정하여 이러한 상황에서 작품을 이해하려는 태도를 모두 포괄한다고 할 수 있다(Abrams 3-29). 일반적으로 시 작품은 어떤 자연대상을 관찰하여 그것을 그대로 모방해서 표현한 것이라든지, 또는 시란 읽는 사람들의 정서적인 쾌감이나 윤리적인 교훈을 주도록 표현한 것이라는 태도가 여기에 해당된다고 하겠다. 또한 좋은 시 작품이란 훌륭한 시인이 출현해서 그 재능에 의해서 탄생된다고 보는 태도도 여기에 속한다고 볼 수 있다.

　　문학작품을 우주의 여러 양상의 모방으로 설명하는 비평이론을 모방이론(mimetic theory)이라고 부르는데, 이 이론은 작품구조와 자연과의 관계를 바탕으로 이루어지고 있으므로 사실주의이론 정립의 토대가 되었다. 따라서 이 이론의 비평기준은 사실성(reality)이라고 할 수 있다. 그리고 시작품이 독자에게 기여하는 양상에 주로 초점을 맞추는 이론을 효용이론(pragmatic theory)이라고 하는데, 문학은 사람의 모방본능을 만족시켜 지식과 더불어 즐거움을 주는 효용적 가치가 있어야 한다는 생각을 토대로 하고 있다. 그러므로 이 비평이론의 가치평가 기준은 효용성이라고 할 수 있다. 마지막으로 외재적 비평(extrinsic criticism)에 속하는 방법론으로 작가에 초점을 맞추는 이론이 표현이론(expressive theory)인데, 작가의 개인적 체험과 관련시키는 관점을 바탕으로 하고 있다. 이 비평방법은 한 시작품을 시인의 개인적·주관적 체험 중 주로 이성에 의한 객관화의 과정을 거치기 이전 상태인 감정의 지배하에 있는 체험의 형상화로 파악하려는 입장을 고수하고 있다. 이 비평적 관점에 따르면, 본질적으로 내면적인 것이 시인의 지각이나 사상 또는 감정의 결합된 산물로 구체화되어 감정의 충동아래서 작용하는 창작과정에서 외면화되어 생기는 것이 시작품인 것이다. 시란 "자연스러운 감정의 힘찬 분출"(powerful overflowing of spontaneous feeling)(Garrett 115)이라고 정의한 워즈워스의 생각이 이런 비평태도를 정확히 밝혀주고 있는 원리라고 할 수 있을 정도로 낭만주의 비평가들에 의해서 발전되었다. 따라서 낭만주의 시대에는 독창적 천재시인 론이 제기되기도 했으며, 창조를 위한 개성의 표현인 독창성(originality)이 바로 이 비평방법의 평가기준이 되었던 것이다. 이 비평방법을 옹호하는 사람들은 독창적 작가는 자연을 모방하지만, 단순한 모방가는 타작가나 작품을 모방한다고 주장한다.

　　이와 같이 외재적 비평은 시작품의 외적인 좌표를 중시하여 그 작품의 창작 동기나 영향을 끼친 요인, 사회적 환경이나 역사적 사실 및 작가의 전기적 사실, 창작대상 등에 관한 면밀한 검토를 바탕으로 작품을 해석하려는 모든 방법을 포괄할 수 있다.

내재적 비평(intrinsic criticism)이란 문학작품을 작품외적인 좌표(orientations)로 부터 분리하여 관찰하고, 내적인 관계를 이루는 부분들에 의해 구성된 자족체로서 분석하며, 그 자체의 존재양식에 내재하는 판단기준에 의해서만 판단하려는 입장을 견지하는 비평태도이다. 이 비평방식은 작품 자체를 하나의 독립적인 자율적 존재이자 미적 실체로 인정하려는 태도를 보인다. 부분과 전체를 상보적인 필연관계로 파악한 아리스토텔레스의 유기체설(organic theory)에서 비롯되었다고 보여 진다. 그는 비극에서 가장 중요한 부분을 플롯(plot)으로 전제했는데, 이 플롯은 개별적 행위들의 종합으로 정의할 수 있으며, 부분이 전체를 이루게 하는 근본원리에 해당된다고 볼 수 있다. 시를 분석할 때 작품 자체에 초점을 두기 때문에, 그 작품을 구성하고 있는 복잡성이나 다양성 및 일관성이 비평의 평가기준이 된다. 작품의 부분과 전체의 조화와 균형이 형성되는 과정에서 갈등과 충돌이 따르고, 다음 단계에서 조화와 균형의 상태로 전환 가능한 원동력의 토대가 있느냐의 문제가 그 작품의 가치평가 기준이 되는 것이다. 엘리엇은 시를 연구할 때 일차적으로 그것을 시로서 파악해야 하며 다른 어떤 것으로 보아서도 안된다고 주장했는데, 이는 내재적인 비평태도에 입각한 판단이라고 여겨진다. 존 크로우 랜섬(John Crowe Ransom)도 스스로를 위해 존재하는 작품 자체의 자율성을 인정해야 한다는 입장을 밝힘으로써, 내재적 비평방식으로 뉴 크리티시즘의 틀을 마련하기도 했다. 이러한 비평태도는 프랑스 구조주의(French Structuralism)와 러시아 형식주의(Russian Formalism) 비평의 이론정립에 지대한 기여를 하게 되었으며, 뉴 크리티시즘 비평가들과 시카고학파(Chicago School)라고 불렀던 신 아리스토텔레스학파(Neo-Aristotelian)의 태동을 가져오게 했던 것이다.

2. 뉴 크리티시즘

역대의 비평가들 중에서 아리스토텔레스를 제외하면 콜리지가 뉴 크리티시즘(New

Criticism)을 신봉하는 학자들에게는 중요한 인물이라고 평가할 수 있을 것이다. 그러나 엄격히 말하면 20세기 이전의 다른 비평가들이나 콜리지도 뉴 크리티시즘 비평가들과 같은 방식으로 세심하게 시를 읽지는 않았다. 어떻게 보면 뉴 크리티시즘 비평가들은 문학에 접근하는 데에는 적극적인 사람들이었다. 그들은 일단 역사나 전기에서보다는 시 자체에서 많은 내용을 쌓아 두면 충분히 그 시를 이해하고 설명할 수 있다고 믿었던 것이다. 이와 같은 그들의 방법론은 시를 한 행씩 자세히 분석하는 프랑스식의 관행에서 왔다고 볼 수 있다. 우리가 해석이라고 말하는 행위 역시 시작품을 해석하거나 설명할 수 있다는 생각에서 나온 것이다. 물론 훌륭한 뉴 크리티시즘 비평가들은 시가 모든 의미의 마지막 부분까지도 산출해 낸다고 믿고 있지는 않았다. 그들은 어떤 시에 대한 독서도 최선의 절대적인 완벽한 독서가 될 수 없다는 사실을 인정했으나, 가끔 그들의 비평관행 역시 그와 같은 독서를 그 목표로 생각하고 있는 것 같다.

　뉴 크리티시즘은 1940년대부터 1950년대 초반까지 유행했던 비평으로 랜섬의 책인 『뉴 크리티시즘』(*New Criticism*)에서 이 용어가 일반화되었는데, 이후의 시 교육 연구방법의 중요한 준거를 마련해 주었다. 이러한 이유로 뉴 크리티시즘은 광범위한 영향력을 발휘하면서 지지를 받기도 했으나, 반대로 혹독한 비판을 받기도 했다. 그러나 발표되고 있는 대부분의 문학비평이 아직도 뉴 크리티시즘의 연구방법에 상당 부분 의존하고 있기 때문에, 이 비평방식은 여전히 그 타당성을 확보하고 있다.

　이 비평방식은 시 작품 외부의 모든 정보를 배제한 채, 시 작품에 대한 면밀한 정독을 토대로 하고 있다. 그 목적은 시가 의미하는 내용을 학습한다는 뜻에서 시를 이해하고, 그 의미가 어떻게 작용하는지에 대한 분석을 시도하는 데 있다. 그러나 뉴 크리티시즘 역시 비평가가 탐사하고 있는 모든 시에서 찾아내려고 한 가치들을 지니고 있다. 뉴 크리티시즘 비평가들이 두고 있는 가치들에는 아이러니와 통일성, 그리고 심상 등이 있다. 이들 비평가는 시의 애매성에 관심을 보이고 있는데, 그와 같은 표현이 해체주의자(Deconstructionist)들이 나중에 파악했듯이 작품을 해치는 것이 아니라, 시의 필연적인 통일성을 촉진시키는 장치로 보고 있다. 이러한 개념을 윌리엄 엠슨(William Empson)은 애매성(ambiguity)으로 표현했으나, 리차즈(I. A. Richards)는 아이러니(irony)라고, 클레언스 브룩스(Cleanth Brooks)는 역설(paradox)이라고, 앨런 테이트(Allen Tate)는 긴장(tension)이라고, 그리고 랜섬은 결(texture)이라고 불렀던 것이다.

뉴 크리티시즘이 짧고 조밀한 서정시에는 잘 적용될 수 있으나, 설화체시나 극시에서는 그렇지가 못하다. 그래서 뉴 크리티시즘 비평가들이 대상 시인으로 존 단을 폭 넓게 연구했다는 것만 보아도 이와 같은 사실을 알 수 있겠다. 그들은 일반적으로 폽이나 워즈워스보다도 단이나 키츠를 선호했으며, 셰익스피어를 읽을 때에도 극의 구성 보다는 어법이나 심상에 더 주의를 집중시켰던 것이다. 하지만 이러한 현상만을 뉴 크리티시즘 비평가들의 일반적인 경향이라고 못 박을 수는 없다. 실제로 뉴 크리티시즘 비평가들은 서로 아주 다를 수 있지만, 시를 비평행위의 중심에 두는 데에는 동의하고 있다.

저명한 뉴 크리티시즘 비평가들로는 랜섬을 비롯해서 브룩스와 로벗 펜 워렌(Robert Penn Warren), 윔샛(W. K. Wimsatt), 랜덜 재럴(Randall Jarrell), 앰슨, 델모어 슈워츠(Delmore Schwartz), 블랙머(R. P. Blackmur), 필립 라브(Philip Rahv) 등이 있다.

3. 여성주의와 포스트모던적 글 읽기

포스트모더니즘(postmodernism)은 대개 모더니즘(modernism)의 연장선상에서 계승·발전되었다고 보는 견해와 모더니즘과의 의식적인 단절이나 비판적인 반작용으로 보는 견해가 주류를 이루고 있다. 이러한 맥락에서 필립 스테뷕(Philip Stevick)은 포스트모더니즘이 모더니즘과 맺고 있는 관계를 변증법적 관계와 대립적 관계, 그리고 적대적 관계로 범주화하기도 했다. 따라서 모더니즘과 포스트모더니즘과의 상호연관성은 계승적 관계와 발전적 관계, 그리고 대립적 관계와 적대적 관계 등의 네 가지 유형으로 나누어서 논의하는 것이 일반적인 추세라고 할 수 있겠다. 두 차례에 걸친 세계대전의 참화와 대량학살과 전체주의, 그리고 자연환경의 황폐화와 인구 폭증 및 기아와 궁핍으로 인해 극도에 달한 모더니즘에서 이탈하려는 모든 시도들이 이루어졌으며, 그 결과 기존의 사고방식과 체험의 양식을 파괴하고 존재의 무의미성과 그 바탕이 되는 심연이나 공허, 또는 무의 세계를 탐색하려는 노력이 이루어지고 있다.

　문학에서 포스트모더니즘을 다루는 방향에는 두 가지의 커다란 흐름이 있는데, 엘리엇과 파운드의 모더니즘에서 발전된 반자본주의적인 정신에 맞서는 물질과 과학만능주의, 환상과 반역사성 및 대중성에 대한 현상연구가 미국적인 성향이라면, 이성의 무력함과 폭력의 잔혹함에 대한 인식이나 언어와 정신분석학에 대한 관심을 바탕으로 시도되었던 연구가 프랑스적인 성향이라고 하겠다. 페르디낭드 드 소쉬르(Ferdinand de Saussure)와 로만 야콥슨(Roman Jakobson)에서 비롯된 구조주의를 통하여 이항모형과 의미화, 그리고 은유와 환유의 개념이 제시되었으며, 클로드 레비스트로스(Claude Lévi-Strauss)의 인류학과 롤랑 바르트(Roland Barthe)의 기호학적 연구 분석은 자크 데리다(Jacque Derrida)와 미셸 푸코(Michel Foucault)를 비롯한 자크 라캉(Jacque Lacan)과 뤼스 이리가레이(Luce Irigaray) 및 쥴리아 크리스테바(Julia Kristeva)에로의 발전을 진전시켰다.

　경제·사회와 과학적 측면에서 보면, 이제 새로운 형태의 인식주체의 탄생이 곧 새로운 것이라는 명제 하에서 후기 산업사회의 생산력이 창조되고 있는 가운데, 새로운 정보통신 기술의 보급 확산을 목표로 전지구가 넷웍(network)으로 연결되어 사이버스페이스(cyberspace)화하고 신보수주의의 유행과 자유경제체제의 지속 하에서 인간 게놈 계획(Human Genome Project)이라는 야심찬 유전학적 청사진이 마련되고 있다.

　주체와 객체의 경계가 무너지고 있는 가운데서 포스트모더니즘은 절대와 유일의 부정을 통해서 상대와 다원성의 긍정을 합리화하고, 양성(兩性)과 무질서 및 우연이 중시되는 가운데 환유와 차연(différance)의 개념을 바탕으로 탈 중심화의 특징을 지니게 되었다. 따라서 포스트모던 예술작품이나 문학작품은 원심력이 작용하고 다양성이 존중되는 불확정성의 열린 구조의 형식을 취하게 된다. 또한 권위와 보수적인 비평태도가 쇠퇴하면서 탈구조적 해체주의(deconstruction)에 반대하는 사회주의적인 좌파 문학비평 이론들이 제랄드 그라프(Gerald Graff)와 테리 이글튼(Terry Eagleton) 및 레이먼드 윌리엄스(Raymond Williams)와 같은 비평가들에 의해 진전을 보이기도 했다.

영미문학에서의 포스트모더니즘을 명확하게 규정할 수 있을 정도로 다른 사조와의 변별적 특징이 용이하게 드러나고 있지는 않지만, 어떤 문학적 정의나 제약, 또는 경계에서 벗어나 장르의 소멸이나 혼합현상이 포스트모더니즘의 문화적 특징을 이루는 가운데 지배적 사상의 불확정성이라는 의미소를 찾아볼 수 있을 것이라고 여겨진다. 시 분야에서는 이야기체시(narrative poem)나 담화 시(talk poem), 또는 고백체 시(confessional poem)가 주류를 이루고 있으며, 소설분야에서는 이른바 메타픽션(metafiction)이라고 부르는 반 소설, 또는 초 소설이 전통적인 리얼리즘(realism)소설과 맞섰고, 극 분야에서는 부조리극에서 출발하여 퍼포먼스(performance)의 급진적 전위성을 표방하는 실험극들이 시도되었다고 볼 수 있겠다. 이러한 분위기에서 팝 비평(Pop Criticism)과 패러비평(Paracriticism)이라는 문체의 다원성이 중시되는 하나의 독립된 담론의 장르로서의 영미 비평이 시도되는 새로운 감각이 드러나기도 했던 것이다.

영미시에서의 포스트모더니즘적인 성향이 제임스 펜튼(James Fenton)의 이야기체시에서 드러나고 있긴 하나, 이러한 시의 본격적 계보는 저마다 다른 목소리로 노래한 미국 시인들에게서 보다 더 뚜렷이 드러나고 있다. 랜덜 제럴, 델모어 슈와츠, 씨어도어 룃키(Theodore Roethke), 찰즈 올슨(Charles Olson), 앨런 긴즈버그(Allen Ginsberg) 등의 로벗 로월(Robert Lowell)세대의 시인들로 부터 데이빗 안틴(David Antin)의 담화 시에 이르기까지 그 계보는 다양하게 이어져 있으나, 이들이 공유하고 있는 특징은 아마도 이야기를 전개하면서 자신의 내면세계를 표출하는 고백적인 특성이라고 하겠다. 제롬 마자로(Jerome Mazzaro)와 같은 비평가의 주장처럼 언어의 타락성과 우연성을 수용하고 있는 시, 그리고 윌리엄 스파노스(William Spanos)의 견해처럼 덮개 벗기기의 시("발견한다"는 의미의 어휘를 "dis-cover"로 읽으면, 덮었던 "뚜껑을 벗긴다"는 뜻으로 해석이 가능함)가 포스트모더니즘적인 시라고 볼 수 있다. 여기서 데이빗 안틴은 덮개를 벗긴 열린 형태의 시의 특성을 구화적 특성(orality)이라고 생각했던 것이다. 따라서 탈 중심화된 세계의 시는 사회적 규범과 법, 그리고 금기시 되어온 이성적 자아와 예술적 자아를 해체하는 고백시가 될 수밖에 없는 것이다.

기존의 모더니즘 전통을 무너뜨린 고백파 포스트모던 미국시인들이 고민한 문제는 예술이 예술적이기 위해서는 이성적인 시학을 어느 정도까지 버릴 수 있는가 하는 것이었다. 로월을 비롯한 실비아 플라스, 앤 섹스턴, 베리먼(John Berryman) 등의 고백파 시인들은 역사가 단순히 어떤 지속된 절대적인 힘의 광란을 피하기 위해서는 우주의 광기를 순응시키는 예술적 힘이 필요하다고 믿었던 것이다. 『인생연구』(*Life Studies*)라는 로월의 고백시집 이후로 그들은 전통적인 시학에 대하여 과격한 거부의 몸짓을 보였다. 그는 혁신적인 시어와 상징 및 열린 형식으로 일상적인 생활주변의 개성적이고 우연적인 체험의 소재를 시로 환유시켰다. 그러나 고백시의 가장 두드러진 특징은 고백파시인들이 주로 시의 소재로 사용했던 체험의 금기적 성격에 있다고 하겠다. 그들은 가면을 쓴 극적 인물을 시적 자아로 전면에 둠으로써 자신들의 무의식 속의 무절제한 충동들을 숨길 수 있었다. 그래서 그들의 시에 등장하는 고통 받는 인간의 정서는 사회적 전통에 의해서 재단된 이성적인 시학의 의미체계를 지닌 예술적 자아에 의해서 여과된 후에야 예술로 승화되는 것이다.

섹스턴과 플라스와 같은 고백파 여성시인들은 시 창작이라는 행위를 고통스러운 자기표현, 다시 말해서 아주 극단적인 사사로운 체험에 의해서 야기된 절박한 정서의 직접적인 표출이라고 정의한다. 고백파 시인들은 존재를 원초적인 모순이자 부조리적인 갈등으로 보고 있기 때문에, 이성적 자아로 금기시하여 무의식과 자연을 통제하고 조절하려는 시도를 인간성 상실을 야기하는 위험한 행위로 간주하고 있다. 그들에게는 이성적 신념으로 삶의 갈등과 부조리를 제거하려 했던 역사는 인간이 숭고한 문명을 이룩해온 과정이 아니라, 삶에서 금기시 된 영역을 확장해온 과정이었으며, 모든 인습적인 풍속은 탈각해야 할 껍질과도 같은 것이었다. 고백파 시인들은 인습적인 문화가 구축한 우상적인 금기들을 타파하고, 사회적 규범에 의해 규정된 사회적 퍼스나(persona)의 가면을 해체해 버림으로써 억눌린 희열과 원초적 자아를 회복하려고 했다. 그들은 원초적 자아가

선험적으로 지닌 부조리와 갈등에 대한 욕구와 투쟁의 충동을 시로 고백함으로써, 정화된 자신들의 참된 자아를 탐색하고자 애썼던 것이다. 자아의 해체를 통하여 의식의 영역을 확장시키는 일은 이들에게는 형식의 해체를 뜻하는 것이자, 감추어졌던 자신의 것을 밖으로 드러내는 작업, 즉 새로운 자아의 발견인 셈이다. 이러한 작업을 시도한 대표적인 여성시인이 앤 섹스턴과 실비아 플라스이다. 그녀들은 여성을 남성에 의해 억압된 존재로 표현하면서 동시에 가정을 엄격한 가부장제 속에 갇혀 버린 틀로 나타내고 있다. 이러한 묘사는 자신들의 개인적 시각이 투영된 것으로서, 자신들의 내부에 축적되어 있던 기존의 인습적인 여성의 역할에 대한 강한 반감의 표출이라 할 수 있겠다. 이런 점에서 그들의 시들은 여태까지 우리의 고정관념으로 고착해 버린 여성의 역할과 남성의 역할에 대한 인식을 강하게 뒤흔들어 놓고 있는 것이다. 그들이 자신들의 전기적 사실에 근거를 두고 패러디한 가정의 모습이나 남녀인물들의 행위는 혼돈된 자아를 정리하면서 자신들의 정체성추구에 골몰한 시적인 정서에서 비롯되었다고 할 수 있겠다. 그들은 또한 여성시인에게 금기시 되어 오던 근친상간이나 동성연애 및 강간과 같은 성(性)의 주제를 거리낌 없이 고백적으로 다루었다는 면에서 탈 중심적인 특성을 크게 부각시켰다고 볼 수 있다.

　이상에서 살펴 본 것을 정리해 보면, 포스트모더니즘과 여성주의는 불가분의 관계를 갖고 있으므로, 향후의 영미문학의 방향은 인류의 절반이자 또 다른 큰 타자인 여성에게로 반드시 전환되어야 할 것이라고 믿는다. 그리고 생태학적인 상상력으로 자연환경에 대한 지속적인 관심도 아울러 함께 표명되어야 할 것이다.

제8장 영미시의 문학사적 개관

1. 고대 영국시

앵글로색슨 시대의 시가를 크게 나누면 앵글로색슨족들이 그들의 생활터전이었던 북유럽에 거주하면서 선조 대대로 계승된 구전시를 영국 땅에 가지고 와서 성문화한 이교도적(異敎徒的)인 시가(pagan poetry)와 영국 땅에 와서 기독교의 영향을 받아서 승원을 중심으로 성서와 기독교적인 사적을 중심으로 읊은 기독교적인 시가(Christian poetry)의 두 갈래로 나눌 수 있다. 이 밖에 서정시에 대한 초기 전통이 있었을 것이라고 가정은 하나, 13세기 이전의 시로서 현존하는 것은 없으며, 수도승들에 의해서 보관된 종교시가 세속적인 서정시보다도 더 보존이 용이했으므로, 대부분 종교적인 시가만이 존재하게 된 것이다.

앵글로색슨 시가는 대체로 운율과 문체는 무거우며, 평범한 소재를 단조롭게 다루고 있다는 것이 그 특징이라고 하겠다. 이러한 내용을 구체적으로 보면 시행의 길이가 짧고, 운을 밟고 있지 않으며, 광범위하고 특수한 어휘를 사용하여 케닝(kenning)으로 사물과 인물을 묘사하고 있다. 그리고 특히 두운을 많이 사용하고 있다는 점도 특징 중의 하나일 것이다.

종교시와 이교도적인 시 이외에도 단시(lay)나 saga도 이 시대의 시가에 포함될 수가 있으며, 현존하는 서정시가 없기 때문에, 이 시대는 음유시인(scop 또는 gleeman)이 노변에서 영웅의 공적을 찬양하여 읊은 서사시와 비가(elegy)의 전성기라고 보아도 좋을 것이다.

이 시대의 이교도적인 시가로는 가장 오래된 단시(短詩)인 「멀리 여행하는 자」('Widsith')를 위시로 해서, 엑시터 북(Exeter Book)에 수록된 단시인 「디오의 탄식」('Complaint of Deor'), 「아내의 탄식」('The Wife's Lament'), 「남편의 말」('The Husband's Message'), 「방랑자」('The Wanderer'), 「바다로 간 사람」('The Seafarer') 등이 있으며, 최고의 서사시인 『베어울프』(*Beowulf*)와 1860년경 코펜하겐(Copenhagen)의 왕립도서관에서 발견된 「브루난버의 전투」('The Battle of Brunanburh')와 「말든 전투」('Battle of Maldon')가 있다. 이 중에서도 최고의 걸작은 영웅서사시인 『베어울프』인데, 이는 3182행으로 쓰여진 최초의 장시이다. 이 시는 방랑시인들이 여러 곳을 편력하면서, 그들의 민족영웅인 베어울프의 무용담을 불러 구전되어 오던 것이, 앵글족(Angles)에 의해서 6세기경에 영국에 도입되어서 700년경에 시로 형성되었다. 현재 영국박물관에 소장되어 있는 이 시의 사본은 약 11세기경에 만들어진 것으로 믿어진다. 이 시는 2부작으로 되었으며, 이야기의 내용은 게르만민족의 이교도생활에 속하나 시 자체는 기독교에 귀의한 이후의 작품이다. 이 시에는 새로운 신앙심과 낡은 영웅정신이 뒤섞여 있으며, 운명에 도전하는 정신이나 인내심, 백절불굴의 용기 등은 후세 문학에서도 그 예를 다시 찾아보기가 힘들 정도인데, 이 시의 저자가 아마도 버질의 시나 후기 라틴서사시를 읽은 것 같다는 추측을 불러일으키기도 한다(Evans 15). 이 시가 괴물과 용을 소재로 한 한낱 동화에 불과하며 이야기 구성에 약점이 있다고도 하지만, 고대 영웅시대의 가치관을 표현한 대표적인 서사시로 평가받고 있다. 진정한 의미의 통일성이 이 시에 결여되어 있다고도 하나(Legouis 7), 근자에 와서는 소박한 주제에 상징적이고 종교적이며 더욱이 신화적인 가치가 그 기저에 깔려 있으므로, 상당히 풍부한 해석을 할 수 있는 귀중한 작품으로 평가받고 있는 것이다.

597년 로마 법황이었던 그레고리(Gregory) 1세가 파견한 성 오거스틴(St. Augustine)에 의해서 전파된 기독교는 앵글로색슨인들의 시적인 감정을 풍부히 해주었을 뿐만 아니라 라틴어로 된 성경과 로마의 학문을 함께 가져와 영문학에 큰 영향을 끼치게 된 것이다. 이 시대의 대표적인 종교시인은 캐드먼(Caedmon)과 키니울프(Cynewulf)였는데, 캐드먼은 소재를 『창세기』(*Genesis*)나 『출애굽기』(*Exodus*), 『다니엘서』(*Daniel*) 등과 같은 성경에서 취했으나, 튜튼적(Teutonic)인 성격을 그대로 시에 담고 있었다. 키니울프는 십자가를 발견하는 성 헬레나(St. Helena)의 이야기를 담은『엘렌』(*Elene*)을 비롯해서, 예수의 승천에 관한 시인 『크라이스트』(*Christ*), 『사도들의 운명』(*Fates of the Apostles*), 성 줄리아나(St. Juliana)의 순교시인 『줄리아나』(*Juliana*) 등의 작품을 남겼다. 이 밖에 작자미상의 현존하는 종교시는 상상적인 『십자가의 꿈』(*The Dream of the Road*)과 천사의 타락을 기록한 창세기의 이야기 중에서 일부분을 소재로 한『창세기 비』(*Genesis B*), 그리고 경외서의 쥬디스(Judith)의 이야기를 다루고 있는 『쥬디스』(*Judith*) 등이 있다. 특히 『창세기 비』는 악마의 성격과 지옥의 지리묘사를 탁월하고도 생생하게 표현했기 때문에, 밀튼이 후에 자신의 『잃어버린 낙원』에서 이 이야기를 재술하기도 했다.

2. 엘리자벳 시대 영국시

엘리자벳 여왕이 등극한 1558년에서 제임스(James) 1세가 서거한 1625년에 이르는 67년 동안을 셰익스피어 시대라고 부르는데, 이 시대의 영문학 작품은 탁월하고 풍요로 워서 영국의 문학적 상상력을 확대하고 사상과 감정을 고양하는 데 크게 기여했던 것이 다. 이탤리나 프랑스에 뒤떨어져 받아들인 르네상스의 영향은 이 시대에 그 절정에 달하 여 무수한 고전문화가 귀족이나 왕족에게는 물론이고 번역물을 통해서 일반 대중에게 까지 보급되었던 것이다. 그래서 영국의 르네상스는 과거와의 관계를 명확하게 단절한 것은 아니었으며, 14세기나 15세기의 특징을 이루었던 자세와 감정이 인문주의와 종교 개혁의 시대에도 그대로 답습되고 있었다. 이 시기는 셰익스피어를 비롯한 극작품이 번 성한 시기이기도 했으나, 당시의 극작가들 역시 거의가 무운시로 극을 썼으며, 필립 시 드니나 에드먼드 스펜서, 월터 롤리(Walter Raleigh) 등의 많은 시인들이 활약했기 때문 에, 시가 영문학의 꽃으로 자리 잡은 중요한 시대로 평가되고 있다. 이미 초서가 있었으 나 그 이후의 영시는 안정을 얻지 못했으며, 민요(ballad)가 문학적인 전통으로 오래 지 속되기도 했다.

르네상스에 의해서 시작된 새로운 이상과 새로운 행동의 세계는 이 시대의 시 주제 에도 영향을 끼쳤다. 이 시대의 시인들은 거의가 이탤리의 페트라르카를 모범으로 삼았 다. 특히 이들은 르네상스 시인들이 애호했던 14행시인 소넷과 서정시 형식을 빌어서 자 신들의 개인적인 감정을 표현하였다. 또한 이 시기의 영국 궁정시인들은 이탤리의 시나 고전시들을 번역하기도 하고 모방해서 쓰기도 했던 것이다. 『토틀 시화집』(*Tottel's Miscellany*)을 비롯해서 시드니의 『애스트러펠과 스텔라』(*Astrophel and Stella*)와 스펜서의 『선녀여왕』(*The Faerie Queene*) 등의 작품들이 이 시대의 시를 대표한다고 할 수 있겠다. 시드니의 뒤를 이어서 많은 시인들이 활동했으나, 가장 독창적인 시인은 역시 셰익스피 어라고 하겠다. 그는 독특한 시 형식으로 이탤리식 소넷과는 다른 영국식 소넷을 창안해

내었다. 이 시기의 시가는 대부분이 음악에 맞게 지어졌는데, 이유는 노래 부르는 능력이 글 쓰는 능력과 마찬가지로 당시에는 교양으로 인식되었기 때문이다. 당시의 식자들은 한결같이 악보를 읽을 줄 알았으며, 무대를 통해서 무운시의 리듬을 감상할 수 있었던 것이다. 이러한 결과 이 시기의 서정시에는 놀라울 정도로 아름다운 멜로디의 가사를 볼 수 있었는데, 이러한 면에서 셰익스피어는 단연코 이 시기의 최고의 우수성을 과시했던 것이다.

엘리자벳 시대의 시와 연극에는 당시의 국민적 자긍심과 희열이 기록되었으며, 이것이 이후의 수세기 간에 걸쳐서 영문학에 영향을 주었다. 그러나 르네상스가 쇠퇴해 가면서 제임스 1세와 찰스(Charles) 1세의 치세기간에도 고전적인 문학모형이 일반적으로 인식되긴 했으나, 그 문학적인 영감은 점진적으로 사라지기 시작했던 것이다.

3. 17 · 18세기 영국시

엘리자벳 시대에 풍미했던 고전적인 문학의 영감은 쇠퇴해 갔으나, 이 시대에 등장한 시인들은 강한 개성을 문학화 하는 면모를 보이게 되었다. 벤 존슨이 가면극을 통해서 보이고 있는 서정시는 라틴시인들의 영향을 강하게 반영하고 있는데, 그의 시에 사용된 언어는 순수하고 절제된 가운데서도 문장의 명확성과 운율의 유연성에 크게 기여하고 있다. 로벗 헤릭(Robert Herrick)이 카르피 다이엠을 주제로 시를 쓰는 가운데, 존 써클링(John Suckling)과 리차드 러블리스(Richard Lovelace)를 비롯한 왕당파 시인(Cavalier Poets)과 존 단이 중심이 된 형이상학파 시인들(Metaphysical poets)이 이 시기에 중요한 활동을 했었다.

단은 사랑과 증오 및 기쁨과 슬픔의 문제를 진실된 자신의 감정으로 서정화 시켜 나갔던 것이다. 특히 그는 놀라운 기상을 발휘하여 부부애를 표현하기도 했으며, 심각한 주제를 역설적으로 다루면서도 익살스럽게 말장난을 사용하기도 했다. 앤드루 마블과 조지 허벗은 성애적 표현을 사용하여 애정과 신앙심을 나타내기도 했으며, 헨리 본(Henry Vaughan)과 리처드 그래쇼(Richard Crashaw)는 저마다 성직자로서의 자아와 신앙의 문제를 나름대로의 착상으로 묘사하기도 했던 것이다. 이들의 종교시는 나중에 청교도 세력이 권력을 장악하여 청교주의를 바탕으로 밀튼과 번연(John Bunyan)이 활동할 때까지 그 위력을 발휘하였다.

밀튼은 익사한 친구를 추도하여 『리시더스』(*Lycidas*)라는 목가적인 성격의 애가를 발표하여, 명성에 대한 자신의 갈망과 영국 종교에 대한 자신의 불만, 그리고 천국에서의 보상을 향한 자신의 사색적 태도를 조용하게 표현하고 있다. 그러나 그의 서사시를 향한 열망은 『잃어버린 낙원』이라는 걸작을 탄생시켰다. 성서를 읽다가 잠이 든 한 청교도의 꿈을 그린 이 시는 청교도들의 인생을 관조하는 시인의 진지한 자세의 반영물이라고 하겠다. 그는 4년 뒤에 『다시 찾은 낙원』(*Paradise Regained*)과 『투사 샘슨』(*Samson Agonistes*)을 발표하여 피안의 기대와 구약성서의 비극적 이야기를 작품화하였다.

찰스 2세의 왕정복고 이후의 문학은 스튜엇(Stuart) 왕가의 최후와 왕권회복의 도전과 실패 등과 같은 정변을 그 이념적 소재로 삼게 되었다. 정치적 변혁은 문학의 발전에도 영향을 주어서 고대 고전작가들을 추종하는 분위기를 조성시켰다. 시와 희곡도 고전작품의 규칙에 따른 나머지 문학작품을 보는 가치의 척도도 작품의 구상과 형식의 정확성에 두었던 것이다. 그래서 형식을 중시하여 이성에 의해서 상상력이 억제되는 이성의 시대가 도래하게 된 것이다. 이 시기에 드라이든은 훌륭한 풍자시 『앱살럼과 애키토펄』(*Absalom and Achitophel*)을 통해서 이성에 의한 심상과 운율의 선택이 시에서 얼마나 중요한 가를 보여 주었다. 18세기의 시대정신은 합리주의였으므로, 문학상으로는 이러한 사상과 감정을 정확하고도 교묘하게 표현하는 사실주의가 수긍을 보였다. 평범을 지향하던 시대였기에 문학의 전반적인 특질은 상식성과 합리성이었다. 18세기에 와서 시와 산문이 병행했기에 매슈 아놀드는 "산문과 이성의 시대"(age of prose and reason)라고도 했으나, 시를 문학의 주류로 보기 때문에 이 시기를 고전주의(classicism)시대라고 부르는 것이다. 이 시기의 시들은 표현이 정확하고 형식이 정연하며 우아함과 재기(才氣)를 중시한 교훈시나 풍자시가 주류를 이루었다. 그래서 스위프트(Jonathan Swift)와 폽의 활약이 두드러진 시기라고 할 수 있겠다. 특히 폽은 『비평론』(*Essays on Criticism*)과 『인간론』(*Essays on Man*), 『머리타래 절도』(*The Rape of the Lock*) 등의 작품을 통해서 문학과 인간에 대한 정확한 인식과 고전에 대한 관심을 표명했던 것이다. 따뜻한 감정과 자유분방한 상상력이 결여되었기에 그의 작품을 시의 범주에 포함시킬 수 있느냐의 문제가 거론되기도 했으나, 특이한 시형식과 리듬을 바탕으로 날카로운 지성과 정확한 관념을 표현하고 있었기 때문에, 고전시를 추앙했던 당시의 시인들에게는 그가 위대한 시인의 표본으로 자리 잡았던 것이다. 따라서 이 들이 표방했던 사조를 신고전주의(neo-classicism) 또는 의(擬)고전주의(psuedo-classicism)라고도 부르는 것이다.

4. 낭만주의 영국시

블레이크나 번즈와 같은 낭만주의 전파(pre romantics) 시인들에 의하여 약 반 세기 동안이나 이어져 오던 시는 1798년에 워즈워스와 콜리지가 『서정시화집』(*Lyrical Ballads*)을 발표함으로써 결과적으로 낭만주의의 도래가 시작된 것이다. 19세기 낭만주의의 시는 개성과 자유를 근본정신으로 하고 있기 때문에, 18세기의 시가 표방하던 규율과 인습 및 보편성을 반대했던 것이다. 이 시기의 시는 이성의 억제와 구속이 아니라 정서의 해방에서 출발하고 있다. 객관성이 아니라 개성적인 것, 더 나아가서는 기이한 것까지도 추구하고 높이 평가한다. 외적 권위 보다는 내적 영혼의 소리를 존중하지만, 이러한 모든 태도가 독특한 감수성을 전제로 하고 있다. 그러므로 19세기 낭만시는 주로 더러운 현실세계를 멀리 떠난 자연과 시간적으로 먼 중세, 공간적으로 먼 이국의 정서, 초자연적인 괴기세계, 현재적인 현실을 부정하고 아득한 이상세계를 건설하려는 혁명 등을 내용으로 하고 있다. 이 낭만정신의 기능은 상상력이며 민주주의와 인본주의를 바탕으로 하고 있다. 그러므로 이 시대의 시의 인물은 18세기처럼 전형적인 모습을 띠고 있지 않으며, 평민이나 천민, 또는 괴이한 사람들이다. 그리고 시어는 거의가 일상용어들이며 구어체로 구성되어 있다. 특히 작가와 작품과의 관계에서 작가를 더 중시한 시기였기 때문에, 천재시인 론이 대두되었으며, 또 실제로 키츠나 셸리, 바이런과 같은 천재시인들이 배출되기도 했다. 이 시대의 시는 특히 인간의 권리에 대한 뜨거운 열망과 정착된 질서 속의 영국사회에 존재하는 많은 종류의 제약과 구속에서 개인의 자유 신장을 희구하는 분위기를 명확히 반영하였다.

콜리지의 시는 현실생활과 멀리 격리된 상상의 세계를 표현하면서 독자들에게 불가사이 한 매력을 주고 있다. 그의 「노수부의 노래」와 미완의 시 「쿠블라 칸」('Kubla Khan')을 보면, 미묘한 초자연의 세계와 몽상을 통한 미지의 역사를 엿볼 수 있다. 워즈워스의 경우의 낭만성은 흔히 그렇게 명료하지는 않다. 그는 개인이 가장 중요한 가치를 지니며 조직사회의 압축된 힘과 규정된 사고방식으로 부터의 해방을 통하여 진리를 터득할 수 있다는 깊은 신념으로 시를 썼다. 그는 시의 문제로서 시작법에 구애받기보다는 야외의 대자연을 좋아하였고, 화장하고 가발을 쓴 귀족보다는 소박한 목동을, 고대 철학자에게서 전수된 지혜보다는 푸른 숲에서 얻는 상쾌함 등을 더 좋아하였다. 『서곡』(*The Prelude*)에서 보여주고 있는 인간의 성장에 관한 감수성과 「수선화」에서 표출하고 있는 고독과 환희의 감정은 그의 인간애와 자연과의 친화감을 정확하게 나타내고 있다. 그가 콜리지와 함께 주도한 영시의 개혁은 낭만주의의 반항정신과도 맥을 같이 하고 있다. 워즈워스와 프랑스혁명, 바이런과 그리스 독립전쟁, 셸리와 사회개혁 등과 같이 시인의 정치·사회적 참여활동은 이 시기의 시운동의 큰 특징이라고 하겠다.

바이런(Lord Gordon Byron)은 『차일드 해럴드의 순례』(*Childe Harold's Pilgrimage*)에서 영국을 등진 반항아의 모습을 보여 주고 있으며, 셸리는 『해방된 프로메테우스』(*Prometheus Unbound*)와 「서풍에 부치는 노래」('Ode to the West Wind')를 통해서 자유인으로서의 면모를 보이고 있고, 키츠는 「그리스 항아리에 부치는 노래」('Ode on a Grecian Urn')와 「무자비한 미녀」를 통해서 신비스럽고 초자연적인 목가의 세계를 동경하고 있다. 바이런은 전제주의를 철저하고도 강력하게 혐오하였으며, 영국사회와 압제에 저항하는 반항아였다. 그의 시정신은 격렬하고 자기중심적이며, 거칠고 난폭한 시혼에 대한 독자의 공명을 환기시키고 있을 정도로, 그의 시는 개성이 강한 반항 시였다. 여기에 비해서 셸리의 시는 어휘와 운율이 융합하여 그의 시 정신을 영감으로 표현하는 탁월한 면을 보이고 있다. 그리고 키츠의 시는 덧없고 괴로운 현실세계에서부터 도피하여 영원히 지속되는 미(美)의 세계로 진입하려는 낭만주의적 욕구를 매혹적인 시구로 묘사하는 다양성을 보이고 있다.

5. 빅토리아 시대 영국시

1832년의 선거법 개정안(Reform Bill)과 더불어 영국은 민주주의와 과학의 시대를 맞게 된다. 1901년 빅토리아 여왕이 사망할 때까지 지속된 이 시대는 민주화된 정부가 창출해 낸 강력한 국력이 전 세계로 신장되면서 영국인들로 하여금 자긍심을 갖게 하였다. 민주주의와 과학의 영향을 받은 시인들은 인간의 정신을 흔들어 놓았던 희망과 공포에 대한 나름대로의 훌륭한 신념을 제시하였던 것이다. 낭만파 시인들이 세상을 떠난 뒤, 1830년경부터 영국의 시단은 어떤 새로운 경향을 띤 시인들을 배출하기 시작했다. 이 새로운 경향이란 빅토리아시대의 사회적 환경과 사상적 여건의 조성을 가능하게 할 수 있는 어떤 것이 이미 거기서 싹트고 있음을 말하는 것이다.

빅토리아시대의 문학의 특징은 시에 있어서나 산문에 있어서 인생문제와 현실문제로의 접근을 꾀했다는 점이다. 특히 산문에 있어서는 대부분의 작가가 현실적인 사회문제를 취급했으며, 종교와 과학을 통한 인생문제를 심각하고도 진지하게 다루었던 것이다. 이리하여 많은 작가와 방대한 양의 작품이 산출되었으므로, 이 시대를 위대하게 만든 것이 산문이었다고 해도 지나친 표현은 아닐 것이다. 그러나 시에 있어서도 초기 낭만주의의 연장에서 출발했지만, 나름대로의 독자의 길을 향한 흔적이 뚜렷하므로, 괄목할 만한 시인들을 배출한 시기라고 말할 수 있겠다. 브라우닝이 셸리에게서 영향을 받았으며, 라파엘 전파(Pre-Raphaelites)시인들이 키츠에게서 학습을 받았고, 아놀드가 바이런에게서 전수 받았다고 평가할 수 있으나, 이들은 모두 독자적인 목소리를 지닌 색깔 있는 작품을 쓰면서 나중에는 한층 더 완숙한 면모를 보여 주었던 것이다.

빅토리아 시인들에게 공통된 한 가지 진전은 초기 낭만파 시인들처럼 자연과 과거로만 향해서 날던 날개의 방향을 돌려, 인생이나 개성 및 연애 등의 문제를 향해서 날아 내려 왔다는 점이다. 뿐만 아니라 인본주의를 바탕으로 작품을 심리적으로 다루는 새로운 면모도 지니고 있었으며 새로운 이념이나 모럴을 제시하기도 했던 것이다. 이런 점에서 빅토리아 시대의 문학의 공통적인 특징 중의 하나가 윤리적인 면에 대한 부각이라고 할 수 있겠다. 이 시대의 시인들은 작품을 쓰는 데 반드시 목적의식을 지니고 있었으며, 물질주의시대에 처해 있으면서도 대개는 물질주의를 공격하고 사랑과 정의와 박애 등의 본질적인 삶을 탐구해 나가는 자세를 견지했던 것이다.

테니슨은 애도시인 『추억 속에서』(*In Memorium*)와 『아서왕의 죽음』(*Morte d'Arthur*)을 통해서 잃어버린 사람과 전설에 대한 깊은 애착을 보였으며, 놀라운 힘으로 시 애호가들을 사로잡았다. 그의 시는 빅토리아시대의 관념적인 과거지향적인 풍조를 그대로 반영하고 있으며, 「모래톱을 건너서」와 같은 시에서는 육체적 한계를 초월하여 영원한 삶을 희구하는 완벽한 서정성을 추구하였다. 테니슨이 과거를 이상화하여 현재에 적합한 덕목의 지침으로 삼으려고 노력했을 때, 브라우닝은 역사적 사실을 통하여 조명되는 개인에게 끝없는 관심을 집중시켰다. 그리고 그는 시에서 극적 효과의 극대화를 꾀했으며, 역사적 사실에 대한 사실주의적인 태도를 견지하였다. 『반지와 책』(*The Ring and the Book*)과 『소델로』(*Sordello*) 및 『남자와 여자』(*Men and Women*)를 통해서 다양한 성격과 유형의 인물들을 독자들이 이해할 수 있도록 표현했다. 특히 그가 시를 통해서 시도했던 극적 독백은 엘리엇과 같은 현대 시인에게 지대한 영향을 주었던 것이다. 그의 부인이었던 엘리자벳 바렛 브라우닝(Elizabeth Barrett Browning)과 단테 개브리엘 로쎄티(Dante Gabriel Rossetti) 남매를 비롯하여 아놀드와 스윈번(Algernon Charles Swinburne) 및 키플링(Rudyard Kipling) 등이 이 시기의 시단을 장악했었다.

6. 20세기 영국시

    19세기에서 20세기로 전환하는 시기의 영국에서는 아일랜드에서와 같은 풍부한 문학 활동은 없었지만, 조지(George)왕조의 시인들이 현실표현에 치중하면서도 낭만주의의 매력을 느끼면서 시작활동을 했었다. 빅토리아조 말엽부터 생긴 예술가의 소외현상과 더불어 유미주의사상이 팽배한 가운데서도 대중교육이 발달함에 따라 소박한 문학인구가 급속히 출현하게 되었다. 대중예술과 전문예술과의 격차가 생기면서 독서대중도 분화되었으며, 기혼부인 재산법과 여성의 참정권 인정 등으로 대학문호가 여성들에게도 개방되었다. 유한계급의 사치와 향락이 현저했던 시대인 에드워드(Edward)왕조(1901~1910)에는 작가와 예술가들이 상류사회와 단절됨으로써 지식인이나 예술가들의 소외가 급속히 진행되었다. 이후 세계대전 전까지의 조지왕조는 구질서 해체 직전의 확신과 안정의 단계라고 봐도 좋을 정도로 고요한 폭풍전야와도 같은 시기였다. 마쉬(Edward Marsh)가 편집한 『조지왕조의 시』(*Georgian Poetry*)는 당시의 시들을 수록하고 있는데, 주목할 만한 시인은 전쟁시인이었던 오웬(Wilfred Owen)이었다. 그는 아이러니와 연민으로 전쟁의 참상과 비극적인 현실과 공포를 생생하게 시로 표현함으로써, 전쟁을 미화시키고 맹목적인 애국심만을 고취시켰던 다른 전쟁시인들과 차이를 보였다.

    20세기 영미시의 시적 혁명은 단연코 이미지스트 운동(Imagist movement)일 것이다. 에즈라 파운드와 흄(T. E. Hulme)을 위시한 이미지스트들은 표현하고자 하는 대상에 대한 직접적인 묘사와 자유로운 운율을 중시했으며, 표현에 도움이 되지 못하는 모든 어휘들의 사용을 피하려고 노력하였다. 또 하나의 이 시기의 획기적인 시적 혁명은 형이상학파 시인들에 대한 재평가작업이 이루어졌다는 사실이다. 1912년에 허벗 그리어슨(Sir Herbert Grierson)이 존 단의 시집을 편찬해냄으로써 17세기 시인들에 대한 일반인들의 관심을 고조시켰으며, 엘리엇은 1921년판 형이상학파 시 전집의 서문에서 사상과 열정의 통합을 형이상학파 시인의 특징이라고 주장하고, 이것을 현대시에 다시 도입하기를 희망했다. 엘리엇은 형이상학파 시인들에 대한 재평가작업을 주도했을 뿐만 아니라, 현대시와 비평의 새로운 지평을 열었으며, 프랑스 상징주의 시와 재커비언(Jacobean) 극작가들을 소개하였다. 그는 또한 시어를 구어체로 전환함과 동시에 시의 표층적 의미에서 전달되는 것과 날카롭게 대조되는 사물이나 사상을 암시해서 얻는 아이러니를 영미시에 도입하기도 했던 것이다. 그리고 이 시기에 재 발굴된 시인으로는 빅토리아조 시인이었던 제러드 맨리 홉킨즈가 있는데, 그는 비록 19세기 시인이었지만 친구인 로벗 브리지즈(Robert Bridges)가 1918년에 그의 유고시집을 출간하여 현대독자들에게 소개했으며, 그의 시 또한 개별적 이미지의 완벽한 정확성에다 새로운 종류의 운율패턴을 결합시킴으로써 언어와 리듬의 실험을 꾀했기 때문에, 현대 시인으로 평가받고 있는 것이다.

현대 영시를 볼 때 중요한 시인은 아일랜드 문학의 풍요로움을 선보인 예이츠라고 할 수 있겠다. 예이츠의 시작품 자체가 1890년부터 1939년 사이의 영시의 역사(Abrams 1986: 1731)라고 말할 정도로 전전(戰前)의 20세기 영시에서 그는 중요한 자리를 점유하고 있다. 그는 아일랜드의 전설과 민담을 시로 작품화했으며, 나름대로의 상징과 아이러닉한 언어를 구사하여 신비스러움을 창조했던 것이다.

1930년대는 자본주의경제와 정부의 무력감이 부각됨으로써 젊은 지식인들의 정치적 좌경화의 경향을 보였던 시기였다. 실업과 불황을 잉태시킨 경제적인 공황으로 인해, 유럽에서는 나치즘(Nazism)과 파시즘(Fascism)이 득세하게 되었으며, 스페인에서는 좌익 공화정부와 우익 군부의 내전이 발생하여 비극적인 전쟁의 발발을 예고하는 듯했다.

이미 엘리엇이 1922년에 제1차 세계대전 후의 환멸을 그린 『황무지』(*The Waste Land*)를 발표하고, 예이츠가 『탑』(*The Tower*)을 1928년에 발표하면서 왕성한 활동을 했지만, 대부분의 젊은 작가들은 새로운 유형의 예술품 창작 보다는 자신들의 정치적 태도 표명에 혈안이 되었다. 그래서 역사가들은 이 시기를 "붉은 10년간(red decade)" (Thwaite 62)이라고 부르고 있는 것이다. 그러나 젊은 좌익 작가들은 처음에는 정치적·경제적 숙정을 주장했으나, 2차 대전 발발과 함께 충격과 환멸로 대부분 우익으로 전향하고 말았으며, 전쟁의 와중에서도 영국시인들은 자신들의 아이덴티티(identity)와 존재확인의 길을 추구해 나갔던 것이다. 이 시기의 젊은 시인들로는 오든(W. H. Auden)을 비롯하여 스펜더(Stephen Spender)와 루이스(C-Day Lewis), 루이스 맥니이스(Lewis MacNeice) 등이 활약했는데 이들을 "맥스폰디(MacSpaunday)"(Thwaite 62)라고 부르기도 했다. 또한 이 시기에는 딜런 토마스(Dylan Thomas)가 시어에 관심을 보이기 시작했으며, 1950년대에 들어서서는 도날드 대비(Donald Davie)와 톰 군(Thom Gunn), 그리고 필립 라킨(Philip Larkin) 등이 중심이 된 무브먼트(The Movement) 운동이 일어났다. 이들은 온건한 전래의 예술형식과 서구의 문화적 가치를 준 인본주의 전통을 살리는 데 전념한 신세대 시인들로서 시어의 정화를 목표로 했었다. 무브먼트 시인들은 18세기 시의 평이함과 명징성 및 절제된 은유와 세련된 표현의 장점을 논증하는데 주력했으며, 시에 산문을 채택하면 도움이 될 것이라고 주장하면서 워즈워스 시를 옹호했다. 특히 라킨은 하디(Thomas Hardy)가 표현한 토착적 전통을 애호하고 수입된 파운드나 엘리엇의 모더니즘(modernism)을 거부했는데, 이 전통은 나중에 토니 해리슨(Tony Harrison)과 셰이머스 히니(Seamus Heaney)의 작품에 영향을 주었다. 그리고 테드 휴즈(Ted Hughes)는 로렌스처럼 자연과 야생동물에 대한 관심을 시화시키기도 했던 것이다.

7. 19세기까지의 미국시

17세기 초부터 시작된 미국의 역사는 1776년 독립선언 후에 유럽에서 탈피하려는 독자적인 노력을 보였다. 미국의 초기 문화는 서유럽 문화에 종속되었다고 해도 과언이 아닐 정도로 서구와 밀접한 관계를 맺고 있었으나, 국민적 자각에 의해 미국적인 풍토 하에서의 독자적인 문화를 창조하려는 노력을 경주했던 것이다. 일반적으로 미국문화는 청교도주의 정신과 초절주의 정신을 그 사상적 기반으로 하고 있는데, 미국의 시 역시 이 영향에서 크게 벗어날 수는 없었다. 창조주와 인간의 영혼의 문제, 인간과 우주와의 조화의 문제 등에 주된 관심이 집중되었다.

식민지시대의 시인으로는 앤 브랫스트릿(Anne Bradstreet)과 에드워드 테일러 (Edward Tatlor) 및 필립 프레노(Philip Freneau)를 들 수가 있는데, 이들은 모두 청교도주의 사상의 핵심이라 할 수 있는 원죄와 영육(靈肉)의 문제, 현세와 내세의 문제, 우주의 질서와 절대자의 문제 등에 관심을 보였다. 특히 브랫스트릿은 성서적 인유를 사용하여 구원의 문제를 인습적으로 다루었는데, 최초의 미국 여성시인이라는 점에서 현대에 다시 주목을 받고 있다.

존 휘티어(John Greenleaf Whittier)와 윌리엄 컬른 브라이언트(William Cullen Bryant), 헨리 왜즈워스 롱펠로우(Henry Wadsworth Longfellow), 랠프 웰도 에머슨 (Ralph Waldo Emerson), 헨리 데이빗 소로우(Henry David Thoreau), 허먼 멜빌 (Herman Melville) 등이 이 시기에 기독교를 바탕으로 한 이신론(理神論)적 태도를 시로 작품화했지만, 주요한 시인은 월트 휫먼(Walt Whitman)과 에밀리 딕킨슨(Emily Dickinson)이라고 할 수 있겠다.

휫먼은 범신론적인 신앙을 바탕으로 광활한 자연과 나약한 인간의 조화로운 교감을 자유시로 표현하고 있다. 그는 장구한 시간 속에서 변화하는 자연의 역동적인 생성과정을 인간의 풍요로운 삶과 우주의 다양성 속에서 파악하려는 노력을 보이고 있다. 그리고 그는 생명을 무한한 진화의 과정으로 인식함으로써 삶과 죽음을 연속된 존재의 연쇄적 정점으로 이해하고 있다. 그가 주장하고 있는 다양한 조화와 자아의 중요성을 미국이라는 국가사회에다 비유하기도 하고, 시집인 자유시의 면모를 보인 『풀잎』(*Leaves of Grass*)을 통해서는 우주론적인 자아관을 선보이기도 했다. 본서에서도 수록된 그의 시 「아 선장님! 우리 선장님!」에서는 정확한 역사인식을 바탕으로 한 정치지도자의 죽음에 대한 애상을 서술함으로써, 국민적 시인으로서의 면모를 보였던 것이다.

휫먼이 주로 현세적 삶을 중시하여 관대한 자아를 노래했다면, 딕킨슨은 고독한 자아와 영혼불멸을 관조했다. 그녀의 시에서 용이하게 찾아 볼 수 있는 주제가 죽음이지만, 그녀가 다루고 있는 죽음은 인간이 두려워하는 암흑의 대상이 아니다. 그녀가 인식하고 있는 죽음은 청교도주의적인 색채가 없는 것은 아니지만, 깊은 신앙과 구원의 확신으로 유한한 인간의 비극적 자아의 다른 모습으로 지각되고 있는 것이다. 그녀는 죽음을 보다 심리적이고 체험적으로 다루면서도 유한한 한 인간의 개인적 삶의 시간 속에서 부각되는 죽음을 여러 각도로 관찰하고 있다. 그녀의 시는 성서와 찬송가를 그대로 시화하여 처음에는 찬송가에서 크게 벗어나지 못하는 수준이었으나, 성숙해 가면서 내면화된 강한 자아의 모습과 나약한 인간이 처한 비극적인 상황에 대한 냉정한 포착력이 엿보이기 시작했다. 냉정한 어조와 감정이 극도로 절제된 시어는 경우에 따라서 난해한 리듬을 타고 읽는 이의 명상 속에 깊이 자리 잡게 된다. 그녀의 시 전반을 지배하고 있는 나약한 인간의 유한적 삶과 죽음의 그림자는 생물학적 삶에 연연하는 세속적인 사람들에게는 성스럽고 신비스러운 생명의 고귀함을 일깨워 줄 수 있다.

마지막으로 19세기의 미국시를 언급하면서 간과할 수 없는 시인이 에드거 앨런 포우이다. 포우는 유럽에서 시작된 낭만주의의 영향에 힘입어 신비스럽고 유미주의적인 환상과 무한한 상상력을 시화하였다. 그는 특히 문학과 예술의 심미적 가치에 상반되는 과학만능주의와 상업적 물질주의에 대한 강한 비판과 불만을 토로하면서 아름다움만이 시의 유일한 자리라고 강조함으로써, 프랑스 상징주의의 태동에 모태적 역할을 했다고 말할 수 있겠다. 실제로 예술지향주의적인 그의 심미적 문학관은 프랑스 상징주의 시인들에게 지대한 영향을 끼쳤던 것이다.

8. 20세기 미국시

20세기의 영미시를 주도한 위대한 두 시인들은 역시 엘리엇과 파운드라고 할 수 있다. 둘 다 미국인이었으나 세계인이라고 해도 좋을 정도로 무국적자들인 이들은 사상적으로는 아직도 세인들의 비판대상이 되고 있다. 그러나 이들의 문학에 관해서 시비하는 사람들은 거의 없다.

이 시기의 미국시단은 파운드를 중심으로 일어난 이미지스트 운동과 모더니즘의 발원지 역할을 했다. 표현대상의 직접적인 묘사와 정확한 표현, 효율적인 심상과 리듬 및 구어체 구사 등을 표방했던 이미지즘은 현대 시의 발달에 많은 기여를 했다. 또한 현대야 말로 난해한 시기이므로 현대 시는 난해할 수밖에 없다는 슬로건과 함께, 역설과 난삽함으로 무장한 모더니즘 역시 전후의 영미시에 엄청난 영향을 주었던 것이다. 이들의 시는 현학적인 특징을 띠고 있을 뿐만 아니라 주로 도회문명을 시의 소재로 삼고 있다. 월리스 스티븐스(Wallace Stevens)는 정신적인 방황을 일삼는 도시의 현대인의 비애를 수준 높게 표현하고 있는 반면에, 프로스트(Robert Frost)는 자연을 배경으로 인간의 체험적 삶에서 비롯되는 진솔한 면을 사색적이고도 철학적으로 묘사하고 있다. 그러나 두 시인에게서 발견할 수 있는 공통된 점은 놀라운 관찰력과 따뜻한 인간애다. 그리고 핫 크레인(Hart Crane)은 현대문명 속에 처한 도시인의 일상적 생활을 서정적이면서도 상징적으로 그려 나갔다. 그러나 이미지즘의 영향이 뚜렷이 남은 시인은 역시 윌리엄 칼로스 윌리엄즈(William Carlos Williams)라고 할 수 있겠다. 예리한 관찰을 통한 자연에 대한 세부적 묘사와 주관적 정서의 표현은 어쩌면 의사로서의 그의 직업에서 비롯되었는지도 모른다. 그리고 시각적인 효과를 극대화시킨 시인은 커밍스(E. E. Cummings)였다. 그는 인쇄기법 상의 시각적 효과를 최대한으로 이용하여 서정성을 실험했던 것이다. 특히 그는 대문자와 구두점을 전혀 쓰지 않았으며, 심지어 분철법까지도 무시할 정도로 파격적인 실험을 감행했다. 파운드는 현대 상업주의 문명으로 점철된 자본주의 사회의 천박함을 정치적인 관심으로 비판하면서 이미지스트의 수범을 보이기도 했다.

존 크로우 랜섬이나 앨런 테이트와 같은 시인들이 참가했던 뉴 크리티시즘 비평가들은 모더니즘에다 자신들의 지성적인 권위를 부여했다. 콘래드 에이큰(Conrad Aiken)이나 도널드 홀(Donald Hall), 스탠리 쿠니츠(Stanley Kunitz), 리처드 에버핫(Richard Eberhart), 시어도어 롯키(Theodore Roethke), 엘리자벳 비숍(Elizabeth Bishop), 랜덜 재럴(Randall Jarrell), 칼 샤피로(Karl Shapiro), 리처드 윌버(Richard Wilbur) 등의 젊은 시인들은 1940년대까지의 미국시단을 이렇게 장악하였다. 이후의 미국시단은 어떤 학파라든지 동인이라든지 하는 식으로 저마다의 명칭을 얻기 시작했다. 그래서 찰스 올슨

(Charles Olson)이나 로벗 크릴리(Robert Creeley) 등을 블랙 마운틴 시인(Black Mountain poets)이라 불렀고, 앨런 긴즈버그와 그레고리 코르소(Gregory Corso) 등을 비잇파(Beats), 로벗 던칸(Robert Duncan)과 로런스 펄링게티(Lawrence Ferlinghetti) 등을 샌 프랜시스코 시인들(San Francisco poets), 존 애쉬버리(John Ashbery)와 케닛 코흐(Kenneth Koch) 등을 뉴욕파 시인들(New York poets), 스놋그래스(W. D. Snodgrass)와 로벗 블라이(Robert Bly), 뮤리엘 루카이저(Muriel Rukeyser)와 윌리엄 스태포드(William Stafford) 등을 신 낭만파(Neo-Romantics), 랭스턴 휴즈(Langston Hughes)와 궨돌린 브룩스(Gwendolyn Brooks)를 흑인 시파(Black poets)라고 불렀던 것이다.

이 시기의 많은 시인들이 배출된 데에는 여러 대학의 출판부의 후원 덕분이었다. 그중에서 몇 가지를 예로 들어 보면, 웨슬리안 시 기획물(Wesleyan Poetry Program)과 핏 시 시리즈(Pitt Poetry Series), 노스 캐럴라이너 대학 현대 시인 시리즈(Contemporary Poets Series of the University of North Carolina), 예일 청년시인 시리즈(Yale Series of Younger Poets) 등이 있다. 이처럼 전후의 미국시는 다양하고 풍부했으며 상반된 면을 노출시키기도 했다.

그래서 이 시기의 시들은 일반적으로 "비잇"(beat)시와 "학구적인"(academic)시로 구분되었는데, 로벗 로월은 이 시들을 "잘 익은"(cooked)시와 "설익은"(raw)시를 구분하고 있으며, 로런스 펄링게티(Lawrence Ferlinghetti)는 "상아탑"(the ivory tower)의 시와 "거리"(the streets)의 시로 구분했다.

로월과 긴즈버그의 시세계는 미국적인 특징을 지녔다고 할 수 있다. 로월은 비록 인간의 생존을 공언하지는 못하지만, 시의 우수성을 단언하는 영웅적인 노력을 표현해내고 있다. 그리고 어떤 면에서 보면 그의 시는 종말론적이고 역행적인 성격을 띠고 있다. 그는 미국의 삶에서 불안감을 느끼고 있었으므로 인간의 삶에 대한 가능성을 전혀 예시하고 있지 않다. 그러나 인생을 탐구했던 그의 진지한 자세에는 방종을 거부하는 고백적인 면이 있기 때문에, 훌륭한 미국 시인 중의 일인으로 평가되고 있다. 그가 중심이 된 일명 고백파 시인들 중에는 실비아 플라스와 앤 섹스턴을 기억해 둘 필요가 있다. 플라스의 시는 가족과 사랑, 질병과 정치, 기독교 신화와 자연의 오염, 왜곡된 의식과 정신병 등과 같은 다양한 소재를 창의적이고도 기이한 은어를 사용하여 고백적으로 표현하고 있다. 자서전적인 요소는 섹스턴의 작품 속에서 훨씬 더 명확하게 드러나 있다. 그녀는 분명하고도 통렬하게, 그리고 자기연민도 없이, 특히 가족과 연인들, 친구들의 신체적인 질병들과 정신적 질환에 대하여, 종교적 교육과 회의주의에 관하여, 그리고 인생의 끝없는 고뇌에 대하여 고백하고 있다. 긴즈버그 시의 소재가 되고 있는 체험은 괴로운 자신의 삶에서 연유된 것이다. 그는 마약과 발광, 동성연애, 폭력, 분노, 그리고 비탄에 대해서 유달리 명확하게 터득하고 있었다. 그는 또한 초월적 명상이나 구도를 통한 내적인 힘과 독서로 얻은 폭 넓은 지식을 시에다 쏟아 부었던 것이다. 긴즈버그의 시들은 자기만족적이고 감상적이며 지루한 감도 있으나, 적어도 인간의 지성에 호소하는 치밀함을 보이고 있다. 전반적으로 그의 시는 존재의 광대함을 증언하고 있으며, 자유스러운 언어 구사를 통하여 새로운 것에 대한 경외감을 표출하고 있다.

이 밖에도 케닛 팻츤(Kenneth Patchen), 델모어 슈워츠(Delmore Schwartz), 존 베리맨(John Berryman), 하워드 네메롭(Howard Nemerov), 머윈(W. S. Merwin), 제임즈 딕키(James Dickey), 드니스 레버톱(Denise Levertov), 골웨이 키널(Galway Kinnell), 메이 스웬슨(May Swenson), 게리 스나이더(Gary Snyder), 프랭크 오하라(Frank O'Hara) 등의 시인들이 활발하게 움직이고 있다.

1. 영국시

Amoretti LXXV

Edmund Spenser(1552-1599)

One day I wrote her name upon the strand,
But came the waves and washed it away:
Again I wrote it with a second hand,
But came the tide, and made my pains his prey.
"Vain man," said she, "that dost in vain assay,
A mortal thing so to immortalize;
For I myself shall like to this decay,

And eke my name be wiped out likewise."
"Not so," (quod I) "let baser things devise
To die in dust, but you shall live by fame:
My verse your virtues rare shall eternize,
And in the heavens write your glorious name:
Where whenas death shall all the world subdue,
Our love shall live, and later life renew."

작은 사랑의 노래 **75**

에드먼드 스펜서(*1552-1599*)

어느 날 나는 그녀의 이름을 백사장에 썼지요,

그러나 파도가 밀려와 그것을 씻어 가버리더군요;

다시 나는 그녀의 이름을 거듭하여 썼지요,

허나 조수가 밀려와 나의 노력을 제물로 삼아버렸답니다.

"공허한 이여" 그녀가 말하더군요, "죽을 수밖에 없는 존재를

영원불멸의 것으로 만들기 위해 헛된 노력을 하다니요,

내 자신도 이와 같이 쇠락하고 말 것이며

내 이름 또한 이처럼 씻겨 없어질 텐데요."

"그렇지 않아요" (내가 말했지요) "비천한 것들은 먼지 속에서

죽어 없어질지라도, 당신은 명성으로 살아남을 거요:

나의 시가 당신의 귀한 미덕을 영원한 것으로 만들어 줄 것이니,

하늘나라에 그대의 찬란한 이름을 새겨놓을 것입니다:

그곳에서 죽음이 모든 세상을 지배할 때에도,

우리의 사랑은 살아남아 내세의 삶을 새롭게 할 테니까요."

The Passionate Shepherd to His Love

Christopher Marlowe(1564-1593)

Come live with me and be my love,
And we will all the pleasures prove
That valleys, groves, hills, and fields,
Woods or steepy mountain yields.

And we will sit upon the rocks,
Seeing the shepherds feed their flocks,
By shallow rivers to whose falls
Melodious birds sing madrigals.

And I will make thee beds of roses
And a thousand fragrant posies,
A cap of flowers, and a kirtle
Embroidered all with leaves of myrtle;

A gown made of the finest wool
Which from our pretty lambs we pull;
Fair lined slippers for the cold,
With buckles of th purest gold;

A belt of straw and ivy buds,
With coral clasps and amber studs:
And if these pleasures may thee move,
Come live with me and be my love.

The shepherds' swains shall dance and sing
For thy delight each May morning:
If these delights thy mind may move,
Then live with me and be my love,

열정적인 목동이 그 애인에게

크리스토퍼 말로우(1564-1593)

이리 와 내 애인이 되어 함께 살자구나,
그리하여 골짜기, 나무숲, 언덕, 들판,
산림! 또는 험한 산이 주는
온갖 환희를 맛보자구나.

바위 위에 나가 앉아
얕은 물가에서 목동들이
양치는 걸 보자구나―강물 내리치는
소리에 새들은 고운 가락으로 노래하고.

난 장미로 그대 잠자리 마련하고
향기로운 꽃다발 수없이 엮으리라.
꽃으로 모자와 치마를 엮어서
도금양 잎 새로 수를 놓으려니;

우리의 귀여운 양들한테서 뽑은
상품의 털로 나들이옷을 만들고
좋은 안감을 대 추울 때 신을 신발을 만들려니,
순금의 장식을 달아서;

풀줄기와 담장이 순으로 띠를 만들어주려니
산호로 된 걱쇠와 호박 못을 박아서,
이 같은 환희에 내 마음이 끌린다면
이리 와서 내 애인되어 함께 살지 않을래.

목동들은 그대 기쁨을 위해
5월 아침마다 노래하고 춤추나니,
이 같은 환희에 그대마음 끌린다면
내 애인되어 함께 살자꾸나.

The Nymph's Reply to the Shepherd

Sir Walter Raleigh(1552-1618)

If all the world and love were young,
And truth in every shepherd's tongue,
These pretty pleasures might me move
To live with thee and be thy love.

Time drives the flocks from field to fold
When rivers rage and rocks grow cold,
And Philomel becometh dumb;
The rest complains of cares to come.

The flowers do fade, and wanton fields
To wayward winter reckoning yields;
A honey tongue, a heart of gall,
Is fancy's spring, but sorrow's fall.

The gowns, thy shoes, thy beds of roses,
Thy cap, thy kirtle, and thy posies
Soon break, soon wither, soon forgotten —
In folly ripe, in reason rotten.

Thy belt of straw and ivy buds,
Thy coral clasps and amber studs,
All these in me no means can move
To come to thee and be thy love.

But could youth last and love still breed,
Had joys no date nor age no need,
Then these delights my mind might move
To live with thee and be thy love.

목동에게 주는 예쁜 소녀의 답

월터 롤리(1552-1618)

온 세상과 사랑이 젊음을 잃지 않는다면
목동의 말이 하나같이 진실이라면,
이 아름다운 환희에 마음이 끌려
그대의 애인되어 함께 살 수 있겠지요.

시간은 양떼를 들에서 우리로 몰고
강물이 격해지고 바위가 싸늘해지면
두견새는 노래를 잃고
그밖에 모두들 다가오는 시름 한탄하네.

꽃은 시들고 제멋에 겨운 들판은
방자한 겨울에 자리를 비껴주는 것.
달콤한 말은 환상의 봄이요.
쓰디 쓴 마음은 슬픔의 가을.

그대의 나들이옷, 신발, 장미의 침상
모자와 치마와 꽃다발은
이내 망가지고 시들어 잊혀지고
어리석고 허망한 꼴이 되겠지요.

풀줄기와 담장이 손을 엮은 그대의 띠,
그대의 산호 걸쇠와 호박 장식 목,
이 모든 게 나의 마음 끄는 바 없어
그대에게 가 그대 애인 될 수 없겠군요.

하나, 청춘이 영원하고 사랑이 늘 자라난다면
환희가 끝이 없고 늙음과 궁핍이 없다면
그땐 이 같은 환락에 마음이 끌려
그대의 애인되어 그대와 함께 살지도 모르겠군요.

There Is a Garden in Her Face

Thomas Campion(1567-1620)

There is a garden in her face
Where roses and white lilies grow;
  A heav'nly paradise is that place
Wherein all pleasant fruits do flow.
  There cherries grow which none may buy

Till "Cherry-ripe" themselves do cry.

Those cherries fairly do enclose
Of orient pearl a double row,
    Which when her lovely laughter shows,
They look like rose-buds filled with snow;
    Yet them nor peer nor prince can buy,
    Till "Cherry-ripe" themselves do cry.

Her eyes like angels watch them still;
Her brows like bended bows do stand,
    Threat'ning with piercing frowns to kill
All that attempt, with eye or hand
    Those sacred cherries to come nigh
    Till "Cherry-ripe" themselves do cry.

그녀의 얼굴에는 정원이 있네

토마스 캠피언(1567-1620)

그녀의 얼굴에는 정원이 있네
장미와 흰 백합이 자라고;
    그곳이 천상의 낙원이지
거긴 멋진 과일들이 넘쳐나네.
    아무도 살 수 없는 버찌가 자라지
    "버찌 사세요!" 하고 외치기 전엔.

그 버찌는 빛나는 두 줄의 진주를
예쁘게 에워싸고 있어,
    다정한 웃음으로 그것이 드러나면,
버찌는 눈으로 가득 찬 장미꽃 봉오리;
    어떤 귀족이나 왕자도 살 수 없네.
    "버찌 사세요!" 하고 외치기 전엔.

그녀의 눈은 천사처럼 늘 그걸 지키네;
그녀의 눈썹은 당겨진 활처럼 곤두서고,
　　매섭게 찌를 듯이 찡그리며
눈이나 손으로, 성스러운 버찌에 가까이 오려고
　　시도하는 모든 것들을 죽일 듯
　　"버찌 사세요!" 하고 외치기 전엔.

From *Devotions* (Meditation 17)

John Donne(1572-1631)

No man is an island, entire of itself; every man is a piece of the continent, a part of the main; if a clod be washed away by the sea, Europe is the less, as well as if a promontory were, as well as if a manor of thy friend's or of thine own were. Any man's death diminishes me because I am involved in mankind, and therefore never send to know for whom the bell tolls; it tolls for thee.

「기도문」(묵상 17) 중에서

존단(1572-1631)

사람은 아무도 온전한 섬이 아니다, 그 자체만으로는; 모든 사람은 대륙의 한 조각, 본토의 일부이다; 흙 한 덩이가 바닷물에 씻겨 가면, 유럽은 그만큼 줄어든다; 그건 곶이 씻겨 나가도 마찬가지이고, 그대 친구의 영지나 그대의 영지가 씻겨 나가도 마찬가지. 누구의 죽음이든 그것은 나를 줄어들게 하는 것이니 이유는 내가 인류에 속해 있기 때문이리라, 그러니 저 종소리가 누구의 죽음을 알리는 종소리인가 알아보려고 사람을 보내지 말라; 그것은 그대의 죽음을 알리는 종소리이니.

Song: To Celia

Ben Jonson(1572~1637)

Drink to me, only with thine eyes
And I will pledge with mine;
Or leave a kiss but in the cup,
And I'll not look for wine.
The thirst that from the soul doth rise

Doth ask a drink divine:
But might I of Jove's nectar sup
I would not change for thine.

I sent thee late a rosy wreath,
Not so much honouring thee
As giving it a hope that there
It could not withered be
But thou thereon didst only breath
And sent'st it back to me:
Since, when it grows and smells, I swear,
Not of itself but thee.

실리아에게 주는 노래

벤 존슨(1572~1637)

날 위해 다만 눈으로만 술잔을 들어 주오,
그러면 나도 눈으로 잔을 들리다;
아니면 그 잔에 키스 자국만 남겨 주오,
그러면 나는 술을 찾지 않으리다.
마음에서 우러나오는 갈증은,
성스런 술을 찾는다오,
하지만 주피터의 넥타를 마실 수 있다고 해도,
그대의 것과는 난 바꾸지 않으리.

얼마 전 장미 꽃다발을 그대에게 보낸 것은,
그대에게 영광을 베풀자는 것이 아니라,
그것이 그대의 품속에서 시들지 말기를
내 희망했던 때문이오.
하지만 그대는 그 향기만 맡고,
내개 되돌려 보냈어요,
그 날부터 그것은 자라며 향기를 뿜어냅니다, 정말이지,
장미의 향기가 아닌, 그대의 향기를.

Love (3)

George Herbert(1593-1633)

Love bade me welcome: yet my soul drew back,
    Guilty of dust and sin.
But quick-eyed Love, observing me grow slack
    From my first entrance in,
Drew nearer to me, sweetly questioning
    If I lacked anything.

"A guest," I answered, "worthy to be here":
    Love said, "You shall be he."
"I, the unkind, ungrateful? Ah, my dear,
    I cannot look on thee."
Love took my hand, and smiling did reply,
    "Who made the eyes but I?"

"Truth, Lord; but I have marred them; let my shame
    Go where it doth deserve."
"And know you not," says Love, "who bore the blame?"
    "My dear, then I will serve."
"You must sit down," says Love, "and taste my meat."

사랑 (3)

조지 허벗(1593-1633)

사랑은 나를 반갑게 맞이했건만; 나의 영혼은 주춤거렸다,
    먼지와 죄의 허물이 있어.
그러나 명철한 사랑은, 내가 최초의 문턱에서
    꾸물거리는걸 알아채고서,
내게로 더욱 가까이 다가와, 부드럽게 물었다
    혹시 나에게 부족한 것이 있느냐고.

“한사람의 손님으로 여기 있을 자격이 있을 지요”나는 대답했다,
　　사랑은 말했다, “그대가 그런 사람이 되리라.”
“인정 없고, 배은망덕한, 제가? 아, 사랑하는 이여,
　　나는 그대를 바라볼 수 없나이다.”
사랑은 나의 손을 잡고 웃음 지으며 대답했다,
　　“나 말고 그 누가 이 눈을 만들었겠느냐?”

“그렇습니다, 주여; 하지만 저는 그걸 망쳤습니다; 제 부끄러움은
　　마땅히 가야 할 곳으로 가게 해주십시오.“
“그러면 그대는,” 사랑이 말하길, “비난을 짊어진 자가 누구인지 모르느냐?”
　　“사랑하는 이여, 그렇다면 제가 섬기겠습니다.”
“그대는 앉으세요,” 사랑은 말한다, “그리고 내 고기를 맛보세요,”
　　그래서 나는 앉아서 먹었다.

Song

Edmund Waller(1606-1687)

Go, lovely rose!
Tell her that wastes her time and me
　　That now she knows,
When I resemble her to thee,
How sweet and fair she seems to be.

　　Tell her that's young,
And shuns to have her graces spied,
　　That hadst thou sprung
In deserts, where no men abide,
Thou must have uncommended died.

　　Small is the worth
Of beauty from the light retired;
　　Bid her come forth,
Suffer herself to be desired,

And not blush so to be admired.

   Then die! that she
The common fate of all things rare
   May read in thee;
How small a part of time they share
That are so wondrous sweet and fair!

노래

에드먼드 월러(1606-1687)

가라, 사랑스런 장미여!
그녀의 시간과 나를 낭비하는 그녀에게 말하라
   이제야 아느냐고,
내가 그녀를 너에게 비길 때
얼마나 사랑스럽고 아름답게 그녀가 보이는 가를.

   젊고 우아함을 보이기를,
꺼리는 그녀에게 말하라,
   만일 네가 사람 하나 살지 않는
사막에서, 피었었더라면,
넌 분명히 사람들의 칭찬을 받지 못하고 죽었으리라는 것을.

   적다 빛으로부터 물러 난
아름다움의 가치는;
   그녀에게 나오라고 말하라,
사랑받도록 허락하고,
찬미 받기를 그토록 얼굴 붉히지 말도록.

   그리고 죽어라! 그래서 그녀가
너에게서 희귀한 모든 공통된
   운명을 읽을 수 있도록;
시간의 몫이 얼마나 짧은 가를

놀랍도록 사랑스럽고 아름다운 것이 차지하는!

The Clod and the Pebble

William Blake(1757-1827)

Love seeketh not Itself to please,
Nor for itself hath any care;
But for another gives its ease,
And builds a Heaven in Hells despair.

So sang a little Clod of Clay,
Trodden with the cattle's feet;
But a Pebble of the brook,
Warbled out these metres meet.

Love seeketh only Self to please,
To bind another to Its delight:
Joys in another's loss of ease,
And builds a Hell in Heavens despite.

흙덩이와 조약돌

윌리엄 블레이크(1757-1827)

사랑은 저만의 만족을 찾거나,
저만의 문제를 돌보지 않는다;
사랑은 남들과 행복을 나누고,
지옥의 절망에 천국을 세운다.

암소의 발밑에 짓밟힌,
작은 흙덩이는 그처럼 노래했다;
하지만 개울 속 조약돌은,
그럴 듯하게 이처럼 조잘댔다.

사랑은 저만의 만족을 구하고,
저만의 기쁨에 남들을 묶는다:
남들이 불행에 빠질 때 즐기고,
천국의 원한에 지옥을 세운다.

The Garden of Love

William Blake(1757-1827)

I went to the Garden of Love.
And saw what I never had seen:
A Chapel was built in the midst,
Where I used to play on the green.

And the gates of this Chapel were shut,
And "Thou Shalt Not", writ over the door;
So I turn'd to the Garden of Love,
That so many sweet flowers bore,

And I saw it filled with graves,
And tomb-stones where flowers should be:
And Priests in black gowns, were walking their rounds,
And binding with briars, my joys & desires.

사랑의 동산

윌리엄 블레이크(1757-1827)

나는 갔지 사랑의 동산으로.
그리고 내가 본 적이 없던 걸 보았다:
교회당 하나가 한가운데 서 있었지,
내가 놀곤 했던 풀밭 위에.

그런데 교회당의 문은 잠겨 있었지,
그리고 " . . 해서는 안된다"는 말이 현관문 위에 적혀 있었지;

그래서 나는 향했지 사랑의 동산으로,
수없이 많은 향기로운 꽃들이 피어있는,

그리고 나는 그곳이 무덤으로 채워져 있는 것을 보았지,
꽃이 있어야 할 자리에 묘석이 들어서 있는 것을.
그리고 검은 가운을 입은 성직자들이 돌아다니며,
찔레덩굴로 묶고 있었지, 내 기쁨과 욕망을.

She Dwelt among the Untrodden Ways

William Wordsworth(1770-1850)

She dwelt among the untrodden ways
  Beside the springs of Dove,
A maid whom there were none to praise
  And very few to love:

A violet by a mossy stone
  Half hidden from the eye!
—Fair as a star, when only one
  Is shining in the sky.

She lived unknown, and few could know
  When Lucy ceased to be;
But she is in her grave, and, oh,
  The difference to me!

그녀는 인적 없는 곳에서 살았지

윌리엄 워즈워스(1770-1850)

그녀는 인적 없는 곳에서 살았지
  다브 강 샘솟는 곳 옆에,
찬미할 이 하나 없고
  사랑해 줄 이 없는 한 처녀가:

사람들 눈에서 반쯤 가리어진
　이끼 긴 바위 가의 한 송이 제비꽃!
ㅡ별처럼 아름다웠지, 홀로
　하늘에서 빛날 때의.

그녀는 아는 이 없이 살아,　아무도 알 수 없었지
　루시가 언제 죽었는지를;
하지만 그녀가 묻히고, 그리고, 아,
　온 세상 얼마나 달라졌는지!

Love's Philosophy

Percy Bysshe Shelley(1792~1822)

The fountains mingle with the river
And the rivers with the Ocean,
The winds of Heaven mix for ever
With a sweet emotion;
Nothing in the world is single;
All things by a law divine,
In one spirit meet and mingle.
Why not I with thine?ㅡ

See the mountains kiss high Heaven,
And the waves clasp one another;
No sister-flower would be forgiven
If it disdained its brother;
And the sunlight clasps the earth,
And the moonbeams kiss the sea:
What is all this sweet work worth
If thou kiss not me?

사랑의 철학

셸리(1792~1822)

샘물은 강물과 하나 되고
강물은 바다와 하나 되며,
하늘의 바람은 끊임없이
다정한 감정으로 뒤섞인다.
세상에 홀로인 것 없으니;
만물이 신의 섭리 따라,
한 마음으로 만나 섞이기 마련이라.
내가 왜 그대와 섞이지 못하랴? ―

보라 산이 높은 하늘과 입 맞추고,
파도가 서로를 껴안는다.
누이 꽃이 아우 꽃을 경멸하면
누이 꽃은 용서받지 못하리라
햇빛이 대지를 얼싸안고,
달빛은 바다와 입 맞춘다
허나 달디 단 이 모든 것 무슨 소용 있으랴
그대 내게 입 맞추지 않으면?

She Walks in Beauty

George Gordon, Lord Byron(1788-1824)

1

She walks in beauty, like the night
   Of cloudless climes and starry skies;
And all that's best of dark and bright
   Meet in her aspect and her eyes:
Thus mellowed to that tender light
   Which heaven to gaudy day denies.

2

One shade the more, one ray the less,

Had half impaired the nameless grace
Which waves in every raven tress,
    Or softly lightens o'er her face;
Where thoughts serenely sweet express
    How pure, how dear their dwelling place.

3

And on that cheek, and o'er that brow,
    So soft, so calm, yet eloquent,
The smiles that win, the tints that glow,
    But tell of days in goodness spent,
A mind at peace with all below,
    A heart whose love is innocent!

그녀는 아름답게 걷네

George Gordon, Lord Byron(1788-1824)

1

그녀는 아름답게 걷네, 구름 한 점 없는
    별이 빛나는 밤하늘처럼;
어둠과 밝음의 정수는 모두
    그녀의 얼굴과 눈에서 만나네:
휘황한 한낮의 하늘에선 볼 수 없는
    부드러운 빛으로 무르익었네.

2

그늘이 조금만 더해도, 빛살이 조금만 덜해도,
    칠흑 같은 머리칼에 물결치는
아니 그 얼굴 은은히 밝혀주는
    저 형언할 수 없는 우아함을 반쯤 손상됐으리;
정갈하고 달콤한 생각들이 그 얼굴에서 말해주네
    그 생각 지닌 곳 얼마나 해맑고, 사랑스런가를.

3

그리고 부드럽고, 그윽하면서도 또렷한,
　　저 볼과, 이마 언저리에,
사람을 사로잡는 미소와, 빛나는 얼굴빛이
　　선량하게 살아온 지난날을 말해주네,
땅 위의 모든 것과 화평한 마음과,
　　순진한 사랑 깃든 가슴도.

Ode on a Grecian Urn

John Keats(1795-1821)

Thou still unravished bride of quietness,
　　Thou foster-child of silence and slow time,
Sylvan historian, who canst thus express
　　A flowery tale more sweetly than our rhyme:
What leaf-fringed legend haunts about thy shape
　　Of deities or mortals, or of both,
　　　　In Tempe or the dales of Arcady?
　　What men or gods are these? What maidens loth?
What mad pursuit? What struggle to escape?
　　　　What pipes and timbrels? What wild ecstasy?

Heard melodies are sweet, but those unheard
　　Are sweeter; therefore, ye soft pipes, play on;
Not to the sensual ear, but, more endeared,
　　Pipe to the spirit ditties of no tone:
Fair youth, beneath the trees, thou canst not leave
　　Thy song, nor ever can those trees be bare;
　　　　Bold lover, never, never canst thou kiss,
Though winning near the goal—yet, do not grieve;
　　　　She cannot fade, though thou hast not thy bliss,
　　For ever wilt thou love, and she be fair!

Ah, happy, happy boughs! that cannot shed
    Your leaves, nor ever bid the Spring adieu;
And, happy melodist, unwearièd,
    For ever piping songs for ever new;
More happy love! more happy, happy love!
    For ever warm and still to be enjoyed,
        For ever panting and for ever young;
All breathing human passion far above,
    That leaves a heart high-sorrowful and cloyed,
        A burning forehead, and a parching tongue.

Who are these coming to the sacrifice?
    To what green altar, O mysterious priest,
Lead'st thou that heifer lowing at the skies,
    And all her silken flanks with garlands drest?
What little town by river or sea shore,
    Or mountain-built with peaceful citadel,
        Is emptied of its folk, this pious morn?
And, little town, thy streets for evermore
    Will silent be; and not a soul to tell
        Why thou art desolate, can e'er return.

O Attic shape! Fair attitude! with brede
    Of marble men and maidens overwrought,
With forest branches and the trodden weed;
    Thou, silent form, dost tease us out of thought
As doth eternity: Cold Pastoral!
    When old age shall this generation waste,
        Thou shalt remain, in midst of other woe
Than ours, a friend to man, to whom thou say'st,
Beauty is truth, truth beauty,—that is all
        Ye know on earth, and all ye need to know.

그리스 도자기에 부치는 노래

John Keats(1795-1821)

너는 더럽혀지지 않은 그대로인 정적의 신부,
    너는 침묵과 기나긴 세월 속에 자란 양자,
너는 숲의 역사가. 우리 시인의 노래보다 묘하게
    꽃처럼 아름다운 노래를 이렇듯 말해 전할 수 있다니:
네 둘레에 감도는 것은 그 어떤 전설인가.
    그것은 템페의 골짜기인가, 아니면 아르카디아 언덕의
        신들의 일인가, 사람들의 일인가, 또는 신과 사람의 일인가?
    그건 무슨 사람일까, 무슨 신일까, 도망치려 하는 것은 어떤 소녀일까?
그 얼마나 미친 듯한 구애인가, 또한 도망치려하는 몸부림인가?
      그 어떤 피리며 또 어떤 북인가? 얼마나 미친 듯한 환희인가?

귀에 들리는 선율은 아름다우나, 이를 울리지 않는 선율은
    더욱 아름답다. 자, 네 부드러운 피리를 계속 불어라;
육신의 귀에다가 불지 말고 더욱 친밀히,
    영혼을 향해 소리 없는 노래를 불러라:
나무 그늘에 있는 아름다운 젊은이여, 네 노래는
    멈추어지는 일 없고, 이 나무의 잎도 결코 떨어지지 않는다;
      사랑에 빠진 사람아, 너는 결코 입 맞출 수 없으리라.,
    목표 가까이 닿긴 해도ー그러나 슬퍼 말아라;
너 비록 크나큰 기쁨을 얻지 못할지라도 그녀는 빛 바래는 일 없으므로,
    영원히 사랑하라, 그녀는 영원히 아름다우리라!

아 아 너무나도 행복에 겨운 나무 가지들이여!
    잎은 지는 일 없고, 봄에 작별을 고하는 일도 없다.
또한 행복에 겨운 연주자여, 피곤한 줄도 모르고
    영원히 새로운 노래를 영원히 연주할지니
더욱 행복스러운 사랑이여! 너무나 행복 겨운 사랑이여!
    언제나 따스하고 영원히 즐거워라.
      언제까지나 불타듯 추구하고 언제까지나 젊도다.
    살아있는 인간의 정열이란

끊임없이 추구하여 가슴은 슬픔으로 넘치고
　　　　이마는 불타며 혀는 타올라 네 사랑에 미치는 것이 아니다.

이 희생 의식에 관여하는 사람들은 누구인가?
　　　　오오 ! 신비로운 사제여, 명주와 같은 몸에다
화환을 장식하고 하늘을 우러러 우는 송아지를
　　　　어떤 초록빛 계단으로 데리고 가는가.
이 거룩한 아침, 여기 모인 사람들이 남겨 두고 온 것은
　　　　강변의 어떤 작은 마을이던가, 바닷가의 마을이던가?
　　　　　　아니면 평화로운 성채로 둘려진 산 위의 마을이던가?
　　　　조그마한 마을이여, 너의 거리는 영원히
조용해질 것이리라. 그리고 한 사람도
　　　　돌아와 황폐해진 까닭을 말하는 사람은 없으리라.

오오 아티카의 형체여! 아름다운 모습이여! 남자와
　　　　여자가 대리석으로 조각되어 있고,
숲의 나뭇가지가 짓밟힌 풀들도 그려져 있다;
　　　　너는 침묵의 모습, 영원이 시키는 것처럼
우리를 사고의 저쪽으로 몰아낸다: 차가운 목가!
　　　　늙음이 지금의 사람들을 멸하게 될 때,
　　　　　　너는 인간의 친구가 되어
　　　　지금 고뇌와 다른 괴로움 속에 남아 인간에게 이렇게 말할 것이다,
"아름다운 것은 진리요, 진리는 아름다움이다." 이게 전부다
　　　　세상에서 인간이 알고 있는, 그리고 그대가 알아야 할 전부다.

Parting at Morning

Robert Browning(1812-1889)

Round the cape of a sudden came the sea,
And the sun looked over the mountain's rim:
And straight was a path of gold for him,
And the need of a world of men for me.

아침의 이별

로벗 브라우닝(1812-1889)

갑자기 갑 주위로 바다가 왔다,
그리고 태양이 산등성이 너머로 쳐다보고 있었다:
그리고 그에게는 황금색 길이 곧게 벋어 있고,
그리고 내겐 인간세계의 욕구가 있다.

Dover Beach

Matthew Arnold(1822-1888)

The sea is calm tonight,
The tide is full, the moon lies fair
Upon the straits;—on the French coast the light
Gleams and is gone; the cliffs of England stand,
Glimmering and vast, out in the tranquil bay.
Come to the window, sweet is the night-air!
Only, from the long line of spray
Where the sea meets the moon-blanched land,
Listen! you hear the grating roar
Of pebbles which the waves draw back, and fling,
At their return, up the high strand,
Begin, and cease, and then again begin,
With tremulous cadence slow, and bring
The eternal note of sadness in.

Sophocles long ago
Heard it on the Aegean, and it brought
Into his mind the turbid ebb and flow
Of human misery; we
Find also in the sound a thought,
Hearing it by this distant northern sea.

The Sea of Faith
Was once, too, at the full, and round earth's shore
Lay like the folds of a bright girdle furled.
But now I only hear
Its melancholy, long, withdrawing roar,
Retreating, to the breath
Of the night-wind, down the vast edges drear
And naked shingles of the world.

Ah, love, let us be true
To one another! for the world, which seems
To lie before us like a land of dreams,
So various, so beautiful, so new,
Hath really neither joy, nor love, nor light,
Nor certitude, nor peace, nor help for pain;
And we are here as on a darkling plain
Swept with confused alarms of struggle and flight,
Where ignorant armies clash by night.

도버 해안

매슈 아놀드(1822-1888)

오늘 밤 바다는 고요하다,
조수는 가득 차고, 달은 아름답게 떠 있다
해협 위로; ─프랑스 해변에는 빛이 희미하게 반짝이다가
사라진다; 희미하게 빛나는 거대하고 조용한,
만에 서 있는, 영국의 절벽.
창가로 오세요, 밤공기가 달콤하군요!
오로지, 바다가 하얀 달빛으로 물든
대지와 만나는 물보라로 부터,
들어보세요! 조약돌들의 삐걱거리는 외침을
파도가 뒤로 물러났다가, 던지는,
돌아오면서, 높은 기슭위로,

시작하다가, 멈추고, 그리고 나중에 다시 시작하는,
전율하는 느린 리듬과 함께, 그리고
영원한 슬픔의 곡조를 가져오는.

소포클레스는 오래 전에
에게 해에서 그것을 들었고, 그건
그의 마음에 인간적 비극의 흐린 썰물과 밀물을
가져 왔다; 우리는
또한 이 먼 북쪽 바다로부터 그것을 들을 때,
그 소이에서 생각을 찾는다.

믿음의 바다
한때는, 역시, 충만했고, 지구의 해변을 둘러쌌다
말려진 밝은 거들의 주름처럼.
그러나 지금 나는 오직
그 우울하고, 긴, 움츠리는 외침을,
물러나면서, 밤바람의
호흡에 맞춰, 거대하고 어두운 가장자리와
세상의 발가벗은 자갈해변 아래로 퇴각하는 소리를.

아, 사랑이여, 우리 진실합시다
서로에게! 왜냐하면 세상이, 마치
꿈의 땅처럼 우리 뒤에 있는 것처럼 보인,
너무도 다양하고, 너무도 아름다우며, 너무도 새롭게,
정말 기쁨도 없고, 사랑도, 빛도 없기에;
확신도, 평화도, 고통에 대한 도움도 없기에;
그리고 우리는 어두운 들판 위에 있는 것처럼 여기에 있다
혼란스러운 싸움과 후퇴의 경보소리와 함께 휩쓸린 채
마치 알지 못하는 적들이 밤에 충돌하는 들판에.

Loveliest of Trees

A. E. Housman(1859-1936)

Loveliest of trees, the cherry now

Is hung with bloom along the bough,
And stands about the woodland ride
Wearing white for Eastertide.

Now, of my threescore years and ten,
Twenty will not come again,
And take from seventy springs a score,
It only leaves me fifty more.

And since to look at things in bloom
Fifty springs are little room,
About the woodlands I will go
To see the cherry hung with snow.

가장 사랑스러운 나무

하우스먼(1859-1936)

나무가운데 가장 사랑스러운, 벚나무가 지금
가지 따라 만발한 꽃을 걸치고,
부활절을 맞아 흰 옷을 입고
숲속 승마길 옆에 늘어서 있네.

이제, 내 인생 70년 중에서,
20년은 다시 돌아오지 않겠지,
그리고 70년간의 봄에서 20을 빼면,
50만이 내게 남는다.

그런데 활짝 핀 꽃을 보기에는
50년의 봄이 너무 짧구나,
숲이 있는 곳으로 나는 가야지
눈처럼 핀 벚꽃을 보러.

Sailing to Byzantium

William Butler Yeats(1865-1939)

I

That is no country for old men. The young
In one another's arms, birds in the trees
—Those dying generations—at their song,
The salmon-falls, the mackerel-crowded seas,
Fish, flesh, or fowl, commend all summer long
Whatever is begotten, born, and dies.
Caught in that sensual music all neglect
Monuments of unageing intellect.

II

An aged man is but a paltry thing,
A tattered coat upon a stick, unless
Soul clap its hands and sing, and louder sing
For every tatter in its mortal dress,
Nor is there singing school but studying
Monuments of its own magnificence;
And therefore I have sailed the seas and come
To the holy city of Byzantium.

III

O sages standing in God's holy fire
As in the gold mosaic of a wall,
Come from the holy fire, perne in a gyre,
And be the singing-masters of my soul.
Consume my heart away; sick with desire
And fastened to a dying animal
It knows not what it is; and gather me
Into the artifice of eternity.

IV

Once out of nature I shall never take
My bodily form from any natural thing,
But such a form as Grecian goldsmiths make
Of hammered gold and gold enamelling
To keep a drowsy Emperor awake;
Or set upon a golden bough to sing
To lords and ladies of Byzantium
Of what is past, or passing, or to come.

비잔티움으로의 항해

예이츠(1865-1939)

I

저 곳은 늙은이들이 살 나라가 못 된다, 서로 껴안고 있는
젊은이들, 나무속의 새들
—저 죽어 가는 세대들—은 노래 부르며,
연어—폭포, 고등어 우글대는 바다,
물고기, 짐승, 혹은 조류는 온 여름 내내 찬미한다.
온갖 배고 태어나고 죽는 것들을.
관능의 음악에 흘리어, 모두가
늙지 않는 지성의 기념비를 소홀히 하고 있다.

II

늙은이는 다만 하나의 하찮은 물건,
막대기에 걸린 다 헐어진 옷, 만일
영혼이 손뼉치며 노래 부르지 않는다면,
죽어야 할 옷의 조각조각을 위해 더욱더 소리 높이 노래 부르지 않는다면,
또한 거기엔 영혼의 장려한 기념비를 공부하는
노래 학교만이 있다.
그래서 나는 바다를 건너
성스러운 도시 비잔티움으로 항해해 왔다.

III

오 마치 벽의 황금빛 모자이크 속에 있는 것처럼

신의 성스런 불 속에 서 있는 성인들이여,

성화로부터 나오라, 감돌며 내려오라,

그래서 내 영혼의 노래 스승이 되어라.

나의 심장을 태워 없애라. 욕망으로 병들고

죽어 가는 동물에 얽매이어

심장은 스스로가 뭔지 알지 못하니, 그리고 나를

영원한 예술품 속에 넣어 다오.

IV

일단 자연을 벗어나면 나는 결코

어떠한 자연적인 것에 닮은 육체의 형태를 취하지 않으리,

오직 희랍 금세공이

졸음 오는 황제를 잠 깨워 놓기 위해,

혹은 비잔티움의 귀족과 귀부인들에게 과거, 현재, 미래를

노래해 주도록 황금가지 위에 앉혀 놓은

금박 혹은 황금 에나멜로 만든

그런 형상이 되리라.

The Love Song of J. Alfred Prufrock

T. S. Eliot(1888-1965)

S'io credesse che mia risposta fosse
A persona che mai tornasse al mondo,
Questa fiamma staria senza piu scosse.
Ma perciocche giammai di questo fondo
Non torno vivo alcun, s'i'odo il vero,
Senza tema d'infamia ti rispondo.

Let us go then, you and I,
When the evening is spread out against the sky
Like a patient etherized upon a table;

Let us go, through certain half-deserted streets,
The muttering retreats
Of restless nights in one-night cheap hotels
And sawdust restaurants with oyster-shells:
Streets that follow like a tedious argument
Of insidious intent
To lead you to an overwhelming question . . .
Oh, do not ask, "What is it?"
Let us go and make our visit.

In the room the women come and go
Talking of Michelangelo.

The yellow fog that rubs its back upon the window-panes,
The yellow smoke that rubs its muzzle on the window-panes
Licked its tongue into the corners of the evening,
Lingered upon the pools that stand in drains,
Let fall upon its back the soot that falls from chimneys,
Slipped by the terrace, made a sudden leap,
And seeing that it was a soft October night,
Curled once about the house, and fell asleep.

And indeed there will be time
For the yellow smoke that slides along the street
Rubbing its back upon the window-panes;
There will be time, there will be time
To prepare a face to meet the faces that you meet;
There will be time to murder and create,
And time for all the works and days of hands
That lift and drop a question on your plate;
time for you and time for me,
And time yet for a hundred indecisions,
And for a hundred visions and revisions,

Before the taking of a toast and tea.

　In the room the women come and go
Talking of Michelangelo.

　And indeed there will be time
To wonder, 'Do I dare?' and, 'Do I dare?'
Time to turn back and descend the stair,
With a bald spot in the middle of my hair—
(They will say: 'How this hair is growing thin!')
My morning coat, my collar mounting firmly to the chin,
My necktie rich and modest, but asserted by a simple pin—
(They will say: 'But how this arms and legs are thin!')
Do I dare
Disturb the universe?
In a minute there is time
For decisions and revisions which a minute will reverse.

　For I have known them all already, known them all—
Have known the evenings, mornings, afternoons,
I have measured out my life with coffee spoons;
I know the voices dying with a dying fall
Beneath the music from a farther room.
　So how should I presume?

　And I have known the eyes already, known them all—
The eyes that fix you in a formulated phrase,
And when I am formulated, sprawling on a pin,
When I am pinned and wriggling on the wall,
Then how should I begin
To spit out all the butt-ends of my days and ways?
　And how should I presume?

And I have known the arms already, known them all—
Arms that are braceleted and white and bare
(But in the lamplight, downed with light brown hair!)
Is it perfume from a dress
That makes me so digress?
Arms that lie along a table, or wrap about a shawl.
  And should I then presume?
  And how should I begin?

    . . . . .

  Shall I say, I have gone at dusk through narrow streets
And watched the smoke that rises from the pipes
Of lonely men in shirt-sleeves, leaning out of windows? . . .

  I should have been a pair of ragged claws
Scuttling across the floors of silent seas.

    . . . . .

  And the afternoon, the evening, sleeps so peacefully!
Smoothed by long fingers,
Asleep . . . tired . . . or it malingers,
Stretched on the floor, here beside you and me.
Should I, after tea and cakes and ices,
Have the strength to force the moment to its crisis?
But though I have wept and fasted, wept and prayed,
Though I have seen my head (grown slightly bald) brought in upon a platter,
I am no prophet—and here's no great matter;
I have seen the moment of my greatness flicker,
And I have seen the eternal Footman hold my coat, and snicker,
And in short, I was afraid.

  And would it have been worth it, after all,
After the cups, the marmalade, the tea,
Among the porcelain, among some talk of you and me,
Would it have been worth while,

To have bitten off the matter with a smile,
To have squeezed the universe into a ball
To roll it toward some overwhelming question,
To say: "I am Lazarus, come from the dead,
Come back to tell you all, I shall tell you all"—
If one, settling a pillow by her head,
　　Should say: "That is not what I meant at all.
　　That is not it, at all."

　　And would it have been worth it, after all,
Would it have been worth while,
After the sunsets and the dooryards and the sprinkled streets,
After the novels, after the teacups, after the skirts that trail along the floor—
And this, and so much more?—
It is impossible to say just what I mean!
But as if a magic lantern threw the nerves in patterns on a screen:
Would it have been worth while
If one, settling a pillow or throwing off a shawl,
And turning toward the window, should say:
　　"That is not it at all,
　　That is not what I meant, at all."
　　　　　. . . . .
　　No! I am not Prince Hamlet, nor was meant to be;
Am an attendant lord, one that will do
To swell a progress, start a scene or two,
Advise the prince; no doubt, an easy tool,
Deferential, glad to be of use,
Politic, cautious, and meticulous;
Full of high sentence, but a bit obtuse;
At times, indeed, almost ridiculous—
Almost, at times, the Fool.

　　I grow old . . . I grow old . . .

I shall wear the bottoms of my trousers rolled.

  Shall I part my hair behind? Do I dare to eat a peach?
I shall wear white flannel trousers, and walk upon the beach.
I have heard the mermaids singing, each to each.

I do not think that they will sing to me.

I have seen them riding seaward on the waves
Combing the white hair of the waves blown back
When the wind blows the water white and black.

We have lingered in the chambers of the sea
By sea-girls wreathed with seaweed red and brown
Till human voices wake us, and we drown.

J. 앨프릿 프루프록의 연가

엘리엇*(1888-1965)*

만일 내 대답이 세상으로 돌아갈 사람에게
하는 것이라 생각한다면 이 불길은 더 이상
흔들리지 않으리라. 그러나 아무도 산 채로
이 심연에서 돌아간 사람이 없기에,
내가 들은 말이 사실이라면 수치의 두려움 없이
그대에게 대답하겠노라.

  자 우리 가볼까, 당신과 나,
수술대 위에 누운 마취된 환자처럼
저녁이 하늘을 배경으로 사지를 뻗고 있는 지금;
우리 가볼까, 한산한 어느 거리,
싸구려 일박호텔의 불안한 밤의
속삭거리는 으슥한 길,
굴 껍질 흩어진 톱밥 깔린 레스토랑을 지나:
위압적인 문제로 당신을 인도할

음흉한 의도의 지리멸렬한 논의처럼
잇단 거리들을 지나 . . .
오, 묻지 말아다오, "그것이 무엇이냐?"고.
우리 가서 방문이나 해보자.

　　방안에는 여인들이 오고 간다
미켈란젤로를 이야기하면서.

　　등을 창유리에 비비는 노란 안개,
주둥이를 창유리에 비비는 노란 연기
혀로 저녁의 구석구석을 핥았다가,
하수도에 괸 웅덩이에 머뭇거리다가
굴뚝에서 떨어지는 검댕을 자기 등에다 떨어뜨리고,
테라스를 살짝 빠져나가, 별안간 껑충 뛰었다가
온화한 10월의 밤임을 알고서
한번 집 둘레를 살피고서는 잠이 들었다.

　　정말이지 시간은 있으리라
등을 창유리에 비비며
거리를 따라 미끄러져 가는 노란 안개에게도;
시간은 있으리라. 시간은 있으리라
당신이 만날 얼굴들을 만들기 위해 얼굴을 꾸밀;
시간은 있으리라 살인하고 창조할,
당신의 접시에다 문제를 들어 올렸다 내려놓을
양손의 모든 일과 날들에게도 시간은 있으리라;
당신에게도 시간이, 나에게도 시간이,
아직 백가지 망설일 시간이,
백가지 몽상과 수정의 시간이,
토스트와 차를 들기 이전에.

　　방안에는 여인들이 오고 간다.
미켈란젤로를 이야기하면서.

정말이지 시간은 있으리라
"한번 해볼까?" "한번 해볼까?" 하고 생각할.
내 머리칼의 한복판에 대머리 반점을 이고서
되돌아서 층계를 내려갈 시간이,
(그녀들은 말하리라: "그런데 저 사람 머리칼은 점점 숱이 빠지네!")
나의 모닝코트, 턱까지 빳빳이 솟은 칼라,
화려하나 점잖은, 그러나 소박한 핀을 꽂은 넥타이
(그녀들은 말하리라: "그런데 저 사람 팔다리가 가늘기도 해!")
내가 한번
천지를 뒤흔들어나 볼까?
한 순간에도 있다
한 순간이 역전시킬 결정과 수정의 시간이.

왜냐면 나는 이미 그녀들을 알고 있기에, 그녀들을 다 알고 있기에…
저녁과 아침과 오후를 알고 있기에,
나는 내 삶을 차 스푼으로 저어 왔기에:
먼 방에서 들려오는 음악 속에
종지로 작아져 가는 목소리들을 알고 있기에,
　그러니 어떻게 내가 해볼 수 있으랴?

　그리고 나는 이미 그 눈들을 알고 있기에, 그 모두를 알고 있기에
공식적 문구로 당신을 고정시켜 버리는 눈들을,
그래서, 핀에 꽂혀 사지를 뻗고, 내가 공식화될 때,
내가 핀에 꽂혀 벽에서 꿈틀거리고 있을 때,
어떻게 내가 뱉기 시작할 수 있으랴.
내 일상생활의 온갖 꽁초들을?
　그러니 어떻게 내가 해볼 수 있으랴?

　그리고 나는 이미 그 팔들을 알고 있기에, 그 모두를 알고 있기에
팔찌를 낀, 하얗게 드러낸 팔들을
(그러나 램프 불 아래선, 엷은 갈색 솜털이 나 있는!)
나를 이렇게 탈선시킴은
옷에서 풍기는 향수 때문일까?

테이블을 따라 놓인, 혹은 쇼올을 휘감은 팔들.
　　그러니 어떻게 해볼 수 있으랴?
　　어떻게 내가 시작할 수 있으랴?
　　　　　　· · · · · · · · ·
이렇게나 말할까, 땅거미 질 무렵 좁은 거리를 지나가다가
창밖으로 몸을 내민 셔츠 바람의 고독한 남자의
파이프에서 솟아오르는 연기를 지켜보았다고나?......

차라리 나는 조용히 바다 바닥을 허둥지둥 달리는, 한 쌍의
게 집게발이라도 되었으면 좋겠다.
　　　　　　· · · · · · · · ·
그리고 오후. 저녁이 매우 평화롭게 잠들어 있다!
긴 손가락의 애무를 받으며,
잠들었거나. . . . 지쳤거나. . . . 아니면 꾀병부리고 있다.
여기 당신과 내 곁에서, 마루에 몸을 쭉 뻗고서.
내가, 차와 케익과 아이스크림을 먹고 난 후
순간을 위기로 몰고 갈 힘을 가질 수 있을까?
그러나 내가 울고 금식하고, 울고 기도했지만,
내 머리(약간 대머리인)가 접시에 담겨
　　　오는 것을 보긴 했지만
나는 전혀 예언자가 아니다… 그리고 이건 큰 문제가 아니다:
나는 내 위대함의 순간이 깜빡거리는 것을 보았다.
그리고 영원한 하인이 내 코트를 잡고 킥킥 웃는 것을 보았다.
요컨대, 나는 겁이 났었다

그런데, 그럴 보람이 있었을까.
컵과 마멀레이드, 차후에
그릇들 사이에서, 당신과 나의 몇 마디 이야기 사이에서,
그럴 보람이 있었을까,
문제를 미소로 깨물어 잘라버렸다면,
세계를 압착하여 하나의 공으로 만들어
어떤 위압적인 문제를 향해 그것을 굴렸었더라면.
나는 죽은 자들로부터 온 나자로

"당신들 모두에게 말하러 돌아왔다, 당신들 모두에게 말하겠다"고
만일 말한다면 — 한 여인이 그녀의 머리맡의 베개를 고치며
　　이렇게 말한다면: "그건 전혀 제 뜻이 아니에요.
　　그건 전혀 그렇지가 않아요."

그런데 그럴 보람이 있었을까, 결국
그것이 그럴 보람이 있었을까,
석양과 마당과 물 뿌려진 거리 뒤에,
소설, 찻잔, 마루를 따라 질질 끄는 스커트 뒤에 —
그리고 이것과 다른 많은 것들 뒤에. . . ?
내가 말하고 싶은 것을 표현하기란 불가능하다!
하지만 마치 환등이 스크린에 신경조직을 투사한 거와 마찬가지.
그럴 보람이 있었을까
만일 한 여인이, 베개를 고치거나, 숄을 내던지며,
창문 쪽을 향해 말한다면:
　　"그건 전혀 그렇지가 않아요,
　　그건 전혀 제 뜻이 아니에요."
　　　　· · · · · · · · · ·
아냐! 나는 햄릿왕자가 아냐. 또 그런 사람이 못돼;
시종관, 왕의 행차를 흥성이 하거나,
한두 장면을 시작시키거나,
왕자에게 조언이나 할 사람; 확실히, 손쉬운 연장,
굽실거리고, 심부름하기 즐겁게 여기고,
교활하고, 조심성 많고 소심하고;
호언장담을 잘 하지만, 약간 둔감하고;
때로는, 정말로, 거의 가소롭고 —
때로는 거의 어릿광대.

　　나는 늙어간다. . .　　나는 늙어간다. . .
바지자락을 접어 올려 입어나 볼까.

머리칼을 뒤로 갈라 볼까? 감히 복숭아를 먹어나 볼까?
흰 플란넬 바지를 입고서 해변을 걸어봐야지.

나는 들었다 인어들이 서로에게 노래하는 것을.

나는 인어들이 내게 노래해 주리라곤 생각하지 않는다.

나는 보았다. 인어들이 파도를 타고 바다 쪽으로 가며
뒤로 젖혀진 파도의 하얀 머리칼을 빗는 모습을,
바람이 바다 물을 희고 검게 불 때에.

우리는 바다의 방에 머물렀었다.
적갈색 해초를 휘감은 바다 처녀들 곁에,
이윽고 인간의 목소리들이 우리를 깨워, 우리는 익사한다.

Considering the Snail

Thom Gunn(1929-2004)

The snail pushes through a green
night, for the grass is heavy
win water and meets over
the bright path he marks, where rain
has darkened the earth's dark. He
moves in a wood of desire,

pale antlers barely stirring
as he hunts. I cannot tell
what power is at work, drenched there
with purpose, knowing nothing.
What is a snail's fury? All
I think is that if later

I parted the blades above
the tunnel and saw the thin
trail of broken white across
litter, I would never have

imagined the slow passion
to that deliberate progress.

달팽이를 생각하며

톰 건(1929-2004)

달팽이가 뚫고나간다 녹색
밤을, 왜냐하면 풀이 물로 무거워서
그가 나간 밝은 길 위에서
합치기 때문에, 비가
땅의 어둠을 어둡게 한 곳에서. 그는
욕망의 숲속에서 움직인다,

창백한 뿔을 간신히 휘저으며
그녀석이 사냥할 때. 난 말할 수 없다
무슨 힘이 작용하는지, 거기서 흠뻑 젖어
목적을 갖고, 전혀 모르니까.
달팽이의 분노는 무엇일까? 내가
생각하는 전부는 만일 후에

내가 그 터널 위의 잎사귀들을
헤쳐서 흐트러져 가로지른 짙고
가느다란 질질 끈 흰 자국을
보았다면, 난 결코
상상하지 못했으리라 저 고의적인
전진에 대한 느린 열정을.

Wind

Ted Hughes(1930-1998)

This house has been far out at sea all night,
The woods crashing through darkness, the booming hills,
Winds stampeding the fields under the window

Floundering black astride and blinding wet

Till day rose; then under an orange sky
The hills had new places, and wind wielded
Blade-like, luminous black and emerald,
Flexing like the lens of a mad eye.

At noon I scaled along the house-side as far as
The coal-house door. Once I looked up —
Through the brunt wind that dented the balls of my eyes
The tent of the hills drummed and strained its guyrope,

The fields quivering, the skyline a grimace,
At any second to bang and vanish with a flap:
The wind flung a magpie away and a black-
Back gull bent like an iron bar slowly. The house

Rang like some fine green goblet in the note
That any second would shatter it. Now deep
In chairs, in front of the great fire, we grip
Our hearts and cannot entertain book, thought,

Or each other. We watch the fire blazing,
And feel the roots of the house move, but sit on,
Seeing the window tremble to come in,
Hearing the stones cry out under the horizons.

바람

테드 휴즈(1930-1998)

이 집은 밤새 바다 저 멀리 있었고,
나무들은 어둠속에서 부딪히고, 언덕은 울고 있었다.
바람은 창문 아래 들판을 질주해 갔다.

허둥대는 어둠에 걸터앉아 빗물로 시야를 가리며

해가 솟을 때까지; 그리고 오렌지 빛 하늘아래
언덕을 새로운 곳이 되었고, 바람은
칼날같이, 에메랄드 색으로 빛나는 풀잎을 휘둘렀다,
성난 눈의 렌즈처럼 굴절하며.

대낮에 나는 집 옆으로 멀리 올라갔다
저탄장 문까지. 나는 위로 쳐다보았다―
내 눈이 아프도록 몰아치는 바람 속에서
밧줄을 잡아끌며 북을 치듯 펄럭이는 언덕의 텐트를,

떨고 있는 들판, 찌푸린 평행선,
어느 순간에도 폭발음 소리와 함께 사라지게 되리라:
바람은 까치를 내동댕이 쳐버리고 검은-
등을 가진 갈매기도 쇠막대기같이 천천히 내던진다. 그 집은

언제라도 산산이 부서질 소리를 내며
아름다운 녹색 고블레 술잔처럼 울렸다. 지금 깊숙이
의자에서, 큰 불길 앞에서, 우리는
가슴을 움켜쥐고 책을 읽을 수 없다고, 생각했지,

또는 서로서로. 우리는 타는 불꽃을 본다,
그리고 집 뿌리가 흔들리는 것을 느낀다, 그러나 앉아서,
창문이 흔들리는 것을 보고,
돌멩이들이 지평선 아래서 고함치는 소리를 듣는다.

Digging

Seamus Heaney(1939-   )

Between my finger and my thumb
The squat pin rest; snug as a gun

Under my window, a clean rasping sound
When the spade sinks into gravelly ground:
My father, digging. I look down

Till his straining rump among the flowerbeds
Bends low, comes up twenty years away
Stooping in rhythm through potato drills
Where he was digging.

The coarse boot nestled on the lug, the shaft
Against the inside knee was levered firmly.
He rooted out tall tops, buried the bright edge deep
To scatter new potatoes that we picked,
Loving their cool hardness in our hands.

By God, the old man could handle a spade.
Just like his old man.

My grandfather cut more turf in a day
Than any other man on Toner's bog.
Once I carried him milk in a bottle
Corked sloppily with paper. He straightened up
To drink it, then fell to right away

Nicking and slicing neatly, heaving sods
Over his shoulder, going down and down
For the good turf. Digging.

The cold smell of potato mould, the squelch and slap

Of soggy peat, the curt cuts of an edge
Through living roots awaken in my head.
But I've no spade to follow men like them.

Between my finger and my thumb
The squat pen rests.
I'll dig with it.

캐내기

셰이머스 히니(1939-)

나의 손가락과 나의 엄지손가락 사이에서
뭉툭한 펜이 놓여있다; 권총처럼 비밀스럽게

나의 창문 아래, 삽이 자갈 많은 땅을
파고 들어갈 때 깨끗하게 긁히는 소리
아버지가 땅을 판다. 아버지의 힘을 준 엉덩이가

화단에서 낮추어졌다가 다시 올라오는 것에서 나는
20년 전, 감자 이랑에서 율동적으로
허리를 굽혀 땅을 파던 모습을 본다.
여전히 그는 땅을 파내고 있었다.

거친 장화는 손잡이에 놓여있고
삽자루는 정강이 사이에서 견고하게 들어 올려졌다.
그는 키 자란 감자 꼭지를 뿌리삼아 광채 나는 모서리를 깊게
묻었다. 우리가 캐어둔 새 감자를 흩어놓기 위해
우리 손안에서 그 서늘한 딱딱함이 사랑스러웠다.

맹세코 노인은 삽을 다룰 수 있다.
그의 조상이 그랬듯이.

할아버지는 하루에 토너의 소택에 있는 어떤
노인들보다도 더 많은 토탄을 캐냈다.
한번은 내가 종이로 느슨하게 막은 병에 든 우유를
그에게 가져다 드렸다. 그는 우유를 마시기 위해 허리를 펴고
곧바로 목구멍에 떨어뜨렸다.

말끔이 눈금을 매기면서 땅을 베어가며 뗏장을 두어
올리셨다. 그의 어깨너머로, 그리고 밑으로 또 밑으로 파내려갔다.
더 좋은 토탄을 캐내려고. 캐내기.

감자밭 흙의 차가운 냄새, 축축한 토탄의

질퍽거림과 철썩거림, 싱싱한 뿌리를 끊는
삽날의 싹둑 자르는 감촉이 내 마음속에 되살아난다.
그러나 나는 그들의 뒤를 이을 삽이 없다.

나의 손가락과 나의 엄지손가락 사이에
뭉툭한 펜이 놓여있다.
나는 그것으로 파리라.

2. 미국시

A Noiseless Patient Spider

Walt Whitman(1819-1892)

A noiseless patient spider,
I marked where on a little promontory it stood isolated,
Marked how to explore the vacant vast surrounding,
It launched forth filament, filament, filament, out of itself,
Ever unreeling them, ever tirelessly speeding them.

And you O my soul where you stand,
Surrounded, surrounded, in measureless oceans of space,
Ceaselessly musing, venturing, throwing, seeking the spheres to
    connect them,
Till the bridge you will need be formed, till the ductile anchor hold,
Till the gossamer thread you fling catch somewhere, O my Soul.

조용하고 끈질긴 거미

월트 휫먼(1819-1892)

조용하고 끈질긴 거미 한 마리,
조그만 돌출부에 홀로 있는 모습 구경하였네,
광막한 텅 빈 주변을 어떻게 탐색하는지 지켜보았네,
녀석은 제 몸에서, 가느다란 실을, 실을, 자꾸 뽑으면서,
한없이 실을 풀어대고, 지치지 않고 빠르게 움직였네.

그리고 너 오 나의 영혼이여 너는 거기 서,
둘러싸이고, 둘러싸여, 무한한 공간에
끊임없이 생각하며, 단행하고, 실을 던지며, 연결할 곳을 찾고 있네,
마침내 필요한 다리가 놓이고, 부드러운 닻이 내려질 때까지,
내던진 너의 가느다란 실이 어딘가에 걸릴 때까지, 오 나의 영혼이여.

Success is counted sweetest

Emily Dickinson(1830-1886)

Success is counted sweetest
By those who ne'er succeed.
To comprehend a nectar
Requires sorest need.

Not one of all the purple host
Who took the flag today
Can tell the definition
So clear of victory

As he defeated—dying—
On whose forbidden ear
The distant strains of triumph
Burst agonized and clear!

성공은 가장 달콤하게 여겨지는 법

에밀리 딕킨슨(1830-1886)

성공은 가장 달콤하게 여겨지는 법
성공해보지 못한 이에게만
꿀맛도 옳게 알려면
가장 심한 갈증을 겪어야 한다.

자주 빛 옷 입은 무리 그 누구도
오늘 승리의 깃발을 잡고 있으면서도
똑똑히 말하지는 못하리라
승리의 참 뜻을

패배하여—죽어 가는 자만큼은—
패자의 희미해 가는 귓가엔
멀리서 울리는 승리의 노랫가락이
괴롭고 뚜렷이 울려온다!

Richard Cory

Edwin Arlington Robinson(1869-1935)

Whenever Richard Cory went down town,
We people on the pavement looked at him:
He was a gentleman from sole to crown,
Clean favored, and imperially slim.

And he was always quietly arrayed,
And he was always human when he talked;
But still he fluttered pulses when he said,
"Good-morning," and he glittered when he walked.

And he was rich —yes, richer than a king —
And admirably schooled in every grace;

In fine we thought that he was everything
To make us wish that we were in his place.

So on we worked, and waited for the light,
And went without the meat, and cursed the bread;
And Richard Cory, one calm summer night,
Went home and put a bullet through his head.

리처드 코리

에드윈 알링턴 로빈슨(1869-1935)

리처드 코리가 마을에 나타날 때마다,
길가의 우리들은 그를 쳐다보았다:
발끝부터 머리끝까지 그는 신사였다,
얼굴은 말쑥하고 당당하게 후리후리했다.

그는 언제나 수수하게 옷을 입었고,
말할 때는 언제나 인간미가 있었다;
그래도 그가 "안녕하세요?" 할 땐 맥박이 뛰었고,
걸을 때는 빛이 났다.

게다가 그는 부자였다 - 정말, 임금님보다도 더 부자였다—
그리고 모든 점에서 세련되어 있었다;
요컨대, 우리는 생각했다. 만사에 그는
우리에게 그이처럼 됐으면 하게 하는 사람이라고.

이렇게 우리는 계속 일했고, 빛을 기다렸고,
고기도 못 먹고, 빵을 저주했다;
그런데 리처드 코리는, 어느 조용한 여름날 밤,
집으로 돌아와 자기 머리에 방아쇠를 당겼다.

Mending Wall

Robert Frost(1874-1963)

Something there is that doesn't love a wall,
That sends the frozen-ground-swell under it
And spills the upper boulders in the sun,
And makes gaps even two can pass abreast.
The work of hunters is another thing:
I have come after them and made repair
Where they have left not one stone on a stone,
But they would have the rabbit out of hiding,
To please the yelping dogs. The gaps I mean,
No one has seen them made or heard them made,
But at spring mending-time we find them there.
I let my neighbor know beyond the hill;
And on a day we meet to walk the line
And set the wall between us once again.
We keep the wall between us as we go.
To each the boulders that have fallen to each.
And some are loaves and some so nearly balls
We have to use a spell to make them balance:
"Stay where you are until our backs are turned!"
We wear our fingers rough with handling them.
Oh, just another kind of outdoor game,
One on a side. It comes to little more:
There where it is we do not need the wall:
He is all pine and I am apple orchard.
My apple trees will never get across
And eat the cones under his pines, I tell him.
He only says, "Good fences make good neighbors."
Spring is the mischief in me, and I wonder
If I could put a notion in his head:
"*Why* do they make good neighbors? Isn't it

Where there are cows? But here there are no cows.
Before I built a wall I'd ask to know
What I was walling in or walling out,
And to whom I was like to give offense.
Something there is that doesn't love a wall,
That wants it down." I could say "Elves" to him,
But it's not elves exactly, and I'd rather
He said it for himself. I see him there,
Bringing a stone grasped firmly by the top
In each hand, like an old-stone savage armed.
He moves in darkness as it seems to me,
Not of woods only and the shade of trees.
He will not go behind his father's saying,
And he likes having thought of it so well
He says again, "Good fences make good neighbors."

담장고치기

로벗 프로스트(1874-1963)

담장을 좋아하지 않는 무엇인가가 있다.
그것이 담장 밑의 땅을 얼려서 부풀게 하여
위에 있는 둥근 돌들이 햇빛 속으로 쏟아져 내리게 한다.
그리하여 두 사람이 나란히 지나갈 만한 틈을 만들어 놓는다.
사냥꾼들도 담장을 허물었지만
내가 뒤쫓아 가서 곧바로 수선을 해 놓곤 했었다.
그들은 돌을 치우고
숨어있던 토끼를 몰아내어
짖어대는 개들을 즐겁게 해 주었던 것이다. 내가 말하는 틈이란
생기는 것을 본 사람이 없고 소리를 들은 사람도 없는데
봄철의 수선할 시기에 우리에게 발견되는 틈들을 말한다.
나는 언덕 너머에 사는 이웃 농장 주인에게 알린다.
그리고 우리는 어느 날 만나서 경계선을 따라 걸으며
무너진 담을 다시 쌓는다.

우리는 담을 중간에 두고 걸어간다.
자기 쪽에 굴러 떨어진 돌들을 주워 올린다.
어떤 것들은 빵떡 같고 어떤 것들은 공 같이 생겨서
균형이 유지되게 쌓아 올리려면 주문을 외워야 한다.
"우리가 돌아설 때까지는 그 자리에 그대로 있어 다오!"
돌을 만지느라고 우리의 손은 거칠어진다.
아, 이것은 한 쪽에 한 사람씩 서서 하는
일종의 야외경기이다. 그것 이상의 아무 것도 아니다.
우리 사이에 담장은 필요하지 않다.
그쪽은 모두 솔밭이고, 우리 쪽은 사과밭이니
우리 쪽 사과나무가 건너가서 그쪽 소나무 밑에서
솔방울을 주워 먹는 일은 없을 거라고 내가 그에게 말한다.
그는 말한다, "울타리가 좋아야 좋은 이웃이 되는 법이죠."
봄이라서 장난기가 생겨, 나는
그의 머리통 속에 생각할 문제를 하나 넣어 주고 싶었다.
"울타리가 좋아야 좋은 이웃이 된다고 했나? 그건
소를 기르는 사람들이 하는 말이잖아? 여기엔 소가 없단 말이야.
담장을 만들기 전에 따져 봐야 했었던 거야, 그걸 쌓아서
내가 무엇이 못 나가게 하고 무엇이 못 들어오게 하려는 것이었는지를,
그리고 내가 누구의 심기를 건드리게 되는 것인지를.
담장을 좋아하지 않는 무엇인가가 있어서
이걸 무너뜨리고 싶어하거든." 나는 그에게
그것이 "요정들"이라고 말해 줄 수도 있다.
그러나 정확히 말하자면 요정은 아니고, 나는 그가
스스로 그렇게 대답하기를 바라고 있는 것이다. 그는
양손으로 돌 하나씩 윗부분을 꽉 잡아서 옮기고 있다.
마치 무장한 구석기 시대의 야만인처럼 보인다.
내가 보기에 그는 어둠 속에서 움직이고 있는 듯하다.
숲과 나무 그늘 때문만은 아니다.
아버님께서 하신 말씀대로 따르겠다는 뜻에서라기보다
그 말에 담긴 생각을 좋아하고 있으므로
그는 다시 말한다. "울타리가 좋아야 좋은 이웃이 되는 법이지요."

The Road not Taken

Robert Frost(1874-1963)

Two roads diverged in a yellow wood,
And sorry I could not travel both
And be one traveler, long I stood
And looked down one as far as I could
To where it bent in the undergrowth;

Then took the other, as just as fair,
And having perhaps the better claim,
Because it was grassy and wanted wear;
Though as for that the passing there
Had worn them really about the same,

And both that morning equally lay
In leaves no step had trodden black.
Oh, I kept the first for another day!
Yet knowing how way leads on to way,
I doubted if I should ever come back.

I shall be telling this with a sigh
Somewhere ages and ages hence:
Two roads diverged in a wood, and I—
I took the one less traveled by,
And that has made all the difference.

가보지 않은 길

로벗 프로스트*(1874-1963)*

노란 숲 속에 난 두 갈래 길,
아쉽게도 난 두 길을 못가네
한 사람이라, 난 오래도록 서서

바라보았지 가능한 한
멀리 덤불로 굽어드는 데까지;

그리곤 딴 길을 택했지, 똑같이 곱고,
더 나은 필요한 것들을 어쩌면 가지리라 여기고,
풀 우거지고 덜 닳아 보여;
비록 그곳을 지나감에 따라
엇비슷하게 닳은 길이었건만,

그런데 그 아침 두 길은 똑같이
아직 발길에 밟히지 않은 낙엽에 묻혀 있어.
아, 나는 첫째 길을 후일로 기약해 두었지!
하지만 길은 길로 이어진다는 사실을 알고,
되돌아올 수 있을까 궁금히 여겼네.

너는 한숨지으며 이렇게 말하겠지
먼 먼 훗날 어디선가:
어느 숲에서 두 갈래 길 만나, 나는—
난 덜 다닌 길로 갔었다고,
그래서 내 인생 온통 달라졌다고.

Chicago

Carl Sandburg(1878-1967)

Hog Butcher for the World,
Tool Maker, Stacker of Wheat,
Player with Railroads and the Nation's Freight Handler;
Stormy, husky, brawling,
City of the Big Shoulders:

They tell me you are wicked and I believe them, for I
    have seen your painted women under the gas lamps
    luring the farm boys.

And they tell me you are crooked and I answer: Yes, it
    is true I have seen the gunman kill and go free to
    kill again.
And they tell me you are brutal and my reply is: On the
    faces of women and children I have seen the marks
    of wanton hunger.
And having answered so I turn once more to those who
    sneer at this my city, and I give them back the sneer
    and say to them:
Come and show me another city with lifted head singing
    so proud to be alive and coarse and strong and cunning.
Flinging magnetic curses amid the toil of piling job on
    job, here is a tall bold slugger set vivid against the
    little soft cities;

Fierce as a dog with tongue lapping for action, cunning
    as a savage pitted against the wilderness,
        Bareheaded,
        Shoveling,
        Wrecking,
        Planning,
        Building, breaking, rebuilding,
Under the smoke, dust all over his mouth, laughing with white teeth,
Under the terrible burden of destiny laughing as a young man laughs,
Laughing even as an ignorant fighter laughs who has never lost a battle,
Bragging and laughing that under his wrist is the pulse.
        and under his ribs the heart of the people, Laughing!
Laughing the stormy, husky, brawling laughter of
    Youth, half-naked, sweating, proud to be Hog
    Butcher, Tool Maker, Stacker of Wheat, Player with
    Railroads and Freight Handler to the Nation.

시카고

칼 샌드버그(*1878-1967*)

세계를 상대하는 돼지 푸주
연장 제작자, 밀 적재자
전미 화물 운송 취급자
그을리고, 건장하며, 떠들썩한
큰 어깨들의 도시

사람들은 네가 사악하다고 말하는데 나는 그 말을 믿는다, 이유는
   너의 화장한 여자들이 가로등 불빛 아래서
   촌놈들을 꼬시는 것을 나는 보았으니까
사람들은 네가 비뚤어졌다고 말하는데 나는 그 말을 믿는다:
   총잡이가 사람을 죽이고도
   버젓이 거리를 활보하는 것을 나는 보았으니까
사람들은 네가 잔인하다고 말하는데 나는 그 말을 믿는다:
   여자들과 아이들의 얼굴 위에서
   무수한 허기의 흔적을 나는 보았으니까
그렇게 대답하면서
   나는 나의 도시를 비웃는 사람들에게 되묻는다.
생기 있고, 상스럽고, 강하며, 교활한 것을 자랑스러워 해
   머리를 치켜들고 노래하는 다른 도시가 있으면 보여 달라고.
쌓이는 일 더미의 노고 속에서 매력 있는 욕지기를 내뱉으며
   작고 연약한 도시들과 대조적인
   크고 대담한 강타자가 여기 있다고:

활동에 굶주린 개처럼 맹렬하며
   함정을 놓는 야만인처럼 교활하며,
     맨머리로
     삽질하고
     부수고
     계획하며
     짓고, 파괴하고, 다시 짓는

그을음 속에서 입은 먼지로 가득 찬 채
　　하얀 이를 드러내며 웃는다,
운명의 무거운 짐을 진 채
　　젊은이처럼 웃는다,
전투에 한 번도 진 적이 없는
　　무식한 전사처럼 웃으며
그의 손목 아래 사람들의 맥박이 뛰고 있으며
　　그의 갈비뼈 속에 사람들의 심장이 두근거리는 것을 뽐내면서 웃는다,
　　　크게 웃는다!
돼지 푸주, 연장 제작자, 밀 적재자, 전국 화물운송 취급자인 것을
　　자랑스러워하며 폭풍처럼 건장한 웃음을 웃는다
　　반쯤 발가벗은 채 땀을 흘리며
　　젊은이처럼 떠들썩하게 웃는다.

Anecdote of the Jar

Wallace Stevens(1879-1955)

I placed a jar in Tennessee,
And round it was, upon a hill.
It made the slovenly wilderness
Surround that hill.

The wilderness rose up to it,
And sprawled around, no longer wild.
The jar was round upon the ground
And tall and of a port in air.

It took dominion everywhere.
The jar was gray and bare.
It did not give of bird or bush,
Like nothing else in Tennessee.

항아리의 일화

월리스 스티븐스(1879-1955)

나는 항아리를 테네시에 놓았다,
그러자 그것은 동그랗다, 언덕 위에.
그것은 지저분한 황야가
그 언덕을 둘러싸게 했다.

황야가 그것까지 솟아올라,
주변에 퍼지자, 더 이상 황량하지 않았다.
항아리는 땅위에 둥글고
키 크고 위풍이 당당했다.

그것은 모든 곳을 지배했다.
항아리는 회색이고 꾸밈없었다.
그것은 새도 숲도 주지 않았다,
테네시에 있는 다른 것들과는 달리.

Tract

William Carlos Williams(1883-1963)

I will teach you my townspeople
how to perform a funeral —
for you have it over a troop
of artists —
unless one should scour the world —
you have the ground sense necessary.

See! the hearse leads.
I begin with a design for a hearse.
For Christ's sake not black —
nor white either — and not polished!
Let it be weathered — like a farm wagon —

with gilt wheels (this could be
applied fresh at small expense)
or no wheels at all:
a rough dray to drag over the ground.

Knock the glass out!
My God—glass, my townspeople!
For what purpose? Is it for the dead
to look out or for us to see
how well he is housed or to see
the flowers or the lack of them—
or what?
To keep the rain and snow from him?
He will have a heavier rain soon:
pebbles and dirt and what not.

Let there be no glass—
and no upholstery phew!
and no little brass rollers
and small easy wheels on the bottom—
my townspeople what are you thinking of?

A rough plain hearse then
with gilt wheels and no top at all.
On this the coffin lies
by its own weight.

No wreaths please—
especially no hothouse flowers.
Some common memento is better,
something he prized and is known by:
his old clothes—a few books perhaps—
God knows what! You realize

how we are about these things
my townspeople—
something will be found—anything
even flowers if he had come to that.
So much for the hearse.

For heaven's sake though see to the driver!
Take off the silk hat! In fact
that's no place at all for him—
up there unceremoniously
dragging our friend out to this own dignity!
Bring him down—bring him down!
Low and inconspicuous! I'd not have him ride
on the wagon at all—damn him—
the undertaker's understrapper!
Let him hold the reins
and walk at the side
and inconspicuously too!

Then briefly as to yourselves:
Walk behind—as they do in France,
seventh class, or if you ride
Hell take curtains! Go with some show
of inconvenience; sit openly—
to the weather as to grief.
Or do you think you can shut grief in?
What—from us? We who have perhaps
nothing to lose? Share with us
share with us—it will be money
in your pockets.
Go now
I think you are ready.

예법

윌리엄 칼로스 윌리엄스(1883-1963)

읍민 여러분 장례 지내는
법을 가르쳐 드리지요―
한 무리의 예술가들 보다는
여러분이 낫기 때문입니다―
세상을 다 뒤지지 않는다면야―
여러분은 필요한 기본적인 상식은 갖고 있습니다.

보세요! 영구차가 앞장섭니다.
영구차 구조부터 시작하겠습니다.
제발 검은색은 쓰지 마세요―
흰색도 마시고―광택 낸 것 쓰지 마세요!
낡은 것으로 하세요―농장 마차처럼―
도금한 바퀴가 있는 것으로 (이건 약간만 들이면
새로 할 수 있습니다)
아니면 바퀴는 아예 없애세요.
땅 위로 끌고 갈 수수한 마차면 됩니다.

유리창은 다 빼세요!
아니―유리창이라니, 읍민 여러분!
무슨 목적으로요? 고인이
내다보라고 아니면 우리가
그분을 잘 모셨는지 꽃이 있는지
아니면 부족한지를 들여다보려고 둡니까―
아니면 뭡니까?
비와 눈을 그분에게서 막으려고?
그분은 곧 더 큰 비를 맞을 겁니다.
자갈과 흙 같은 것을.
유리창은 꼭 없게 하세요―
좌석 덮개도 없애고, 아이고!
조그만 놋쇠 굴림대도 없애고

바닥의 작은 바퀴도 없게 하세요―
읍민 여러분 어떻게 생각하십니까?

그러면 도금한 바퀴에 덮개가 없는
거칠고 수수한 영구차입니다
이 위에 관이 놓입니다.
제 무게로요.

제발 화환은 쓰지 마세요―
특히 온실의 꽃은 쓰지 마세요.
평범한 유품이 더 좋습니다,
고인이 소중히 했거나 그분을 알게 하는 것
그의 옛날 옷― 몇 권의 책―
누군가는 알겠죠! 이런 것에
우리가 어떤지 여러분은 아십니다.
읍민 여러분―
무언가가 찾아지겠지요―무엇이든
고인이 좋아하셨다면 꽃이라도.
영구차에 대해선 이만하고.

제발이지 마부에 주의하세요!
실크 모자를 벗기세요! 사실
그건 그를 위한 자리가 아닙니다―
버릇없이 거기 위에 앉아
점잖 빼며 우리 친구를 끌고 가다니!
내려오게 하세요―내려오게 하세요!
낮게 눈에 뜨이지 않게! 나라면 그가
마차에 타지도 못하게 하겠습니다―제길―
장의사의 말단 직원을!
고삐를 잡고
옆에서 걷게 하세요.
눈에 띄지 않도록!

그럼 여러분에 대해 간략히.
뒤에서 걸어가세요-프랑스에서 하듯이,
7등 칸으로요. 타고 가는 경우에는
제발 커튼을 치우세요! 불편한 티를 내며
가세요. 드러내놓고 앉아서-
슬픔에 드러낸 것처럼 날씨에도 드러내 놓고.
슬픔을 감출 수 있다고 생각하세요?
우리로부터요! 우리가 무슨
손핼 봅니까? 나눕시다.
나눕시다-당신 주머니 속의
돈이 될 겁니다.
이제 가세요.
준비 다 됐다고 생각됩니다.

A Pact

Ezra Pound(1885-1972)

I make a pact with you, Walt Whitman—
I have detested you long enough.
I come to you as a grown child
Who has had a pig-headed father;
I am old enough now to make friends.
It was you that broke the new wood,
Now is a time for carving.
We have one sap and one root—
Let there be commerce between us.

협정

에즈라 파운드(1885-1972)

난 당신과 휴전 협정을 맺겠소, 월트 휫먼-
이미 오랫동안 당신을 미워했으니.
난 성장한 아이가 되어 당신에게 오게 되었소

한때는 심보 사나운 자의 자식이었지만;
이제 당신과 교제할 나이도 되었소.
새로운 숲을 파괴한건 당신,
지금은 목각을 할 시기요.
우리는 같은 수액이며 뿌리도 하나 —
이제 서로 교역을 하게하오.

Ars Poetica

Archibald MacLeish(1892-1982)

A poem should be palpable and mute
As a globed fruit,

Dumb
As old medallions to the thumb,

Silent as the sleeve-worn stone
Of casement ledges where the moss has grown —

A poem should be wordless
As the flight of birds.

A poem should be motionless in time
As the moon climes,

Leaving, as the moon releases
Twig by twig the night-entangled trees,

Leaving, as the moon behind the winter leaves,
Memory by memory the mind —

A poem should be motionless in time
As the moon climes.

A poem should be equal to:
Not true.

For all the history of grief
An empty doorway and a maple leaf.

For love
The leaning grasses and two lights above the sea —

A poem should not mean
But be.

시법

아치볼드 맥클리쉬(1892-1982)

시는 둥근 과일처럼
감촉 할 수 있고 묵묵해야 한다,

엄지손가락에 만져지는 오래된 큰 메달처럼
말을 안 해야 한다,

이끼 자라난 창턱의
소매 스쳐 닳은 돌처럼 침묵해야 한다—

시는 새의 비상과 같이
말이 없어야 한다.

시는 시간 안에서 움직임이 없어야 한다
달이 올라갈 때,

마치, 그 달이 밤에 얽힌 나무들에서
가지를 하나하나 풀어 주듯이,

겨울 나뭇잎 뒤에 숨은 달고 같이,
기억을 하나씩 하나씩 마음에서 풀어놓아야 한다 —

시는 시간 안에서 움직임이 없어야 한다
달이 올라오는 것처럼.

시는 동등할 것이지:
진실이어야 하는 것이 아니다.

온갖 슬픔의 역사에 대하여는
빈 문간과 단풍잎 하나.

사랑에 대하여는
기울어지는 풀들과 바다 위의 두 불빛 —

시는 의미할 것이 아니라
다만 존재해야 한다.

since feeling is first

E. E. Cummings(1894-1962)

since feeling is first
who pays any attention
to the syntax of things
will never wholly kiss you;

wholly to be a fool
while Spring is in the world

my blood approves,
and kisses are a better fate
than wisdom

lady i swear by all flowers. Don't cry

-the best gesture of my brain is less than
your eyelids' flutter which says

we are for each other: then
laugh leaning back in my arms
for life's not a paragraph

And death i think is no parenthesis

느낌이 우선이기에

커밍즈

느낌이 우선이기에
사물의 논리성에
매인 자는
절대로 완벽하게 입맞춤을 못하리.

세상이 봄일 때
온전히 바보가 됨은

내 본능을 시인하는 것,
하여 입맞춤은
지혜보다 더 좋은 운명인 것이니

그대여 온갖 꽃을 두고 나 맹세하나니. 울지 말아요
―내 두뇌의 최고 행위도 그대의 깜박이는
눈꺼풀보다 못하나니

우리 서로 사랑하는 것 그 떨리는 눈이 말해주네. 자
웃어보세요, 내 품에 등을 기대고
어차피 인생은 정연한 논리가 아니잖아요.

그리고 생각해 보건데, 죽음은 괄호로 묶어둘 수 없지요.

In a Dark Time

Theodore Roethke(1908-1963)

In a dark time, the eye begins to see,
I meet my shadow in the deepening shade;
I hear my echo in the echoing wood —
A lord of nature weeping to a tree.
I live between the heron and the wren,
Beasts of the hill and serpents of the den.

What's madness but nobility of soul
At odds with circumstance? The day's on fire!
I know the purity of pure despair,
My shadow pinned against a sweating wall.
That place among the rocks — is it a cave,
Or winding path? The edge is what I have.

A steady storm of correspondences!
A night flowing with birds, a ragged moon,
And in broad day the midnight come again!
A man goes far to find out what he is —
Death of the self in a long, tearless night,
All natural shapes blazing unnatural light.

Dark, dark my light, and darker my desire.
My soul, like some heat-maddened summer fly,
Keeps buzzing at the sill. Which I is I?
A fallen man, I climb out of my fear.
The mind enters itself, and God the mind,
And one is One, free in the tearing wind.

어두운 시대에

시어도어 뢰트키(*1908-1963*)

어두운 시대에, 눈이 보기 시작한다,
나는 짙어가는 어둠 속에서 내 그림자를 만난다,
나는 메아리치는 숲에서 내 메아리를 듣는다―
자연의 주인이 나무를 기려 운다.
나는 백로(왜가리)와 굴뚝새,
산의 짐승들과 동굴의 뱀들 사이에서 산다.

광기는 환경과 맞지 않는 영혼의 고결함이
아니면 무엇인가!? 날은 불탄다!
나는 순수한 절망의 순수함을 안다,
내 그림자는 땀나는 담장에 고정되어 있다.
바위들 사이의 그 장소―그것이 동굴인가,
아니면 굽이친 통로인가!? 가장자리가 내가 가진 것이다.

일치의 꾸준한 폭풍우!
새와 함께 흐르는 밤, 울퉁불퉁한 달,
대낮에 한 밤중이 다시 온다!
사람은 자신의 실체를 찾아 멀리 간다―
길고 무정한 밤에 자아의 죽음,
모든 자연적 형체들이 부자연스러운 빛을 발한다.

어둡다, 내 빛은 어둡다, 내 욕망은 더욱 어둡다.
내 영혼은 열에 미친 파리처럼,
문지방에서 계속 붕붕댄다. 어떤 내가 나인가?
떨어진 사람, 나는 내 두려움에서 기어 나온다.
마음은 그 자체로 들어가고, 신은 마음으로 들어간다,
그리고 사람은 맹렬한 바람으로부터 벗어난 유일자이다.

My Papa's Waltz

Theodore Roethke(1908-1963)

The whiskey on your breath
Could make a small boy dizzy;
But I hung on like death:
Such waltzing was not easy.

We romped until the pans
Slid from the kitchen shelf;
My mother's countenance
Could not unfrown itself.

The hand that held my wrist
Was battered on one knuckle;
At every step you missed
My right ear scraped a buckle.

You beat time on my head
With a palm caked hard by dirt,
Then waltzed me off to bed
Still clinging to your shirt.

아빠의 왈츠

시어도어 뢋키(1908-1963)

당신의 위스키 냄새는
어린애를 아찔하게 했어요,
그러나 나는 죽기로 매달렸어요.
그런 왈츠는 쉽지 않았어요.

우리는 장난쳤지요 냄비들이
부엌 선반에서 미끄러질 때까지;

엄마의 얼굴표정은
찡그러지지 않을 수 없었죠.

내 손목을 잡은 손은
첫 마디에서 부서져 있었어요,
당신이 발을 잘못 디딜 때마다
내 오른쪽 귀가 버클에 쓸렸어요.

당신은 내 머리에 박자를 쳤지요
진흙 묻어 단단해진 손바닥으로,
그리곤 여전히 당신의 셔츠에 매달린
나를 왈츠 추며 침대로 데려 갔죠.

Rapunzel

Anne Sexton(1928-1974)

A woman
who loves a woman
is forever young.
The mentor
and the student
feed off each other.
Many a girl had an old aunt
who locked her in the study
to keep the boys away.
They would play rummy
or lie on the couch
and touch and touch.
Old breast against young breast . . .

Let your dress fall down your shoulder,
come touch a copy of you
for I am at the mercy of rain,

for I have left the long naps of Ann Arbor
and the church spires have turned to stumps.
The sea bangs into my cloister
for the young politicians are dying,
are dying so hold me, my young dear,
hold me . . .

The yellow rose will turn to cinder
and New York City will fall in
before we are done so hold me,
my young dear, hold me.
Put your pale arms around my neck.
Let me hold your heart like a flower
lest it bloom and collapse.
Give me your skin
as sheer as a cobweb,
Let me open it up
and listen in and scoop out the dark.
Give me your nether lips
all puffy with their art
and I will give you angel fire in return.
We are two clouds
glistening in the bottle glass.
We are two birds
washing in the same mirror.
We were fair game
but we have kept out of the cesspool.
We are strong.
We are the good ones.
Do not discover us
for we lie together all in green
like pond weeds. Hold me, my young dear, hold me.

They touch their delicate watches
one at a time.
They dance to the lute
two at a time.
They are as tender as bog moss.
They play mother-me-do
all day.
A woman
who loves a woman
is forever young.

Once there was a witch's garden
more beautiful than Eve's
with carrots growing like little fish,
with many tomatoes rich as frogs,
onions as ingrown as hearts,
the squash singing like a dolphin
and one patch given over wholly to magic—
rampion. a kind of salad root,
a kind of harebell more potent than penicillin,
growing leaf by leaf, skin by skin,
as rapt and as fluid as Isadora Duncan.

However the witch's garden was kept locked
and each day a woman who was with child
looked upon the rampion wildly,
fancying that she would die
if she could not have it.
Her husband feared for her welfare
and thus climbed into the garden
to fetch the life-giving tubers.

Ah ha, cried the witch,

whose proper name was Mother Gothel,
you are a thief and now you will die.
However they made a trade,
typical enough in those times.
He promised his child to Mother Gothel
so of course when it was born
she took the child away with her.
She gave the child the name Rapunzel,
another name for the life-giving rampion.
Because Rapunzel was a beautiful girl
Mother Gothel treasured her beyond all things.
As she grew older Mother Gothel thought:
None but I will ever see her or touch her.
She locked her in a tower without a door
or a staircase. It had only a high window.
When the witch wanted to enter she cried:
Rapunzel, Rapunzel, let down your hair.
Rapunzel's hair fell to the ground like a rainbow.
It was as yellow as a dandelion
and as strong as a dog leash.
Hand over hand she shinnied up
the hair like a sailor
and there in the stone-cold room,
as cold as a museum,
Mother Gothel cried:
Hold me, my young dear, hold me,
and thus they played mother-me-do.

Years later a prince came by
and heard Rapunzel singing in her loneliness.
That song pierced his heart like a valentine
but he could find no way to get to her.
Like a chameleon he hid himself among the trees

and watched the witch ascend the swinging hair.
The next day he himself called out:
Rapunzel, Rapunzel, let down your hair,
and thus they met and he declared his love.
What is this beast, she thought,
with muscles on his arms
like a bag of snakes?
What is this moss on his legs?
What prickly plant grows on his cheeks?
What is this voice as deep as a dog?
Yet he dazzled her with his answers.
They lay together upon the yellow threads,
swimming through them
like minnows through kelp
and they sang out benedictions like the Pope.

Each day he brought her a skein of silk
to fashion a ladder so they could both escape.
But Mother Gothel discovered the plot
and cut off Rapunzel's hair to her ears
and took her into the forest to repent.
When the prince came the witch fastened
the hair to a hook and let it down.
When he saw that Rapunzel had been banished
he flung himself out of the tower, a side of beef.
He was blinded by thorns that pricked him like tacks.
As blind as Oedipus he wandered for years
until he heard a song that pierced his heart
like that long-ago valentine.
As he kissed Rapunzel her tears fell on his eyes
and in the manner of such cure-alls
his sight was suddenly restored.

They lived happily as you might expect
proving that mother-me-do
can be outgrown,
just as the fish on Friday,
The world, some say,
is made up of couples.
A rose must have a stem.

As for Mother Gothel,
her heart shrank to the size of a pin,
never again to say: Hold me, my young dear,
hold me,
and only as she dreamt of the yellow hair
did moonlight sift into her month.

라푼젤

앤 섹스턴(1928-1974)

여성을 사랑한
여인의
젊음은 영원하다.
훌륭한 스승과
제자는
서로를 충족시킨다.
대부분의 소녀들에겐 늙은 이모가 있다.
그녀들을 서재에 가두어
소년들로부터 떼어놓으려는.
서재에서 소녀들은 카드놀이를 하기도 하고
소파에 누워
쓰다듬고 쓰다듬는다.
늙은 가슴이 젊은 가슴을 향하여. . .

너의 드레스를 어깨까지 내려,

너 자신을 느껴라.
비가 내리는 데로,
앤 아버가 긴 낮잠을 자도록
그리고 교회의 첨탑이 짧아지도록.
파도는 수도원을 때리고
젊은 정치가는 죽어 가고
죽어 간다. 그러니 날 감싸 주오 젊은 그대여,
날 감싸주오. . .

노란 장미는 부스러기가 될 것이고
뉴욕은 붕괴될 것이다.
우리가 행동하기 전에 그러니 날 감싸 주오
나의 젊은 그대여 날 감싸주오.
너의 창백한 팔로 내 목을 감싸라.
나는 너의 염통을 잡겠다. 꽃과 같이
피었다지지 안도록.
너의 껍질을 주오
거미줄처럼 완벽한,
내 그것을 열어
어둠을 듣고 퍼낼 것이니.
너의 아랫입술을 주오
예술품처럼 도톰한.
그러면 난 너에게 천사의 광휘를 주겠다.
우리는 유리병에서 반짝이는
두 점의 구름
우리는 같은 거울을 씻어 내리는
두 마리의 새.
우리는 공정한 게임이었다.
그러나 우린 구정물에 빠지지 않는다.
우리는 강하다.
우리는 훌륭하다.
우리를 찾지 마라.
　연못의 잡초처럼 초원에서 함께

누워 있도록. 날 감싸 주오 젊은 그대여 날 감싸 주오.

그들은 치밀한 경계에 다가간다.
한 번에 한 명씩.
그들은 류트에 맞춰 춤춘다.
한 번에 두 명씩.
그들은 습지의 이끼처럼 부드럽다.
그들은 엄마놀이를 한다,
하루 종일.
여성을 사랑한
여인의
젊음은 영원하다.

옛날에 어떤 마녀의 정원이 있었다,
이브의 정원보다 아름답고
작은 물고기 같이 자란 홍당무,
개구리 같이 불룩한 토마토,
염통처럼 커진 양파,
호박은 돌고래처럼 노래하고
한쪽은 완전히 마법의-양배추로
덮여 있다. 페니실린보다 독하며
샐러드 뿌리 같이 실 잔대 같이
한 잎 두 잎, 한 겹 두 겹 자란다.
이사도라 던컨처럼 황홀하고 부드럽게.

그러나 마녀의 정원은 잠겨있고
아이를 가진 여인은
매일 넓은 양배추 밭을 보며
유혹되어 먹지 못하면
죽을 것 같다고.
남편은 그녀가 걱정되어
그 정원으로 몰래 들어가
생명을 줄 덩이줄기를 가지고 나온다.

하 하, 고텔 어머니라고 불릴 마녀는
외치고 있다.
넌 도둑이니 당장 죽게 될 것이다.
그러나 그들은 거래를 한다,
그 시대에 전형적인.
그는 고텔 어머니에게 그의 아이가 태어나면
아이를 준다고 약속한다.
마녀는 아이를 멀리 데리고 간다.
아이의 이름은 생명을 준 양배추라는,
라푼젤이라 한다.
라푼젤은 아름답기에
고텔 어머니는 그녀를 보물처럼 여겼다.
늙은 고텔 어머니의 생각에: 그녀가 자라면
나 이외의 아무도 그녈 볼 수도 만질 수도 없을 것이다.
마녀는 라푼젤을 문도 계단도 없는 탑에 가둔다.
단지 높은 창문만이 있는 탑에
마녀가 그 탑에 들어가길 원하면 그녀는 소리친다:
라푼젤, 라푼젤, 머리채를 내려다오.
라푼젤의 머리카락은 무지개처럼 땅으로 떨어진다.
머리카락은 민들레 빛처럼 노랗고
개를 매둔 끈처럼 질기다.
마녀는 한 손 두 손 기어오른다.
선원처럼 그녀의 머리를.
그러면 거기엔 돌과 같이 차가운
박물관처럼 추운 방이 있다.
고텔 어머니는 울부짖는다:
날 감싸 주오 젊은 그대여 날 감싸주오.
그리고 그들은 엄마놀이를 한다.

몇 년이 흘러 왕자가 온다.
외로움이 묻어 나오는 라푼젤의 노래 소리에 매료되어.
그 노래는 그의 심장을 밸런타인처럼 꿰뚫는다,
그러나 왕자는 그녀에게 올라가는 길을 찾을 수 없다.

카멜레온처럼 나무사이에 숨어
마녀가 머리채를 잡고 오르는 것을 본다.
다음날 왕자는 소리친다:
라푼젤, 라푼젤 너의 머리채를 내려다오.
그리고 그들은 만나고 왕자는 사랑을 고백한다.
그녀는 생각한다. 뱀의 가죽과 같은
근육 진 팔을 가진 이 동물은 무엇인가?
그의 다리에 난 이끼는 무엇인가?
그의 턱에 자란 가시가 있는 식물은 뭘까?
목소리는 개처럼 저음이지 않은가?
그는 그녀를 대답으로 현혹시킨다.
그들은 노란 스레드 천위에 누워,
수초사이를 헤치고 다니는 작은 물고기처럼
함께 헤엄친다.
그리고 그들은 폽처럼 신의 은총을 노래한다.

매일 왕자는 그녀에게 실크 실타래를 가져 온다
사다리를 만들어 둘이 함께 도망 칠 수 있도록.
그러나 고텔 어머니는 그 장면을 목격하고
라푼젤의 머리카락을 귀밑까지 자른다.
그리고 그녀를 뉘우치게 하려고 숲 속에 버린다.
왕자가 라푼젤을 찾아 왔을 때 그녀의 머리채를 묶고
갈고리에 건 뒤 내려준다.
그는 라푼젤이 버려지는 것을 보았고
탑 아래로 몸을 던졌다, 몸통의 옆면으로 비스듬히
그는 압정과 같은 가시에 찔려 눈이 먼다.
그는 이디퍼스와 같이 장님이 되어 몇 년을 유랑한다.
그 옛날의 밸런타인처럼
그의 마음을 꾀 뚫는 노래 소리를 들을 때까지
그가 라푼젤과 입맞춤할 때 그녀의 눈물이 그의 눈에 떨어진다.
그러면 모든 약물과 같이
그의 시력은 불현듯 되돌아온다.

그들은 당신이 예상하듯 행복하게 살았고
엄마놀이에서
벗어 날 수 있었다.
마치 금요일의 물고기처럼,
몇몇 사람들은, 세상이
커플로 이루어진다 한다.
장미가 줄기를 가진 것처럼.

고텔 어머니는
심장이 핀처럼 오그라들었고
다시는 말 할 수 없었다. 날 감싸 주오 젊은 그대여
날 감싸 주오 라며.
그리고 마녀는 오직 달빛이 그녀의 입으로 세어 들어올 때
그 노란 머리칼을 꿈꾼다.

Daddy

Sylvia Plath(1932-1963)

You do not do, you do not do
Any more, black shoe
In which I have lived like a foot
For thirty years, poor and white,
Barely daring to breathe or Achoo.

Daddy, I have had to kill you.
You died before I had time —
Marble-heavy, a bag full of God,
Ghastly statue with one grey toe
Big as a Frisco seal

And a head in the freakish Atlantic
Where it pours bean green over blue
In the waters off beautiful Nauset.

I used to pray to recover you.
Ach, du.

In the German tongue, in the Polish town
Scraped flat by the roller
Of wars, wars, wars.
But the name of the town is common.
My Polack friend

Says there are a dozen or two:
So I never could tell where you
Put your foot, your root,
I never could talk to you.
The tongue stuck in my jaw.

It stuck in a barb wire snare.
Ich, ich, ich, ich,
I could hardly speak.
I thought every German was you.
And the language obscene

An engine, an engine
Chuffing me off like a Jew.
A Jew to Dachau, Auschwitz, Belsen.
I began to talk like a Jew.
I think I may well be a Jew.

The snows of the Tyrol, the clear beer of Vienna
Are not very pure or true.
With my gypsy ancestress and my weird luck
And my Taroc pack and my Taroc pack
I may be a bit of a Jew.

I have always been scared of you,
With your Luftwaffe, your gobbledygoo.
And your neat moustache
And your Aryan eye, bright blue.
Panzer-man, panzer-man, O You—

Not God but a swastika
So black no sky could squeak through.
Every woman adores a Fascist,
The boot in the face, the brute
Brute heart of a brute like you.

You stand at the blackboard, daddy,
In the picture I have of you,
A cleft in your chin instead of your foot
But no less a devil for that, no not
Any less the black man who

Bit my pretty red heart in two.
I was ten when they buried you.
At twenty I tried to die
And get back, back, back at you.
I thought even the bones would do.

But they pulled me out of the sack,
And they stuck me together with glue.
And then I knew what to do.
I made a model of you,
A man in black with a Meinkampf look

And a love of the rack and the screw.
And I said I do, I do.
So daddy, I'm finally through.

The black telephone's off at the root,
The voices just can't worm through.

If I've killed one man, I've killed two —
The vampire who said he was you
And drank my blood for a year,
Seven years, if you want to know.
Daddy, you can lie back now.

There's a stake in your fat black heart
And the villagers never liked you.
They are dancing and stamping on you.
They always knew it was you.
Daddy, daddy, you bastard, I'm through.

아빠

실비아 플라스

이젠 안돼요, 더 이상은
안될 거예요. 검은 구두
전 그걸 삼십 년간이나 발처럼
신고 다녔어요. 초라하고 창백한 얼굴로.
감히 숨 한 번 쉬지도 재채기조차 못하며.

아빠, 전 아빠를 죽여야만 했었습니다.
그래볼 새도 없이 돌아가셨기 때문에요 —
대리석처럼 무겁고, 신으로 가득 찬 부대자루,
샌프란시스코의 물개와
아름다운 노오셋 앞바다로

강낭콩 같은 초록빛을 쏟아내는
변덕스러운 대서양의 갑처럼 커다란
잿빛 발가락을 하나 가진 무시무시한 조상.

전 아빠를 되찾으려고 기도드리곤 했답니다.
아, 당신.

전쟁, 전쟁, 전쟁의
롤러로 납작하게 밀린
폴란드의 도시에서, 독일어로.
하지만 그런 이름의 도시는 흔하더군요.
제 폴란드 친구는

그런 도시가 일이십 개는 있다고 말하더군요.
그래서 전 아빠가 어디에 발을 디디고,
뿌리를 내렸는지 말할 수가 없었어요.
전 결코 아빠에게 말할 수가 없었어요.
혀가 턱에 붙어 버렸거든요.

혀는 가시철조망의 덫에 달라붙어 버렸어요.
전, 전, 전, 전,
전 말할 수가 없었어요.
전 독일 사람은 죄다 아빠 줄 알았어요.
그리고 독일어를 음탕하다고 생각했어요.

저를 유태인처럼 칙칙폭폭 실어가는
기관차, 기관차.
유태인처럼 다카우, 아우슈비츠, 벨젠으로.
전 유태인처럼 말하기 시작했어요.
전 유태인인지도 모르겠어요.

티롤의 눈, 비엔나의 맑은 맥주는
아주 순수한 것도, 진짜도 아니에요.
제 집시계의 선조 할머니와 저의 섬뜩한 운명
그리고 저의 타로 카드 한 벌, 타로 카드 한 벌로 봐서
전 조금은 유태인일 거예요.

전 언제나 아빠를 두려워했어요,
아빠의 독일 공군, 아빠의 딱딱한 말투,
그리고 아빠의 말쑥한 콧수염
또 아리안족의 밝은 하늘색 눈,
기갑부대원, 기갑부대원, 아, 아빠—

신이 아니라, 너무 검은색이어서
어떤 하늘도 비걱거리며 뚫고 들어올 수 없는 십자장
어떤 여자든 파시스트를 숭배한답니다.
얼굴을 짓밟은 장화, 이 짐승
아빠 같은 짐승의 야수 같은 마음을.

아빠, 제가 가진 사진 속에선
흑판 앞에 서 계시는군요.
발 대신 턱이 갈라져 있지만
그렇다고 악마가 아닌 건 아니에요, 아니,
내 예쁜 빨간 심장을 둘로 쪼개버린

새까만 남자가 아닌 건 아니에요.
그들이 아빠를 묻었을 때 전 열 살이었어요.
스무 살 땐 죽어서
아빠께 돌아가려고, 돌아가려고, 돌아가 보려고 했어요.
전 뼈라도 그럴 수 있으리라고 생각했어요.

하지만 사람들은 저를 침낭에서 끌어내
떨어지지 않게 아교로 붙여버렸어요.
그리고 나니 전 제가 해야 할 일을 알게 되었어요.
전 아빠를 본받기 시작했어요.
고문대와 나사못을 사랑하고

'나의 투쟁'의 표정을 지닌 검은 곳의 남자를.
그리고 저는 그렇게 하겠어요, 네 하겠다고 말했어요.
그래서, 아빠, 이제 겨우 끝났어요.

검은 전화기가 뿌리째 뽑혀져
목소리가 기어 나오질 못하는군요.

만일 제가 한 남자를 죽였다면, 전 둘을 죽인 셈이에요.
자기가 아빠라고 하며, 내 피를
일 년 동안 빨아 마신 흡혈귀.
아니, 사실은 칠 년만이지만요.
아빠, 이젠 누우셔도 돼요.

아빠의 살찐 검은 심장에 말뚝이 박혔어요.
그리고 마을 사람들은 조금도 아빠를 좋아하지 않았어요.
그들은 춤추면서 아빠를 짓밟고 있어요.
그들은 그것이 아빠라는 걸 언제나 알고 있었어요.
아빠, 아빠, 이 개자식. 이제 끝났어.

Be Nobody's Darling

Alice Walker(1944-)

Be nobody's darling;
Be an outcast.
Take the contradictions
Of your life
And wrap around
You like a shawl,
To parry stones
To keep you warm.

Watch the people succumb
To madness
With ample cheer;
Let them look askance at you
And you askance reply.

Be an outcast;
Be pleased to walk alone
(Uncool)
or line the crowded
river beds
with other impetuous
Fools.

Make a merry gathering
On the bank
Where thousands perished
For brave hurt words
They said.

Be nobody's darling;
Be an outcast
Qualified to live
Among your dead.

누구의 연인도 되지 마세요

앨리스 워커(1944~)

누구의 연인도 되지 마세요;
버림받은 자가 되세요.
그대 인생의
모순을
숄처럼
그대 몸에 두르세요,
돌을 피하고
그대 자신을 따뜻하게 하기 위해.

사람들이 환호하며
광기에

굴복하는 것을 보세요;
그들이 곁눈질로 그대를 보게 하고
그대는 곁눈질로 응수하세요.

버림받은 자가 되세요;
혼자 걷는 것을 즐기세요
(품위 없어도)
아니면 번잡한
강바닥을
성급한 다른 멍청이들로
늘어서 가득 채우도록 하세요.

즐거운 모임을 가지세요
강둑에서
수천 명의 사람들이 멸망한 그곳에서
그들이 내뱉은
과격하고 고통스런 말 때문에.

누구의 연인도 되지 마세요;
버림받은 자가 되세요.
죽은 사람들 사이에서도
살아갈 자격이 있는.

참고문헌

Abrams, M. H. "Orientation of Critical Theories," *The Mirror and the Lamp*. London: Oxford university Press, 1979.

_______________. ed. *The Norton Anthology of English Literature*. Vol. 2. New York: W. W. Norton & Company, 1986.

Altenbernd, Lynn and Lewis, Leslie L. *A Handbook for the Study of Poetry*. New York: Macmillan Publishing Co., Inc., 1966.

Bergman, David and Epstein, D. M. *The Heath Guide to Poetry*. Lexington, Massachusetts: D. C. Heath and Company, 1983.

Boas, George. *Philosophy and Poetry*. Massachussetts: Wheaton College, 1932.

Drew, Elizabeth. *Discovering Poetry*. New York: W. W. Norton and Company Inc., 1963.

Eliot, T. S. *The Use of Poetry and the Use of Criticism*. London: Faber and Faber, 1978.

___________. "The Three Voices of Poetry", *On Poetry and Poets*. New York: The Noonday Press, 1974.

Evans, Ifor. *A Short History of English Literature*. London: Penguin Books, 1970.

Fowler, Roger. *A Dictionary of Modern Critical Terms*. London: Macmillan, 1980.

Fuller, John. *The Sonnet*. London: Methuen, 1980.

Garrett, John. *British Poetry Since the Sixteenth Century*. London: Macmillan, 1986.

Gillham, D. G. *William Blake*. London: Macmillan, 1972.

Korg, Jacob, Stanton, Robert & Tennyson, G. B. *An Introduction to English Literature*. New York: Holt, Rinehart and Winston, 1967

Legouis, Émile. *A Short History of English Literature*. Trans. V. F. Boyson and J. Coulson. Oxford: Clarendon Press, 1965.

Lewis, Cecil-Day. *Poetry for You*. New York: Oxford University Press, 1947.

Miller, Ruth & Greenberg, Robert A. *Poetry: An Introduction*. New York: Macmillan, 1981.

Perrine, Lawrence. *Sound and Sense: An Introduction to Poetry*. New York: Harcourt Brace Jovanovich, Inc., 1977.

Reaske, Christopher Russell. *How to Analyze Poetry*. New York: Simon & Schuster, Inc., 1966.

Stewart, George Ripley. *The Technique of English Verse*. New York: New Directions, 1930.

The Oxford Companion of Quotations. Oxford & London: Oxford University Press, 1980.

Thwaite, Anthony. *Twentieth-Century English Poetry*. London: Heinemann Educational Books Ltd., 1978.

Wellek, René & Warren, Austin. *Theory of Literature*. New York: Penguin, 1962.

Wheelock, John Hall. *What Is poetry?*. New York: Chatles Scribner's Sons, 1963.

찾아보기

academic(학구적인 시) … 301

accent(율격강세) … 75

aestheticism(유미주의) … 170, 295, 299

alexandrine(알렉산더격 시행) … 82

allegory(풍유) … 47, 107, 127

alliteration(두운) … 61-3, 270-1, 286

allusion(인유) … 153-4 157-8, 298

ambiguity(애매성) … 279

amphibrach(약강약) … 75

anapest(약약강) … 72, 88

anthrophomorphism(신인동격동체설) … 47

antistrophe(앤티스트로프) … 215

apostrophe(돈호법) … 124

approximate rhyme(유사운) … 60

assonance(모운) … 61

auditory imagery(청각적 심상) … 104

ballad(민요) … 93, 178, 185, 288

ballades(발라드) … 87

ballad stanza(민요시연) … 82

bar(마디) … 78

beat(비잇 시) … 301

Beats(비잇파) … 301

binary operation(이항모형) … 280

Black Mountain Poets(블랙마운틴 시인) … 301

Black Poets(흑인 시파) … 301

blank verse(무운시) … 75, 81, 178, 215, 288-9

breve(브레브) … 71

caesura(중간휴지) … 78

carpe diem(카르피 다이엠) … 20, 163, 289

catalexis(결절시구) … 73

Cavalier poets(왕당파시인) … 289

central idea(핵심사상) … 92

chants(영창) … 34

charm(호신부) … 99

Chicago School(시카고학파) … 277

chorus(합창) … 62, 220

Christian poetry(기독교적 시가) … 285

classicism(고전주의) … 291

conceit(기상) … 107, 120

confessional poem(고백시) … 281

connotation(내포) … 57, 98

consonance(자운) … 61

continuous form(연속적인 시형) … 75

cooked, the(잘 익은 시) … 301

couplets(이행연구) … 81

cross(크로스) … 71

dactyl(강약약) … 72

■작가와 작품

■시 첫 행(first lines)

최영승

동아대 영문과/부산대 대학원 졸업(문학박사)
부산대, 동의대 대학원 강사
미국 포덤(Fordham) 대학교 초빙교수
현재 동아대학교 영어영문학부 교수

역서 『영문학의 가치와 전통』/학문사
　　『16세기 이후의 영국시』/한신문화사
　　『전후 미국시 개설』/동인
　　『페미니즘과 영미시』/동인
저서 『영미수필문학의 개관과 이해』/학사원
　　『영미시의 이해』/한신문화사
　　『영미문화의 이해』/동아대 출판부
　　『영미 에세이의 이해』/학사원
　　『영미문화와 지역이해』/동아대 출판부
　　『영미문학비평』/동아대 출판부
　　『영미시의 감상과 이해』/우용 출판사
　　『영미문화의 키워드』/동아대 출판부
논문 현대 영미시와 소설에 관한 연구논문 30여 편

영미시 즐기기 *Enjoying British and American Poetry*

초판 3쇄 발행일 • 2015년 2월 9일

지은이 • 최영승/발행인 • 이성모/발행처 • 도서출판 동인
서울시 종로구 명륜동 아남주상복합빌딩 118호/등록 • 제 1-1599호
TEL • (02)765-7145, 55/FAX • (02)765-7165
E-mail • dongin60@chol.com/HomePage • www.donginbook.co.kr

ISBN 978-89-5506-356-1
정 가 15,000원

※ 잘못 만들어진 책은 바꾸어 드립니다.